LUCY M. MONTGOMERY

ANNE DE INGLESIDE

ns

São Paulo, 2020

Anne de Ingleside
Copyright © 2020 by Novo Século Editora Ltda.

DIRETOR EDITORIAL: Luiz Vasconcelos
ASSISTÊNCIA EDITORIAL: Tamiris Sene
TRADUÇÃO: Debora Isidoro
PREPARAÇÃO: Tamiris Sene
REVISÃO: Flavia Cristina e Cínthia Zagatto
ILUSTRAÇÃO DE CAPA: Paula Cruz
MONTAGEM DE CAPA: Luis Antonio Contin Junior
P. GRÁFICO E DIAGRAMAÇÃO: Bruna Casaroti
IMPRESSÃO: Maistype

Texto de acordo com as normas do Novo Acordo Ortográfico da Língua Portuguesa (1990), em vigor desde 1º de janeiro de 2009.

Dados Internacionais de Catalogação na Publicação (CIP)
Angélica Ilacqua CRB-8/7057

Montgomery, Lucy Maud
 Anne de Ingleside / Lucy Maud Montgomery;
Tradução de Debora Isidoro.
Barueri, SP: Novo Século Editora, 2020.

Título original: Anne of Ingleside

1. Literatura infantojuvenil I. Título II. Isidoro, Debora

20-3238   CDD 028.5

Índice para catálogo sistemático:
1. Literatura infantojuvenil 028.5

GRUPO NOVO SÉCULO
Alameda Araguaia, 2190 – Bloco A – 11º andar – Conjunto 1111
CEP 06455-000 – Alphaville Industrial, Barueri – SP – Brasil
Tel.: (11) 3699-7107 | E-mail: atendimento@gruponovoseculo.com.br
www.gruponovoseculo.com.br

CAPÍTULO 1

— Como está branco o luar hoje à noite! – disse Anne Blythe para si mesma, enquanto andava pela calçada do jardim Wright até a porta da frente da casa de Diana Wright, onde pequenas pétalas de cerejeira desciam no ar salgado e agitado pela brisa.

Ela parou por um momento para olhar as colinas e os bosques que amou nos velhos tempos e ainda amava. Querida Avonlea! Glen St. Mary era seu lar agora, e morava lá havia muitos anos, mas Avonlea tinha alguma coisa que Glen St. Mary jamais poderia ter. Fantasmas dela mesma a encontravam a cada passo... os campos por onde havia corrido a recebiam... ecos incessantes da antiga doce vida a cercavam... todo lugar para onde olhava tinha alguma lembrança adorável. Havia jardins assombrados aqui e ali, onde floresciam todas as rosas de outrora. Anne sempre adorou voltar a Avonlea, mesmo quando, como agora, o motivo da visita era triste. Ela e Gilbert tinham vindo para o funeral do pai dele e Anne ficou por uma semana. Marilla e a Sra. Lynde não suportariam que ela fosse embora tão depressa.

Seu antigo quarto de empena com varanda sempre foi conservado para ela e, quando entrou nele na noite de sua chegada, Anne descobriu que a Sra. Lynde havia deixado um grande e acolhedor buquê de flores do campo para ela... e quando Anne aproximou o rosto dele, parecia conter toda a fragrância de anos inesquecíveis. A Anne-que-costumava--ser estava lá esperando por ela. Profundas, velhas e queridas alegrias despertaram em seu coração. O quarto de empena a abraçava... cercava... envolvia. Ela olhou com amor para a velha cama com a colcha de folha de maçã tricotada pela Sra. Lynde e os travesseiros impecáveis com acabamento de renda que ela também havia feito de crochê... para os tapetes trançados de Marilla no chão... para o espelho que refletia o rosto da orfãzinha, com sua testa infantil sem marcas, que havia chorado até dormir naquela primeira noite ali, tanto tempo atrás. Anne esqueceu que era a alegre mãe de cinco filhos... com Susan Baker, em Ingleside, tricotando misteriosos sapatinhos. Era novamente Anne de Green Gables.

A Sra. Lynde entrou com toalhas limpas e a encontrou ainda olhando para o espelho com ar sonhador.

– É muito bom tê-la em casa outra vez, Anne. Faz nove anos que você foi embora, mas Marilla e eu não conseguimos deixar de sentir saudades. Não é tão solitário, agora que Davy se casou... Millie é realmente um amorzinho... e que tortas!... embora seja curiosa como um chimpanzé a respeito de tudo. Mas sempre disse e sempre direi que não há ninguém como você.

– Ah, mas esse espelho não se deixa enganar, Sra. Lynde. Ele me diz, claramente: "Você não é mais jovem como foi um dia" – falou Anne, com tom dramático.

– Conservou muito bem sua complexão. – A Sra. Lynde a consolou. – É claro, nunca teve muita cor para perder.

– De qualquer maneira, ainda não tenho nenhum sinal de queixo duplo – declarou Anne, com alegria. – E meu antigo quarto se lembra de mim, Sra. Lynde. Estou contente... ficaria

magoada se algum dia voltasse e descobrisse que ele me esqueceu. E é maravilhoso ver de novo a lua se erguendo sobre o Bosque Assombrado.

– Parece um grande pedaço de ouro no céu, não é? – comentou a Sra. Lynde, sentindo que alçava um voo louco e poético, grata por Marilla não estar lá para ouvir.

– Olhe aqueles abetos pontudos se projetando contra ela... e os vidoeiros erguendo os braços para o céu prateado. Agora são árvores grandes... e eram só bebês quando cheguei aqui... isso faz eu me sentir um pouco velha.

– Árvores são como crianças – disse a Sra. Lynde. – É assustador como crescem assim que você dá as costas para elas. Veja Fred Wright... só tem 13 anos, mas é quase tão alto quanto o pai. Tem uma torta quente de galinha para o jantar, e fiz meus biscoitos de limão para você. Não precisa ter medo de dormir nesse colchão. Pus os lençóis para tomar ar hoje... e Marilla não sabia que eu já tinha feito isso, e fez de novo... e Millie não sabia de nós duas, e arejou tudo pela terceira vez. Espero que Mary Maria Blythe saia amanhã... ela sempre gosta muito de um funeral.

– Tia Mary Maria... Gilbert sempre se refere a ela desse jeito, embora seja só prima do pai dele... ela sempre me chama de "Annie". – Anne estremeceu. – E a primeira vez que me viu depois que me casei, ela disse: "É muito estranho que Gilbert a tenha escolhido. Ele poderia ter tido muitas moças boas". Talvez por isso nunca gostei dela... e agora Gilbert também não gosta, embora o espírito familiar o impeça de admitir.

– Gilbert vai ficar por muito tempo?

– Não. Ele tem que voltar amanhã à noite. Deixou um paciente em estado crítico.

– Ah, bem, suponho que não tenha muito que o prenda em Avonlea agora, depois que a mãe faleceu no ano passado. O velho Sr. Blythe nunca se recuperou dessa perda... não teve muito mais por que viver. Os Blythe sempre foram assim... sempre depositaram demais seus afetos em coisas terrenas. É muito triste pensar que não restou nenhum deles em Avonlea. É uma bela e antiga linhagem. Por outro lado... há muitos Sloanes. Os Sloanes ainda são Sloanes, Anne, e serão para sempre, para todo o sempre, amém.

– Que haja quantos Sloanes houver, vou sair depois do jantar para caminhar ao luar por todo o velho pomar. Acho que vou ter que ir para cama, finalmente... apesar de sempre ter pensado que dormir em noites de luar era uma perda de tempo... mas vou acordar cedo para ver a primeira luz pálida do amanhecer se lançar sobre o Bosque Assombrado. O céu se tingirá de coral e os tordos-do-bosque se exibirão por aí... talvez um pequeno pardal cinzento pouse no parapeito... e haverá amores-perfeitos dourados e roxos para ver...

– Mas os coelhos comeram todo o canteiro dos lírios de junho – contou a Sra. Lynde, triste, enquanto descia com passinhos trôpegos, secretamente aliviada por não precisar mais falar sobre a lua. Anne sempre havia sido um pouco esquisita nessas coisas. E não havia mais muito sentido em esperar que ela superasse isso.

Diana veio pela calçada ao encontro de Anne. Mesmo ao luar, via-se que seus cabelos ainda eram negros, as faces rosadas e os olhos, brilhantes. Mas o luar não podia esconder que ela estava um tanto mais encorpada que no passado... e Diana nunca tinha sido o que o povo de Avonlea chamava de "magricela".

– Não se preocupe, querida... não vim para ficar...

– Como se eu fosse me preocupar com isso – respondeu Diana com tom de censura. – Sabe que eu preferiria passar a noite com você a ir à recepção. Sinto que não a vi nem a metade do que queria, e agora você vai embora depois de amanhã. Mas o irmão de Fred, sabe... temos que ir.

– É claro que sim. E só vim por um momento. Vim pelo caminho antigo, Di... passei pela Bolha da Dríade... atravessei o Bosque Assombrado... seu antigo jardim frondoso... e continuei pela Lagoa dos Salgueiros. Até parei para olhar os salgueiros de cabeça para baixo na água, como sempre fazíamos. Eles cresceram muito.

– Tudo cresceu – disse Diana com um suspiro. – Quando olho para o jovem Fred! Todos nós mudamos muito... exceto você. Nunca muda, Anne. Como se mantém tão magra? Olhe para mim!

– Um pouco matronal, é claro – riu Anne. – Mas escapou da gordura da meia-idade até agora, Di. Sobre eu não ter mudado... bem, a Sra. H. B. Donnell concorda com você. Ela me disse no funeral que não envelheci nem um dia. Mas não a Sra. Harmon Andrews. Ela disse: "Minha nossa, Anne, como você definhou!". Tudo depende do olho do observador... ou da consciência. Só me sinto um pouco envelhecida quando olho as revistas. Nas fotos, os heróis e heroínas começam a parecer *jovens demais* para mim. Mas não se incomode, Di, amanhã seremos meninas de novo. Foi o que vim lhe dizer. Vamos tirar a tarde e a noite de folga e visitar todos os nossos antigos esconderijos... cada um deles. Vamos andar pelos campos e por aqueles antigos bosques de samambaias. Vamos ver todas as coisas antigas e conhecidas que amamos e colinas onde reencontramos nossa juventude. Nada jamais parece impossível na primavera, você sabe. Vamos parar de nos sentir maternais e responsáveis e ser tão alegres quanto a Sra.

Lynde ainda pensa que sou, no fundo de seu coração. Não tem nenhuma diversão em ser sensata o tempo *todo*, Diana.

– Ora, como isso parece apropriado a você! E eu adoraria. Mas...

– Não há nenhum "mas". Sei que está pensando: "Quem vai fazer o jantar dos homens?".

– Não exatamente. Anne Cordelia é tão capaz quanto eu de preparar o jantar dos homens, mesmo tendo só onze anos – contou Diana, orgulhosa. – E ela iria prepará-lo, de qualquer maneira. Eu ia à Sociedade de Ajuda Humanitária. Mas não vou. Vou com você. Será como realizar um sonho. Sabe, Anne, em muitas noites eu me sento e finjo que somos meninas de novo. Vou levar nosso jantar...

– E nós o comeremos no jardim de Hester Gray... suponho que o jardim de Hester Gray ainda esteja lá, não?

– Suponho que sim – respondeu Diana, insegura. – Não estive mais lá desde que me casei. Anne Cordelia explora tudo... mas sempre disse a ela para não se afastar muito de casa. Ela adora andar pelos bosques... e um dia, quando a censurei por estar falando sozinha no jardim, ela disse que não falava sozinha... falava com o espírito das flores. Sabe aquele jogo de chá para bonecas com os botõezinhos de rosa que mandou para ela no aniversário de nove anos? Não tem uma peça quebrada... ela é muito cuidadosa. Só usa o jogo quando recebe as Três Pessoas Verdes para o chá. Não consigo saber quem ela pensa que são. Eu afirmo, Anne, em muitos aspectos, ela é mais parecida com você do que comigo.

– Talvez um nome seja mais do que admitiu Shakespeare. Não se ressinta contra as manias de Anne Cordelia, Diana. Sempre lamento por crianças que não passam alguns anos na terra da fantasia.

– Olivia Sloane é nossa professora agora – contou Diana, sem muita confiança. Ela é bacharel em Artes, só assumiu a escola por um ano para ficar perto da mãe. Diz que as crianças devem ser induzidas a encarar a realidade.
– Vivi para ouvi-la aceitar "sloanices", Diana Wright?
– Não... não... NÃO! Não gosto nada dela... Seus olhos azuis e redondos são como os de todo aquele clã. E não me incomodo com as manias de Anne Cordelia. São bonitinhas... como as suas costumavam ser. Acho que ela terá "realidade" suficiente com o passar da vida.
– Bem, está acertado, então. Vá a Green Gables por volta das duas e beberemos um pouco do vinho tinto de groselhas de Marilla... ela o faz de vez em quando, apesar do ministro e da Sra. Lynde... só para nos sentirmos más.
– Lembra de quando me embebedou com isso? – Diana riu, não se importando com o "más" como teria se importado se outra pessoa além de Anne usasse o adjetivo. Todo mundo sabia que Anne falava essas coisas sem pensar. Era só o jeito dela.
– Amanhã teremos um verdadeiro dia do você-se-lembra, Diana. E não vou mais retê-la... Fred se aproxima com o cabriolé. Seu vestido é lindo.
– Fred me fez comprar um novo para o casamento. Não pensei que pudéssemos gastar esse dinheiro, depois de termos construído o novo celeiro, mas ele disse que não deixaria *sua* esposa parecer alguém que tinha sido chamada e não podia ir, enquanto todas as outras estariam vestidas com capricho. Não é típico de um homem?
– Ah, está falando como a Sra. Elliot, de Glen. – Anne apontou, com tom severo. – É bom prestar atenção a essa tendência. Gostaria de viver em um mundo onde não houvesse homens?

— Seria horrível — admitiu Diana. — Sim, sim, Fred, estou indo. Oh, está certo! Até amanhã, então, Anne.

No caminho de volta, Anne parou ao lado da Bolha da Dríade. Gostava muito daquele riacho. Cada som das risadas de sua infância que ele havia capturado e guardado agora parecia voltar aos seus ouvidos atentos. Os antigos sonhos... podia vê-los refletidos na transparente Bolha... antigos votos... velhos sussurros... o riacho os guardou e murmurava sobre eles... mas não havia ninguém para ouvir, exceto os sábios e velhos abetos do Bosque Assombrado, que os ouviam havia tanto tempo.

CAPÍTULO 2

— Um lindo dia... feito para nós – disse Diana. – Receio que seja único, porém... amanhã vai chover.
— Não importa. Vamos beber à beleza do hoje, mesmo que amanhã o sol não apareça. Vamos desfrutar da nossa amizade hoje, mesmo que amanhã seja hora de nos separarmos. Olhe para essas colinas longas, verdes e douradas... esses vales de névoa azul. São *nossos*, Diana... não me importa se aquela colina mais distante está registrada em nome de Abner Sloan... hoje ela é *nossa*. Tem um vento oeste soprando... sempre me sinto aventureira quando tem vento oeste... e faremos um passeio perfeito.

Foi perfeito. Todos os antigos e queridos lugares foram visitados: Alameda dos Namorados, o Bosque Assombrado, Mata-à-toa, Vale Violeta, Caminho das Bétulas, Lago das Águas Cintilantes. Houve algumas mudanças. O pequeno círculo de mudas de bétulas na Mata-à-toa, onde elas tinham uma casa de bonecas no passado, agora era formado por árvores grandes; o Caminho das Bétulas, que não era percorrido havia muito tempo, estava coberto de samambaias; o Lago das Águas Cintilantes havia desaparecido completamente, deixando apenas uma depressão úmida e coberta de musgo. Mas o Vale Violeta estava roxo de flores, e a muda de macieira que

Gilbert um dia havia encontrado no fundo do bosque agora era uma árvore imensa repleta de pequenos botões de flor de extremidades rosadas.

Elas andavam com a cabeça exposta, os cabelos de Annie brilhando como mogno polido ao sol, os de Diana ainda eram pretos e cintilantes. Trocaram olhares de alegria e compreensão, de afeto e amizade. Às vezes, caminhavam em silêncio... Anne sempre dizia que duas pessoas tão compreensivas quanto ela e Diana podiam *sentir* os pensamentos uma da outra. Às vezes, salpicavam a conversa com alguns "você lembra". "Você lembra do dia em que caiu da casa dos patos no píer na Rua Tory?"... "Lembra de quando assustamos tia Josephine?"... "Lembra do nosso Clube de Histórias?"... "Lembra da visita da Sra. Morgan quando manchou seu nariz de vermelho?"... "Lembra como fazíamos sinais da janela uma para a outra com velas?"... "Lembra como nos divertimos no casamento da Srta. Lavender e com os laços azuis da Charlotta?"... "Lembra da Sociedade para Melhorias?" Era quase como se pudessem ouvir suas antigas gargalhadas ecoando através dos anos.

A Sociedade para Melhorias estava morta, aparentemente. Havia definhado logo depois do casamento de Anne.

– Simplesmente não conseguiram continuar, Anne. Hoje, os jovens de Avonlea não são como em *nosso* tempo.

– Não fale como se o "nosso tempo" tivesse acabado, Diana. Somos apenas quinze anos mais velhas e temos muitas afinidades. O ar não está apenas cheio de luz... *é* luz. Não posso afirmar que não criei asas.

– Sinto a mesma coisa – disse Diana, esquecendo que havia levado o ponteiro da balança aos setenta quilos naquela manhã. – Sinto frequentemente que adoraria ser transformada em uma ave por um tempo. Deve ser maravilhoso voar.

A beleza estava por toda parte. Cores inesperadas brilhavam nas terras dos bosques e cintilavam em seus belos caminhos. O sol de primavera penetrava por entre as jovens folhas verdes. Alegres sons de música vibravam em todos os lugares. Havia pequenas depressões onde a sensação era a de se banhar em uma poça de ouro líquido. A cada passo, algum cheiro fresco de primavera as alcançava... samambaias de especiarias... bálsamo de abeto... o odor íntegro de campos arados recentemente. Havia uma alameda acortinada por flores de cerejeira-brava... um campo gramado cheio de brotos de abeto começando a crescer, lembrando coisinhas élficas abaixadas na relva... riachos que ainda "não eram largos demais para atravessar com um pulo"... flores-estrela embaixo dos abetos... lençóis de jovens samambaias enroladas... e uma bétula da qual algum vândalo havia arrancado o invólucro branco em vários lugares, expondo as cores da casca por baixo. Anne olhou para ela por tanto tempo que Diana estranhou. Não via o que Anne enxergava... cores brotando do mais puro branco, passando por delicados tons de dourado, se aprofundando mais e mais até a camada mais interna revelar o marrom rico e profundo, como que para dizer que todas as bétulas, tão frias e solitárias em seu exterior, ainda tinham sentimentos de tonalidades quentes.

– O fogo primal da terra em seu coração – murmurou Anne.

E finalmente, depois de atravessar um pequeno vale no bosque repleto de cogumelos, elas encontraram o jardim de Hester Gray. Pouco havia mudado. Ainda era um lugar doce com flores queridas. Ainda havia muitos lírios de junho, como Diana chamava os narcisos. A fileira de cerejeiras-bravas tinha envelhecido, mas era um mar de flores nevadas. Ainda se podia encontrar o caminho central de roseiras, e a velha trilha era branca de flores de morango, azul de violetas e verde de brotos de samambaia. Elas jantaram o piquenique em um canto do caminho, sentadas sobre pedras cobertas de musgo, com um lilás atrás delas balançando flâmulas roxas contra um sol baixo. As duas estavam com fome e ambas fizeram justiça à sua boa culinária.

— Como as coisas são saborosas ao ar livre — suspirou Diana, confortável. — Esse seu bolo de chocolate, Anne... bem, não tenho palavras, mas preciso da receita. Fred vai adorar. *Ele* consegue comer de tudo e continuar magro. Estou sempre dizendo que não vou mais comer bolo... porque estou mais gorda a cada ano. Tenho pavor de ficar como a tia-avó Sarah... ela era tão gorda que tinha que ser puxada quando se sentava. Mas quando vejo um bolo como esse... e ontem à noite na recepção... bem, todos ficariam muito ofendidos se eu não comesse.

— Você se divertiu?

— Oh, sim, de certa forma. Mas caí nas garras da prima do Fred, Henrietta... e ela adora contar tudo sobre suas cirurgias e as sensações que teve ao passar por elas, e como seu apêndice teria supurado logo, se não o tivesse tirado. "Tive que levar quinze pontos por isso. Oh, Diana, a agonia que suportei!" Bem, se eu não me diverti, ela sim. E sofreu, então por que não deveria se divertir falando sobre isso agora? Jim estava muito engraçado... não sei se Mary Alice gostou muito disso... Bem, só mais um pedacinho... tanto faz ser enforcada por um carneiro ou um cordeirinho, imagino... uma fatia não pode fazer muita diferença... Uma coisa que ele disse... que, na noite anterior ao casamento, ele sentiu tanto medo que achou que teria que pegar o trem para o porto. Acha que Gilbert e Fred também se sentiram assim, Anne?

— Estou certa que não.

– Foi o que Fred disse quando perguntei. Ele disse que só teve medo de que eu mudasse de ideia no último momento, como Rose Spencer. Mas nunca se sabe o que um homem está pensando. Bem, é inútil se preocupar com isso agora. Que tarde adorável tivemos hoje! Parece que revivemos muito da velha felicidade. Queria que não tivesse que partir amanhã, Anne.

– Não pode ir fazer uma visita a Ingleside em algum momento do verão, Diana? Antes... bem, antes de eu não querer receber visitas por um tempo.

– Eu adoraria. Mas é impossível me afastar de casa no verão. Há sempre muito que fazer.

– Rebecca Dew vai nos visitar, finalmente, e estou feliz por isso... e receio que tia Mary Maria também vá. Ela insinuou para Gilbert. Ele não quer recebê-la, não mais do que eu... mas é "parente", por isso a porta da casa dele deve estar sempre aberta para ela.

– Talvez eu vá no inverno. Adoraria ver Ingleside outra vez. Você tem uma casa linda, Anne... e uma família adorável.

– Ingleside é bom... e agora amo o lugar. Houve um tempo em que pensei que jamais o amaria. Eu o odiei quando cheguei lá... odiei justamente por suas virtudes. Elas eram um insulto à minha querida Casa dos Sonhos. Lembro de ter dito a Gilbert quando a deixamos: "Fomos tão felizes aqui. Nunca seremos tão felizes em outro lugar". Passei um tempo vivendo uma abundância de saudade. Depois... descobri que pequenas sementes de afeto por Ingleside começaram a brotar. Lutei contra isso... lutei de verdade... mas, no fim, tive que ceder e admitir que amava aquele lugar. E o amo mais a cada ano, desde então. A casa não é muito velha... casas velhas demais são tristes. E não é muito nova... casas novas demais são brutas. Ela é suavizada. Amo cada cômodo dela. Cada um tem algum defeito, mas também alguma virtude... algo que o distingue dos outros... confere personalidade. Adoro todas aquelas árvores magníficas no jardim. Não sei quem as plantou, mas, a cada vez que subo, paro no patamar da escada... sabe, naquela janelinha com o assento largo e profundo... e me sento ali; olho por um momento e digo: "Deus abençoe o homem que plantou essas árvores, seja ele quem for". Temos muitas árvores em torno da casa, de fato, mas não abriríamos mão de nenhuma.

– É como Fred. Ele idolatra aquele velho salgueiro ao sul da casa. Atrapalha a vista das janelas do salão, como já falei muitas vezes, mas ele diz apenas: "Você cortaria uma coisa tão linda, mesmo que ela impedisse a vista?". E o salgueiro fica... e é lindo. Por isso chamamos nossa casa de Fazenda do Salgueiro Solitário. Adoro o nome Ingleside. É um nome agradável, acolhedor.

– Foi o que Gilbert disse. Demoramos para escolher um nome. Experimentamos vários, mas não *pertenciam* ao lugar. Mas, quando pensamos em Ingleside, soubemos que era o nome certo. Fico feliz por termos uma casa grande com muitos cômodos... precisávamos disso, com a família que temos. As crianças também a amam, embora ainda sejam pequenas.

– São uns amores. – Astuta, Diana cortou mais uma fatia do bolo de chocolate. – As minhas são ótimas... mas tem alguma coisa nas suas... e os gêmeos! *Isso* eu invejo. Sempre quis ter gêmeos.

– Ah, eu não poderia ter evitado gêmeos... são meu destino. Mas fiquei desapontada por não serem parecidos... não há nenhuma semelhança. Nan é bonita, com seus cabelos castanhos, os olhos e a complexão adoráveis. Di é a favorita do pai, porque tem olhos verdes e cabelos vermelhos... cabelos vermelhos e anelados. Shirley é o queridinho de Susan... passei muito tempo doente depois que ele nasceu,

e ela cuidou dele até eu acreditar que, de fato, pensava que o menino era dela. Ela o chama de "menininho marrom" e o mima desavergonhadamente.

– E ainda é tão pequeno que você pode entrar em silêncio para ver se ele se descobriu e cobri-lo de novo – comentou Diana, com inveja. – Jack tem nove anos, você sabe, e não quer mais que eu faça isso. Diz que está muito grande. E eu gostava tanto disso! Oh, queria que as crianças não crescessem tão depressa.

– Nenhum dos meus chegou a esse estágio ainda... mas notei que, desde que começou a ir à escola, Jem não quer mais segurar minha mão quando andamos pelo vilarejo – comentou Anne, com um suspiro. – Mas ele, Walter e Shirley gostam de que eu os cubra de noite. Walter às vezes transforma isso em um ritual.

– E você ainda não precisa se preocupar com o que eles serão. Jack é louco para ser soldado, quando crescer... soldado! Imagine só!

– Eu não me preocuparia. Ele vai esquecer tudo isso quando outro interesse surgir. Guerra é coisa do passado. Jem imagina que vai ser marinheiro... como o capitão Jim... e Walter pensa ser um poeta. Ele não é como os outros. Mas todos amam as árvores e adoram brincar no "Buraco", como chamam um pequeno vale logo abaixo de Ingleside, onde há caminhos encantados e um riacho. Um lugar muito comum... só o "Buraco" para os outros, mas para eles é uma terra encantada. Todos têm seus defeitos... mas não são um grupinho tão ruim... e, com sorte, há sempre amor suficiente para distribuir. Oh, estou contente por pensar que amanhã à noite, a esta hora, estarei de volta em Ingleside, contando histórias antes de meus bebês dormirem e dando às samambaias e calceolárias de Susan sua recompensa na forma de elogios.

Susan tem "sorte" com samambaias. Ninguém as cultiva como ela. Posso elogiar suas samambaias com honestidade... mas as calceolárias, Diana! Para mim, nem parecem flores. Mas nunca magoo Susan dizendo isso a ela. Sempre escapo disso. A Providência nunca falhou. Susan é um amor... não sei o que faria sem ela. E lembro que um dia a chamei de "forasteira". Sim, é adorável pensar em voltar para casa, mas também estou triste por deixar Green Gables. Aqui é tão lindo... com Marilla... e *você*. Nossa amizade sempre foi uma coisa muito linda, Diana.

– Sim... e nós sempre... quero dizer... nunca consegui dizer coisas como você, Anne... mas cumprimos nossa antiga "promessa e jura solene", não?

– Sempre... e sempre a cumpriremos.

Anne segurou a mão de Diana. As duas ficaram por um bom tempo imersas em um silêncio doce demais para as palavras. As sombras longas e imóveis do anoitecer caíram sobre a grama, as flores e o verde dos prados além delas. O sol se punha... sombras rosa-acinzentadas se aprofundavam no céu e empalideciam por trás das árvores melancólicas... o crepúsculo primaveril se apoderava do jardim de Hester Gray, onde agora ninguém caminhava. Tordos salpicavam o ar da noite com trinidos que lembravam flautas. Uma grande estrela surgiu sobre as cerejeiras-bravas brancas.

– A primeira estrela é sempre um milagre – falou Anne, sonhadora.

– Eu poderia ficar aqui para sempre – disse Diana. – Odeio a ideia de deixar este lugar.

– Eu também... mas, no fim, estávamos apenas fingindo ter quinze anos. Precisamos lembrar que nossa família importa. Como é perfumado aquele lilás! Já pensou, Diana, que há alguma coisa que não é completamente... casta... no cheiro

da flor de lilás? Gilbert ri dessa ideia... ele as adora... mas, para mim, elas sempre parecem despertar a lembrança de alguma coisa secreta, doce *demais*.

– São pesadas demais para a casa, sempre acho – respondeu Diana. Ela pegou o prato com o restante do bolo de chocolate... olhou para ele com desejo... balançou a cabeça e o guardou no cesto com uma expressão de grande nobreza e abnegação.

– Não seria divertido, Diana, se agora, quando fôssemos para casa, encontrássemos nossas antigas versões correndo pela Alameda dos Namorados?

Diana sentiu um leve arrepio.

– Nãããão, acho que não seria engraçado, Anne. Não notei que estava ficando tão escuro. É bom imaginar coisas à luz do dia, mas...

Foram para casa juntas, em silêncio, amorosas, com a glória do sol poente ardendo nas velhas colinas atrás delas e seu antigo e inesquecível amor ardendo em seus corações.

CAPÍTULO 3

Anne encerrou uma semana que havia sido repleta de dias agradáveis levando flores ao túmulo de Matthew na manhã seguinte, e à tarde pegou o trem em Carmody. Por um tempo, pensou em todas as coisas queridas que deixava para trás, e depois os pensamentos se adiantaram para as coisas que esperavam por ela. O coração cantou durante todo o caminho, porque estava voltando para uma casa cheia de alegria... uma casa onde todos que entravam sabiam que era um *lar*... uma casa sempre cheia de risadas, canecas prateadas, fotos e bebês... coisas preciosas com cachinhos e joelhos gorduchos... e cômodos que a acolheriam... onde as cadeiras esperavam pacientes e os vestidos no armário a aguardavam... onde pequenas datas eram sempre comemoradas e pequenos segredos eram sempre sussurrados.

"É delicioso sentir que estou indo para casa", pensou Anne, tirando da bolsa uma carta do filhinho, com a qual havia rido muito na noite anterior, lendo-a com orgulho para as pessoas de Green Gables... a primeira carta que havia recebido de um filho. Era uma cartinha muito boa para um menino de sete anos que frequentava a escola havia apenas um ano, embora a grafia de Jem fosse um pouco incerta e houvesse um grande borrão de tinta em um canto.

– Di chorou e chorou a noite toda porque Tommy Drew disse que ia queimar a boneca dela no espeto. Susan conta boas histórias à noite, mas ela não é você, mamãe. Ela me deixou ajudar a plantar algumas sementes.

"Como pude ficar feliz durante uma semana inteira longe deles todos?", pensou a castelã de Ingleside se reprovando.

– Como é bom ter alguém esperando no fim da jornada! – gritou ela ao descer do trem em Glen St. Mary para os braços abertos de Gilbert. Nunca sabia ao certo se Gilbert iria encontrá-la... sempre havia alguém morrendo ou nascendo... mas voltar para casa nunca era perfeito para Anne a menos que ele a esperasse. E ele usava um novo terno cinza e lindo! (*Como estou feliz por ter vestido esta blusa de babados delicados com meu conjunto marrom, embora a Sra. Lynde pensasse que era loucura usá-la para viajar. Caso contrário, não estaria tão bem-arrumada para Gilbert.*)

Ingleside estava toda iluminada, com alegres lanternas japonesas penduradas na varanda. Anne correu animada pela alameda ladeada de narcisos.

– Ingleside, cheguei! – disse ela.

Todos a cercaram... rindo, exclamando, brincando... com Susan Baker sorrindo recatada, ao fundo. Todas as crianças tinham um buquê colhido especialmente para ela, até Shirley, de dois anos.

– Oh, que bela recepção! Tudo em Ingleside parece muito feliz. É maravilhoso pensar que minha família fica tão feliz por me ver.

– Se algum dia se afastar de casa outra vez, mamãe – avisou Jem, solene –, vou ter uma apendicite.

– E como vai fazer isso? – perguntou Walter.

– Shhh! – Jem cutucou Walter com ar cúmplice e cochichou. – Tem uma dor em algum lugar, eu sei... mas só quero assustar a mamãe para ela *não se afastar.*

Anne queria fazer uma centena de coisas primeiro... abraçar todo mundo... correr lá fora no crepúsculo e colher alguns de seus amores-perfeitos... eles estavam em todos os lugares em Ingleside... pegar a bonequinha velha caída no tapete... ouvir todas as fofocas e notícias interessantes, todo mundo contribuindo com alguma coisa. Como que Susan se distraiu e Nan enfiou a tampa de um tubo de vaselina no nariz enquanto o doutor estava fora atendendo um caso... "Garanto que foi um momento de ansiedade, querida Sra. do doutor."... que a vaca da Sra. Jud Palmer comeu cinquenta e sete pregos de arame e tiveram que mandar buscar um veterinário em Charlottetown... que a distraída Sra. Fenner Douglas foi à igreja com a *cabeça descoberta...* que o papai arrancou todos os dentes-de-leão do gramado... "entre bebês, querida Sra. do doutor, foram oito enquanto a senhora esteve fora"... que Rose Maxwell de Harbour Head abandonou Jim Hudson de Upper Glen, e ele mandou a conta de tudo que havia gastado com ela... que fabuloso comparecimento teve o funeral da Sra. Amasa Warren... que o gato de Carter Flagg teve um pedaço da ponta do rabo arrancado por uma mordida... que Shirley foi encontrado em um estábulo, embaixo de um dos cavalos... "Querida Sra. do doutor, nunca mais serei a mesma mulher de novo"... que, infelizmente, havia muitas razões para temer que fungos estivessem se alastrando pelas ameixeiras... que Di havia passado o dia inteiro cantando: "Mamãe vem para casa hoje, casa hoje, casa hoje" no ritmo de *Merrily We Roll Along...* que a gatinha de Joe Reeses era vesga, porque nasceu de olhos abertos... que Jem sem querer sentou em um papel pega-mosca antes de vestir a calça... e que o Camarão tinha caído em um barril de água.

– Ele quase se afogou, querida Sra. do doutor, mas por sorte o doutor ouviu seus uivos na última hora e o tirou de lá pelas patas de trás. ("Qual é a última hora, mamãe?")

– Ele parece ter se recuperado bem disso – disse Anne, afagando o pelo preto e branco de um gato satisfeito, de bochechas enormes, que ronronava sobre uma cadeira à luz da lareira. Nunca era seguro sentar em uma cadeira em Ingleside sem antes verificar se não havia um gato nela. Susan, que não gostava muito de gatos, jurou que teve que aprender a gostar deles para se defender. Quanto ao Camarão, Gilbert deu a ele esse nome um ano atrás, quando Nan trouxe para casa o infeliz e magro gato que alguns meninos torturavam no vilarejo, e o nome pegou, embora agora fosse muito inadequado.

– Mas... Susan! O que aconteceu com Gog e Magog? Oh... não diga que quebraram.

– Não, não, querida Sra. do doutor – exclamou Susan, que saiu apressada da sala com o rosto vermelho de vergonha. Ela retornou pouco depois com os dois cachorros de porcelana que enfeitavam a lareira de Ingleside. – Não sei como pude esquecer de colocá-los de volta antes de sua chegada. Acontece, querida Sra. do doutor, que a Sra. Charles Day de Charlottetown esteve aqui um dia depois de sua partida... e sabe como ela é muito séria e apropriada. Walter achou que devia entretê-la, e começou mostrando os cachorros. "Esse é God e esse é My God", disse ele, pobre criança inocente, dizendo que os nomes dos cachorros eram Deus e Meus Deus em bom inglês. Fiquei horrorizada... pensei que ia morrer quando vi a cara da Sra. Day. Expliquei da melhor maneira possível, porque não queria que ela pensasse que somos uma família

profana, mas decidi simplesmente guardar os cachorros no armário da porcelana, escondidos, até sua volta.

– Mamãe, podemos jantar cedo? – pediu Jem, com um tom patético. – Sinto uma coisa horrível no estômago. E, mamãe, fizemos o prato preferido de todo mundo!

– Nós, como disse a mosca ao elefante, fizemos isso mesmo! – confirmou Susan, com um sorriso. – Pensamos que seu retorno deveria ser comemorado da maneira adequada, querida Sra. do doutor. E onde está Walter? Esta semana é a sua vez de tocar o gongo para anunciar as refeições, abençoado seja.

O jantar foi uma refeição de gala... e pôr todos os bebês na cama depois foi uma alegria. Susan até a deixou levar Shirley para a cama, indicando quanto a ocasião era muito especial.

– Este não é um dia comum, querida Sra. do doutor – disse ela, com ar solene.

– Ah, Susan, não existe dia comum. *Todo* dia tem alguma coisa que os outros não têm. Não notou?

– Isso é verdade, querida Sra. do doutor. Até na sexta-feira passada, quando choveu o dia todo e foi muito tedioso, meu grande gerânio cor-de-rosa finalmente deu botões, depois de três longos anos se recusando a florescer. E notou as calceolárias, querida Sra. do doutor?

– Notei! Nunca vi calceolárias iguais em toda minha vida, Susan. Como você consegue? – (*Pronto, deixei Susan feliz e não falei uma mentira. Nunca vi calceolárias iguais... graças aos céus!*)

– Isso é resultado de cuidado e atenção constante, querida Sra. do doutor. Mas tem algo que acho que devo falar. Creio que Walter suspeita de *alguma coisa*. Sem dúvida, alguma criança de Glen disse coisas a ele. Hoje em dia, muitas crianças sabem de coisas impróprias. Outro dia, Walter me perguntou, muito pensativo: "Susan, disse ele, bebês são muito caros?" Fiquei um pouco chocada, querida Sra. do doutor, mas mantive a calma. "Algumas pessoas acham que eles são luxos", respondi, "mas, em Ingleside, nós os consideramos necessidades". E me censurei por ter reclamado em voz alta sobre os preços vergonhosos das coisas em todas as lojas de Glen. Receio que isso tenha preocupado a criança. Mas se ele disser alguma coisa, querida Sra. do doutor, estará preparada.

– Tenho certeza de que lidou muito bem com a situação, Susan – respondeu Anne, séria. – E acho que é hora de todos eles saberem o que estamos esperando que aconteça.

Mas o melhor de tudo foi quando Gilbert se aproximou dela, quando estava junto da janela vendo uma névoa vir do mar por cima das dunas enluaradas e pelo porto, pelo longo e estreito vale sobre o qual Ingleside se debruçava e onde ficava aninhado o vilarejo de Glen St. Mary.

– Como é bom voltar para casa no fim de um dia duro e encontrá-la! Está feliz, melhor de todas as Annes?

– Feliz! – Ela se inclinou para cheirar um vaso de flores de maçã que Jem havia deixado sobre sua cômoda. Sentia-se cercada e envolvida por amor. – Gilbert, querido, foi maravilhoso ser Anne de Green Gables novamente por uma semana, mas é cem vezes mais maravilhoso voltar e ser Anne de Ingleside.

CAPÍTULO 4

— De jeito nenhum – disse o Dr. Blythe com um tom que Jem entendia.

Jem sabia que não devia ter esperança, o pai não mudaria de ideia, e a mãe não tentaria convencê-lo a mudar. Era evidente que, a essa altura, pai e mãe eram um só. Os olhos cor de avelã de Jem escureceram de raiva e decepção quando ele olhou para os pais cruéis... olhou de cara feia... e olhou ainda mais carrancudo por eles, irritantes, ignorarem seus olhares e continuarem jantando como se nada estivesse errado e fora do lugar. É claro, tia Mary Maria percebeu sua cara feia... nada jamais escapava dos olhos azuis e pesarosos de tia Mary Maria... mas ela parecia apenas se divertir com o que via.

Bertie Shakespeare Drew havia passado a tarde toda brincando com Jem. Walter tinha ido à velha Casa dos Sonhos para brincar com Kenneth e Persis Ford, e Bertie Shakespeare tinha contado a Jem que todos os meninos de Glen iriam a Harbour Mouth naquela noite para ver o capitão Bill Taylor tatuar uma cobra no braço de seu primo Joe Drew. Ele, Bertie Shakespeare, iria, e Jem não iria também? Seria muito divertido. Imediatamente, Jem ficou louco para ir, e agora tinha sido informado de que isso estava completamente fora de questão.

– Uma razão, entre muitas – disse o pai –, é que é muito longe para você ir ao porto com esses meninos. Eles vão voltar tarde, e seu horário de ir para a cama é às oito da noite, filho.

– *Eu* tinha que ir para a cama às sete todas as noites, quando era criança – contou tia Mary Maria.

– Vai ter que esperar até ficar mais velho, Jem, para ir tão longe à noite – avisou a mãe.

– Disse isso na semana passada. – Jem choramingou, indignado. – E agora eu *sou* mais velho. Parece que sou um bebê! Bertie vai, e tenho a mesma idade que ele.

– Tem casos de sarampo por aí – comentou tia Mary Maria, com tom sombrio. – Você pode pegar sarampo, James.

Jem odiava que o chamassem de James. E ela sempre o chamava assim.

– Eu *quero* pegar sarampo – resmungou ele, com rebeldia. Depois, notando o olhar do pai, acalmou-se. Seu pai nunca admitia que alguém "retrucasse" à tia Mary Maria. Jem odiava tia Mary Maria. Tia Diana e tia Marilla eram ótimas, mas uma tia como tia Mary Maria era algo inteiramente novo na experiência de Jem.

– Muito bem – falou ele, desafiante, olhando para a mãe para que ninguém pudesse supor que falava com tia Mary Maria –, se não quer me amar, não precisa. Mas vai gostar se eu for embora para atirar em tigres na África?

– Não tem tigres na África, querido – respondeu a mãe, com gentileza.

– Leões, então! – gritou Jem. Estavam decididos a decretá-lo o errado, não estavam? Estavam prontos para rir dele, não? Pois mostraria a eles! – Não pode dizer que não tem leões na África. Há *milhões* de leões na África. A África está *cheia* de leões!

Mãe e pai apenas sorriram novamente, para grande desaprovação de tia Mary Maria. Impaciência era algo que nunca devia ser admitido nas crianças.

– Enquanto isso – disse Susan, dividida entre o amor e a compaixão pelo pequeno Jem e a convicção de que o doutor e a Sra. do doutor estavam perfeitamente certos em não permitir que ele fosse ao porto com aquela gangue do vilarejo, à casa daquele vergonhoso e bêbado velho capitão Bill Taylor –, aqui está seu biscoito de gengibre e o creme batido, Jem querido.

Biscoito de gengibre e creme batido eram a sobremesa preferida de Jem. Mas esta noite não havia encantamento capaz de acalmar sua alma atormentada.

– Não quero nada! – disse ele, emburrado. Levantou-se e saiu da mesa, virando-se ao chegar à porta para lançar um último desafio. – Nem vou para a cama antes das nove da noite, de qualquer jeito. E quando eu crescer, não vou para a cama *nunca*. Vou ficar acordado a noite toda... todas as noites... e vou me tatuar inteiro. Vou ser tão mau quanto puder. Vocês vão ver.

– "Não vou" seria muito melhor que "nem vou", querido – disse a mãe.

Nada era capaz de despertar emoção neles?

– Suponho que ninguém queira minha opinião, Annie, mas, se eu falasse com meus pais desse jeito quando criança, teria apanhado até quase desfalecer – comentou tia Mary Maria. – Acho que é uma grande pena que a vara de bétula seja tão negligenciada hoje em dia em algumas casas.

– O pequeno Jem não tem culpa. – Susan se irritou, vendo que o doutor e a Sra. do doutor não diriam nada. Mas, se Mary Maria Blythe não seria censurada por isso, ela, Susan, sabia o porquê. – Bertie Shakespeare Drew o induziu a isso, encheu sua cabeça falando sobre como seria divertido ver Joe

Drew ser tatuado. Ele esteve aqui a tarde toda, entrou na cozinha escondido e pegou a melhor panela de alumínio para usar como capacete. Disse que iam brincar de soldados. Depois eles fizeram barcos com telhas e ficaram ensopados quando os puseram para navegar no riacho. E depois disso, ficaram pulando no quintal por uma hora inteira, fazendo os ruídos mais estranhos, fingindo que eram sapos. Sapos! Não é de estranhar que o pequeno Jem esteja cansado e fora de si. Ele é a criança mais bem-comportada que já existiu, quando não está cansado demais.

Tia Mary Maria não disse nada, o que era irritante. Ela nunca conversava com Susan na hora das refeições, expressando assim sua desaprovação por Susan poder "sentar-se com a família".

Anne e Susan haviam discutido sobre isso antes da chegada de tia Mary Maria. Susan, que "conhecia seu lugar", nunca se sentava ou esperava ser convidada a sentar-se com a família quando havia visitantes em Ingleside.

– Mas tia Mary Maria não é visita – disse Anne. – É só uma pessoa da família... e você também é, Susan.

No fim, Susan cedeu, não sem uma satisfação secreta por saber que Mary Maria Blythe veria que ela não era uma serviçal comum. Susan não conhecia tia Mary Maria, mas uma sobrinha de Susan, filha de sua irmã Matilda, havia trabalhado para a mulher em Charlottetown e contado tudo sobre ela.

– Não vou fingir, Susan, e dizer que estou muito feliz com a perspectiva de uma visita de tia Mary Maria, especialmente agora – falou Anne, com franqueza. – Mas ela escreveu para Gilbert perguntando se poderia vir e passar algumas semanas... e você sabe como o doutor é com essas coisas...

– E ele tem todo o direito de ser – respondeu Susan, com firmeza. – O que um homem pode fazer, se não suportar os

que são de seu sangue? Mas quanto a algumas semanas... bem, querida Sra. do doutor, não quero olhar o lado ruim das coisas... mas a cunhada de minha irmã Matilda chegou à casa dela para uma visita de algumas semanas e ficou por vinte anos.

– Não creio que precisamos ter medo de alguma coisa assim, Susan. – Anne sorriu. – Tia Mary Maria tem uma casa muito boa em Charlottetown. Mas agora a considera muito grande e solitária. A mãe dela morreu há dois anos, sabe... tinha oitenta e cinco, e tia Mary Maria era muito boa com ela e sente sua falta. Vamos tornar sua estada tão agradável quanto pudermos, Susan.

– Farei meu melhor, querida Sra. do doutor. É claro que teremos que pregar mais uma tábua à mesa, mas, no fim das contas, é melhor aumentar a mesa que a diminuir.

– Não devemos colocar flores sobre a mesa, Susan, porque sei que elas a deixam com asma. E pimenta a faz espirrar, então, é melhor não usarmos. Ela sofre de frequentes e fortes dores de cabeça, por isso devemos nos esforçar para não fazer muito barulho.

– Pelos céus! Bem, nunca notei a senhora e o doutor fazendo muito barulho. E se eu quiser gritar, posso ir para o meio do bosque de bordos; mas se nossas pobres crianças tiverem que ficar quietas o tempo todo por causa das dores de cabeça de Mary Maria Blythe... perdoe-me por dizer, acho que isso é um pouco de exagero, querida Sra. do doutor.

– Serão só algumas semanas, Susan.

– Vamos esperar que sim. Ah, bem, querida Sra. do doutor, nesse mundo, temos que aceitar o toucinho com a gordura. – Foi a declaração final de Susan.

E tia Mary Maria veio e, ao chegar, perguntou imediatamente se haviam limpado a chaminé recentemente. Aparentemente, tinha muito medo de fogo.

– Eu sempre disse que as chaminés desta casa não são suficientemente altas. E espero que minha cama tenha sido bem arejada, Annie. Roupa de cama úmida é terrível.

Ela se apoderou do quarto de hóspedes de Ingleside... e, a propósito, de todos os outros cômodos da casa, exceto os aposentos de Susan. Ninguém a recebeu com alegria efusiva. Jem, depois de um único olhar para ela, foi para a cozinha discretamente e cochichou para Susan:

– Podemos rir enquanto ela estiver aqui, Susan?

Os olhos de Walter ficaram brilhantes de lágrimas à primeira vista, e ele teve que ser tirado da sala rapidamente, antes da vergonha. As gêmeas não esperaram para ser removidas, correram por conta própria. Até o Camarão, Susan testemunhou, saiu e teve um ataque no quintal. Só Shirley se controlou e ficou onde estava, olhando destemido para ela com seus olhos castanhos e redondos, na segurança do colo e dos braços de Susan. Tia Mary Maria achava que as crianças de Ingleside tinham péssimas maneiras. Mas o que se podia esperar, se tinham uma mãe que "escrevia para os jornais", um pai que as considerava perfeitas só porque eram *seus* filhos, e uma criada chamada Susan Baker que nunca sabia se colocar em seu lugar? Mas ela, Mary Maria Blythe, faria o melhor que pudesse pelos netos do pobre primo John enquanto estivesse em Ingleside.

– Sua oração de graças é muito breve, Gilbert – comentou ela, desaprovadora, na primeira refeição. – Quer que eu dê graças por você enquanto estiver aqui? Será um exemplo melhor para sua família.

Para horror de Susan, Gilbert respondeu que sim, e tia Mary Maria deu graças à mesa do jantar.

– É mais um sermão que uma oração de graças – resmungou Susan, sobre os pratos. Em segredo, ela concordava com a descrição que a sobrinha havia feito de Mary Maria Blythe. "Parece que ela está sempre sentindo um cheiro ruim, tia Susan. Não um odor desagradável... só um cheiro ruim." Gladys tinha um jeito especial de explicar as coisas, Susan refletiu. E, no entanto, para alguém com menos antipatia que Susan, a Srta. Mary Maria Blythe tinha boa aparência para uma senhora de 55 anos. Tinha o que se acreditava ser "traços aristocráticos", emoldurados por cabelos grisalhos sempre lisos, que pareciam insultar diariamente o emaranhado espetado e cinzento de Susan. Ela se vestia muito bem, usava brincos longos nas orelhas e elegantes golas de renda no pescoço esguio.

"Pelo menos não precisamos sentir vergonha de sua aparência", refletiu Susan. Mas o que tia Mary Maria teria pensado, se soubesse que Susan se consolava com esse tipo de argumento, era algo que só se devia imaginar.

CAPÍTULO 5

Anne arrumava um vaso com lírios de junho para seu quarto e outro com as peônias de Susan para a mesa de Gilbert na biblioteca, peônias brancas com pequenas manchas vermelhas no centro, como o beijo de um deus. O ar ganhava vida depois do dia de calor incomum para junho, e mal se podia dizer se o porto era prateado ou dourado.

– O pôr do sol vai ser maravilhoso, Susan – disse ela, olhando pela janela da cozinha, ao passar.

– Não posso admirar o pôr do sol antes de acabar de lavar minha louça, querida Sra. do doutor – respondeu Susan.

– Então já terá terminado, Susan. Veja aquela enorme nuvem branca com o topo rosado sobre o Vale, não gostaria de voar até lá e pousar nela?

Susan se imaginou voando sobre o vale estreito com o pano de pratos na mão, indo até aquela nuvem. Não era uma visão que a atraísse. Mas agora tinha que fazer concessões à Sra. do doutor.

– Tem um novo e voraz tipo de inseto comendo as roseiras – continuou Anne. – Preciso aplicar o remédio amanhã. Gostaria de cuidar disso hoje à noite, é o tipo de noite em que adoro trabalhar no jardim. As coisas estão crescendo esta noite. Espero que haja jardins no céu, Susan... isto é, jardins em que possamos trabalhar e ajudar a cultivar coisas.

– Mas sem insetos, certamente – declarou Susan.

– Nãoooo, suponho que sem insetos. Mas um jardim *completo* não teria graça nenhuma, Susan. Você tem que trabalhar nele, ou perde seu significado. Quero arrancar o mato, cavar, transplantar, mudar, planejar e podar. E quero as flores que amo no céu... prefiro minhas peônias que o asfódelo, Susan.

– Por que não pode cuidar do jardim à noite, como quer?
– Susan interrompeu, pensando que a Sra. do doutor estava realmente um pouco agitada.

– Porque o doutor quer que eu o acompanhe. Ele vai sair de carruagem para ir ver a pobre e velha Sra. John Paxton. Ela está morrendo... não há nada que ele possa fazer... fez tudo que podia... mas ela gosta de receber suas visitas.

– Ah, bem, querida Sra. do doutor, todos nós sabemos que ninguém pode morrer ou nascer sem ele por perto, e a noite está ótima para sair de carruagem. Acho que vou caminhar até o vilarejo e reabastecer nossa despensa, depois que colocar as gêmeas e Shirley para dormir e adubar a Sr. Aaron Ward. Ela não está florescendo como deveria. A Srta. Blythe acabou de subir, suspirando a cada degrau, dizendo que uma de suas dores de cabeça se aproximava, então vai haver um pouco de paz e quietude esta noite, pelo menos.

– Cuide para que Jem vá para a cama em um bom horário, sim, Susan? – disse Anne, enquanto saía para a noite que era como uma xícara transbordando perfume. – Ele está realmente muito mais cansado do que pensa. E nunca quer ir para a cama. Walter não vem para casa esta noite, Leslie perguntou se ele podia ficar lá.

Jem estava sentado na escada da porta lateral, com um pé descalço repousando sobre o joelho, olhando feio para as coisas em geral e, em particular, para uma enorme lua atrás da torre da igreja de Glen. Jem não gostava de luas tão grandes.

— Cuidado para seu rosto não congelar desse jeito. — Tia Mary Maria tinha dito ao passar por ele a caminho da casa.

Jem franziu ainda mais a testa. Não se incomodaria se o rosto congelasse como estava. Esperava que isso acontecesse.

— Vá embora e não fique andando atrás de mim o tempo todo — disse ele a Nan, que tinha se esgueirado para perto dele depois que o pai e a mãe saíram na carruagem.

— Azedo! — retrucou Nan. Mas, antes de se afastar, ela deixou no degrau, ao lado dele, o doce vermelho em forma de leão que tinha ido levar.

Jem ignorou o doce. Sentia-se mais abusado que nunca. Não era tratado adequadamente. Todo mundo o atormentava. Naquela mesma manhã, Nan havia dito: "Você não nasceu em Ingleside como todos nós". Di comeu seu coelho de chocolate hoje cedo, mesmo sabendo que o coelho era dele. Até Walter o abandonou, foi cavar buracos na areia com Ken e Persis Ford. Que bela diversão era essa! E ele queria muito ir com Bertie ver a tatuagem. Jem tinha certeza de que nunca antes havia desejado tanto uma coisa em sua vida. Queria ver o maravilhoso navio com equipamento completo que Bertie disse que ficava sempre sobre o console da lareira do capitão Bill. Era uma pena, isso que era.

Susan levou para ele uma grande fatia de bolo coberto com calda de bordo e castanhas, mas "não, obrigado", disse Jem, com tom duro. Por que ela não havia guardado um pouco de biscoito de gengibre e creme batido para ele? Os outros deviam ter tudo. Porcos! Ele mergulhou em um poço ainda mais profundo de tristeza. Os meninos deviam estar a caminho de Harbour Mouth, agora. Simplesmente não suportava pensar nisso. Tinha que fazer alguma coisa para se vingar. E se cortasse a girafa de serragem de Di no tapete da sala de estar? Isso deixaria Susan maluca... Susan e suas castanhas, quando sabia que ele odiava castanhas na cobertura. E se desenhasse um bigode naquela imagem do anjo no calendário no quarto dela? Ele sempre odiou aquele querubim gordo, rosado e sorridente, porque parecia Sissy Flagg, que havia contado a todos na escola que Jem Blythe era seu namorado. Dela! Sissy Flagg! Mas Susan achava aquele anjo lindo.

E se escalpelasse a boneca de Nan? Se quebrasse o nariz de Gog ou Magog... ou dos dois? Talvez isso servisse para a mãe perceber que ele não era mais um bebê. Ela que esperasse a próxima primavera! Durante anos, anos e anos, sempre trouxe flores para ela, desde que tinha quatro anos, mas não traria nada na próxima primavera. Não, senhor!

E se comesse muitas maçãzinhas verdes da árvore ainda pequena e ficasse bem doente? Talvez isso os assustasse. E se nunca mais lavasse atrás das orelhas? E se fizesse caretas para todo mundo na igreja no próximo domingo? E se pusesse uma lagarta na tia Mary Maria, uma lagarta listrada, grande e peluda? E se fugisse para o porto, e se escondesse no navio do capitão David Reese, e zarpasse do porto ao amanhecer a caminho da América do Sul? Eles não se arrependeriam, então? E se nunca mais voltasse? Se fosse caçar no Brasil? Eles ficariam arrependidos, nesse caso? Não, ele apostava que não. Ninguém o amava. Havia um buraco no bolso de sua calça. Ninguém tinha costurado. Bem, *ele* não se importava. Só mostraria esse buraco a todo mundo em Glen e deixaria as pessoas verem como era negligenciado. Seus erros apareceram e o dominaram.

Tic tac... tic tac... tic tac... marcava o relógio no salão, trazido para Ingleside depois da morte do Avô Blythe, um relógio determinado que datava dos dias em que existia uma coisa chamada tempo. Normalmente, Jem o adorava... agora o odiava. Parecia estar rindo dele. "Ha, ha, está chegando a hora de ir para a cama. Os outros meninos podem ir ao porto, mas você vai para a cama. Ha, ha... ha, ha... ha, ha!"

Por que tinha que ir para a cama todas as noites? Sim, por quê?

Susan saiu para ir a Glen e olhou com ternura para a pequena criatura rebelde.

– Não precisa ir para a cama até eu voltar, Pequeno Jem! – disse ela, indulgente.

– Não vou para a cama hoje! – respondeu Jem, determinado. – Vou fugir, é isso que vou fazer, velha Susan Baker. Vou me jogar no lago, velha Susan Baker.

Susan não gostava de ser chamada de velha, nem mesmo pelo pequeno Jem. Ela se afastou silenciosa e séria. Ele precisava de um pouco de disciplina. O Camarão, que a tinha seguido para fora, sentindo falta de um pouco de companhia, sentou-se diante de Jem, mas não mereceu mais que um olhar pelo esforço.

– Saia daqui! Sentado aí nos fundilhos, me encarando como tia Mary Maria! Saia! Ah, não vai sair, não é? Então, tome isso!

Jem arremessou o carrinho de mão de Shirley, que estava ao seu alcance, e Camarão fugiu com um miado de lamento para o santuário da cerca de arbustos e flores. Veja só isso! Até o gato da família o odiava! Para que continuar vivendo?

Ele pegou o doce em forma de leão. Nan havia comido o rabo e boa parte das patas de trás, mas ainda era um leão. Podia comê-lo. Talvez fosse o último que comeria. Quando Jem terminou de comer o leão e lambeu os dedos, tinha decidido o que ia fazer. Era a única coisa que alguém *podia* fazer quando esse alguém não tinha permissão para fazer *nada*.

CAPÍTULO 6

– Por que a casa está iluminada desse jeito? – perguntou Anne, surpresa quando ela e Gilbert passaram pelo portão, às onze da noite. – Recebemos visitas, provavelmente.

Mas não havia nenhum visitante visível quando Anne entrou correndo em casa. Não havia ninguém por ali. A luz da cozinha estava acesa… e a da sala de estar, da biblioteca, da sala de jantar… do quarto de Susan e do corredor no andar de cima… mas nenhum sinal de ocupantes.

– O que acha que… – Anne começou, mas foi interrompida pelo toque do telefone. Gilbert atendeu, ouviu por um momento, proferiu uma exclamação de horror… e saiu sem olhar para Anne. Era evidente que algo pavoroso havia acontecido, e não havia tempo a perder com explicações.

Anne estava acostumada com isso, como era habitual à esposa de um homem que atende a vida e a morte. Com um movimento de ombros que expressava conformidade, ela tirou o chapéu e o casaco. Sentia-se um pouco irritada com Susan, que não devia ter saído e deixado a casa toda iluminada e as portas abertas.

– Querida… Sra… do doutor. – chamou uma voz que não podia ser de Susan… mas era.

Anne a encarou. Susan... sem chapéu, com os cabelos grisalhos cheios de fiapos de palha, o vestido estampado muito sujo e manchado. E seu rosto!

– Susan? O que aconteceu? Susan!

– O pequeno Jem desapareceu!

– Desapareceu! – Anne a encarava sem ação. – Como assim? Ele não pode ter desaparecido!

– Mas foi o que aconteceu. – Susan arfou, retorcendo as mãos. – Ele estava na escada lateral quando saí para ir a Glen. Voltei antes de escurecer... e ele não estava lá. De início, não me assustei... mas não consegui encontrá-lo em lugar nenhum. Procurei em todos os cômodos da casa... ele disse que ia fugir...

– Absurdo! Ele não faria isso, Susan. Você se preocupou desnecessariamente. Ele deve estar em algum lugar por aqui... pegou no sono... *tem que* estar em algum lugar por aqui.

– Já olhei em todos os lugares... todos os lugares. Olhei tudo lá fora e nos galpões externos. Olhe meu vestido... lembrei que ele sempre disse que seria divertido dormir no palheiro. Então, fui até lá... e caí por aquele buraco no canto dentro de uma das manjedouras do estábulo... bem em cima de um ninho cheio de ovos. Foi sorte não ter quebrado uma perna... se é que há sorte em alguma coisa relacionada ao desaparecimento de Jem.

Anne ainda se recusava a ceder ao nervosismo.

– Acha que ele pode ter ido a Harbour Mouth com os meninos, afinal, Susan? Ele nunca desobedeceu a uma ordem antes, mas...

– Não, ele não foi, querida Sra. do doutor. O cordeirinho abençoado não foi desobediente. Corri até a casa dos Drew depois de ter procurado em todos os lugares, e Bertie Shakespeare tinha acabado de chegar. Disse que Jem não esteve com eles. Senti que o fundo do meu estômago caía. Vocês confiaram o menino a mim e... Telefonei para a casa dos Paxton, disseram que vocês tinham estado lá e saído, não sabiam para onde.

– Fomos a Lowbridge visitar os Parker...

– Telefonei para todos os lugares onde imaginei que pudessem estar. Depois voltei ao vilarejo... os homens começaram uma busca...

– Ah, Susan, isso era necessário?

– Querida Sra. do doutor, eu já havia procurado em todos os lugares... todos os lugares onde uma criança poderia estar. Oh, o que enfrentei esta noite! E ele *disse* que ia se jogar no lago...

Apesar do autocontrole, um arrepio percorreu o corpo de Anne. É claro que Jem não se atiraria ao lago... isso era absurdo... mas havia lá um barquinho que Carter Flagg usava para pescar trutas, e Jem poderia, em sua disposição desafiante do início da noite, ter tentado remar pelo lago. Ele sempre quis remar o barquinho. Podia ter caído no lago tentando desamarrá-lo. Imediatamente, seu medo tomou terrível forma.

"E não tenho a menor ideia de onde foi Gilbert", ela pensou transtornada.

– Que confusão é essa? – perguntou tia Mary Maria, que apareceu de repente no alto da escada com a cabeça emoldurada por um halo de frisadores e o corpo coberto por um robe bordado com desenhos de dragão. – Não se pode *nunca* ter uma noite tranquila de sono nesta casa?

– O pequeno Jem desapareceu – repetiu Susan, aterrorizada demais para se ressentir contra o tom da Srta. Blythe. – A mãe dele confiou em mim...

Anne tinha ido procurar o menino pela casa. Jem tinha que estar em algum lugar! Não estava em seu quarto, a cama não havia sido desarrumada. Não estava no quarto das gêmeas... no dela... Ele não... não estava em lugar nenhum da casa. Depois de vasculhar do sótão ao porão, Anne voltou à sala de estar em um estado muito próximo do pânico.

– Não quero deixar você nervosa, Annie – disse tia Mary Maria, baixando a voz para um sussurro sombrio –, mas já olhou no barril de água da chuva? O pequeno Jack MacGregor se afogou em um barril de água da chuva na cidade, no ano passado.

– Eu... olhei – disse Susan, retorcendo as mãos outra vez. – Peguei uma... vareta... e mergulhei na água.

O coração de Anne, que havia quase parado com a sugestão de tia Mary Maria, voltou a bater. Susan controlou-se e parou de torcer as mãos. Tarde demais, lembrou que a querida Sra. do doutor não podia se abalar.

– Vamos nos acalmar e pensar – sugeriu ela, com voz trêmula. – Como disse, querida Sra. do doutor, ele deve estar em algum lugar por aqui. *Não pode* ter se desmanchado no ar.

– Olharam o depósito de carvão? E o relógio? – perguntou tia Mary Maria.

Susan havia olhado o depósito de carvão, mas ninguém tinha pensado no relógio. Era, de fato, grande o bastante para acomodar o corpo de um menino pequeno. Sem considerar o absurdo de supor que Jem passaria horas encolhido lá dentro, Anne correu até lá. Mas Jem não estava no relógio.

– Tive um *pressentimento* de que algo aconteceria, quando fui para a cama esta noite – comentou tia Mary Maria, pressionando as têmporas com as mãos. – Quando li meu capítulo de todas as noites da Bíblia, as palavras "Não sabeis o que o dia pode vos trazer" pareciam se destacar da página. Foi um sinal. É melhor se preparar para o pior, Annie. Ele pode ter ido para o pântano. É uma pena não termos alguns perdigueiros.

Com um esforço tremendo, Anne conseguiu rir.

– Receio que não haja nenhum na Ilha, tia. Se tivéssemos o velho setter de Gilbert, Rex, que foi envenenado, logo encontraríamos Jem. Tenho certeza de que estamos todos nos apavorando por nada...

– Tommy Spencer em Carmody desapareceu misteriosamente há quarenta anos e nunca foi encontrado... ou foi? Bem, se encontraram, foi só o esqueleto. Isso não tem graça, Annie. Não sei como pode estar tão calma.

O telefone tocou. Anne e Susan se olharam.

– Não posso... *não posso* atender ao telefone, Susan – sussurrou Anne.

– Eu também não – respondeu Susan. Passaria o resto de seus dias se odiando por demonstrar tamanha fraqueza diante de Mary Maria Blythe, mas não podia evitar. Duas horas de busca apavorada e imaginação distorcida a tinham deixado em frangalhos.

Tia Mary Maria se dirigiu ao telefone e atendeu à ligação, os frisadores em sua cabeça desenhando uma silhueta com chifres na parede. Apesar da angústia, Susan pensou que a imagem era parecida com a do próprio diabo.

– Carter Flagg diz que eles procuraram por todos os lados, mas ainda não acharam nem sinal dele – relatou tia Mary Maria, com frieza. – Mas ele contou que o barquinho está no meio do lago, não há ninguém dentro dele, até onde podem ver. Eles vão drenar o lago.

Susan amparou Anne bem a tempo.

– Não... não... não vou desmaiar, Susan – declarou Anne, com os lábios pálidos. – Ajude-me a sentar em uma cadeira, por favor. Precisamos encontrar Gilbert.

– Se James se afogou, Annie, você deve pensar que ele foi poupado de muitos problemas neste mundo cruel – disse tia Mary Maria, tentando oferecer algum consolo.

– Vou pegar a lanterna e procurar lá fora de novo – decidiu Anne, assim que conseguiu ficar em pé. – Sim, eu sei que já fez isso, Susan... mas deixe-me... deixe-me. *Não posso* ficar aqui parada, esperando.

– Deve vestir um suéter, então, querida Sra. do doutor. Tem uma neblina pesada lá fora, e o ar está úmido. Vou pegar o vermelho... está pendurado na poltrona do quarto dos meninos. Espere aqui, já volto com ele.

Susan subiu a escada correndo. Alguns momentos depois, algo que só podia ser descrito como um berro ecoou por Ingleside. Anne e tia Mary Maria subiram correndo e encontraram Susan rindo e chorando no corredor, mais próxima da histeria do que Susan Baker jamais havia estado em toda sua vida, ou estaria novamente.

– Querida Sra. do doutor, lá está ele! O pequeno Jem está lá... dormindo na poltrona embaixo da janela, atrás da porta. Não procurei naquele canto... a porta o escondeu... e quando não o vi na cama...

Enfraquecida pela mistura de alívio e alegria, Anne entrou no quarto e caiu de joelhos ao lado da poltrona embaixo da janela. Em pouco tempo, ela e Susan estariam rindo da própria tolice, mas agora só havia lágrimas de gratidão. O pequeno Jem dormia profundamente na poltrona embaixo da janela, coberto pela manta, com o velho ursinho de pelúcia nas mãos queimadas de sol e o clemente Camarão deitado sobre suas pernas. Os cachos vermelhos cobriam a almofada. Ele parecia ter um sonho agradável, e Anne não quis acordá-lo. Mas, de repente, ele abriu os olhos que eram como estrelas cor de avelã e a fitou.

– Jem, querido, por que não está na sua cama? Ficamos... ficamos um pouco assustadas, não conseguimos encontrar você... e não pensamos em procurar aqui.

– Quis ficar aqui para ver quando você e papai chegassem em casa. Ter que ir para a cama, simplesmente, seria muito solitário.

Sua mãe o tomou nos braços, carregando-o para a cama. Era muito bom ser beijado, sentir que ela ajeitava as cobertas em torno de seu corpo com aquelas mãozinhas carinhosas que despertavam nele a sensação de ser amado. Quem se importava com ver alguém tatuando uma cobra? Sua mãe era muito boa... a melhor mãe que alguém poderia ter. Todos em Glen chamavam a mãe de Bertie Shakespeare de "Sra. Ruindade", porque ela era muito cruel, e sabia, porque tinha visto, que ela batia no rosto de Bertie por qualquer coisinha.

– Mamãe – murmurou ele, sonolento –, é claro que vou trazer flores na próxima primavera. Em todas as primaveras. Pode contar comigo.

– É claro que posso, querido – respondeu a mãe.

– Bem, já que todo mundo superou o ataque de nervos, creio que podemos respirar tranquilamente e voltar para a cama – disse tia Mary Maria. Mas havia uma espécie de alívio rabugento em sua voz.

– Foi tolice minha não lembrar da poltrona embaixo da janela – disse Anne. – Fizemos papel de tolas, e o doutor não vai nos deixar esquecer disso, pode ter certeza. Susan, por favor, telefone para o Sr. Flagg e avise que encontramos Jem.

– E como ele vai rir de mim – comentou Susan, com alegria. – Não que me importe... ele pode rir quanto quiser, desde que Jem esteja seguro.

– Preciso de uma xícara de chá – suspirou tia Mary Maria, chorosa, ajeitando o robe de dragão.

– Eu preparo em um instante – respondeu Susan, sem hesitar. – Todas nós vamos nos sentir melhor depois do chá. Querida Sra. do doutor, quando Carter Flagg soube que Jem estava seguro, disse: "Graças a Deus"! Nunca mais direi uma só palavra contra aquele homem de novo, quaisquer que sejam seus preços. E não acha que podemos ter galinha para o jantar amanhã, querida Sra. do doutor? Só para comemorar, por assim dizer. E o pequeno Jem terá seus muffins favoritos no café da manhã.

Houve outro telefonema, desta vez de Gilbert, para informar que estava levando um bebê com queimaduras graves do porto para o hospital na cidade e que não o esperassem até a manhã seguinte.

Anne se debruçou na janela para um olhar agradecido de boa-noite ao mundo antes de ir dormir. Um vento frio soprava do mar. O luar se espalhava pelas árvores do vale. Anne conseguiu até rir... com um leve tremor por trás do riso... pelo pânico que haviam sentido uma hora atrás e pelas sugestões absurdas e lembranças mórbidas de tia Mary Maria. Seu filho estava a salvo... Gilbert estava em algum lugar, lutando para salvar a vida de outra criança... *Bom Deus, ajude-o e ajude a mãe... ajude todas as mães em todos os lugares. Precisamos de muita ajuda com esses sensíveis e amorosos corações e mentes, que buscam em nós orientação, amor e compreensão.*

A noite envolvente e amiga se apoderou de Ingleside, e todos, até Susan, que tinha desejado entrar em um buraco escuro e se enterrar lá dentro, adormeceram sob seu teto protetor.

CAPÍTULO 7

— Ele vai ter muita companhia... não vai se sentir sozinho... nossos quatro... e meus sobrinhos de Montreal vêm nos visitar. O que um não pensa, os outros pensam.

A grande, bonita, saudável e alegre Sra. do doutor Parker sorriu expansiva para Walter... que retribuiu o sorriso de um jeito um pouco distante. Não estava totalmente certo de que gostava da Sra. Parker, apesar de seu sorriso e alegria. Tudo nela era um pouco exagerado, de certa forma. Gostava do Dr. Parker. Quanto aos "nossos quatro" e os sobrinhos de Montreal, Walter nunca tinha visto nenhum deles. Lowbridge, onde os Parker moravam, ficava a dez quilômetros de Glen e Walter nunca esteve lá, embora o doutor e a Sra. Parker e o doutor e a Sra. Blythe trocassem visitas frequentes. O Dr. Parker e seu pai eram grandes amigos, embora Walter tivesse, de vez em quando, a impressão de que a mãe teria ficado muito bem sem a Sra. Parker. Aos seis anos de idade, Anne tinha notado, Walter conseguia enxergar coisas que outras crianças não viam.

Walter também não estava certo de que queria ir a Lowbridge. Algumas visitas eram ótimas. Uma viagem a Avonlea... ah, isso era divertido! E uma noite com Kenneth

Ford na velha Casa dos Sonhos era ainda mais divertida... embora isso não pudesse ser chamado de visita, porque a Casa dos Sonhos seria sempre como um segundo lar para a pequena prole de Ingleside. Mas ir a Lowbridge para passar duas semanas inteiras, entre estranhos, era uma história bem diferente. No entanto, tudo parecia estar acertado. Por algum motivo, que Walter era incapaz de entender, seu pai e sua mãe estavam satisfeitos com os planos. Queriam se ver livres de *todos* os filhos; Walter supôs com tristeza e desconforto. Jem estava fora, tinha sido levado para Avonlea dois dias antes, e ele ouviu Susan fazer comentários misteriosos sobre "mandar as gêmeas para a Sra. Marshall Elliot, quando chegasse a hora". Que hora? Tia Mary Maria parecia muito triste com alguma coisa e tinha dito que "queria que tudo isso acabasse de uma vez". O que ela queria que acabasse? Walter não sabia. Mas havia alguma coisa estranha no ar em Ingleside.

– Eu o levo amanhã – disse Gilbert.

– Os meninos vão esperar ansiosos – respondeu a Sra. Parker.

– É muita bondade sua, certamente – comentou Anne.

– É melhor assim, sem dúvida – falou Susan para o Camarão na cozinha, adotando um tom sombrio.

– É muita gentileza da Sra. Parker tirar Walter de nossas mãos, Annie – disse tia Mary Maria, assim que os Parker foram embora. – Ela me contou que gosta muito dele. As pessoas desenvolvem simpatias aleatórias, não é? Bem, talvez agora, por duas semanas pelo menos, eu possa ir ao banheiro sem tropeçar em um peixe morto.

– Um peixe morto, tia! Não pode querer dizer...

– Quero dizer exatamente o que digo, Annie. Sempre. Um peixe morto! Alguma vez pisou descalça em um peixe morto?

– Não... mas como...
– Walter pegou uma truta ontem à noite e a colocou na banheira para mantê-la viva, querida Sra. do doutor – contou Susan, distraída. – Se ela tivesse ficado lá, tudo teria transcorrido bem, mas ela saiu, de algum jeito, e morreu à noite. É claro, se as pessoas andam por aí descalças...
– Eu tenho uma regra de nunca discutir com ninguém – declarou tia Mary Maria, levantando-se e saindo da sala.
– Decidi não permitir que ela me constranja, querida Sra. do doutor.
– Ah, Susan, ela está me irritando um pouco... mas é claro que não vou me incomodar tanto, quando tudo isso acabar... e deve ser horrível pisar em um peixe morto...
– Um peixe morto não é melhor que um vivo, mamãe? Um peixe morto não se debate – argumentou Di.

Como a verdade deve ser dita a todo custo, é preciso admitir que a senhora e a serviçal de Ingleside riram.

E foi isso. Mas, naquela noite, Anne conversava com Gilbert e especulou sobre se Walter ficaria feliz em Lowbridge.

– Ele é tão sensível e imaginativo – comentou ela, de maneira melancólica.

– Demais – concordou Gilbert, que estava cansado depois de ter tido, como dizia Susan, três bebês naquele dia. – Anne, essa criança tem medo de ir lá em cima no escuro. Vai fazer muito bem a ele poder se relacionar com a prole dos Parker por alguns dias. Ele voltará para casa diferente.

Anne não disse mais nada. Sem dúvida, Gilbert estava certo. Walter estava solitário sem Jem; e tendo em vista o que aconteceu quando Shirley nasceu, seria bom Susan ter o mínimo possível para fazer, além de cuidar da casa e aguentar tia Mary Maria... cujas duas semanas já tinham se transformado em quatro.

Walter estava deitado na cama, acordado, tentando escapar do pensamento aterrorizante de ter que partir no dia seguinte dando rédeas soltas à imaginação. A dele era muito vívida. Imaginar, para ele, era como um grande cavalo branco, como aquele do quadro na parede, no qual podia galopar para a frente ou para trás no tempo e no espaço. A noite caía... Noite, como um alto e sombrio anjo com asas de morcego que morava nos bosques do Sr. Andrew Taylor na colina ao sul. Às vezes, Walter a acolhia... às vezes, ele a imaginava com tanta nitidez que tinha medo dela. Walter dramatizava e personificava tudo em seu mundinho... o vento que contava histórias à noite... a geada que mordiscava as flores no jardim... o orvalho que caía prateado e silencioso... a lua que ele se sentia capaz de pegar, se pudesse chegar ao topo daquela distante colina púrpura... a neblina que vinha do mar... o próprio mar grandioso que estava sempre mudando e nunca mudava... a misteriosa e escura maré. Todos eram entidades, para Walter. Ingleside, o Vale, o bosque de bordos e o pântano, a margem do porto, todos cheios de elfos, kelpies, dríades, sereias e goblins. O gato preto de gesso sobre o console da lareira na biblioteca era uma bruxa encantada. Ganhava vida à noite e andava pela casa, crescia até ficar enorme. Walter cobriu a cabeça e estremeceu. Sempre tinha medo das coisas que imaginava.

Talvez tia Mary Maria tivesse razão quando dizia que ele era "nervoso e tenso demais", embora Susan jamais a perdoasse por isso. Talvez tia Kitty MacGregor, de Upper Glen, a quem se atribuía uma "segunda visão", tivesse acertado quando, depois de olhar demoradamente no fundo dos olhos cinzentos e de cílios longos de Walter, disse que "ele era uma alma velha em um corpo jovem". Talvez a alma velha soubesse demais para o cérebro jovem sempre entender.

De manhã, Walter foi informado de que seu pai o levaria a Lowbridge depois do jantar. Ele não respondeu, mas, durante a refeição, foi tomado por uma sensação de sufocamento e baixou os olhos depressa para esconder um véu de lágrimas. Mas não foi rápido o bastante.

– Você não vai chorar, vai, Walter? – perguntou tia Mary Maria, como se uma criança de seis anos fosse se desgraçar para sempre, se chorasse. – Se tem alguma coisa que desprezo, esta coisa é um bebê chorão. E você não comeu sua carne.

– Só deixei a gordura – respondeu Walter, piscando com valentia, mas evitando erguer os olhos. – Não gosto de gordura.

– Quando *eu* era criança – contou tia Mary Maria –, não tinha permissão para ter gostos e desgostos. Bem, a Sra. do doutor Parker provavelmente vai reparar algumas de suas ideias. Ela foi uma Winter, acho... ou era uma Clark?... não, deve ter sido uma Campbell. Mas os Winter e os Campbell foram pintados com o mesmo pincel e não toleram nenhum absurdo.

– Por favor, tia Mary Maria, não amedronte Walter com essa visita a Lowbridge – disse Anne, e uma pequena fagulha cintilou no fundo de seus olhos.

– Desculpe, Annie – respondeu tia Mary Maria, com grande humildade. – Não devia ter esquecido que não tenho o direito de tentar ensinar *nada* a seus filhos.

– Que insuportável – resmungou Susan, ao se retirar para ir buscar a sobremesa, o pudim preferido de Walter.

Anne sentia-se terrivelmente culpada. Gilbert havia lançado um discreto olhar de reprovação em sua direção, como que para insinuar que ela poderia ter sido mais paciente com a pobre e solitária velha senhora. O próprio Gilbert estava um pouco cansado. A verdade, como todos sabiam, era que tinha trabalhado demais durante todo o verão; e talvez tia Mary

Maria fosse uma sobrecarga maior do que ele queria admitir. Anne decidiu que, no outono, se tudo estivesse bem, ela o levaria para um mês de tiro ao alvo na Nova Escócia.

– Como está seu chá? – perguntou ela a tia Mary Maria, com tom arrependido.

Tia Mary Maria comprimiu os lábios.

– Muito fraco. Mas não tem importância. Quem se importa com o chá de uma pobre e velha senhora, se está ou não de seu gosto? Mas há quem pense que sou uma boa companhia.

Qualquer que fosse a conexão entre as duas frases de tia Mary Maria, Anne sentia-se incapaz de entendê-la nesse momento. Havia empalidecido intensamente.

– Acho que vou subir e deitar um pouco – disse, meio fraca, enquanto se levantava da mesa. – E acho, Gilbert... que talvez seja melhor não demorar muito em Lowbridge... e é bom telefonar para a Srta. Carson.

Ela se despediu de Walter com um beijo casual e apressado... como se não quisesse pensar nele. Walter não ia chorar. Tia Mary Maria o beijou na testa... Walter odiava beijo molhado na testa... e disse:

– Tenha modos à mesa em Lowbridge, Walter. Não seja esganado. Se for, o Grande Homem Preto vai aparecer com um grande saco preto para guardar crianças malcriadas.

Foi bom Gilbert ter saído para pôr a sela em Grey Tom e não ouvir isso. Ele e Anne faziam questão de nunca assustar as crianças com essas ideias e não permitiam que ninguém as assustasse dessa maneira. Susan ouviu tudo enquanto tirava os pratos da mesa, e tia Mary Maria jamais soube que por pouco não teve a cabeça atingida por uma travessa de molho.

CAPÍTULO 8

Geralmente, Walter gostava de passear de carruagem com o pai. Ele adorava a beleza, e as estradas em torno de Glen St. Mary eram bonitas. A estrada para Lowbridge era uma faixa dupla de ranúnculos dançantes, com a fronteira de folhagens verdes de um bosque convidativo aqui e ali. Mas hoje seu pai não parecia muito interessado em conversar e conduzia Grey Tom como Walter não se lembrava de tê-lo visto fazer antes. Quando chegaram a Lowbridge, ele disse algumas palavras apressadas e privadas à Sra. Parker e saiu sem se despedir de Walter. Mais uma vez, Walter fez um grande esforço para não chorar. Era evidente que ninguém o amava. Sua mãe e seu pai o amavam antes, mas agora era diferente.

A grande e desarrumada casa dos Parker em Lowbridge não pareceu convidativa para Walter. Mas talvez nenhuma casa pudesse dar essa impressão naquele momento. A Sra. Parker o levou ao quintal, onde gritos de alegria barulhenta ecoavam, e o apresentou às crianças que ocupavam o espaço. Depois voltou prontamente à sua costura, deixando-os para "se conhecerem sozinhos"... um procedimento que funcionava bem em nove de cada dez casos. Talvez não se pudesse culpá-la por não ver que o pequeno Walter Blythe era o décimo caso. Ela gostava dele... seus outros filhos eram bichinhos alegres... Fred e Opal eram propensos aos ares de Montreal, mas estava certa de que eles não seriam indelicados com ninguém. Tudo fluiria bem. Estava muito feliz por poder ajudar a "pobre Anne Blythe", mesmo que fosse apenas tirando um dos filhos das mãos dela. A Sra. Parker esperava que "tudo corresse bem". As amigas de Anne estavam muito mais preocupadas com ela do que ela mesma, cada uma lembrando do nascimento de Shirley.

Um silêncio repentino invadiu o quintal... um quintal que se abria para um grande pomar de maçãs. Walter estava parado, olhando acanhado e sério para as crianças Parker e seus primos Johnson, de Montreal. Bill Parker tinha dez anos, era um menino de rosto redondo e corado, "parecido" com a mãe e muito velho e grande, aos olhos de Walter. Andy Parker tinha nove anos, e as crianças de Lowbridge poderiam dizer que ele era o "Parker maldoso" e que havia bons motivos para seu apelido ser "Porco". Walter não gostou dele desde o primeiro instante... o cabelo curto e espetado, o rosto sardento, os olhos azuis e muito abertos. Fred Johnson tinha a idade de Bill, e Walter também não gostou dele, embora fosse um garoto bonito com cabelos castanhos e olhos negros. Sua irmã de nove anos, Opal, também tinha cachos e olhos negros... muito negros. Ela estava ao lado da loira Cora Parker, de oito anos, com um braço sobre os ombros dela, e ambas olhavam para Walter de um jeito condescendente. Não fosse por Alice Parker, Walter poderia ter virado e fugido dali.

Alice tinha 7 anos; Alice tinha os mais lindos cachinhos dourados cobrindo sua cabeça; Alice tinha olhos tão azuis e suaves quanto as violetas no vale; Alice tinha faces rosadas com covinhas; Alice usava um vestido amarelo de babados que a fazia parecer um ranúnculo dançante; Alice sorriu para ele como se o conhecesse desde sempre; Alice era uma amiga.

Fred começou a conversa.

– Oi, filhinho – disse, de um jeito condescendente.

Walter sentiu o tom superior e imediatamente se retraiu.

– Meu nome é Walter – respondeu, sério.

Fred olhou para os outros com um ar debochado. Ia dar uma lição no garoto do campo!

– Ele disse que seu nome é *Walter* – debochou para Bill, com uma careta engraçada, entortando a boca.

– Ele disse que seu nome é *Walter* – contou Bill para Opal.

– Ele disse que seu nome é *Walter* – disse Opal para Andy.

– Ele disse que seu nome é *Walter* – repetiu Andy a Cora.

– Ele disse que seu nome é *Walter* – finalizou Cora, rindo, a Alice.

Alice não falou nada. Só continuou olhando para Walter com admiração, e aquele olhar o ajudou a suportar enquanto todos os outros repetiam juntos: "Ele disse que seu nome é *Walter*", e depois explodiram em gritos e gargalhadas debochadas.

– Como os pequenos estão se divertindo – pensou a Sra. Parker, complacente.

– Ouvi minha mãe falar que você acredita em fadas – comentou Andy, rindo, sem nenhum pudor.

Walter o encarou. Não se deixaria diminuir diante de Alice.

– As fadas *existem* – respondeu firme.

– Não existem. – Andy o desmentiu.

– Existem – disse Walter.

– Ele diz que existem *fadas* – falou Andy para Fred.

– Ele diz que existem *fadas* – disse Fred a Bill... e eles repetiram toda a performance.

Isso era tortura para Walter, que nunca havia sido alvo de deboche antes e não conseguia suportar o tratamento. Ele mordeu a boca para segurar o choro. Não devia chorar diante de Alice.

— O que acha de levar uns beliscões e ficar roxo? — perguntou Andy, que já havia decidido que Walter era covarde e seria divertido atormentá-lo.

— Para, Porco — interferiu Alice, com autoridade... muita autoridade, embora falasse baixo, com doçura e gentileza. Havia algo em seu tom que nem Andy ousava desafiar.

— Eu não estava falando sério, é claro — murmurou ele, envergonhado.

O vento virou a favor de Walter, e eles foram brincar de pega-pega no pomar. Mas, quando entraram em casa fazendo barulho para jantar, Walter foi novamente tomado pela saudade de casa. Foi terrível, e, por um momento horroroso, ele teve medo de chorar na frente de todos ali... até de Alice, que, no entanto, afagou seu braço de um jeito amistoso quando eles sentaram, e isso o ajudou. Mas não conseguiu comer nada... simplesmente não conseguiu. A Sra. Parker, cujos métodos certamente mereciam reconhecimento, não o atormentou por isso, concluindo tranquila que seu apetite seria melhor de manhã, e os outros estavam ocupados demais com a comida e a conversa para prestar muita atenção nele.

Walter se perguntou por que toda a família gritava tanto, sem saber que ainda não tinham tido tempo para abandonar o hábito, depois da morte de uma avó muito surda e sensível. O barulho fazia sua cabeça doer. Oh, em casa eles também estariam jantando agora. Sua mãe estaria sorrindo à ponta da mesa, o pai estaria brincando com as gêmeas, Susan estaria misturando creme ao leite na caneca de Shirley, Nan estaria dando migalhas para Camarão. Até tia Mary Maria, que era parte do círculo familiar, parecia investida repentinamente de uma luminosidade suave e terna. Quem teria batido no gongo chinês para anunciar o jantar? Era sua vez de cuidar disso esta semana, e Jem não estava em casa. Se pudesse ao menos encontrar um lugar para chorar! Mas era como se não houvesse lugar nenhum para se entregar às lágrimas em Lowbridge. Além disso... havia Alice. Walter bebeu um copo de água gelada e sentiu que isso o ajudava.

– Nosso gato tem ataques – contou Andy, de repente, chutando o gato embaixo da mesa.

– O nosso também – disse Walter. Camarão teve dois ataques. E não ia deixar os gatos de Lowbridge alcançarem uma classificação melhor que os de Ingleside.

– Aposto que os ataques do nosso gato são mais fortes que os do seu. – Andy o desafiou.

– Aposto que não – respondeu Walter.

– Ora, ora, não vamos ter nenhuma discussão sobre seus gatos – avisou a Sra. Parker, que queria ter uma noite tranquila para escrever seu trabalho sobre "Crianças Incompreendidas" para o Instituto. – Vão brincar lá fora. Daqui a pouco é hora de ir para a cama.

Hora de ir para a cama! De repente Walter entendeu que teria que passar a noite toda ali... muitas noites... duas semanas de noites. Era assustador. Ele foi para o pomar com os punhos cerrados, e lá encontrou Bill e Andy em uma luta furiosa na grama, chutando, arranhando, gritando.

– Você me deu maçã com bicho, Bill Parker! – berrava Andy. – Vou te ensinar a não me dar mais maçãs com bicho! Vou arrancar suas orelhas com uma mordida!

Brigas desse tipo eram ocorrências diárias com os Parker. A Sra. Parker afirmava que não havia mal nenhum em meninos brigarem. Dizia que assim eles extravasavam muita agressividade e continuavam sendo bons amigos depois. Mas Walter nunca tinha visto uma briga antes e ficou apavorado.

Fred torcia, Opal e Cora riam, mas havia lágrimas nos olhos de Alice. Walter não conseguiu suportar aquilo. Ele se enfiou entre os briguentos, que haviam se afastado por um momento para recuperar o fôlego, antes de retomar a luta.

– Parem de brigar – disse Walter. – Estão assustando Alice.

Bill e Andy olharam para ele por um momento com ar surpreso, até pensarem em como era engraçado aquele bebê interferir na briga. Os dois começaram a rir, e Bill deu um tapa em suas costas.

– Ele tem coragem, garotos – disse. – Vai ser um menino de verdade, algum dia, se deixarem isso crescer. Aqui está uma maçã como recompensa... e sem bichos.

Alice enxugou as lágrimas do rosto rosado e olhou para Walter com tanta adoração que Fred se incomodou. É claro, Alice era só uma bebê, mas até bebês tinham que evitar olhares de adoração para outros garotos quando ele, Fred Johnson de Montreal, estava por perto. Tinha que dar um jeito nisso. Fred estava dentro da casa e tinha ouvido tia Jen, que conversava ao telefone, falar alguma coisa para tio Dick.

– Sua mãe está muito doente – falou ele para Walter.

– Ela... não está! – gritou Walter.

– Está sim. Ouvi tia Jen contando para o tio Dick. – Fred tinha ouvido a tia dizer: "Anne Blythe está doente". E foi divertido acrescentar o "muito". – É bem provável que ela morra antes de você voltar para casa.

Walter olhou em volta com uma expressão atormentada. Mais uma vez, Alice tomou partido dele... e de novo os outros se juntaram a Fred para o comportamento padrão. Sentiam que havia algo de estranho naquela criança morena, bonita... e precisavam atormentá-la.

– Se ela está doente – argumentou Walter –, meu pai vai curá-la.

Ele ia... ele precisava!

– Receio que isso seja impossível – disse Fred, fazendo uma cara triste, mas piscando para Andy.

– Nada é impossível para meu pai – insistiu Walter, demonstrando lealdade.

– Ora, mas Russ Carter foi a Charlottetown por um dia só no verão passado, e, quando voltou para casa, a mãe dele estava morta – contou Bill.

– E enterrada – acrescentou Andy, pensando em dar um toque dramático, sem se importar com a verdade dos fatos. – Russ ficou furioso por ter perdido o funeral... funerais são alegres.

– E eu nunca fui a um funeral – comentou Opal, triste.

– Bem, vai haver muitas oportunidades – respondeu Andy. – Mas entenda, nem meu pai conseguiu manter a Sra. Carter viva, e ele é um médico muito melhor que o *seu* pai.

– Ele não é...

– Sim, ele é, e também é muito mais bonito...

– Não é.

– Quando você se afasta de casa, sempre acontece alguma coisa – declarou Opal. – O que vai sentir se voltar para casa e descobrir que Ingleside foi queimada?

– Se sua mãe morrer, você e seus irmãos vão ser separados, provavelmente – sugeriu Cora, animada. – Talvez você venha morar aqui.

– Sim... venha – convidou Alice, com doçura.

– Ah, o pai dele vai querer mantê-lo em casa – disse Bill. – Logo ele vai se casar de novo. Mas talvez o pai dele também morra. Ouvi meu pai dizer que o Sr. Blythe estava se matando de trabalhar. Olha só para a cara dele. Você tem olhos de menina, filhinho... olhos de menina... olhos de menina.

– Ah, cala a boca – ordenou Opal, cansando da brincadeira. – Não vai enganá-lo. Ele sabe que isso é só provocação. Vamos ao parque ver o jogo de beisebol. Walter e Alice podem ficar aqui. Não podemos aceitar crianças nos seguindo para todos os lugares.

Walter não lamentou quando os viu sair. Alice também não, pelo jeito. Os dois sentaram sobre um tronco de macieira e se olharam acanhados, contentes.

– Vou te ensinar a brincar de pedrinha – disse Alice. – E vou te emprestar meu canguru felpudo.

Quando chegou a hora de ir dormir, Walter foi levado ao quartinho do corredor, onde ficaria sozinho. A Sra. Parker deixou uma vela e um cobertor, porque a noite de julho era fria como até uma noite de verão podia ser no litoral, às vezes. Parecia até que haveria geada.

Mas Walter não conseguia dormir, nem mesmo com o canguru felpudo de Alice aninhado contra a bochecha. Ah, se estivesse em casa, em seu quarto, com a grande janela que abria para o vale e a janelinha, protegida por um telhado próprio, de onde via o pinheiro escocês! Sua mãe entraria e leria poesia para ele, com aquela voz adorável...

– Sou um menino grande... não vou chorar... não vooouuu... – As lágrimas chegaram, apesar da determinação. Para que serviam cangurus felpudos? Parecia que tinha saído de casa havia anos.

As outras crianças voltaram do parque e se reuniram no quarto, sentadas na cama e comendo maçãs.

– Estava chorando, bebê – provocou Andy. – Você é uma menininha doce. Queridinho da mamãe!

– Dê uma mordida, garoto – disse Bill, oferecendo uma maçã meio comida. – E se anime. Não vou me surpreender se sua mãe melhorar... se for resistente, é claro. Meu pai diz que a Sra. Stephen Flagg teria morrido há anos, se não fosse resistente. Sua mãe é?

– É claro que sim – disse Walter. Não tinha ideia do que significava ser resistente, mas se a Sra. Stepehn Flagg era, sua mãe também devia ser.

– A Sra. Ab Sawyer morreu na semana passada, e a mãe de Sam Clark morreu uma semana antes dela – contou Andy.

– Elas morreram à noite – explicou Cora. – Minha mãe diz que as pessoas quase sempre morrem à noite. Espero ser diferente. Imaginem, ir para o céu de camisola!

– Crianças! Crianças! Todo mundo para a cama – mandou a Sra. Parker.

E os meninos saíram, depois de fingir que sufocavam Walter com uma toalha. Afinal, até que gostavam do garoto. Walter segurou a mão de Opal quando ela virou para sair.

– Opal, não é verdade que minha mãe está doente, é? – sussurrou ele, com tom de súplica. Não suportava a ideia de ficar sozinho com esse medo.

Opal não era uma "criança de mau coração", como tinha dito a Sra. Parker, mas não resistia à excitação que experimentava ao dar más notícias.

– Ela está doente. Tia Jen disse que está... e disse que eu não devia contar para você. Mas acho que precisa saber. Talvez ela tenha câncer.

– Todo mundo tem que morrer, Opal? – Essa era uma nova e pavorosa ideia para Walter, que nunca havia pensado na morte antes.

– É claro, bobo. Mas as pessoas não morrem de verdade... elas vão para o céu – explicou Opal, alegre.

– Nem todas – respondeu Andy, que ouvia atrás da porta, com um sussurro de porco.

– O... o céu é ainda mais longe que Charlottetown? – perguntou Walter.

Opal gritou de rir.

– Ah, você é estranho! O céu fica a milhões de quilômetros daqui. Mas vou dizer o que deve fazer. Reze. Deus é bom. Uma vez, perdi uma moeda e rezei, e encontrei uma moeda de valor mais alto. É assim que eu sei.

– Opal Johnson, ouviu o que eu disse? E apague essa vela no quarto de Walter. Tenho medo de fogo – ordenou a Sra. Parker do quarto dela. – Ele devia estar dormindo há muito tempo.

Opal soprou a vela e saiu. Tia Jen era simpática, mas quando ficava brava! Andy enfiou a cabeça na fresta da porta para uma bênção de boa-noite.

– Que os pássaros no papel de parede se soltem e arranquem seus olhos a bicadas – sussurrou ele.

Depois disso, todos foram para a cama, certos de que esse era o fim de um dia perfeito e Walter Blythe não era um garotinho mau, e no dia seguinte se divertiriam mais, atormentando-o.

"Queridos pequenos", pensou a Sra. Parker, emocionada.

O silêncio desceu sobre a casa dos Parker, e a dez quilômetros de lá, em Ingleside, a pequena Bertha Marilla Blythe piscava os olhinhos redondos e cor de avelã para os rostos à sua volta e para o mundo, ao qual ela havia chegado na noite de julho mais fria dos últimos oitenta e sete anos no litoral!

CAPÍTULO 9

Sozinho no escuro, Walter ainda não conseguia dormir. Nunca havia dormido sozinho antes. Jem ou Ken sempre estiveram perto dele, aquecendo e confortando. Mal conseguia enxergar o quartinho com o luar pálido que entrava sorrateiro, mas isso era quase pior que a escuridão. Uma foto na parede ao pé da cama parecia mostrar os dentes para ele... fotos sempre ficavam muito *diferentes* ao luar. Você via nelas coisas de que nunca desconfiava à luz do dia. As longas cortinas de renda pareciam mulheres altas e magras, uma de cada lado da janela, chorando. Havia barulhos na casa... estalos, suspiros, sussurros. E se os pássaros na parede *estivessem* ganhando vida e se preparando para arrancar seus olhos a bicadas?

De repente, um medo arrepiante o invadiu... e depois um medo enorme superou todos os outros. *Sua mãe estava doente*. Tinha que acreditar, porque Opal disse que era verdade. Talvez sua mãe estivesse morrendo! *Talvez sua mãe estivesse morta!* Não haveria mãe quando voltasse para casa. Walter via Ingleside sem sua mãe!

De repente, Walter soube que não suportaria isso. Precisava ir para casa. Imediatamente. Tinha que ver a mãe antes que ela... antes que ela... morresse. Foi isso que tia Mary Maria quis dizer. Ela sabia que a mãe dele ia morrer. Era inútil pensar em acordar alguém e pedir que o levassem para casa. Não o levariam... só ririam dele. O caminho para casa era terrivelmente longo, mas andaria a pé a noite inteira.

Bem quieto, ele saiu da cama e vestiu as roupas. Pegou os sapatos. Não sabia onde a Sra. Parker tinha guardado seu boné, mas não importava. Não podia fazer barulho... precisava fugir e voltar para ver sua mãe. Lamentava muito não poder se despedir de Alice... ela iria entender. Pelo corredor escuro... escada abaixo... degrau por degrau... a respiração presa... esses degraus não tinham fim?... a mobília estava ouvindo... oh, oh!

Walter tinha derrubado um pé de sapato! Ele rolou pela escada, batendo de degrau em degrau, atravessou a sala e foi se chocar contra a porta da frente, provocando o que, para Walter, pareceu um estrondo ensurdecedor.

Walter se encolheu em desespero junto ao corrimão. *Todo mundo* devia ter ouvido aquele barulho... viriam correndo... não o deixariam ir para casa... um soluço desesperado o sufocou, preso na garganta.

Foi como se horas tivessem passado, antes de ele ousar acreditar que ninguém havia acordado... antes de se atrever a retomar a cuidadosa descida pela escada. Mas, finalmente, terminou; ele encontrou o sapato e, cuidadoso, girou a maçaneta da porta... portas nunca eram trancadas na casa dos Parker. A Sra. Parker disse que não tinham nada que merecesse ser roubado, exceto as crianças, e ninguém *as* queria.

Walter saiu... fechou a porta. Calçou os sapatos e andou em direção à rua; a casa ficava no limite do vilarejo, e logo ele estava na estrada. Um momento de pânico o dominou. O medo de ser pego e impedido tinha passado, e todos os antigos medos do escuro e da solidão retornaram. Nunca havia estado *sozinho* fora de casa à noite. Sentia medo do mundo. Era um mundo enorme, e sentia-se terrivelmente pequeno nele. Até o vento frio que soprava do leste parecia bater em seu rosto como se o empurrasse de volta.

A mãe dele ia morrer! Walter engoliu em seco e olhou na direção de sua casa. E seguiu em frente, enfrentando o medo com dignidade. Era a luz da lua, mas o luar permitia *ver* coisas... e nada parecia conhecido. Uma vez, quando saiu com o pai, pensou que nunca havia visto nada tão bonito quanto a estrada enluarada atravessada pela sombra das árvores. Mas agora as sombras eram tão negras e intensas que podiam voar em cima dele. Os campos tinham adquirido uma estranheza. As árvores não eram mais amigáveis. Pareciam observá-lo... se uniam na frente e atrás dele. Dois olhos brilhantes o fitavam de uma vala e um gato preto de tamanho inacreditável atravessou a estrada correndo. *Aquilo era um gato?* Ou...? A noite era fria; ele estremeceu dentro da blusa fina, mas não se incomodaria com o frio se conseguisse parar de sentir medo de tudo... das sombras, dos sons misteriosos e das coisas sem nome que podiam estar à espreita nas faixas de bosque que ele atravessava. Ia se perguntando como seria não sentir medo de nada... como Jem.

– Vou... vou fingir que não estou com medo – disse em voz alta, depois sentiu um arrepio de terror ao ouvir o som *perdido* da própria voz na noite imensa.

Mas seguiu em frente... e tinha que continuar, porque sua mãe ia morrer. Caiu uma vez, bateu e esfolou o joelho em uma pedra. Outra vez, ouviu um cabriolé se aproximando por trás dele e se escondeu atrás de uma árvore para esperar o veículo passar, apavorado com a ideia de o Dr. Parker ter descoberto a fuga e ido atrás dele. Uma vez, parou completamente apavorado com alguma coisa preta e peluda sentada ao lado da estrada. Não podia passar por ele... não podia... mas passou. Era um grande cachorro preto... *Era* um cachorro?... Mas tinha passado por ele. Não se atrevia a correr, por medo de que o bicho o perseguisse. Olhou para trás desesperado... o animal estava em pé, se afastando na direção oposta. Walter levou uma das mãozinhas marrons ao rosto e descobriu que estava molhado de suor.

Uma estrela caiu no céu diante dele, espalhando centelhas de fogo. Walter lembrou de ter ouvido tia Kitty dizer que, quando uma estrela caía, alguém morria. *Teria sido sua mãe?* Tinha acabado de sentir que as pernas não o levariam nem mais um passo adiante, mas voltou a andar depois desse pensamento. Estava com tanto frio que quase não sentia mais medo. Nunca chegaria em casa? Horas e horas deviam ter passado, desde que saiu de Lowbridge.

Foram três horas. Tinha fugido da casa dos Parker às onze, e agora eram duas. Quando percebeu que estava na estrada que descia para Glen, Walter deixou escapar um soluço de alívio. Mas, quando atravessou o vilarejo cambaleando, as casas adormecidas pareciam remotas e distantes. Tinha sido esquecido. De repente, uma vaca mugiu para ele por cima de uma cerca, e Walter lembrou que o Sr. Joe Reese tinha um touro selvagem. Começou a correr, e o pânico o levou colina acima até o portão de Ingleside. Estava em casa... oh, estava em casa!

Então parou, trêmulo, dominado por um medonho sentimento de desolação. Esperava ver as acolhedoras e amigáveis luzes de casa. E não havia uma luz acesa em Ingleside!

Na verdade, havia uma luz, que ele não podia ver, em um quarto do fundo onde uma ama dormia com o cesto de bebê ao lado da cama. Mas, para todos os efeitos, Ingleside estava escura como uma casa deserta, e isso deixou Walter arrasado. Nunca tinha visto ou imaginado Ingleside escura à noite.

Isso significava que sua mãe tinha morrido!

Walter entrou na propriedade cambaleando, andando pela sombra escura e sinistra da casa no gramado, até a porta da frente. Estava trancada. Ele bateu sem força... não alcançava a argola de ferro... mas ninguém respondeu, e nem ele esperava ser atendido. Ficou ouvindo... não havia nenhum som de *vida* lá dentro. Sabia que a mãe estava morta e todos tinham ido embora.

A essa altura, estava exausto e com frio demais para chorar, mas andou até o celeiro e subiu a escada para o palheiro. Estava além do medo; só queria encontrar um lugar protegido do vento e deitar até que o dia amanhecesse. Talvez alguém voltasse, depois de enterrarem sua mãe.

Um gatinho malhado e magro que alguém tinha dado ao doutor ronronou para ele. O gato tinha um cheiro gostoso de trevo. Walter o abraçou contente... era quente e *vivo*. Mas ele ouviu ratinhos correndo pelo chão e não quis ficar. A lua o espiava através da janela cheia de teias de aranha, mas não havia conforto naquela lua distante, fria, sem nenhuma empatia. Uma luz ardendo em uma casa em Glen parecia mais amiga. Enquanto aquela luz brilhasse, ele poderia aguentar.

Não conseguia dormir. O joelho doía muito e ele sentia frio... e também alguma coisa estranha no estômago. Talvez estivesse morrendo também. Esperava que sim, já que todos os outros estavam mortos ou tinham ido embora. As noites nunca tinham fim? Outras noites sempre acabavam, mas essa talvez não. Ele se lembrou de uma história de terror que tinha escutado, alguma coisa sobre o capitão Jack Flagg em Harbour Mouth ter dito que não deixaria o sol nascer algum dia, se ficasse muito bravo. Talvez o capitão Jack tivesse ficado muito bravo, afinal.

Então, a luz em Glen se apagou... e ele não aguentou mais. Mas, quando o gritinho de desespero escapou de sua boca, ele percebeu que era dia.

CAPÍTULO 10

Walter desceu a escada e saiu. Ingleside era banhada por aquela luz estranha e atemporal do raiar do dia. O céu sobre as bétulas no Vale tinha um brilho pálido de rosa-prateado. Talvez ele conseguisse entrar pela porta lateral. Susan às vezes a deixava aberta para o pai dele.

A porta lateral estava destrancada. Com um soluço de gratidão, Walter entrou no hall. Ainda estava escuro na casa, e ele começou a subir com cuidado. Iria para a cama... sua cama... e se ninguém jamais voltasse, poderia morrer ali, ir para o céu e encontrar a mãe. Mas... Walter se lembrou do que Opal tinha dito... que o céu ficava a milhões de quilômetros de distância. Tomado por uma nova onda de desolação, Walter esqueceu de andar com cuidado e pisou no rabo do Camarão, que dormia na curva da escada. O berro angustiado do gato reverberou pela casa.

Susan, que estava quase acordando, foi arrancada do último cochilo pelo som horrível. Ela tinha ido para a cama à meia-noite, exausta depois da noite agitada, com a qual tia Mary Maria contribuiu com uma "cãibra de lado", justamente no momento de maior tensão. Ela precisou de uma bolsa de água quente e massagem com unguento, e terminou com uma compressa molhada sobre os olhos, porque "uma de suas dores de cabeça" tinha chegado.

Susan acordou às três da manhã com uma sensação muito estranha de que alguém precisava dela. Levantou-se e foi na ponta dos pés pelo corredor até a porta do quarto da Sra. Blythe. Tudo estava silencioso lá dentro... ela conseguiu ouvir a respiração tranquila e regular de Anne. Susan deu uma olhada em tudo na casa e voltou para a cama, convencida de que aquela sensação estranha era só a ressaca de um pesadelo. Mas, pelo resto da vida, Susan acreditaria que tinha tido o que sempre havia refutado, e que Abby Flagg, que "tinha entrado" para o espiritualismo, chamava de "experiência física".

– Walter estava me chamando, e eu ouvi – declarava ela.

Susan levantou-se e saiu de novo, pensando que Ingleside estava realmente possuída naquela noite. Vestia apenas uma camisola de flanela, que tinha encolhido por sucessivas lavagens e agora terminava logo acima dos tornozelos ossudos; mas ela parecia a coisa mais linda do mundo para a criaturinha pálida e trêmula cujos olhos cinzentos e aflitos a fitavam do meio da escada.

– Walter Blythe!

Dois passos, e Susan o tomou nos braços... seus braços ternos, fortes.

– Susan... a mamãe morreu? – perguntou Walter.

Em pouquíssimo tempo, tudo mudou. Walter foi para a cama, aquecido, alimentado, confortado. Susan acendeu o fogo, preparou para ele uma caneca de leite quente, uma fatia de pão dourado e um prato cheio de seus biscoitos favoritos "cara de macaco", depois o acomodou na cama com uma bolsa de água quente aos pés. Tinha beijado e passado um bálsamo em seu joelho machucado. Era um sentimento bom

saber que alguém cuidava de você... que alguém gostava de você... que você era importante para alguém.
— E você tem certeza, Susan, de que minha mãe não está morta?
— Sua mãe está dormindo, bem e feliz, meu carneirinho.
— E não ficou doente? Opal disse...
— Bem, carneirinho, ela não esteve bem ontem, por um tempo, mas tudo passou, e desta vez ela não correu nenhum perigo de morte. Espere só até ter dormido, e depois você vai vê-la... e vai ver mais alguma coisa. Se eu pudesse pôr as mãos naqueles diabinhos de Lowbridge! Simplesmente não consigo acreditar que veio a pé de lá até aqui. Dez quilômetros! Em uma noite como esta!
— Foi uma agonia horrível, Susan — respondeu Walter, com ar sério. Mas tudo tinha acabado; ele estava seguro e feliz; estava... em casa... estava...
Estava dormindo.
Era quase meio-dia quando ele acordou, viu o sol brilhando através da janela e foi mancando ver a mãe. Estava começando a pensar que havia sido muito tolo, e talvez a mãe não ficasse satisfeita com ele por ter fugido de Lowbridge. Mas sua mãe só o abraçou e puxou para perto. Tinha ouvido a história toda de Susan e pensado em algumas coisinhas que pretendia dizer a Jen Parker.
— Ah, mamãe, você não vai morrer... e ainda me ama, não é?
— Querido, não tenho a menor intenção de morrer... e o amo tanto que até dói. Quando penso que andou todo o caminho de Lowbridge até aqui, à noite!
— E de estômago vazio — acrescentou Susan, com um arrepio. — É maravilhoso que esteja vivo para contar tudo isso. Os dias dos milagres ainda não acabaram, e você é a prova disso.

– Um rapazinho travesso – riu seu pai, que chegava com Shirley sobre os ombros. Ele bateu de leve na cabeça de Walter, e Walter segurou a mão dele e a abraçou. Não havia ninguém no mundo como seu pai. Mas ninguém jamais deveria saber como havia ficado amedrontado.

– Não preciso sair de casa nunca mais, preciso, mamãe?
– Não, só quando quiser – prometeu a mãe.
– Não vou querer nunca. – Walter começou... e parou. Afinal, não seria ruim ver Alice de novo.
– Olhe aqui, carneirinho – disse Susan, trazendo uma jovem corada, vestida com um avental e uma touca brancos, e carregando um cesto.

Walter olhou. Um bebê! Um bebê roliço com cachinhos sedosos e úmidos e mãos muito pequenas.

– Ela não é uma beleza? – falou Susan, orgulhosa. – Olhe só os cílios... nunca vi tão longos em um bebê. E as orelhinhas lindas. Sempre olho primeiro as orelhas.

Walter hesitou.

– Ela é linda, Susan... oh, olhe só esses dedinhos dos pés... mas... ela não é muito pequena?

Susan riu.

– Três quilos e seiscentos gramas não são pouco, carneirinho. E ela já começou a olhar as coisas. Essa criança não tinha uma hora de vida, quando levantou a cabeça e *olhou* para o médico. Nunca tinha visto isso em toda minha vida.

– Ela vai ter cabelo vermelho – comentou o doutor, com tom satisfeito. – Lindos cabelos vermelhos com reflexos dourados, como os da mãe.

– E olhos cor de avelã como os do pai – acrescentou a esposa do doutor, feliz.

– Não sei por que um de nós não pode ter cabelo amarelo – falou Walter, com ar sonhador, pensando em Alice.

– Cabelo amarelo! Como os Drew! – reagiu Susan, com desprezo imensurável.

– Ela é tão linda dormindo – murmurou a ama. – Nunca vi um bebê apertar os olhinhos desse jeito ao dormir.

– Ela é um milagre. Todos os nossos bebês foram lindos, Gilbert, mas ela é a mais linda de todos.

– Pelo amor de Deus – disse tia Mary Maria, e bufou –, já nasceram alguns bebês no mundo antes, sabe, Annie.

– *Nosso* bebê nunca esteve no mundo antes, tia Mary Maria – anunciou Walter, orgulhoso. – Susan, posso beijá-la... só uma vez... por favor?

– Pode – disse Susan, olhando feio para as costas de tia Mary Maria, que se retirava. – E agora vou descer e preparar uma torta de cerejas para o jantar. Mary Maria Blythe fez uma ontem à tarde... queria que pudesse ver, querida Sra. do doutor. Parece uma coisa que o gato arrastou para dentro. Vou comer o que puder dela, para não jogar fora, mas uma torta como aquela jamais será posta diante do doutor enquanto eu tiver saúde e força, podem acreditar nisso.

– Não é todo mundo que tem sua mão para tortas, sabe disso – comentou Anne.

– Mamãe – disse Walter, assim que a gratificada Susan saiu e fechou a porta –, acho que somos uma família muito boa, não é?

"Uma família muito boa", Anne pensou, feliz, ao se deitar na cama com a bebê a seu lado. Logo estaria em pé novamente com eles, leve como antes, amando, ensinando e confortando a todos. Eles a procurariam com suas alegrias e tristezas, com suas esperanças, seus novos medos, com os pequenos problemas que pareciam tão grandes para eles, com seus pequenos sofrimentos que pareciam tão amargos. Seguraria novamente nas mãos todos esses fios da vida em Ingleside, para tecê-los em uma bela tapeçaria. E tia Mary Maria nunca teria motivo para dizer, como Anne a ouvira falar dois dias atrás: "Parece terrivelmente cansado, Gilbert. *Ninguém* cuida de você?".

Lá embaixo, tia Mary Maria balançava a cabeça com ar de reprovação e dizia:

– Todo recém-nascido tem as pernas tortas, eu sei, mas, Susan, as pernas daquela criança são *muito* tortas. É claro, não devemos dizer isso à pobre Annie. Tome cuidado para não falar disso com Annie, Susan.

Pela primeira vez, Susan não soube o que dizer.

CAPÍTULO 11

No fim de agosto, Anne tinha voltado a ser ela mesma e esperava ansiosa por um outono feliz. A pequena Bertha Marilla ficava mais bonita a cada dia e era o centro da adoração de irmãos e irmãs encantados.

– Pensei que um bebê gritasse o tempo todo – disse Jem, deixando animado os dedinhos agarrarem o dele. – Bertie Shakespeare Drew me disse que era assim.

– Não duvido de que os bebês Drew gritem o tempo todo, Jem querido – respondeu Susan. – Gritam porque têm que ser Drew, imagino. Mas Bertha Marilla é uma bebê de *Ingleside*, Jem querido.

– Queria ter nascido em Ingleside, Susan – confessou Jem, melancólico. Ele sempre lamentou não ter nascido lá. Di, às vezes, debochava dele por isso.

"Não acha a vida aqui um pouco sem graça?", uma antiga colega da Queen's de Charlottetown um dia perguntou a Anne, com tom muito condescendente.

Sem graça! Anne quase riu na cara dela. Ingleside sem graça! Com um bebê encantador trazendo novas alegrias todos os dias... com as visitas de Diana e a pequena Elizabeth e Rebecca Dew para planejar... com a Sra. Sam Ellison, de Upper Glen, aos cuidados de Gilbert, com uma doença que só três pessoas no mundo já tiveram antes, de acordo com os registros... com Walter começando a frequentar a escola... com Nan bebendo o vidro todo do perfume que encontrou sobre a cômoda da mãe... todos acharam que aquilo a mataria, mas ela nem se abalou... com uma estranha gata negra tendo uma ninhada de dez filhotes, coisa que nunca se ouviu falar, na varanda dos fundos... com Shirley se trancando no banheiro e esquecendo de como destrancar a porta... com o Camarão se enrolando em uma folha de papel pega-mosca... com tia Mary Maria ateando fogo às cortinas de seu quarto no meio da noite, enquanto andava com uma vela, e acordando a casa inteira com gritos horríveis. Vida sem graça!

Tia Mary Maria ainda estava em Ingleside. De vez em quando, ela dizia com tom patético:

– Quando se cansarem de mim, é só falar... estou acostumada a cuidar de mim mesma.

Só havia uma resposta para isso, e é claro que Gilbert sempre a repetia. Embora já não usasse mais um tom tão sincero quanto na primeira vez. O espírito de clã de Gilbert começava a se esgotar; ele estava percebendo, sem que pudesse fazer nada... "como era típico dos homens", resmungou a Srta. Cornelia... que tia Mary Maria estava prestes a se tornar um problema em sua casa. Um dia, *ele* se arriscou a sugerir discretamente como as casas sofriam as consequências de um período muito longo sem seus habitantes; e tia Mary Maria concordou com ele, anunciando com toda calma que estava pensando em vender sua casa em Charlottetown.

– Não é uma má ideia. – Gilbert a incentivou. – E eu sei de um chalé encantador que está à venda na cidade... um amigo meu vai para a Califórnia... é bem parecido com aquele que tanto admirou, onde mora a Sra. Sarah Newman...

– Mas morar *sozinha* – suspirou tia Mary Maria.

— Ela gosta — respondeu Anne, esperançosa.
— Tem alguma coisa errada com alguém que gosta de morar sozinha, Annie — disse tia Mary Maria.

Susan reprimiu um gemido, com dificuldade.

Diana chegou em setembro, para passar uma semana. Depois veio a pequena Elizabeth... que agora não era mais a pequena, mas a alta, esguia e linda Elizabeth. E ainda tinha o cabelo dourado e o sorriso melancólico. Seu pai voltaria ao escritório em Paris, e Elizabeth o acompanharia para cuidar da casa. Ela e Anne faziam longas caminhadas pelas margens protegidas do velho porto e voltavam para casa sob as silenciosas e observadoras estrelas de outono. Relembraram a vida em Windy Poplars e refizeram seus passos no mapa da terra das fadas, que Elizabeth ainda tinha e pretendia guardar para sempre.

— Fica pendurado na parede do meu quarto, onde eu estiver — disse ela.

Um dia, um vento soprou no jardim de Ingleside... o primeiro vento de outono. Naquela noite, o rosa do pôr do sol era um pouco austero. De repente, o verão tinha envelhecido. A mudança de estação havia chegado.

— É cedo para o outono — disse tia Mary Maria, adotando um tom que sugeria que o outono a insultava.

Mas o outono também era bonito. Havia a alegria dos ventos soprando de um golfo azul-escuro e o esplendor das luas de colheitas. Havia margaridas poéticas no Vale e crianças rindo no pomar carregado de maçãs, noites claras de sereno nos pastos altos da colina de Upper Glen e céus prateados com aves voando; e, com o encurtar dos dias, névoas cinzentas cobriam as dunas e o porto.

Com as folhas caindo, Rebecca Dew foi a Ingleside fazer uma visita prometida havia anos. Ela chegou para ficar uma semana, mas foi convencida a permanecer por duas... principalmente por Susan. Susan e Rebecca Dew descobriram, à primeira vista, que eram almas gêmeas... talvez porque ambas amavam Anne... talvez porque ambas odiavam tia Mary Maria.

    Houve uma noite na cozinha quando, enquanto a chuva de folhas mortas caía lá fora e o vento uivava nas ameias e nos cantos de Ingleside, Susan contou todas as suas desgraças para a solidária Rebecca Dew. O médico e sua esposa tinham ido fazer uma visita, os pequenos estavam todos na cama, e tia Mary Maria felizmente estava fora do caminho por conta de uma dor de cabeça... "parece uma cinta de ferro em volta do cérebro", ela gemeu.

    – Qualquer pessoa – disse Rebecca Dew, abrindo a porta do forno e colocando os pés confortavelmente nele – que coma a quantidade de cavalinhas fritas que aquela mulher comeu no jantar *merece* ter uma dor de cabeça. Não vou negar que comi muito... porque vou dizer, Srta. Baker, nunca conheci ninguém que fritasse cavalinhas como você... mas não comi quatro peixes.

    – Querida Srta. Dew – falou Susan, com franqueza, deixando de lado o tricô e fitando suplicante os olhinhos negros de Rebecca –, você viu um pouco de como é Mary Maria Blythe no tempo que passou aqui. Mas não sabe nem a metade... não, nem um quarto. Querida Srta. Dew, sinto que posso confiar em você. Posso abrir meu coração?

    – Pode, Srta. Baker.

    – Aquela mulher chegou aqui em junho, e acredito que ela pretende ficar aqui pelo resto da vida. Todos nesta casa a detestam... até o médico se cansou dela agora, por mais que esconda. Mas ele pensa em favor do clã e diz que a prima de seu pai não deve se sentir indesejada em sua casa. Já implorei – disse Susan, usando um tom que parecia implicar que o havia feito de joelhos –, implorei para a Sra. do doutor ser firme e dizer que Mary Maria Blythe precisa ir embora. Mas a Sra. do doutor tem um coração muito mole... e ficamos impotentes, Srta. Dew... completamente impotentes.

– Queria poder lidar com ela – disse Rebecca Dew, que se havia defendido bem de alguns comentários de tia Mary Maria. – Sei tão bem quanto qualquer pessoa, Srta. Baker, que não se deve violar as sagradas regras da hospitalidade, mas garanto, Srta. Baker, que a poria no lugar dela.

– *Eu* poderia lidar com ela, se não conhecesse meu lugar, Srta. Dew. Nunca esqueço que não sou a dona desta casa. Às vezes, Srta. Dew, digo muito séria a mim mesma: "Susan Baker, você é ou não é um capacho?". Mas sabe como minhas mãos estão atadas. *Não posso* abandonar a Sra. do doutor e *não devo* aumentar os problemas dela brigando com Mary Maria Blythe. Devo continuar me esforçando para cumprir meu dever. Porque, querida Srta. Dew – Susan declarou solene –, eu morreria feliz pelo doutor ou sua esposa. Éramos uma família muito feliz antes de ela chegar aqui, Srta. Dew. Mas ela está nos fazendo infelizes, e qual será o desfecho disso é algo que não posso dizer, não sendo profetiza, Srta. Dew. Ou melhor, eu *posso* dizer. Seremos todos levados a asilos para lunáticos. Não é uma ou outra coisa, Srta. Dew... são muitas, Srta. Dew... centenas delas, Srta. Dew. É possível suportar um mosquito, Srta. Dew... mas pense em milhões deles!

Rebecca Dew pensou e balançou a cabeça com pesar.

– Ela está sempre dizendo à Sra. do doutor como comandar sua casa e que roupas ela deve usar. Está sempre me observando... e diz que nunca viu crianças tão briguentas. Querida Srta. Dew, já viu por si mesma que nossas crianças *nunca* brigam... bem, quase nunca...

– Estão entre as crianças mais admiráveis que já vi, Srta. Baker.
– Ela bisbilhota e investiga...
– Eu mesma a peguei nisso, Srta. Baker.
– Está sempre ofendida ou magoada com alguma coisa. Mas nunca se ofende o suficiente para ir embora. Apenas fica por aí sentada, aparentemente sozinha ou negligenciada, até a pobre Sra. do doutor quase se distrair. Nada a contenta. Se uma janela está aberta, ela reclama de correntes de ar. Se todas estão fechadas, ela diz que *gosta* de um pouco de ar fresco de vez em quando. Ela não suporta cebolas... não tolera nem o cheiro delas. Diz que a deixam enjoada. Então, a Sra. do doutor diz que não devemos usá-las. Agora – Susan continuou altiva –, gostar de cebolas pode ser comum, querida Srta. Dew, mas em Ingleside somos todos condenados por isso.
– Gosto muito de cebolas – admitiu Rebecca Dew.
– Ela não tolera gatos. Diz que dão arrepios. Não faz nenhuma diferença se ela os vê ou não. Saber que tem um gato na casa é suficiente para ela. E o pobre Camarão quase não se atreve a aparecer. Eu mesma nunca gostei muito de gatos, Srta. Dew, mas defendo o direito que eles têm de balançar a cauda. E é "Susan, nunca se esqueça de que não posso comer ovos, por favor", ou "Susan, quantas vezes tenho que dizer que não consigo comer torrada fria?", ou "Susan, algumas pessoas podem ser capazes de beber chá fervido, mas eu não faço parte dessa classe afortunada". Chá fervido, Srta. Dew! Como se eu oferecesse chá fervido a alguém!
– Ninguém jamais poderia imaginar isso de você, Srta. Baker.
– Se há uma pergunta que não deve ser feita, ela faz. Tem ciúmes porque o médico conta as coisas à esposa antes de contar a ela... e está sempre tentando saber dele novidades

sobre seus pacientes. Nada o irrita mais, Srta. Dew. Um médico deve saber guardar a língua, como bem sabe. E suas birras com fogo! "Susan Baker", ela me diz, "espero que nunca acenda um fogo com óleo de carvão. Nem deixe trapos com óleo por aí, Susan. Sabe-se que eles causam combustão espontânea em menos de uma hora. O que ia achar de ver esta casa queimada, Susan, sabendo que a culpa foi sua?" Bem, querida Srta. Dew, eu ri muito disso. Foi justamente nessa noite que ela ateou fogo às cortinas do quarto, e os gritos dela ainda ecoam em meus ouvidos. E bem quando o pobre doutor tinha ido dormir, depois de duas noites acordado! O que mais me deixa furiosa, Srta. Dew, é que, antes de ir a algum lugar, ela vai à minha despensa e conta *os ovos*. Sou obrigada a recorrer a toda minha paciência para não perguntar: "Por que não conta as colheres também?". As crianças a odeiam, é claro. A Sra. do doutor está esgotada com o esforço para impedi-las de demonstrar. Ela deu uma bofetada em Nan um dia, quando o doutor e a Sra. do doutor não estavam... *uma bofetada*... só porque Nan a chamou de "Sra. Matusalém"... depois de ter ouvido aquele diabinho do Ken Ford dizendo isso.

– Eu teria dado uma bofetada *nela*! – Rebecca Dew reagiu, furiosa.

– Avisei que, se ela algum dia fizesse isso de novo, eu a esbofetearia. "Uma surra ou outra pode acontecer em Ingleside de vez em quando", falei, "mas bofetadas nunca, e não se esqueça disso". Ela ficou emburrada e ofendida durante uma semana, mas nunca mais se atreveu a levantar um dedo para nenhum deles, desde então. Mas adora quando os pais os castigam. "Se *eu* fosse sua mãe", ela disse ao pequeno Jem uma noite. "Oh, não, você nunca vai ser mãe de ninguém", falou a pobre criança... induzida a isso, Srta. Dew, absolutamente induzida a isso. O médico o mandou para a cama sem jantar, mas quem, Srta. Dew, quem acha que contrabandeou comida para ele mais tarde?

– Ah, vejamos, *quem*? – Rebecca Dew riu, entrando no espírito da história.

– Teria partido seu coração, Srta. Dew, ouvir a prece que ele fez depois... por conta própria. "Oh, Deus, por favor, me perdoe por ser impertinente com tia Mary Maria. E por favor, Deus, me ajude a ser sempre muito educado com tia Mary Maria." Fiquei com os olhos cheios de lágrimas, pobre carneirinho. Não tolero irreverência ou impertinência das crianças com os mais velhos, querida Srta. Dew, mas tenho que admitir que um dia, quando Bertie Shakespeare jogou uma bola nela... e errou seu nariz por um centímetro, Srta. Dew... eu o acompanhei até o portão, quando ia para casa, e dei a ele um saco de rosquinhas. É claro que não disse a ele o porquê. Ele ficou muito feliz... porque rosquinhas não crescem em árvores, Srta. Dew, e a Sra. Ruindade não as faz para eles. Nan e Di... eu não contaria isso a ninguém, além de você, Srta. Dew... o médico e sua esposa nem sonham com isso, ou teriam impedido... Nan e Di deram à velha boneca de porcelana com a cabeça quebrada o nome de tia Mary Maria, e, sempre que ela as censura, as meninas saem e a afogam... a boneca, é claro... no barril de água da chuva. Tivemos muitos alegres afogamentos, posso garantir. Mas você não acreditaria no que aquela mulher fez outra noite, Srta. Dew.

– Vindo dela, eu acreditaria em qualquer coisa, Srta. Baker.

– Ela não comeu nada no jantar porque estava magoada com alguma coisa, mas foi à despensa antes de ir para a cama e *comeu o lanche que eu tinha deixado para o pobre doutor*... até a última migalha, querida Srta. Dew. Espero que não me considere infiel, Srta. Dew, mas não consigo entender por que o Bom Deus não se cansa de algumas pessoas.

– Não se deve deixar perder o senso de humor, Srta. Baker – falou Rebecca Dew, com firmeza.

– Oh, tenho plena consciência de que existe um lado cômico em um sapo embaixo de um ancinho, Srta. Dew. Mas a pergunta é: o sapo enxerga esse lado? Peço desculpas por tê-la incomodado com tudo isso, querida Srta. Dew, mas foi um grande alívio. Não posso dizer essas coisas para a Sra. do doutor, e ultimamente sentia que, se não encontrasse um jeito de extravasar, eu *explodiria*.

– Como conheço bem esse sentimento, Srta. Baker.

– E agora, querida Srta. Dew – disse Susan, levantando-se rapidamente –, o que acha de uma xícara de chá antes de ir dormir? E uma coxinha fria de galinha, Srta. Dew?

– Nunca neguei – disse Rebecca Dew, tirando o pé bem assado do forno – que, embora não devamos esquecer as Coisas Superiores da Vida, boa comida é uma coisa agradável, com moderação.

CAPÍTULO 12

Gilbert teve suas duas semanas de tiro ao alvo na Nova Escócia... nem Anne conseguiu convencê-lo a ficar por um mês... e novembro chegou em Ingleside. As colinas escuras, com os abetos ainda mais sombrios se espalhando sobre elas, pareciam tristes nas noites que caíam cedo, mas Ingleside vibrava com fogo na lareira e risadas, apesar dos ventos que sopravam do Atlântico cantarem sobre coisas chorosas.

– Por que o vento não é feliz, mamãe? – perguntou Walter, certa noite.

– Porque lembra de toda dor do mundo desde o início dos tempos – respondeu Anne.

– Ele geme só porque há muita umidade no ar – fungou tia Mary Maria –, e minhas costas estão me matando.

Mas, em alguns dias, até o vento soprava com alegria por entre o cinza-prateado do bosque de bordos, e em alguns dias nem havia vento, só um pálido sol de veranico, as sombras quietas das árvores sem folhas sobre o gramado e a imobilidade gelada ao pôr do sol.

– Olhe só aquela estrela branca sobre a Lombardia ali no canto – disse Anne. – Sempre que vejo alguma coisa assim, lembro de me sentir feliz por estar viva.

— Você diz coisas muito engraçadas, Annie. Estrelas são muito comuns na ilha do Príncipe Edward — disse tia Mary Maria, e pensou: "Estrelas, francamente! Como se ninguém nunca tivesse visto uma estrela antes! Annie não sabia do terrível desperdício que acontecia todos os dias na cozinha? Não sabia do jeito descuidado com que Susan Baker jogava ovos em tudo e abusava da banha, quando umas gotas resolveriam? Ou não se importava? Pobre Gilbert! Não era à toa que ele precisava manter o nariz sempre enfiado no trabalho!".

Novembro passava em tons de cinza e marrom: mas, de manhã, a neve tinha tecido seu encantamento branco e Jem gritou alegre ao descer correndo para tomar café.

— Oh, mamãe, logo será Natal, e o Papai Noel vai chegar!

— Não pode ser, você *ainda* acredita em Papai Noel? — disse tia Mary Maria.

Anne olhou alarmada para Gilbert, que falou com tom firme:

— Queremos que as crianças tenham seu legado de fantasia pelo tempo que for possível, tia.

Por sorte, Jem não prestava atenção à tia Mary Maria. Ele e Walter estavam aflitos demais para sair e ver o novo mundo ao qual a neve emprestava sua beleza. Anne sempre odiou ver a beleza da neve intocada maculada por pegadas; mas era inevitável, e ainda havia beleza de sobra ao entardecer, quando o oeste se tingiu de fogo sobre todos os vales brancos nas colinas de violetas, e Anne estava sentada na sala diante de um fogo de madeira de bordo. "A luz do fogo", ela pensou, "era sempre muito bonita". Fazia coisas ilusórias, inesperadas. Partes da sala ganhavam vida, depois apagavam. Imagens iam e vinham. Sombras se esgueiravam e projetavam. Lá fora, através da janela descoberta, o cenário se refletia no jardim de maneira mágica, com tia Mary Maria sentada muito ereta — tia

Mary Maria nunca se deixava "cair" – embaixo do pinheiro escocês.

Gilbert desabara no sofá, tentando esquecer que naquele dia tinha perdido um paciente para a pneumonia. A pequena Rilla tentava comer as mãos em seu cesto; até Camarão, com as patas brancas recolhidas sob o peito, se atrevia a ronronar no tapete diante da lareira, para desaprovação de tia Mary Maria.

– Falando em gatos – disse tia Mary Maria de maneira patética, embora ninguém estivesse falando neles –, *todos* os gatos de Glen nos visitam à noite? Como alguém conseguiu dormir com a sinfonia de miados ontem à noite é algo que *eu* realmente não entendo. É claro, meu quarto fica no fundo, por isso tenho o privilégio de um concerto gratuito, suponho.

Antes que alguém tivesse que responder, Susan entrou e avisou que tinha encontrado a Sra. Marshall Elliott na loja de Carter Flagg, e ela viria fazer uma visita quando terminasse as compras. Susan não revelou que a Sra. Elliott havia comentado nervosa:

– Qual é o problema da Sra. Blythe, Susan? No último domingo, achei que ela parecia muito cansada e preocupada na igreja. Nunca a tinha visto daquele jeito.

– Posso lhe dizer qual o problema da Sra. Blythe. – Susan havia respondido, carrancuda. – Ela teve um sério ataque de tia Mary Maria. E o médico não consegue resolver, embora idolatre o chão em que ela pisa.

– Não é assim com todos os homens? – comentou a Sra. Elliot.

– Que bom – disse Anne, e se levantou para acender uma luz. – Não vejo a Srta. Cornelia há muito tempo. Agora vamos pôr as notícias em dia.

– Não vamos? – falou Gilbert, com tom seco.

— Aquela mulher é uma fofoqueira de mente maldosa — declarou tia Mary Maria, com severidade.

Pela primeira vez na vida, talvez, Susan se lançou em defesa da Srta. Cornelia.

— Ela não é nada disso, Srta. Blythe, e Susan Baker nunca vai ficar quieta enquanto ela é difamada. Mente maldosa, francamente! Já ouviu falar, Srta. Blythe, do roto falando do rasgado?

— Susan... Susan — Anne interrompeu, suplicante.

— Peço desculpas, querida Sra. do doutor. Admito que esqueci qual é o meu lugar. Mas certas coisas não devem ser toleradas.

Nesse momento, uma porta bateu, e ninguém nunca batia portas em Ingleside.

— Está vendo, Annie? — disse tia Mary Maria. — Mas suponho que, enquanto se dispuserem a relevar esse tipo de atitude de uma criada, não há nada que se possa fazer.

Gilbert levantou-se e foi à biblioteca, onde um homem cansado poderia ter um pouco de paz. E tia Mary Maria, que não gostava da Srta. Cornelia, foi para a cama. De forma que, ao entrar, a Srta. Cornelia encontrou Anne sozinha, debruçada sem ânimo sobre o cesto da bebê. A Srta. Cornelia não começou a contar as fofocas imediatamente, como sempre fazia. Em vez disso, depois de deixar de lado seus pacotes, sentou-se ao lado de Anne e segurou sua mão.

— Anne, querida, o que houve? Sei que aconteceu alguma coisa. Aquela velha da Mary Maria a está atormentando?

Anne tentou sorrir.

— Oh, Srta. Cornelia... sei que é tolice me importar tanto... mas hoje é um desses dias em que parece que simplesmente não *consigo* mais suportá-la. Ela... ela está envenenando nossa vida aqui...

– Por que não diz para ela ir embora?
– Ah, não podemos, Srta. Cornelia. *Eu* e Gilbert não podemos, pelo menos. Ele diz que nunca mais poderia se olhar no espelho, se pusesse alguém da família na rua.
– Mas que absurdo! – disse a Srta. Cornelia, com eloquência. – Ela tem muito dinheiro e uma boa casa. Dizer a ela que seria melhor ir morar lá não seria colocá-la na rua.
– Eu sei... mas Gilbert... não creio que ele perceba tudo, na verdade. Passa muito tempo fora... e realmente... é tudo tão pequeno... estou envergonhada...
– Eu sei, querida. São pequenas coisas terrivelmente grandes. É claro que um *homem* não entenderia. Conheço uma mulher em Charlottetown que a conhece bem. Ela diz que Mary Maria Blythe nunca teve uma amiga na vida. Diz que o nome dela deveria ser Praga. O que você precisa, querida, é ter firmeza suficiente para dizer que não vai tolerar isso por mais tempo.
– Eu me sinto como naqueles sonhos em que você tenta correr e só consegue arrastar os pés – respondeu Anne, abalada. – Se fosse só de vez em quando... mas é todo dia. As refeições agora são momentos de horror. Gilbert diz que não pode mais cortar o assado.
– *Isso* ele percebeu – bufou a Srta. Cornelia.
– Nunca conseguimos conversar de verdade durante as refeições, porque ela se encarrega de dizer alguma coisa desagradável cada vez que alguém fala. Corrige as crianças o tempo todo por suas maneiras e sempre chama a atenção delas na frente dos outros. Nossas refeições eram tão agradáveis... e agora! Ela se ressente contra risadas... e você sabe como rimos. Alguém está sempre brincando... ou estava. Ela não deixa passar nada. Hoje disse: "Gilbert, não faça essa cara emburrada. Você e Annie brigaram?". Só porque estávamos

quietos. Sabe que Gilbert sempre fica um pouco deprimido quando perde um paciente que ele acha que deveria ter sobrevivido. Depois ela fez um sermão apontando nossa tolice e nos aconselhou a não deixar o sol se pôr sobre nossa ira. Oh, rimos disso mais tarde... mas na hora! Ela e Susan não se dão bem. E não podemos impedir Susan de resmungar comentários pouco delicados. Ela foi além de resmungar quando tia Mary Maria disse que nunca tinha visto ninguém mais mentiroso que Walter... porque tinha ouvido o menino contar uma longa história a Di sobre ter encontrado um homem na lua e o que disseram um ao outro. Ela queria lavar sua boca com água e sabão. Dessa vez, ela e Susan tiveram uma briga de verdade. E ela está enchendo a cabeça das crianças com todo tipo de ideias macabras. Contou a Nan sobre uma criança que era malcriada e morreu dormindo, e Nan agora tem medo de dormir. Disse a Di que, se ela fosse sempre uma boa menina, seus pais a amariam tanto quanto amam Nan, embora ela não tenha cabelos vermelhos. Gilbert ficou muito bravo quando ouviu isso e falou com ela de um jeito duro. Tive esperança de que ela se ofendesse e partisse... embora odeie pensar em alguém deixando minha casa porque se ofendeu. Mas ela só deixou aqueles grandes olhos azuis se encherem de lágrimas e disse que não queria causar nenhum mal. Sempre ouviu que os gêmeos não são amados igualmente, e achava que preferíamos Nan e que a pobre Di sentia essa preferência! Ela chorou a noite toda por isso; Gilbert achou que tinha sido bruto... e *pediu desculpas.*

– Que coisa! – reagiu a Srta. Cornelia.

– Ah, eu não devia estar falando desse jeito, Srta. Cornelia. Quando penso em tudo que tenho, sinto que é muito mesquinho me importar com essas coisas... embora elas tirem

um pouco a alegria da vida. E ela não é sempre detestável...
às vezes é bem agradável...

– Não me diga? – reagiu a Srta. Cornelia, sarcástica.

– Sim... e bondosa. Ela me ouviu dizer que queria um jogo de chá e foi a Toronto comprar para mim... por catálogo! E, oh, Srta. Cornelia, o jogo é tão feio!

Anne riu, mas a risada acabou em soluço. Depois riu de novo.

– Não vamos mais falar sobre ela... não parece tão ruim, agora que pus tudo isso para fora... como um bebê. Olhe a pequena Rilla, Srta. Cornelia. Os cílios não são lindos, quando ela dorme? Vamos falar sobre outras coisas.

Quando a Srta. Cornelia foi embora, Anne tinha voltado ao normal. Mesmo assim, ficou sentada diante do fogo, pensativa, por mais algum tempo. Não havia contado tudo à Srta. Cornelia. Nunca havia contado a Gilbert nada disso. Eram muitas coisinhas...

"É tão pouco que posso me queixar delas", pensou Anne. "No entanto... são as pequenas coisas que abrem buracos na vida... como traças... e a estragam."

Tia Mary Maria com sua mania de bancar a anfitriã... tia Mary Maria convidando visitas sem mencioná-las até chegarem... "Ela me faz sentir deslocada em minha própria casa." Tia Mary Maria mudando os móveis de lugar enquanto Anne estava fora. "Espero que não se importe, Annie. Achei que precisávamos muito mais da mesa aqui do que na biblioteca." A insaciável e infantil curiosidade de tia Mary Maria sobre tudo... suas perguntas diretas sobre assuntos íntimos... "Sempre entrando no meu quarto sem bater... sempre farejando fumaça... sempre ajeitando as almofadas que amassei... sempre insinuando que faço fofoca com Susan... sempre atormentando as crianças... Temos que ficar em cima delas o tempo

todo para que se comportem, e nem sempre conseguimos controlar."
– Tia Mauía velha e feia. – Shirley havia dito claramente em um dia terrível. Gilbert ameaçou bater nele por isso, mas Susan reagiu ultrajada e o proibiu.
"Estamos intimidados", pensou Anne. "Esta casa está começando a girar em torno da pergunta 'tia Mary Maria vai gostar?'. Não admitimos, mas essa é a verdade. Qualquer coisa é melhor que ela limpando lágrimas nobres. Simplesmente não aguento mais."
Então, Anne lembrou o que a Srta. Cornelia tinha dito... que Mary Maria Blythe nunca teve uma amiga. Que horrível! Rica de amizades, Anne sentiu uma repentina onda de compaixão por essa mulher que nunca teve uma amiga... cujo futuro era só uma velhice solitária, inquieta, sem ninguém a quem recorrer por abrigo e cuidados, esperança e ajuda, afeto e amor. Certamente, poderiam ter paciência com ela. Esses aborrecimentos eram só artificiais, afinal. Não podiam envenenar as profundas nascentes de vida.
– Foi só um terrível ataque de autopiedade, só isso – disse Anne, pegando Rilla do cesto e se animando com as pequenas e sedosas bochechas de cetim junto às dela. – Já passou, e estou inteiramente envergonhada por isso.

CAPÍTULO 13

— Hoje em dia parece que não temos mais invernos como antigamente, não é, mamãe? – disse Walter, entristecido.

A neve de novembro tinha ficado no passado, e durante todo o mês de dezembro Glen St. Mary foi um lugar escuro e sombrio, banhado por um golfo cinzento salpicado de ondas de espuma branca. Foram poucos dias de sol, quando o porto brilhava nos braços dourados das colinas: no restante do tempo, o clima foi inclemente e duro. Os moradores de Ingleside torciam em vão por neve no Natal: mas os preparativos continuavam, e, quando a última semana se aproximava do fim, Ingleside se encheu de mistério e segredos, sussurros e cheiros deliciosos. Agora, na véspera de Natal, tudo estava pronto. A árvore que Walter e Jem haviam trazido do Vale estava no canto da sala de estar, portas e janelas foram enfeitadas com grandes guirlandas verdes amarradas por enormes laços de fita vermelha. Os corrimãos foram revestidos com galhos de trepadeiras, e a despensa de Susan transbordava de cheia. Então, no fim da tarde, quando todos se haviam resignado com um desbotado Natal "verde", alguém olhou pela janela e viu flocos brancos e grandes caindo pesados.

– Neve! Neve! Neve! – gritou Jem. – Um Natal branco, afinal, mamãe!

As crianças de Ingleside foram para a cama felizes. Era muito bom se aconchegar quentinhos e ouvir a tempestade uivando lá fora, na noite cinza e cheia de neve. Anne e Susan foram decorar a árvore de Natal... "agindo como duas crianças", pensou tia Mary Maria, com desdém. Ela não aprovava velas na árvore... "imagine se a casa pega fogo por causa disso". Mas ninguém prestava atenção nela. Tinham aprendido que essa era a única coisa capaz de tornar a vida com tia Mary Maria suportável.

– Pronto! – gritou Anne, depois de prender a grande estrela prateada no topo da árvore altiva. – E, oh, Susan, como ficou bonita! Como é bom poder voltar a ser criança no Natal sem sentir vergonha disso! Estou muito feliz com a neve... mas espero que a tempestade não dure mais que a noite.

– Ela vai continuar amanhã durante todo o dia – declarou tia Mary Maria com firmeza. – Eu sei, minhas pobres costas me dizem.

Anne atravessou a sala, abriu a grande porta da frente e olhou para fora. O mundo havia se perdido na brancura da nevasca. As vidraças das janelas estavam cobertas de neve. O pinheiro escocês era um enorme fantasma encoberto.

– Não parece muito promissor – admitiu Anne, pesarosa.

– Deus ainda comanda o tempo, querida Sra. do doutor, e não a Srta. Mary Maria Blythe – falou Susan, por cima do ombro.

– Espero que não haja nenhum chamado de emergência esta noite, pelo menos – disse Anne ao se virar. Susan olhou pela última vez para a paisagem desoladora, antes de fechar a porta e deixar a noite de tempestade lá fora.

– Não se atreva a ter um bebê esta noite – avisou ela, séria, olhando na direção de Upper Glen, onde a Sra. George Drew esperava o quarto filho.

Apesar das costas de tia Mary Maria, a tempestade passou durante a noite, e a manhã derramou no vale de violetas entre as colinas o vinho tinto do nascer do sol de inverno. Todos os pequenos acordaram cedo, animados e cheios de expectativa.

– Papai Noel conseguiu vir com aquela tempestade, mamãe?

– Não. Ficou doente e nem tentou – disse tia Mary Maria, que estava de bom humor e, para ela, brincalhona.

– Papai Noel veio, é claro – disse Susan, antes que os olhos das crianças se enchessem de lágrimas –, e, depois que tomarem seu café da manhã, vocês vão ver o que ele fez com a árvore.

Depois do café, papai desapareceu misteriosamente, mas ninguém percebeu, porque todos estavam maravilhados com a árvore... a árvore cheia de vida, coberta de bolas douradas e prateadas e de velas acesas na sala ainda escura, cercada de pacotes de todas as cores com os mais lindos laços de fita. Então Papai Noel apareceu, um lindo Papai Noel todo de vermelho e branco, com uma longa barba branca e uma barriga enorme... Susan havia enfiado três almofadas embaixo da casaca de veludo vermelho que Anne tinha feito para Gilbert. No começo, Shirley gritou de medo, mas se recusou a sair da sala, apesar disso. Papai Noel distribuiu todos os presentes com um discurso engraçado e uma voz que parecia estranhamente familiar, apesar da máscara; e então, bem no final, sua barba pegou fogo ao esbarrar em uma vela, e tia Mary Maria teve alguma satisfação com o incidente, embora não o bastante para impedir seu suspiro de tristeza.

– Ai, ai, o Natal não é como quando eu era criança. – Ela olhou com desaprovação para o presente que a pequena Elizabeth mandou para Anne de Paris... uma linda estatueta em bronze de Artêmis e o Arco de Prata.
– Quem é essa desavergonhada? – perguntou ela, séria.
– A deusa Diana – respondeu Anne, sorrindo para Gilbert.
– Ah, uma pagã! Bem, isso é diferente, suponho. Mas se fosse você, Annie, não a deixaria onde as crianças possam ver. Às vezes, começo a pensar que não restou modéstia no mundo. Minha avó – contou tia Mary Maria, com a deliciosa inconsequência que caracterizava muitos de seus comentários – nunca usou menos que três saias, fosse inverno ou verão.

Tia Mary Maria havia tricotado "pulseiras" para todas as crianças, com lã de um pavoroso tom de magenta, e também um suéter para Anne; Gilbert ganhou uma gravata horrenda e Susan, uma saia de flanela vermelha. Até Susan considerava saias de flanela vermelha ultrapassadas, mas agradeceu à tia Mary Maria com elegância.

"Em algum lar de missionárias isso teria mais utilidade" – ela pensou. – Três saias, francamente! Eu me considero uma mulher decente e gosto daquela pessoa com o Arco Prateado. Ela pode não ter muitas roupas, mas, se eu tivesse aquela silhueta, não sei se desejaria escondê-la. Bem, vou cuidar do recheio do peru... não que espere muito dele, sem cebolas.

Naquele dia, Ingleside se encheu de felicidade, apenas a boa e velha felicidade, apesar de tia Mary Maria, que certamente não gostava de ver pessoas muito felizes.

– Só carne branca, por favor. (James, tome sua sopa sem fazer barulho.) Ah, você não corta a carne como seu pai fazia, Gilbert. Ele era capaz de dar a cada pessoa o pedaço preferido. (Gêmeas, os mais velhos gostariam de falar alguma coisa de vez em quando. Fui criada com a regra de que crianças devem ser vistas, não ouvidas.) Não, obrigada, Gilbert, não quero salada. Não como alimentos crus. Sim, Annie, aceito um pouco de pudim. Tortas de carne moída são muito indigestas.

– As tortas de carne moída da Susan são verdadeiros poemas, da mesma forma que as de maçã são poesias – disse o médico. – Quero um pedaço de cada, menina Anne.

– Gosta mesmo de ser chamada de "menina" na sua idade, Annie? Walter, você não comeu todo seu pão com manteiga. Muitas crianças pobres ficariam felizes com ele. James, querido, assoe o nariz e acabe com isso, não *aguento* ninguém fungando.

Mas foi um Natal alegre e adorável. Até tia Mary Maria amoleceu um pouco depois do jantar, disse de um jeito quase agradável que os presentes que ganhou eram bons, e até aturou o Camarão com um ar de mártir paciente que fez todo mundo se sentir um pouco culpado por amá-lo.

– Acho que nossos pequenos tiveram bons momentos – comentou Anne, feliz naquela noite, olhando para o desenho das árvores contra as colinas brancas e o céu do poente, enquanto as crianças no gramado jogavam migalhas sobre a neve para os pássaros. O vento sussurrava entre os galhos, espalhando flocos sobre a grama e prometendo mais neve para o dia seguinte, mas Ingleside teve seu dia.

– Suponho que sim – concordou tia Mary Maria. – Tenho certeza de que gritaram bastante, de qualquer maneira. Quanto ao que comeram... bem, só se é jovem uma vez, e suponho que haja bastante óleo de rícino em casa.

CAPÍTULO 14

Era o que Susan chamava de inverno manchado... cheio de descongelamentos e congelamentos que mantinham Ingleside decorada com fantásticas franjas de pingentes de gelo. As crianças alimentavam sete passarinhos que iam regularmente ao pomar buscar a ração e deixavam Jem tocá-los, embora fugissem de qualquer outra pessoa. Todas as noites, Anne estudava catálogos de sementes para janeiro e fevereiro. Então, os ventos de março varreram as dunas, o porto e as colinas. "Coelhos", disse Susan, "estavam pondo ovos de Páscoa".

– Março não é um mês empolgante, mamãe? – gritou Jem, que era companheiro de todos os ventos que sopravam.

Podiam ter evitado a "empolgação" de Jem arranhando a mão em um prego enferrujado e passando alguns dias horríveis por isso, enquanto tia Mary Maria repetia todas as histórias que já ouvira sobre infecção. "Mas isso", Anne refletiu quando o perigo passou, "era o que se devia esperar de um filho que estava sempre fazendo experimentos".

E pronto, abril! Com o riso da chuva de abril... o sussurro da chuva de abril... os pingos, as correntezas, a força, o impacto, a dança, o barulho da chuva de abril.

– Oh, mamãe, o mundo não está de cara limpa e lavada? – gritou Di naquela manhã em que o sol retornou.

Havia pálidas estrelas de primavera brilhando sobre os campos de névoa, havia salgueiros de folhas novas no pântano. Até os pequenos gravetos nas árvores pareciam ter perdido de repente a qualidade fria e adquirido suavidade, languidez. O primeiro pisco-de-peito-ruivo foi um acontecimento; o vale era novamente um lugar cheio de alegria; Jem levou as primeiras flores de maio para a mãe... o que ofendeu tia Mary Maria, que achava que as flores deveriam ter sido dadas a ela; Susan começou a arrumar as prateleiras do sótão, e Anne, que mal teve um minuto de descanso durante o inverno, usava a alegria da primavera como adereço e, literalmente, vivia no jardim, enquanto Camarão exibia seus arrebatamentos de primavera se contorcendo pelos caminhos.

– Você cuida mais desse jardim que de seu marido, Annie – disse tia Mary Maria.

– Meu jardim é bom demais comigo – respondeu Anne, sonhadora... e em seguida, percebendo as implicações que poderiam ser lidas no comentário, começou a rir.

– Você diz coisas extraordinárias, Annie. É claro, eu sei que não quis dizer que Gilbert não é bom... mas e se um estranho a ouvisse dizer uma coisa dessa?

– Querida tia Mary Maria – respondeu Anne, animada –, realmente, não sou responsável pelas coisas que digo nesta época do ano. Todo mundo por aqui sabe disso. Sempre enlouqueço um pouco na primavera. Mas é uma loucura divina. Vê aquela névoa sobre as dunas, dançando como bruxas? E os narcisos? Nunca tivemos tantos narcisos em Ingleside antes.

– Não gosto muito de narcisos. São coisas exibidas – disse tia Mary Maria, ajeitando o xale e voltando para dentro de casa para proteger as costas.

– Sabe, querida Sra. do doutor – comentou Susan, com tom ameaçador –, o que aconteceu com as íris que queria plantar naquela área de sombra? *Ela* as plantou hoje à tarde, enquanto você estava fora, e plantou na parte mais ensolarada do fundo do quintal.

– Oh, Susan! E não podemos mudar as sementes de lugar, porque ela vai ficar muito magoada!

– É só me dar a ordem, querida Sra. do doutor.

– Não, não, Susan, vamos deixar como está, por enquanto. Ela chorou, lembre, quando sugeri que não deveria ter podado a spiraea antes da florada.

– Mas torcer o nariz para os nossos narcisos, querida Sra. do doutor... eles são famosos por todo o porto...

– E merecem ser. Olhe para eles, estão rindo de você por dar ouvidos à tia Mary Maria. Susan, as capuchinhas estão brotando aqui neste canto, afinal. É muito divertido quando você desiste de alguma coisa e depois descobre que ela finalmente brotou. Vou fazer um canteirinho de roseiras no canto sudoeste. Só de falar em canteiro de roseiras já me deixa animada. Alguma vez viu o céu tão azul antes, Susan? E se prestar muita atenção agora ao anoitecer, conseguirá ouvir todos os riachos do campo murmurando. Estou pensando em dormir no vale esta noite com um travesseiro de violetas.

– Vai descobrir que é bem úmido – respondeu Susan, paciente. A Sra. do doutor sempre ficava desse jeito na primavera. Ia passar.

– Susan – falou Anne, persuasiva –, quero fazer uma festa de aniversário na semana que vem.

– Bem, e por que não deveria fazer? – perguntou Susan. Tinha certeza de que ninguém da família faria aniversário na próxima semana de maio, mas, se a Sra. do doutor queria uma festa de aniversário, por que discutir por isso?

– Para tia Mary Maria – continuou Anne, como alguém que se dispõe a enfrentar logo o pior. – Ela faz aniversário na semana que vem. Gilbert diz que ela completará cinquenta e cinco anos, e estive pensando.

– Querida Sra. do doutor, quer mesmo fazer uma festa para aquela...

– Conte até cem, Susan... conte até cem, Susan querida. Isso a deixaria feliz. O que ela tem na vida, afinal?

– A culpa é dela...

– Talvez. Mas, Susan, quero realmente fazer isso por ela.

– Querida Sra. do doutor – retrucou Susan, como quem dá um aviso –, sempre teve a bondade de me conceder uma semana de férias quando sinto que preciso descansar. Talvez seja melhor eu tirar férias na semana que vem! Vou pedir a Gladys, minha sobrinha, para vir ajudar. E então, por mim, a Srta. Mary Maria Blythe pode ter uma dezena de festas de aniversário.

– Se é assim que se sente em relação a isso, Susan, desisto da ideia, é claro – respondeu Anne, lentamente.

– Querida Sra. do doutor, essa mulher se ofereceu para vir a esta casa e pretende ficar aqui para sempre. Ela a preocupou... e incomodou o doutor... e infernizou a vida das crianças. Não falo por mim, porque quem sou eu? Ela censurou, importunou, insinuou e reclamou... e agora quer fazer uma festa de aniversário para ela! Bem, tudo que posso dizer é que, se quer mesmo... vamos ter que seguir em frente e fazer a festa!

– Susan, sua velha ardilosa!

Seguiram-se os planos. Susan, que havia cedido, estava decidida a organizar uma festa na qual nem Mary Maria Blythe poderia encontrar defeitos, pela honra de Ingleside.

– Acho que será um almoço, Susan. Assim, todos irão embora cedo, a tempo de eu ir ao concerto em Lowbridge com o doutor. Vamos manter tudo em segredo e surpreendê-la. Ela não pode saber de nada até o último minuto. Vou convidar todas as pessoas de quem ela gosta em Glen...

– E quem poderia ser, querida Sra. do doutor?

– Bem, que ela tolera, então. E a prima dela de Lowbridge, Adella Carey, e algumas pessoas da cidade. Teremos um grande bolo de aniversário com cinquenta e cinco velas...

– Que *eu* vou fazer, é claro...

– Susan, você sabe que faz o melhor bolo de frutas da ilha do Príncipe Edward...

– Sei que sou como cera em suas mãos, querida Sra. do doutor.

Seguiu-se uma semana misteriosa. Um clima de segredo invadiu Ingleside. Todos tiveram que jurar que não contariam nada a tia Mary Maria. Mas Anne e Susan não esperavam fofocas. Na noite anterior à festa, tia Mary Maria voltou para casa depois de fazer uma visita em Glen e as encontrou bem cansadas na sala de janelas amplas, cujas luzes permaneciam apagadas.

– No escuro, Annie? Não sei como alguém pode gostar de ficar sentado no escuro. Isso me deprime.

– Não está escuro... é o entardecer... houve um caso de amor entre a luz e a escuridão, uma beleza extraordinária nos filhos dessa união – disse Anne, mais para si mesma que para qualquer outra pessoa.

– Você deve saber o que diz, Annie. Então, vai haver uma festa amanhã?

Anne endireitou-se na cadeira com um movimento brusco. Susan, que já estava sentada ereta, não precisou se endireitar.

– Ora... ora... tia...

– Você sempre me deixa saber das coisas por terceiros – disse tia Mary Maria, mas ela parecia mais triste que brava.
– Nós... queríamos que fosse surpresa, tia...
– Não sei por que fazer uma festa nesta época do ano, quando não se sabe o que esperar do tempo, Annie.

Anne suspirou aliviada. Evidentemente, tia Mary Maria só sabia que haveria uma festa, não que o evento tinha alguma ligação com ela.

– Eu... quis organizar tudo antes que as flores da primavera acabassem, tia.
– Vou usar meu vestido de tafetá. Suponho, Annie, que, se não tivesse ouvido os comentários na vila, teria sido surpreendida por todos os seus bons amigos amanhã usando um vestido de algodão.
– Oh, não, tia. Pretendíamos avisá-la a tempo de se arrumar, é claro...
– Bem, se meu conselho tem algum valor para você, Annie... e às vezes quase me convenço de que não tem... sugiro que, no futuro, talvez seja melhor não ser tão sigilosa com as coisas. A propósito, sabe que estão dizendo no vilarejo que foi Jem quem jogou a pedra na janela da igreja Metodista?
– Não foi ele – respondeu Anne, em voz baixa. – Ele me disse que não foi.
– Tem certeza, Annie querida, de que ele não mentiu?

"Annie querida" continuou falando baixo.

– Certeza absoluta, tia Mary Maria. Jem nunca mentiu para mim em toda sua vida.
– Bem, achei que precisava saber o que estão dizendo.

Tia Mary Maria saiu com sua elegância costumeira, evitando ostensivamente o Camarão, que estava deitado no chão de barriga para cima, esperando que alguém o coçasse.

Susan e Anne respiraram fundo.

— Acho que vou para a cama, Susan. E espero que o dia amanhã seja bom. Não gosto da cara daquela nuvem escura sobre o porto.

— Vai ser um bom dia, querida Sra. do doutor. — Susan a tranquilizou. — O almanaque diz que sim.

Susan tinha um almanaque que previa o clima para o ano inteiro e acertava com frequência suficiente para não perder a credibilidade.

— Deixe a porta lateral destrancada para o doutor, Susan. Ele pode voltar tarde da cidade. Foi buscar as rosas... cinquenta e cinco rosas douradas, Susan... ouvi tia Mary Maria dizer que rosas amarelas são as únicas flores de que ela gosta.

Meia hora mais tarde, Susan, que lia seu capítulo da Bíblia de todas as noites, se deparou com o verso: "Tira o pé da casa de teu vizinho, para que ele não se canse de ti e te odeie". Ela marcou a página com um ramo de abrótano. "Já naqueles dias", refletiu.

Anne e Susan se levantaram cedo, pois queriam concluir os últimos preparativos antes de tia Mary Maria sair da cama. Anne gostava de levantar cedo e presenciar aquela meia hora mística antes do nascer do sol, quando o mundo pertence às fadas e aos deuses antigos. Gostava de ver o céu da manhã se tingir de rosa pálido e dourado atrás da torre da igreja, a luminosidade translúcida frágil do nascer do sol se espalhando pelas dunas, as primeiras colunas de fumaça cor de violeta brotando dos telhados do vilarejo.

— É como se tivéssemos um dia feito por encomenda, querida Sra. do doutor — disse Susan, complacente, enquanto salpicava coco ralado sobre a cobertura de laranja do bolo. — Depois do café da manhã, vou tentar fazer aquela receita nova dos biscoitos de manteiga e vou telefonar para Carter a cada meia hora para ele não esquecer o sorvete. E vai sobrar tempo para lavar a escada da varanda.

— Isso é necessário, Susan?

— Querida Sra. do doutor, não convidou a Sra. Marshall Elliott? Ela não verá a escada de nossa varanda em outro estado que não seja impecável. Mas pode cuidar da decoração, querida Sra. do doutor? Não nasci com o dom para arrumar flores.

— Quatro bolos! Puxa! — disse Jem.

— Quando damos uma festa, nós *damos* uma festa — respondeu Susan, orgulhosa.

Os convidados chegaram na hora marcada e foram recebidos por tia Mary Maria, em seu vestido de tafetá, e Anne, de voal bege. Anne pensou em usar musselina branca, porque fazia um calor de verão, mas desistiu.

— Decisão sensata, Annie — comentou tia Mary Maria. — Sempre digo que branco é só para as jovens.

Tudo aconteceu de acordo com o planejado. A mesa ficou bonita com as louças mais lindas de Anne e a beleza exótica, branca e púrpura dos ramalhetes de íris. Os biscoitos de manteiga de Susan foram um sucesso, nada parecido tinha sido visto antes em Glen; sua sopa cremosa era a última palavra em sopas; a salada de galinha foi feita com "galinhas que *são* galinhas" de Ingleside; o pressionado Carter Flagg mandou o sorvete pontualmente na hora marcada. Finalmente, Susan apareceu carregando o bolo de aniversário com suas cinquenta e cinco velas acesas, como se fosse a cabeça de João Batista em uma bandeja, e o colocou diante de tia Mary Maria.

Anne, que por fora era a anfitriã serena e sorridente, sentia um grande desconforto fazia algum tempo. Apesar do sucesso aparente, tinha a convicção cada vez mais enraizada de que alguma coisa tinha dado muito errado. Na chegada dos convidados, estava ocupada demais para notar a mudança que aconteceu no rosto de tia Mary Maria quando a Sra. Marshall Elliott desejou cordialmente que a data se repetisse muitas vezes. Mas, quando todos enfim se sentaram em torno da mesa, Anne se deu conta de que tia Mary Maria parecia tudo, menos satisfeita. Estava pálida... não podia ser... de raiva!... e não disse uma só palavra durante a refeição, exceto por respostas curtas a comentários dirigidos a ela. Só tomou duas colheradas de sopa e comeu três bocados de salada; quanto ao sorvete, ela se comportou como se nem o visse ali.

Quando Susan pôs o bolo de aniversário com as velas acesas bem na frente dela, tia Mary Maria engoliu em seco para tentar, sem sucesso, engolir um soluço, e acabou deixando escapar um uivo estrangulado.

– Tia, não se sente bem? – perguntou Annie.

Tia Mary Maria a encarou com um olhar gelado.

– *Muito* bem, Annie. Incrivelmente bem, na verdade, para *uma pessoa velha* como eu.

Nesse momento favorável, as gêmeas entraram segurando juntas a cesta com cinquenta e cinco rosas amarelas e, em meio a um repentino silêncio congelado, a entregaram a tia Mary Maria, murmurando parabéns e votos de felicidades. Um coro de admiração se ergueu em torno da mesa, mas tia Mary Maria não se juntou a ele.

– As... as gêmeas podem soprar as velas por você, tia – gaguejou Anne, nervosa –, e depois... cortamos o bolo?

– Não estou senil... ainda... Annie, posso soprar as velas.

Tia Mary Maria as apagou com esforço e determinação. Com o mesmo esforço e a mesma determinação, ela cortou o bolo. Depois, deixou a faca de lado.

– E agora, talvez, eu possa pedir licença e me retirar, Annie. *Uma mulher velha* como eu precisa de repouso, depois de tanta agitação.

Tia Mary Maria se retirou ao som do farfalhar da saia de tafetá. A cesta de rosas caiu quando ela passou. Os saltos altos de tia Mary Maria bateram barulhentos nos degraus da escada. A porta do quarto de tia Mary Maria bateu a distância.

Perplexos, os convidados comeram o bolo com todo apetite possível, em um silêncio tenso quebrado apenas por uma história que a Sra. Amos contou, com tom desesperado, sobre um médico da Nova Escócia que envenenou vários pacientes injetando neles germes da difteria. Sentindo que isso não era de muito bom gosto, os outros não se juntaram ao esforço louvável para "animar as coisas", e todos se retiraram assim que puderam sair com alguma decência.

Abalada, Annie correu ao quarto de tia Mary Maria.

– Tia, qual é o problema?

– Era necessário anunciar minha idade em público, Annie? E convidar Adella Carey para vir... e descobrir quantos anos tenho... ela morria de curiosidade sobre isso há anos!

– Tia, queríamos... queríamos...

– Não sei qual era seu propósito, Annie. Que tem alguma coisa por trás de tudo isso, eu bem sei... oh, posso ler sua mente, querida Annie... mas não vou tentar trazer isso à luz... vou deixar tudo entre você e sua consciência.

– Tia Mary Maria, minha única intenção era que tivesse um feliz aniversário. Lamento muito...

Tia Mary Maria aproximou o lenço dos olhos e sorriu, corajosa.

– É claro que a perdoo, Annie. Mas deve entender que, depois de uma tentativa tão deliberada de ferir meus sentimentos, não posso mais ficar aqui.

– Não pode estar pensando...

Tia Mary Maria levantou a mão longa, magra, ossuda.

– Não vamos discutir, Annie. Quero paz... apenas paz. "Quem pode suportar um espírito ferido?"

Naquela noite, Anne foi ao concerto com Gilbert, mas não se pode dizer que tenha aproveitado. Gilbert tratou a situação toda "como um homem", como teria dito a Srta. Cornelia.

– Lembro que ela sempre foi um pouco sensível sobre a idade. Meu pai costumava provocá-la. Eu devia ter avisado... mas esqueci. Se ela quiser ir embora, não tente impedir... – e o espírito de clã o impediu de acrescentar "já vai tarde".

– Ela não irá. Não temos toda essa sorte, querida Sra. do doutor – comentou Susan, cética.

Mas, pela primeira vez, Susan estava enganada. Tia Mary Maria partiu no dia seguinte, perdoando a todos com suas palavras finais.

– Não culpe Annie, Gilbert – disse ela, magnânima. – Eu a absolvo de todo insulto intencional. Nunca me incomodei por ela ter segredos comigo... mesmo para uma mente sensível como a minha... apesar de tudo, sempre gostei da pobre Annie... – acrescentou como quem confessava uma fraqueza. – Mas Susan Baker é outra história. Minha última palavra a você, Gilbert, é... que ponha Susan Baker no lugar dela e a mantenha lá.

De início, ninguém conseguiu acreditar em tanta sorte. Depois se deram conta de que tia Mary Maria realmente tinha ido embora... que era possível rir de novo sem ferir os sentimentos de ninguém... abrir as janelas sem ninguém reclamar de correntes de ar... comer uma refeição sem ninguém apontar que um alimento muito apreciado por alguém podia causar câncer de estômago.

"Nunca me despedi de um hóspede com tanta alegria", pensou Anne, sentindo-se meio culpada. "É bom poder se apoderar da própria vida outra vez."

O Camarão se limpava caprichoso, sentindo que, afinal, havia alguma diversão em ser um gato. A primeira peônia explodiu em flores no jardim.

– O mundo é cheio de poesia, não é, mamãe? – disse Walter.

– Vai ser um mês de junho muito bom. – Susan previu. – O almanaque diz que vai. Teremos algumas noivas e pelo menos uns dois funerais, muito provavelmente. Não é estranho conseguir respirar com liberdade de novo? Quando penso que fiz tudo que podia para tentar impedir aquela festa, querida Sra. do doutor, percebo novamente que *existe* uma Providência que governa tudo. E não acha, querida Sra. do doutor, que o doutor gostaria de algumas cebolas com seu filé hoje?

CAPÍTULO 15

— Senti que devia vir, querida – disse a Srta. Cornelia –, e explicar sobre aquele telefonema. Foi tudo um engano... sinto muito... prima Sarah não morreu, afinal.

Contendo um sorriso, Anne convidou a Srta. Cornelia a sentar-se na varanda, e Susan, que fazia uma gola de crochê irlandês para a sobrinha Gladys, levantou o olhar do trabalho e resmungou educada:

— Boa noite, *Sra.* Marshall Elliott.

— A notícia chegou do hospital hoje de manhã. Disseram que ela havia morrido à noite, e achei que devia avisar vocês, já que ela era paciente do doutor. Mas foi outra Sarah Chase, e a prima Sarah está viva e vai continuar viva, provavelmente, alegro-me em dizer. É muito agradável e fresco aqui, Anne. Sempre digo que, se vai haver brisa em algum lugar, será em Ingleside.

— Susan e eu apreciávamos o encanto desta noite estrelada – disse Anne, afastando para o lado o vestido de musselina cor-de-rosa que fazia para Nan e unindo as mãos sobre os joelhos. Uma desculpa para passar um tempo fazendo nada era sempre bem-vinda. Ela e Susan não tinham muitos momentos de ócio, hoje em dia.

A lua logo se ergueria no céu, e essa profecia era ainda mais linda que a própria lua. Lírios coloridos "brilhavam" ao longo do caminho e lufadas de madressilva iam e vinham nas asas do vento sonhador.

– Olhe aquela onda de papoulas abrindo junto do muro do jardim, Srta. Cornelia. Susan e eu estamos muito orgulhosas de nossas papoulas este ano, embora não tenhamos nada a ver com elas. Walter derrubou um pacote de sementes ali por acidente na primavera, e aquele é o resultado. Todos os anos temos uma surpresa deliciosa como essa.

– Gosto muito de papoulas – disse a Srta. Cornelia –, embora não durem muito.

– Só têm um dia de vida – concordou Anne –, mas que dia imperioso, lindo! Não é melhor que ser uma zínia horrível e sem graça que dura praticamente para sempre? Não temos zínias em Ingleside. São as únicas flores de que não gostamos. Susan não quer nem falar nelas.

– Alguém está sendo assassinado no vale? – perguntou a Srta. Cornelia. De fato, os sons que o vento trazia pareciam indicar que alguém era assado no espeto. Mas Anne e Susan estavam muito acostumadas com isso para se abalar.

– Persis e Kenneth passaram o dia todo aqui e foram fazer um piquenique no vale. Quanto à Sra. Chase, Gilbert foi à cidade hoje de manhã, portanto, ele sabe a verdade sobre ela. Fico feliz por ela estar bem... os outros médicos não concordavam com o diagnóstico de Gilbert, e ele estava um pouco preocupado.

– Quando foi para o hospital, Sarah nos avisou que não deveríamos enterrá-la, a menos que tivéssemos certeza de que estava morta – disse a Srta. Cornelia enquanto se abanava de maneira majestosa, tentando entender como a esposa do médico conseguia parecer sempre tão refrescada. – É que sempre tivemos um pouco de medo de que o marido dela tivesse sido enterrado vivo... ele parecia vivo. Mas ninguém pensou nisso até que fosse tarde demais. Ele era irmão de Richard Chase que comprou a velha fazenda Moorside e se mudou de Lowbridge para lá na primavera. Ele é engraçado. Disse que veio para o campo para ter um pouco de paz... tinha que passar o tempo todo em Lowbridge evitando viúvas... – "e velhas solteironas", a Srta. Cornelia poderia ter acrescentado, mas não continuou por consideração aos sentimentos de Susan.

– Conheci a filha dele, Stella... ela foi ao ensaio do coral. Gostamos muito uma da outra.

– Stella é um amor de menina... uma das poucas que ainda coram. Sempre gostei muito dela. Sua mãe e eu éramos grandes amigas. Pobre Lisette!

– Ela morreu jovem?

– Sim, quando Stella tinha apenas oito anos. Richard criou Stella sozinho. E ele é um infiel, acima de tudo! Diz que as mulheres são importantes apenas biologicamente... seja lá qual for o significado disso. Está sempre falando coisas assim, grandiosas.

– Ele não parece ter feito um mau trabalho, se a criou sozinho – disse Anne, que achava Stella Chase uma das meninas mais encantadoras que já havia conhecido.

– Oh, Stella jamais seria malcriada. E não nego que Richard tem coisas importantes na cabeça. Mas é rabugento com os rapazes... nunca deixou Stella ter um namorado na vida! Afugentou com sarcasmo todos os jovens que tentaram se aproximar dela. Ele é a criatura mais sarcástica de que já se ouviu falar. Stella não consegue controlar o pai. A mãe antes dela não conseguia controlá-lo. Não sabiam como. Ele é do contra, mas nenhuma das duas jamais pareceu entender isso.

– Achei Stella muito dedicada ao pai.

– Ah, ela é. E o adora. Ele é o homem mais doce, quando todas as coisas acontecem do jeito que ele quer. Mas deveria ter mais bom senso em relação ao casamento de Stella. Ele deve saber que não vai viver para sempre... embora quem o escute falar possa pensar que tem essa intenção. Ele não é um homem velho, é claro... era muito jovem quando se casou. Mas a família tem um histórico de derrames. E o que Stella vai fazer, se ele a deixar? Murchar, suponho.

Susan ergueu os olhos do complicado crochê irlandês cor-de-rosa apenas para falar com firmeza:

– Não suporto velhos que estragam a vida dos jovens dessa maneira.

– Se Stella gostasse realmente de alguém, talvez as objeções do pai não pesassem tanto para ela.

– É aí que você se engana, Anne querida. Stella nunca se casaria com alguém de quem o pai não gostasse. E posso citar mais um, cuja vida vai ser arruinada, e é o sobrinho de Marshall, Alden Churchill. Mary está *decidida* a não permitir que ele se case, enquanto ela puder evitar. É ainda mais determinada que Richard... se fosse um cata-vento, ela apontaria para o norte quando soprasse o vento sul. A propriedade é dela enquanto Alden não se casar e depois passa a ser dele, você sabe. Toda vez que ele se envolveu com alguma moça, ela conseguiu dar um jeito de acabar com tudo.

– A culpa é *toda* dela, *Sra*. Marshall Elliott, de verdade? – perguntou Susan, com tom seco. – Há quem pense que Alden é muito inconstante. Já ouvi dizer que ele gosta de flertar.

– Alden é bonito e as moças o perseguem – respondeu a Srta. Cornelia. – Não o culpo por passar algum tempo com elas e deixá-las, depois de ensinar uma lição a essas jovens. Mas houve uma ou duas boas moças de quem ele realmente gostou, e Mary simplesmente impediu. Ela mesma me disse... disse que recorreu à Bíblia... ela sempre "recorre à Bíblia"... e abriu em um verso, e sempre foi um aviso contra Alden se casar. Não tenho paciência com ela e seu jeito antiquado. Por que ela não pode ir à igreja e ser uma criatura decente, como todos nós pelos Quatro Ventos? Não, ela tem que criar uma religião para si mesma, "recorrer à Bíblia". No último outono, quando aquele cavalo valioso ficou doente... valia uns quatrocentos dólares... em vez de mandá-lo ao veterinário em Lowbridge, ela "recorreu à Bíblia" e abriu em um verso... "o Senhor deu e o Senhor tirou. Bendito seja o nome do Senhor". Então, ela se negou a chamar o veterinário, e o cavalo morreu. Que bela aplicação daquele verso, Anne querida. Eu considero irreverente. Disse isso a ela com todas as letras, mas a resposta que obtive foi uma cara feia. E ela se nega a instalar o telefone. "Acha que vou falar com uma caixa na parede?", argumenta quando alguém toca no assunto.

A Srta. Cornelia fez uma pausa para respirar. As divagações da cunhada sempre a deixavam impaciente.

– Alden não tem nada de parecido com a mãe – comentou Anne.

– Alden é como o pai... um bom homem como nunca houve igual. Por que ele se casou com Mary é algo que os Elliott nunca conseguiram entender. Embora tenham ficado contentes por casar-se tão bem... ela sempre teve um parafuso solto e sempre foi magra como uma vareta. É claro que tinha muito dinheiro... herdou tudo que era de sua tia Mary... mas não foi por isso, George Churchill se apaixonou de verdade por ela. Não sei como Alden suporta os caprichos da mãe; mas ele é um bom filho.

– Sabe em que acabei de pensar, Srta. Cornelia? – falou Anne, com um sorriso endiabrado. – Não seria bom se Alden e Stella se apaixonassem um pelo outro?

– Não existem muitas chances, e eles não iriam muito longe, se isso acontecesse. Mary faria um escândalo, e Richard apareceria com um fazendeiro qualquer em um minuto, mesmo que ele agora seja um fazendeiro. Mas Stella não é o tipo de moça que Alden gosta... ele prefere as risonhas de cores fortes. E Stella não daria atenção ao tipo dele. Ouvi dizer que o novo ministro em Lowbridge estava interessado por ela.

– Ele não é meio anêmico e míope? – perguntou Anne.

– E tem os olhos saltados – acrescentou Susan. – Devem ficar horríveis quando ele tenta assumir um ar sentimental.

– Pelo menos ele é presbiteriano – disse a Srta. Cornelia, como se isso aliviasse todo o resto. – Bem, preciso ir. Descobri que, se passo muito tempo no sereno, minha neuralgia ataca.

– Eu a acompanho até o portão.

– Você sempre parece uma rainha nesse vestido, Anne querida – disse a Srta. Cornelia com admiração e irreverência.

Anne encontrou Owen e Leslie Ford no portão e os levou à varanda. Susan tinha desaparecido para ir buscar limonada para o médico, que havia acabado de chegar em casa, e as crianças voltaram do vale sonolentas e felizes.

– Estavam fazendo um barulho horrível quando passei com a carruagem – disse Gilbert. – Toda a área rural deve ter ouvido vocês.

Persis Ford sacudiu os pesados cachos cor de mel e mostrou a língua para ele. Persis era uma das favoritas do "tio Gil".

– Estávamos só imitando dervixes uivantes, é claro que precisávamos uivar – explicou Kenneth.

– Olhe só o estado em que está sua blusa – falou Leslie, com tom severo.

– Caí na torta de lama da Di – disse Kenneth, com tom satisfeito. Odiava aquelas blusas engomadas e impecáveis que a mãe o obrigava a usar quando ia a Glen.

– Mamãe querida – disse Jem –, posso pegar aquelas penas velhas de avestruz que estão no sótão e costurar na minha calça para fazer um rabo? Amanhã vamos brincar de circo, e eu vou ser o avestruz. E vamos ter um elefante.

– Sabem que custa seiscentos dólares por ano para alimentar um elefante? – anunciou Gilbert, de um jeito solene.

– Um elefante de faz de conta não custa nada – explicou Jem, paciente.

Anne riu.

– Nunca precisamos fazer economia com nossa imaginação, graças aos céus.

Walter não disse nada. Estava um pouco cansado e bem contente por sentar ao lado da mãe nos degraus e descansar a cabeça em seu ombro. Leslie Ford olhou para ele e achou que tinha o rosto de um gênio... o olhar remoto e distante de uma alma de outro planeta. A Terra não era seu habitat.

Todos estavam muito felizes naquela hora dourada de um dia dourado. O sino de uma igreja do outro lado do porto soou doce e fraco. A lua desenhava padrões na água. As dunas brilhavam com uma luminosidade nebulosa. Havia uma nota de menta no ar e algumas rosas escondidas eram insuportavelmente doces. E Anne, olhando de modo sonhador para o gramado com olhos que, apesar dos seis filhos, ainda eram muito jovens, pensava que não havia nada no mundo mais esguio e élfico que um jovem álamo ao luar.

Então ela começou a pensar em Stella Chase e Alden Churchill, até Gilbert oferecer uma moeda por seus pensamentos.

– Estou pensando seriamente em brincar de cupido – respondeu Anne.

Gilbert olhou para os outros com desespero debochado.

– Eu tinha medo de que tudo voltasse um dia. Fiz o que pude, mas não se pode reformar um cupido natural. Ela tem verdadeira paixão por isso. O número de casais que formou é inacreditável. Eu não conseguiria dormir à noite, se tivesse essa responsabilidade em minha consciência.

– Mas são todos felizes – protestou Anne. – Sou muito eficiente. Pense em todos os casais que uni... ou fui acusada de unir... Theodora Dix e Ludovic Speed... Stephen Clark e Prissie Gardner... Janet Sweet e John Douglas... Professor Carter e Esme Taylor... Nora e Jim... e Dovie e Jarvis...

– Ah, eu reconheço. Essa minha esposa, Owen, nunca perdeu o senso de expectativa. Para ela, as figueiras podem dar figos a qualquer momento. Suponho que ela vai continuar tentando casar pessoas até superar tudo isso.

– Acho que ela tem alguma coisa a ver com mais um casal – disse Owen, sorrindo para a esposa.

– Eu não – reagiu Anne, prontamente. – A culpa disso é de Gilbert. Fiz o possível para convencê-lo a não fazer aquela operação em George Moore. E ele fala sobre não dormir à noite... há noites em que acordo suando frio, sonhando que consegui.

– Bem, dizem que só as mulheres felizes são casamenteiras, então, ponto para mim – disse Gilbert, com ar complacente. – Que novas vítimas tem em mente agora, Anne?

Anne apenas sorriu para ele. Unir casais é algo que exige sutileza e discrição, e há coisas que não se diz nem para o marido.

CAPÍTULO 16

Anne passou horas acordada naquela noite e em várias outras depois dela, pensando em Alden e Stella. Tinha a sensação de que Stella sonhava com o casamento… um lar… bebês. Certa noite, havia implorado para dar banho em Rilla… "É tão delicioso banhar seu corpinho roliço, cheio de dobrinhas…" E acanhada: "É tão adorável, Sra. Blythe, ter bracinhos queridos e aveludados estendidos em sua direção. Bebês são perfeitos, não são?". Seria uma pena se um pai rabugento a impedisse de realizar essas esperanças secretas.

Seria um casamento ideal. Mas como ele poderia ser realizado, se todos os envolvidos eram um pouco teimosos e do contra? Porque a teimosia e a contrariedade não se limitavam aos mais velhos. Anne suspeitava que Alden e Stella também tinham um pouco de cada. Isso exigia uma técnica completamente diferente das que foram usadas em qualquer outro caso anterior. Bem na hora, Anne se lembrou do pai de Dovie.

Anne levantou o queixo e entrou em ação. "Alden e Stella", ela pensou, "estavam praticamente casados, a partir de agora".

Não havia tempo a perder. Alden, que morava em Harbour Head e frequentava a igreja Anglicana do porto, ainda nem conhecia Stella Chase… talvez nunca a tivesse visto. Ele não aparecia na companhia de nenhuma moça havia meses, mas poderia começar a qualquer momento. Sra. Janet Swift, de Upper Glen, tinha uma sobrinha muito bonita que a estava visitando, e Alden estava sempre atrás das garotas novas. A primeira coisa, então, era fazer Alden e Stella se conhecerem. Como seria possível? Tudo teria que parecer absolutamente inocente. Anne pensou muito, mas não conseguiu ter uma ideia mais original do que dar uma festa e convidar os dois. Não gostava nada da ideia. Fazia calor para uma festa... e os jovens de Four Winds eram muito animados. Anne sabia que Susan nunca concordaria com uma festa sem limpar praticamente cada canto de Ingleside, do sótão ao porão... e Susan estava sofrendo com o calor este ano. Mas uma boa causa exige sacrifícios. Jen Pringle, bacharel em Artes, havia escrito informando que viria fazer uma prometida visita a Ingleside, e essa seria a desculpa para uma festa. A sorte parecia estar a seu lado. Jen chegou... os convites foram enviados... Susan fez sua revisão em Ingleside... e ela e Anne cozinharam todos os pratos para a festa no auge de uma onda de calor.

    Anne estava terrivelmente cansada na noite anterior à festa. O calor era intenso... Jem estava doente, de cama, com alguma coisa que Anne temia em segredo ser apendicite, embora Gilbert tivesse diagnosticado despreocupado um simples caso de exagero de maçãs ainda verdes... e Camarão quase havia sido escaldado quando Jen Pringle, tentando ajudar Susan, derrubou uma panela de água quente do fogão em cima dele. Cada osso do corpo de Anne doía, a cabeça doía, os pés doíam, os olhos doíam. Jen tinha saído com um grupo de jovens para ver o farol, depois de dizer para Anne ir direto para a cama; mas, em vez de ir para a cama, ela se sentou na varanda, em meio à umidade que tinha seguido a tempestade daquela tarde, e conversou com Alden Smith, que apareceu para pegar o remédio para a bronquite da mãe, mas não quis entrar. Anne decidiu que essa era uma oportunidade mandada pelos céus, porque queria muito ter uma conversa com ele. Eram bons amigos, pois Alden sempre os visitava com o mesmo propósito.

Alden sentou-se na escada da varanda e apoiou a cabeça nua na coluna. Anne sempre achou que ele era um rapaz bonito... alto, com ombros largos e um rosto de palidez marmórea que nunca bronzeava, vívidos olhos azuis e cabelos negros e abundantes. A voz era risonha, e ele tinha um jeito agradável, respeitoso, que as mulheres de todas as idades aprovavam. Tinha estudado em Queen's por três anos e pensado em ir para Redmond, mas a mãe o impediu de ir alegando razões bíblicas, e Alden se conformou com a vida na fazenda. Gostava de ser fazendeiro, tinha dito a Anne; era um trabalho sem limitações, ao ar livre e independente: tinha o jeito da mãe para ganhar dinheiro e a personalidade atraente do pai. Não era surpreendente que fosse considerado quase um troféu matrimonial.

– Alden, quero lhe pedir um favor – anunciou Anne, convincente. – Pode me ajudar?

– É claro, Sra. Blythe – respondeu ele, firme. – É só pedir. Sabe que faço qualquer coisa pela senhora.

Alden realmente gostava muito da Sra. Blythe e faria muito por ela.

– Receio que seja tedioso – começou Anne, ansiosa. – Mas é que... quero que garanta que Stella Chase se divirta em minha festa amanhã à noite. Tenho medo de que ela não aproveite. Stella ainda não conhece muitos jovens por aqui... muitos são mais novos que ela... os rapazes são, pelo menos. Tire-a para dançar e cuide para que não fique sozinha e excluída. Ela é muito tímida com desconhecidos. Quero que se divirta.

– Oh, farei o melhor que puder – respondeu Alden, prontamente.

– Mas não pode se apaixonar por ela – avisou Anne, rindo cautelosa.

– Tenha piedade, Sra. Blythe. Por que não?

– Bem – ela adotou um tom confidencial –, acho que o Sr. Paxton de Lowbridge se encantou com ela.

– Aquele rapaz afetado e arrogante? – explodiu Alden, com fervor inesperado.

Anne pensou em uma resposta moderada.

– Ora, Alden, soube que ele é um rapaz muito bom. Só esse tipo de homem teria alguma chance com o pai de Stella, sabe?

– É mesmo? – disse Alden, voltando à indiferença.

– Sim... e não sei nem se ele teria. Sei que o Sr. Chase pensa que ninguém é bom o bastante para Stella. Receio que um simples fazendeiro não teria nenhuma chance. Portanto, não quero que crie problemas para si mesmo se apaixonando por uma garota que nunca poderia ter. É só um aviso de amiga. Tenho certeza de que sua mãe pensaria como eu.

– Oh, obrigado. Que tipo de garota ela é, aliás? Bonita?

– Bem, admito que ela não é bonita. Gosto muito de Stella... mas ela é um pouco pálida e retraída. Não é forte... mas me contaram que o Sr. Paxton tem dinheiro. Na minha opinião, esse seria um enlace ideal, e não quero que ninguém o estrague.

– Por que não convidou o Sr. Paxton para sua festa e pediu a *ele* para fazer companhia a Stella? – indagou Alden, um pouco truculento.

– Você sabe que um ministro religioso não viria a um baile, Alden. Não seja mal-humorado... e cuide para que Stella se divirta.

– Oh, ela terá momentos divertidíssimos. Boa noite, Sra. Blythe.

Alden partiu de repente. Sozinha, Anne riu.

– Bem, se conheço alguma coisa da natureza humana, esse rapaz vai fazer de tudo para mostrar ao mundo que pode ter Stella, se quiser, apesar de qualquer outra pessoa. Ele mordeu a isca do ministro. Mas suponho que terei uma noite horrível por causa desta dor de cabeça.

Ela teve uma noite ruim, complicada pelo que Susan chamava de "mau jeito no pescoço", e acordou sentindo-se tão radiante quanto uma flanela cinza; mas, à noite, era uma anfitriã alegre e galante. A festa foi um sucesso. Todos se divertiram muito, aparentemente. Stella certamente se divertiu. Alden cuidou disso com capricho "quase excessivo para a boa etiqueta", Anne pensou. Foi um pouco exagerado para um primeiro encontro Alden ter levado Stella para um canto escuro da varanda depois do jantar e a mantido lá por uma hora. Mas, no geral, Anne ficou satisfeita quando pensou em tudo na manhã seguinte. De certo, o tapete da sala de jantar havia sido praticamente arruinado por duas taças de sorvete e um prato de bolo grudado nele; o candelabro de cristal Bristol da avó de Gilbert havia sido estilhaçado; alguém havia derrubado uma jarra cheia de água no quarto de hóspedes, e a água empoçada havia manchado o teto da biblioteca de forma trágica; as franjas do sofá quase foram arrancadas; aparentemente, alguém grande e pesado sentou na grande samambaia de Boston, orgulho de Susan. Mas o lado positivo disso tudo era que, a menos que os sinais estivessem errados, Alden havia se apaixonado por Stella. Anne decidiu que o resultado era favorável.

Fofocas dos moradores da área nas semanas seguintes confirmaram sua impressão. Era cada vez mais evidente que Alden tinha sido fisgado. Mas e Stella? Anne não acreditava que Stella fosse o tipo de garota que se atiraria nos braços do primeiro homem que a quisesse. Tinha um toque do espírito "do contra" do pai, que nela se manifestava como uma encantadora independência.

Mais uma vez, a sorte ajudou a casamenteira preocupada. Certa noite, Stella foi ver os delfínios em Ingleside, e depois elas sentaram na varanda e conversaram. Stella Chase era uma criatura pálida, esguia, bem tímida, mas intensamente doce. Tinha cabelos dourados e macios e olhos castanhos como madeira. Anne achava que os cílios a favoreciam, porque ela não era bonita. Eram cílios muito longos, e, quando ela piscava, o movimento causava coisas nos corações masculinos. Stella tinha certa distinção de maneiras que a fazia parecer um pouco mais velha que seus vinte e quatro anos, e o nariz seria aquilino, sem dúvida, no futuro.

– Tenho ouvido coisas sobre você, Stella – disse Anne, balançando um dedo na direção dela. – E... não sei... se... gosto... delas. Vai me perdoar, se eu disser que tenho dúvidas de que Alden Churchill é o rapaz certo para você?

Stella ficou vermelha.

– Ora... pensei que gostasse de Alden, Sra. Blythe.

– E gosto. Mas... bem, é que... ele tem fama de ser muito inconstante. Ouvi dizer que nenhuma moça o prende por muito tempo. Muitas tentaram... e fracassaram. Odiaria ver você abandonada dessa maneira, se ele mudasse de ideia.

– Creio que está enganada sobre Alden, Sra. Blythe – falou Stella, sem pressa.

– Espero que sim, Stella. Se você fosse um tipo diferente... saltitante e animada, como Eileen Swift...

– Oh, bem... preciso ir para casa – respondeu a jovem, de um jeito vago. – Meu pai vai se sentir só.

Quando ela foi embora, Anne riu novamente.

– Creio que Stella foi embora jurando que vai mostrar às amigas intrometidas que é capaz de conquistar e prender Alden, e que nenhuma Eileen Swift vai pôr as mãos nele. A jogada de cabeça e o rubor repentino no rosto mostraram isso. Tudo resolvido com os jovens. Receio que as coisas sejam mais difíceis com os mais velhos.

CAPÍTULO 17

Anne continuava com sorte. A Sociedade Assistencial Feminina pediu a ela que fosse visitar a Sra. George Churchill para pedir sua contribuição anual à sociedade. A Sra. Churchill raramente ia à igreja e não era membro da Assistencial, mas "acreditava em missões" e sempre dava uma quantia generosa, se alguém pedisse. As pessoas gostavam tão pouco disso que os membros tinham que se revezar, e este ano era a vez de Anne.

Uma noite, ela foi andando por uma trilha de margaridas que atravessava terrenos e seguia da doce e fresca atmosfera de uma colina até a estrada onde ficava a fazenda dos Churchill, a um quilômetro e meio de Glen. Era uma estrada bem sem graça, com cercas cinza acompanhando encostas curtas e íngremes... mas tinha luzes nas casas... um riacho... o cheiro de campos de feno que se estendiam para o mar... jardins. Anne parava para olhar cada jardim por onde passava. Seu interesse em jardins era constante. Gilbert sempre dizia que Anne *precisava* comprar um livro, se houvesse a palavra "jardim" no título.

Um barco balançava preguiçoso no porto e, ao longe, uma embarcação estava parada por falta de vento. Anne sempre observava com o coração um pouco acelerado um navio que partia. Ela entendeu o capitão Franklin Drew quando, uma vez, o ouviu dizer ao embarcar no porto: "Deus, como lamento pelas pessoas que deixamos em terra!".

A grande casa dos Churchill, com a sombria moldura de ferro em torno do telhado plano com janelas, se debruçava sobre o porto e as dunas. A Sra. Churchill a recebeu educadamente, embora não muito entusiasmada, e a levou ao sombrio e esplêndido salão, cujas paredes escuras revestidas com papel marrom eram enfeitadas por inúmeros retratos em crayon dos falecidos Churchill e Elliott. A Sra. Churchill sentou-se em um sofá de veludo verde, uniu as mãos finas e longas e encarou a visitante.

Mary Churchill era alta, magra e austera. Tinha queixo proeminente, olhos azuis e profundos como os de Alden e a boca larga, comprimida. Nunca desperdiçava palavras e nunca fazia fofoca. Por isso, Anne encontrou dificuldades para alcançar seu objetivo naturalmente, mas conseguiu o que queria citando o novo ministro do outro lado do porto, de quem a Sra. Churchill não gostava.

– Ele não é um homem espiritual – disse a Sra. Churchill, com tom frio.

– Ouvi dizer que seus sermões são impressionantes – comentou Anne.

– Ouvi um e não quero ouvir mais. Minha alma buscava alimento e recebeu uma palestra. Ele acredita que o Reino dos Céus pode ser conquistado pelo cérebro. Não pode.

– Falando em ministros... Lowbridge agora tem um novo e esperto. Acho que ele está interessado em minha jovem amiga Stella Chase. Há boatos de que vão se entender.

– Quer dizer que vão se casar? – perguntou a Sra. Churchill.

Anne sentiu-se esnobada, mas decidiu que era inevitável ter que engolir algumas coisas assim, quando interferia no que não era de sua conta.

– Creio que seria uma união muito adequada, Sra. Churchill. Stella é especialmente preparada para o papel de esposa de ministro religioso. Tenho dito a Alden que ele não deve tentar estragar essa possibilidade.

– Por quê? – perguntou a Sra. Churchill, sem se abalar.

– Bem... na verdade... sabe... receio que Alden não tenha nenhuma chance. O Sr. Chase acha que ninguém é bom o bastante para Stella. Todos os amigos de Alden odiariam vê-lo abandonado de repente como uma luva velha. Ele é um rapaz bom demais para passar por isso.

– Nenhuma moça jamais abandonou meu filho – respondeu a Sra. Churchill, comprimindo os lábios finos. – Pelo contrário, ele sempre as deixou. Ele as abandonou, apesar dos cachos e das risadinhas, das curvas e dos meneios de corpo. Meu filho pode se casar com a mulher que escolher, Sra. Blythe... *qualquer* mulher.

– Ah, sim? – O tom de Anne insinuava: "É claro que sou educada demais para contradizer sua afirmação, mas não mudei de opinião". Mary Churchill compreendeu, e seu rosto branco e enrugado esquentou um pouco, quando ela atravessou a sala para ir buscar sua contribuição.

– Tem uma vista maravilhosa daqui. – Anne apontou quando a Sra. Churchill a levou até a porta.

A Sra. Churchill olhou para o golfo com ar de aprovação.

– Se sentisse o impacto do vento leste no inverno, Sra. Blythe, talvez não desse tanto valor à vista. Esta noite já é bem fria. Devia se preocupar com a possibilidade de pegar um resfriado, com esse vestido fino. Embora seja bonito. Ainda é jovem o bastante para se preocupar com enfeites e vaidades. Eu deixei de me interessar por essas coisas tão transitórias.

Anne sentia-se muito satisfeita com a conversa quando voltou para casa sob o crepúsculo verde-escuro.

– É claro que não se pode contar com a Sra. Churchill – disse ela a um bando de passarinhos que fazia uma assembleia em um pequeno campo destacado do bosque –, mas acho que a preocupei um pouco. Ficou claro que ela não gostou da ideia de as pessoas pensarem que Alden poderia ser rejeitado. Bem, fiz o que podia em relação a todos os envolvidos, menos o Sr. Chase, e não sei o que poderia fazer com ele, se nem o conheço. Talvez ele nem sequer imagine que Alden e Stella estão se aproximando. É pouco provável que saiba. Stella jamais ousaria levar Alden à sua casa, é claro. Então, o que vou fazer com o Sr. Chase?

Era realmente sobrenatural... a maneira como tudo colaborava com ela. Certa noite, a Srta. Cornelia apareceu e pediu a Anne para acompanhá-la até a casa dos Chase.

– Vou pedir uma contribuição a Richard Chase para o fogão novo da cozinha da igreja. Pode ir comigo, querida, só para dar apoio moral? Odiaria abordá-lo sozinha.

Elas encontraram o Sr. Chase na escada da frente da casa, e, com aquelas pernas longas e o nariz comprido, ele mais parecia uma cegonha meditando. Havia algumas mechas de cabelo brilhante no topo da cabeça careca, e os olhinhos cinzentos cintilavam para elas. Ele estava pensando que, se aquela com a velha Cornelia era a esposa do médico, sua silhueta era muito boa. Quanto à prima Cornelia, prima de segundo grau, ela era um pouco encorpada demais e tinha o intelecto de um gafanhoto, mas não era um gato velho ruim, se você soubesse onde coçar.

Ele as convidou para sua pequena biblioteca, onde a Srta. Cornelia sentou-se em uma cadeira com um gemidinho.

– Que noite quente. Acho que teremos uma tempestade. Misericórdia, Richard, aquele gato está maior que nunca!

Richard Chase tinha um membro da família na forma de um gato amarelo de tamanho anormal, que agora subia em seu joelho. Ele o afagou com ternura.

– Thomas, o Poeta, dá ao mundo a segurança de um gato – disse ele. – Não é, Thomas? Olhe para sua tia Cornelia, Poeta. Veja os olhares sinistros que ela lança para você com olhos criados para expressar apenas bondade e afeto.

– Não diga que sou a tia Cornelia desse animal – protestou com fervor a Sra. Elliot. – Uma coisa é fazer piadas, isso é ir longe demais.

– Não gostaria mais de ser tia do Poeta que do Neddy Churchill? – perguntou Richard Chase, com tom de lamento. – Neddy é um esganado e um bebedor de vinho, não é? Ouvi dizer que você está fazendo um catálogo dos pecados dele. Não prefere ser tia de um belo gato respeitável como Thomas, que tem um histórico impecável em relação a uísque e manchas?

– O pobre Ned é um ser humano – retrucou a Srta. Cornelia. – Não gosto de gatos. Esse é o único defeito que vejo em Alden Churchill. Ele também tem uma estranha simpatia por gatos. Deus sabe de onde veio... mas o pai e a mãe dele odeiam esses bichos.

– Que rapaz sensível ele deve ser!

– Sensível! Bem, ele é sensível o bastante... exceto em relação aos gatos e ao interesse pela evolução... outra coisa que não herdou da mãe.

– Sabe, Sra. Elliot – falou Richard Chase, com tom solene –, tenho um interesse secreto pela evolução.

– Já me disse isso antes. Bem, acredite no que quiser, Dick Chase... é típico de um homem. Graças a Deus, ninguém nunca conseguiu me convencer de que descendo de um macaco.

– Não parece atraente para uma mulher, admito. Não vejo semelhanças símias em sua fisionomia rosada, agradável, eminentemente graciosa. Ainda assim, sua mil vezes bisavó se balançava de galho em galho pendurada pelo rabo. A ciência prova, Cornelia... é pegar ou largar.

– Pois eu largo. Não vou discutir com você sobre esse assunto ou qualquer parte dele. Tenho minha religião, e ela não menciona ancestrais macacos. A propósito, Richard, neste verão Stella não parece estar tão bem quanto eu gostaria de vê-la.

– Ela sempre se abate muito com o calor. Vai melhorar quando o tempo esfriar.

– Espero que sim. Lisette melhorou em todos os verões, exceto o último, Richard... não esqueça. Stella tem a constituição da mãe. Felizmente, é improvável que ela se case.

– Por que é improvável que ela se case? Pergunto por curiosidade, Cornelia... pura curiosidade. O processo feminino de pensamento me interessa muito. De que premissas ou dados você tirou a conclusão, à sua maneira deliciosamente improvisada, de que é improvável que Stella se case?

– Bem, Richard, para ser bem clara, ela não é o tipo de moça que faz muito sucesso com os homens. É uma garota doce, boa, mas não atrai os homens.

– Ela tem admiradores. Gastei boa parte dos meus fundos na compra e manutenção de armas e bulldogs.

– Imagino que eles admirem seu dinheiro. Desanimam com facilidade, não é? Só um encontro com seu sarcasmo, e eles vão embora. Se quisessem realmente Stella, não fugiriam disso, nem do seu bulldog imaginário. Não, Richard, é melhor admitir, Stella não é o tipo de moça que conquista pretendentes desejáveis. Lisette não era, você sabe. Ela nunca tinha tido um namorado, até você aparecer.

– Mas não valeu a pena esperar por mim? Certamente, Lisette era uma jovem sábia. Não ia querer que eu entregasse minha filha a qualquer Tom, Dick ou Harry, ia? Pelos céus, quem, apesar dos seus comentários desabonadores, está preparado para brilhar nos palácios dos reis?

– Não temos reis no Canadá – respondeu a Srta. Cornelia.

– Não estou dizendo que Stella não é uma menina adorável. Apenas que os homens parecem não ver isso e, considerando a constituição dela, acho que é melhor assim. E é bom para você também. Não poderia viver sem ela... ficaria impotente como um bebê. Bem, prometa que vai dar uma contribuição para o fogão novo da igreja, e nós vamos embora. Sei que está ansioso para pegar aquele seu livro.

– Mulher admirável de visão clara! Que tesouro você é para um primo! Admito... estou ansioso. Mas ninguém além de você teria sido perspicaz o bastante para perceber, ou agradável o suficiente para salvar minha vida fazendo algo a respeito disso. Quanto espera que eu doe?

– Você pode dar cinco dólares.

– Nunca discuto com uma dama. Cinco dólares, então. Ah, já vai? Nunca perde tempo, essa mulher singular! Assim que alcança seu objetivo, ela parte imediatamente e o deixa em paz. Não se fazem outras como ela hoje em dia. Boa noite, pérola da família.

Durante toda a visita, Anne não disse uma só palavra. Por que se manifestaria, se a Sra. Elliot fazia o trabalho por ela com tanta astúcia e sem perceber? Mas, quando se despedia delas, Richard Chase inclinou-se repentinamente em sua direção como quem ia fazer uma confidência.

– Tem o mais belo par de tornozelos que já vi, Sra. Blythe, e vi muitos em meu tempo.

– Ele não é pavoroso? – reagiu, chocada, a Srta. Cornelia quando elas voltaram à rua. – Está sempre dizendo às mulheres coisas ultrajantes como essa. Não se incomode com ele, querida Anne.

Anne não se incomodava. Até gostava de Richard Chase.

– Não creio que ele tenha gostado muito da ideia de Stella não ser popular entre os homens – refletiu ela –, apesar de os antepassados deles serem macacos. Também acho que ele gostaria de "mostrar a eles". Bem, eu fiz tudo que podia. Aproximei Alden e Stella, e eles se interessaram um pelo outro; e, aqui entre nós, Srta. Cornelia, acho que induzi a Sra. Churchill e o Sr. Chase a aceitar essa aproximação, em vez de combatê-la. Agora só preciso sentar e esperar para ver o que acontece.

Um mês depois, Stella Chase foi a Ingleside e, novamente, sentou-se com Anne na varanda... pensando, enquanto estava ali, que esperava um dia ter a aparência da Sra. Blythe... aquela aparência *madura*... a aparência de uma mulher que viveu plenamente e graciosamente.

A noite fria e nebulosa surgia depois de um dia fresco e cinzento de início de setembro. Pairava no ar o gemido suave do mar.

– O mar hoje está infeliz. – Walter dizia quando ouvia esse som.

Stella parecia distraída e quieta. De repente, ela falou olhando para uma constelação que surgia na noite púrpura:

– Sra. Blythe, quero contar uma coisa.

– Sim, querida?

– Estou comprometida com Alden Churchill – anunciou ela, desesperada. – Estamos noivos desde o último Natal. Contamos ao meu pai e à Sra. Churchill imediatamente, mas escondemos de todo mundo, só porque era muito bom ter esse segredo. Não queríamos dividi-lo com o mundo. Mas vamos nos casar no mês que vem.

Anne fez uma excelente imitação de uma mulher que havia sido transformada em pedra. Stella ainda olhava para as estrelas, por isso não viu a expressão da Sra. Blythe. Ela continuou falando com um pouco mais de calma:

– Alden e eu nos conhecemos em uma festa em Lowbridge no mês de novembro. Nós... nos amamos desde o primeiro momento. Ele disse que sempre havia sonhado comigo... que me procurava desde sempre. E disse a si mesmo: "Essa é minha esposa", quando me viu passar pela porta. E eu... senti a mesma coisa. Oh, estamos muito felizes, Sra. Blythe!

Anne continuava em silêncio, ainda mais chocada.

– A única nuvem sobre minha felicidade é sua atitude em relação ao assunto, Sra. Blythe. Não pode se esforçar para nos aprovar? Tem sido uma amiga muito querida desde que cheguei a Glen St. Mary... sinto que é como uma irmã mais velha. E me sinto muito mal quando penso que é contra meu casamento.

Havia um som de lágrimas na voz de Stella. Anne recuperou a fala.

– Minha querida, sua felicidade é tudo que eu quero. Gosto de Alden... ele é um jovem esplêndido... só que *tinha* a reputação de ser conquistador...

– Mas não é. Ele estava apenas procurando a pessoa certa, sabe, Sra. Blythe? E não conseguia encontrá-la.

– O que seu pai pensa disso?

– Oh, meu pai está muito satisfeito. Ele gostou de Alden desde o início. Eles passavam horas conversando sobre evolução. Meu pai disse que sempre teve a intenção de permitir meu casamento quando o homem certo aparecesse. Eu me sinto péssima por deixá-lo, mas ele diz que aves novas têm direito ao próprio ninho. Prima Délia Chase vai cuidar da casa para ele, e papai gosta muito dela.

— E a mãe de Alden?

— Ela também aprova. Quando Alden contou no Natal passado que estávamos noivos, ela recorreu à Bíblia, e o primeiro verso que viu foi: "Um homem deve deixar pai e mãe e dedicar-se à esposa". Ela disse que estava perfeitamente claro o que devia fazer e consentiu imediatamente. Vai se mudar para aquela casinha dela em Lowbridge.

— Fico feliz por você não ter que conviver com aquele sofá de veludo verde — disse Anne.

— Sofá? Ah, sim, a mobília é muito antiquada, não é? Mas ela vai levar tudo, e Alden vai comprar móveis novos. Então, como vê, todos estão satisfeitos, Sra. Blythe, e espero que também nos deseje felicidades.

Anne se inclinou e beijou o rosto de cetim frio de Stella.

— Estou *muito* feliz por você. Deus abençoe os dias que virão, minha querida.

Quando Stella foi embora, Anne correu para o quarto para evitar encontrar alguém por alguns momentos. Uma lua minguante cínica e inclinada saía de trás de nuvens desgrenhadas ao leste, e os campos distantes pareciam piscar para ela diabolicamente.

Anne pensou nas semanas anteriores. Tinha arruinado o tapete da sala de jantar, destruído duas heranças valiosas e queridas e arruinado o teto da biblioteca; havia tentado manipular a Sra. Churchill, que devia ter rido muito disso.

— Quem — perguntou Anne à lua — fez o maior papel de boba nessa história? Sei qual será a opinião de Gilbert. Todo o trabalho que tive para promover um casamento entre duas pessoas que já estavam comprometidas? Estou curada da doença do cupido, então... completamente curada. Nunca mais vou erguer um dedo para promover um casamento, mesmo que ninguém mais se case no mundo. Bem, há um consolo... a carta que recebi de Jen Pringle hoje contando que vai se casar com Lewis Stedman, que ela conheceu em minha festa. O candelabro Bristol não foi sacrificado em vão. Meninos... meninos! Precisam fazer tanto barulho aí embaixo?

– Somos corujas... temos que piar. – A voz ofendida de Jem respondeu dos arbustos escuros. Ele sabia que estava fazendo um bom trabalho de imitação. Jem era capaz de imitar a voz de qualquer criatura da natureza nos bosques. Walter não era tão bom nisso e, nesse momento, deixou de ser uma coruja e se tornou um menino bem desiludido que buscava conforto na mãe.

– Mamãe, pensei que os grilos *cantassem*... e hoje o Sr. Carter Flagg disse que não, que eles fazem aquele barulho esfregando as patas traseiras. É verdade, mamãe?

– É mais ou menos isso... não sei bem como é. Mas é assim que eles cantam, sabe?

– Não gosto disso. Nunca mais vou gostar de ouvi-los cantar.

– Ah, sim, você vai. Com o tempo, vai esquecer as patas traseiras e pensar apenas no coral sobre os campos na colheita e sobre as colinas no outono. Não é hora de ir para a cama, filhinho?

– Mamãe, vai me contar uma história que provoque um arrepio gelado nas costas? E vai ficar sentada comigo até eu dormir, depois da história?

– Para que mais servem as mães, querido?

CAPÍTULO 18

— "A Morsa resolveu que tinha chegado a hora de falar sobre... ter um cachorro" – disse Gilbert.

Eles não tinham um cachorro em Ingleside desde que o velho Rex foi envenenado; mas os meninos precisavam ter um cachorro, e o médico havia decidido que eles teriam um. Mas Gilbert estava tão ocupado que continuava adiando esse assunto; e finalmente, em um dia de novembro, Jem passou a tarde com um colega de escola e voltou para casa carregando um cachorro... um cachorrinho amarelo com orelhas pretas e empertigadas.

— Joe Reese me deu, mãe. O nome dele é Gyp. A cauda não é linda? Posso ficar com ele, não posso, mãe?

— Que tipo de cachorro ele é, querido? – perguntou Anne, hesitante.

— Acho... que é várias coisas – respondeu Jem. – Por isso é mais interessante, não acha, mãe? Mais do que se fosse de uma raça só. *Por favor*, mãe.

— Bem, se seu pai concordar...

Gilbert concordou, e Jem ganhou posse de seu legado. Todos em Ingleside deram as boas-vindas a Gyp como novo membro da família, exceto o Camarão, que expressou sua opinião andando em círculos. Até Susan gostou dele, e, quando ia fiar no sótão nos dias de chuva, Gyp ficava com ela enquanto o dono estava na escola, caçava ratos imaginários nos cantos escuros e latia apavorado quando a agitação o levava perto demais da roda móvel. A roca nunca era usada... os Morgan a deixaram ali quando se mudaram... e ela ficava em um canto escuro, como uma velha encurvada. Ninguém conseguia entender por que Gyp tinha medo dela. Ele não ligava para a roda maior, ficava bem perto quando Susan a girava com a manivela, e correndo de um lado para o outro quando ela andava pelo sótão torcendo o longo fio de lã. Susan reconheceu que um cachorro poderia ser boa companhia e achava uma graça aquele truque de Gyp, de deitar de barriga para cima e balançar as patas dianteiras quando queria um osso. Ela ficou tão brava quanto Jem quando Bertie Shakespeare comentou, com maldade:

– Chamam isso de cachorro?

– Sim, chamamos de cachorro – respondeu Susan, com calma ameaçadora. – Talvez você chame de hipopótamo. – E, naquele dia, Bertie foi para casa sem comer um pedaço da maravilhosa iguaria que Susan chamava de "torta crocante de maçã" e sempre preparava para os meninos e seus amigos. Ela não estava perto quando Mac Reese perguntou:

– Foi a maré que trouxe isso?

Mas Jem defendeu seu cachorro, e, quando Nat Flagg apontou que as patas de Gyp eram compridas demais para o tamanho dele, Jem respondeu que as patas de um cachorro tinham que ser suficientemente longas para alcançar o chão. Natty não era muito inteligente, e isso o deixou confuso.

Naquele ano, novembro não trouxe muito sol; ventos fortes sopravam pelo bosque de bordos de galhos prateados e o vale estava quase sempre coberto pela névoa... não aquela coisa graciosa e mística como uma neblina, mas o que o pai chamava de "úmida, sombria, deprimente, gotejante garoa nevoenta". As crianças de Ingleside tinham que passar a maior parte do tempo livre no sótão, mas fizeram uma deliciosa amizade com duas perdizes que apareciam todas as noites em uma grande e velha macieira, e cinco maravilhosos gaios ainda eram fiéis, piando com alegria enquanto devoravam a comida que as crianças ofereciam a eles. Mas eram esganados e egoístas, e mantinham todos os outros pássaros afastados.

O inverno chegou em dezembro, e a neve caiu incessante por três semanas. Os campos além de Ingleside eram pastos prateados, cercas e estacas de portões usavam chapéus brancos, janelas embranqueciam com pinturas encantadas e as luzes de Ingleside brilhavam nos crepúsculos pálidos, nevados, dando as boas-vindas a todos que passavam. Susan tinha a impressão de que nunca nasceram tantos bebês no inverno como naquele ano, e, quando deixava "o lanche do doutor" na cozinha noite após noite, pensava que seria um milagre se ele resistisse a isso até a primavera.

– O *nono* bebê Drew! Como se já não houvesse Drews suficientes no mundo!

– A Sra. Drew deve achar que ele é uma maravilha, como nós pensamos de Rilla, Susan.

– Sempre tem uma piada, querida Sra. do doutor.

Mas, na biblioteca ou na cozinha ampla, as crianças planejavam a casinha de verão no Vale, enquanto a tempestade uivava lá fora, ou nuvens brancas e fofas eram sopradas diante de estrelas congeladas. Pois, com ventos fortes ou fracos, em Ingleside sempre havia fogo, conforto, abrigo da tempestade, aromas de bom ânimo, camas para criaturinhas cansadas.

O Natal chegou e passou, este ano sem nenhuma sombra escura de tia Mary Maria. Havia trilhas de coelho para seguir na neve, grandes campos gelados sobre os quais correr com sua sombra, colinas cintilantes para percorrer e novos patins para experimentar no lago gelado e róseo do pôr do sol de inverno. E sempre havia um cachorro amarelo de orelhas pretas para correr com você ou recebê-lo com latidos eufóricos na sua volta para casa, para dormir ao pé da cama quando você ia dormir e deitar-se a seus pés quando você estudava gramática, para sentar perto de você durante as refeições e cutucá-lo de vez em quando com a patinha.

– Mãezinha, não sei como vivia antes de Gyp chegar. Ele sabe falar, mãe... de verdade... com os olhos, sabe?

Então... tragédia! Um dia, Gyp parecia meio desanimado. Não comeu, embora Susan o tentasse com o osso de costela que ele adorava; no dia seguinte, o veterinário de Lowbridge foi chamado e balançou a cabeça. Era difícil dizer... o cachorro podia ter encontrado alguma coisa venenosa no bosque... talvez se recuperasse, talvez não. O cachorrinho estava muito quieto, nem percebia a presença de ninguém, exceto Jem; quase até o fim, tentava abanar a cauda quando Jem tocava nele.

– Mãezinha, é errado rezar por Gyp?

– É claro que não, querido. Sempre podemos rezar por qualquer coisa que amamos. Mas receio... Gyppy está muito doente.

– Mãe, não pode estar pensando que Gyppy vai morrer!

Gyp morreu na manhã seguinte. Foi a primeira vez que a morte entrou no mundo de Jem. Ninguém jamais esquece a experiência de ver morrer a quem se ama, mesmo que seja "só um cachorrinho". Ninguém na chorosa Ingleside usou essa expressão, nem mesmo Susan, que assoou o nariz muito vermelho e murmurou:

– Nunca gostei de um cachorro antes... e nunca mais vou gostar. Dói muito.

Susan não conhecia o poema de Kipling sobre a loucura de entregar seu coração para um cachorro dilacerar; mas se conhecesse diria, apesar de seu desprezo pela poesia, que pela primeira vez um poeta fazia sentido.

A noite foi difícil para o pobre Jem. A mãe e o pai tiveram que sair. Walter chorou até dormir e ele ficou sozinho... sem ter sequer um cachorro com quem falar. Os queridos olhos castanhos que sempre o fitaram com confiança ficaram vidrados na morte.

– Querido Deus – Jem orou –, por favor, cuide do meu cachorrinho que morreu hoje. Vai saber quem ele é pelas orelhas pretas. Não o deixe se sentir sozinho sem mim...

Jem escondeu o rosto no lençol para sufocar um soluço. Quando apagasse a luz, a noite escura estaria olhando para ele através da janela e não haveria Gyp. A manhã fria de inverno viria e não haveria Gyp. Dias e dias passariam por anos e anos e não haveria Gyp. Ele simplesmente não suportaria.

Então, um braço terno o envolveu, e ele se sentiu acolhido por um abraço carinhoso. Oh, ainda havia amor no mundo, mesmo sem Gyp.

– Mãe, vai ser sempre assim?

– Não. – Anne não disse que ele logo esqueceria... que em pouco tempo Gyp seria só uma lembrança querida. – Nem sempre, Jem. Um dia isso vai passar... como quando você queimou a mão e a dor passou, apesar de ter doído muito, no começo.

– Papai disse que vai me dar outro cachorro. Não preciso aceitar, preciso? Não quero outro cachorro, mãe... nunca mais.

– Eu sei, querido.

Sua mãe sabia tudo. Ninguém tinha mãe como a dele. Queria fazer alguma coisa por ela... e de repente ele soube o que faria. Compraria para ela um daqueles colares de pérolas da loja do Sr. Flagg. Uma vez ela disse que gostaria muito de ter um colar de pérolas, e seu pai respondeu:

– Quando as coisas melhorarem, eu compro um para você, menina Anne.

Tinha que considerar os meios: ganhava mesada, mas usava todo o dinheiro para as coisas necessárias, e colares de pérolas não estavam entre os itens do orçamento. Além do mais, queria ganhar ele mesmo o dinheiro para isso. Então, sim, seria um presente dele. Sua mãe fazia aniversário em março... em seis semanas, apenas. E o colar custava cinquenta centavos!

CAPÍTULO 19

Não era fácil ganhar dinheiro em Glen, mas Jem estava determinado. Fazia piões com velhos carretéis para os meninos da escola por dois centavos cada. Vendeu três valiosos dentes de leite por três centavos. Vendia sua fatia de torta crocante de maçã para Bertie Shakespeare Drew todas as tardes de sábado. Todas as noites, depositava o dinheiro ganho no porquinho de bronze que ganhou de Nan no Natal. Um bonito porquinho brilhante de bronze com uma fenda nas costas por onde as moedas entravam. Depois de cinquenta moedas de cobre, bastava torcer o rabinho do porco, e ele abria e devolvia seu tesouro. Por fim, para ganhar os oito centavos que faltavam, ele vendeu a coleção de ovos de pássaros para Mac Reese. Era a melhor coleção em Glen, e foi um pouco doloroso se desfazer dela. Mas o aniversário estava chegando, e ele precisava do dinheiro. Jem jogou os oito centavos no porco assim que os recebeu de Mac e se vangloriou disso.

– Torça o rabo para ver se ele vai abrir de verdade – disse Mac, que não acreditava nisso. Mas Jem disse que não; não o abriria enquanto não estivesse pronto para ir comprar o colar.

A Sociedade Assistencial se reuniu em Ingleside na tarde seguinte e nunca mais esqueceu essa reunião. Bem no meio da prece da Sra. Norman Taylor... e a Sra. Norman Taylor era conhecida por se orgulhar muito de suas preces... um menininho aflito invadiu a sala de estar.

– Meu porco de bronze sumiu, mãe... meu porco de bronze sumiu!

Anne o acompanhou para fora da sala, mas a Sra. Norman repetiu para sempre que sua prece havia sido arruinada e, como queria muito impressionar uma visitante, que era esposa de um ministro, ela não perdoou Jem por muitos anos, nem aceitou seu pai como médico de novo. Depois que as damas foram embora, Ingleside foi revirada de cima a baixo em busca do porco, sem que o encontrassem. Jem, abalado com a advertência que levou por seu comportamento e com a angústia da perda, só conseguia lembrar quando e onde tinha visto o porco pela última vez. Pelo telefone, Mac Reese disse que tinha visto o porco pela última vez em cima da cômoda de Jem.

– Não pode pensar, Susan, que Mac Reese...

– Não, querida Sra. do doutor, estou certa de que não foi ele. Os Reese têm seus defeitos... gostam muito de dinheiro, mas tem que ser ganho honestamente. Onde pode estar o bendito porco?

– Talvez os ratos o tenham levado – sugeriu Di. Jem debochou da ideia, mas ficou preocupado. É claro que ratos não podiam ter comido um porco de bronze com cinquenta moedas de cobre dentro dele. Ou podiam?

– Não, não, querido. Seu porco vai aparecer – garantiu a mãe.

No dia seguinte, quando Jem foi para a escola, ele ainda não havia aparecido. A notícia de sua perda tinha chegado à escola antes dele e muitas coisas foram ditas, não muito confortantes. Mas, no recreio, Sissy Flagg se aproximou para tentar apoiá-lo. Sissy Flagg gostava de Jem, que não gostava dela, apesar – ou talvez por causa – de seus grossos cachos amarelos e grandes olhos castanhos. É possível ter problemas com o sexo oposto mesmo aos oito anos de idade.

– Eu sei quem pegou seu porco.
– Quem?
– Tem que me escolher como parceira no jogo de adivinhação, então eu conto.

Não foi fácil, mas Jem concordou. Faria qualquer coisa para achar aquele porco! Aflito, ficou sentado no parque ao lado da triunfante Sissy enquanto eles brincavam de adivinhação, e, quando o recreio acabou, exigiu a recompensa.

– Alice Palmer disse que Willy Drew contou a ela que Bob Russell falou para ele que Fred Elliot disse que sabia onde estava seu porco. Vá perguntar para o Fred.

– Trapaceira! – gritou Jem, olhando para ela. – *Trapaceira!*

Lilly riu, arrogante. Não se importava. Jem Blythe a tinha escolhido e sentado ao lado dela uma vez, pelo menos.

Jem foi procurar Fred Elliott, que de início declarou que não sabia e não queria saber nada sobre o porco. Jem ficou desesperado. Fred Elliott era três anos mais velho que ele e um conhecido encrenqueiro. De repente, ele teve uma ideia. Apontou um dedo sujo para o grande rosto vermelho de Fred Elliott.

– Você é um transubstanciacionista – disse, com tom firme.

– Ei, você não vai me xingar, jovem Blythe.

– Isso é mais que um xingamento – avisou Jem. – É uma palavra mágica. Se eu repetir apontando o dedo para você... então... pode ter uma semana de azar. Talvez seus dedos dos pés caiam. Vou contar até dez e, se não disser o que sabe antes de eu chegar ao dez, vou enfeitiçar você.

Fred não acreditava nisso. Mas haveria a corrida de patins naquela noite, e ele não queria correr riscos. Além do mais, dedos eram dedos. No seis, ele se rendeu.

— Está bem... está bem. Não precisa repetir. Mac diz que sabe onde está seu porco... ele disse que sabia.

Mac não estava na escola, mas, quando Anne ouviu a história de Jem, telefonou para a mãe dele. A Sra. Reese chegou um pouco mais tarde, agitada e se desculpando.

— Mac não pegou o porco, Sra. Blythe. Só queria ver se abria, então, quando Jem saiu do quarto, ele torceu o rabinho. O porco se abriu em duas partes, e ele não conseguiu mais fechá-lo. Ele guardou o porco e o dinheiro em uma das botas do Jem dentro do closet. Não devia ter tocado no porco... e o pai já deu uma surra nele por isso... mas ele não *roubou* o porco, Sra. Blythe.

— Qual foi a palavra que disse a Fred Elliot, Jem querido? — perguntou Susan, quando o porco desmembrado foi encontrado e o dinheiro foi contado.

— Transubstanciacionista. — Jem repetiu, orgulhoso. — Walter a encontrou no dicionário na semana passada... ele gosta de palavras grandes e cheias, Susan, você sabe... e... nós dois aprendemos a pronunciá-la. Repetimos a palavra um para o outro vinte e uma vezes na cama antes de dormir, para não esquecermos.

O colar foi comprado e agora estava guardado na terceira caixa a partir do alto da pilha dentro da gaveta do meio da cômoda de Susan... Susan sempre soube do plano... Jem achava que o aniversário não chegaria nunca. Ele se gabava de ter feito tudo sem que a mãe percebesse. Mal sabia ela o que tinha escondido na gaveta da cômoda de Susan... mal sabia ela o que o aniversário traria... mal sabia ela enquanto cantava para as gêmeas dormirem... "Eu vi um navio navegando,

navegando no mar sem fim, e, oh, estava cheio de coisas bonitas para mim", o que o navio traria para ela.

No começo de março, Gilbert teve uma gripe que quase virou pneumonia. Foram dias de aflição em Ingleside. Anne seguia como sempre, resolvendo problemas, dando consolo, debruçando-se sobre camas enluaradas para ver se seus queridinhos estavam agasalhados; mas as crianças sentiam falta de sua risada.

– O que o mundo vai fazer, se nosso pai morrer? – cochichou Walter, com os lábios pálidos.

– Ele não vai morrer, querido. Agora está fora de perigo.

Anne se perguntava o que o pequeno mundo de Four Winds, Glens e Harbour Head faria se... se... alguma coisa acontecesse com Gilbert. Todos dependiam muito dele. O povo de Upper Glen em especial parecia realmente acreditar que ele levantaria os mortos, e só se continha porque isso seria desafiar os propósitos do Todo-Poderoso. Diziam que ele *havia* feito isso uma vez... o velho tio Archibald MacGregor garantiu a Susan que Samuel Hewett estava morto como uma porta quando levaram o Dr. Blythe para examiná-lo. De algum jeito, quando as pessoas vivas viam o rosto moreno e magro de Gilbert e seus simpáticos olhos cor de avelã ao lado da cama delas e ouviam seu animado "ei, não tem problema nenhum com você"... bem, acreditavam até que isso se tornasse verdade. Quanto a homenageados com seu nome, eram mais do que ele podia contar. Todo o distrito de Four Winds era salpicado de jovens Gilberts. Havia até uma pequena Gilbertine.

O pai estava bem de novo e a mãe ria de novo e... finalmente, chegou a noite anterior ao aniversário dela.

– Se for para a cama cedo, pequeno Jem, o amanhã vai chegar mais depressa. – Susan garantiu.

Jem tentou, mas não estava dando certo. Walter adormeceu prontamente, mas Jem revirava na cama. Tinha medo de pegar no sono. E se não acordasse a tempo e todos os outros dessem seus presentes para a mãe? Queria ser o primeiro. Por que não pediu para Susan acordá-lo? Ela havia ido fazer uma visita em algum lugar, mas pediria quando ela voltasse. Se a ouvisse chegar! Bem, só precisava ir deitar no sofá da sala de estar, e assim não deixaria de vê-la.

Jem desceu e se encolheu no sofá. Dava para ver Glen. A lua inundava de magia o vale entre as dunas brancas, nevadas. As grandes árvores que eram tão misteriosas à noite estendiam os braços para Ingleside. Ele ouvia todos os sons noturnos de uma casa... um assoalho estalando... alguém virando na cama... o crepitar do carvão na lareira... um ratinho correndo no armário da porcelana. Isso era uma avalanche? Não, só a neve deslizando do telhado. Era um pouco solitário... por que Susan não chegava? Se ao menos tivesse Gyp agora... querido Gyppy. Tinha esquecido Gyp? Não, não havia esquecido completamente. Mas já não doía tanto pensar nele... passava muito tempo pensando em outras coisas. Durma bem, cachorro mais querido. Talvez um dia tivesse outro cachorro, afinal. Seria bom, se tivesse um agora... ou Camarão. Mas Camarão não estava por perto. Gato velho egoísta! Só pensava nos próprios assuntos, mais nada!

Ainda não havia nenhum sinal de Susan vindo pela longa estrada que seguia interminável pela estranha paisagem branca e enluarada que era sua conhecida Glen à luz do dia. Bem, teria que imaginar coisas para passar o tempo. Um dia iria a Baffin Land e viveria com os esquimós. Um dia navegaria para mares distantes e cozinharia um tubarão para o jantar de Natal, como o capitão Jim. Iria ao Congo em uma expedição em busca de gorilas. Seria mergulhador e vagaria por radiantes corredores de cristal sob o mar. Na próxima vez que fosse a Avonlea, pediria ao tio David para ensinar a ele como ordenhar a vaca e espirrar o leite direto na boca do gato. Tio David era muito habilidoso nisso. Talvez fosse um pirata. Susan queria que ele fosse ministro religioso. O ministro poderia fazer o bem, mas o pirata não se divertiria mais? Imagine só! E se o soldadinho de madeira pulasse do console da lareira e atirasse com sua arma! Se as cadeiras começassem a andar pela sala! Se o tapete de tigre ganhasse vida! Se os ursos de mentira que ele e Walter fingiam existir na casa quando eram bem pequenos realmente aparecessem! De repente, Jem ficou com medo. Durante o dia, era incomum que esquecesse a diferença entre romance e realidade, mas era diferente nessa noite sem fim. O relógio fazia tique-taque... tique-taque... E para cada tique havia um urso sentado em um degrau da escada. A escada estava *preta* de ursos de mentira. Eles ficariam ali sentados até o dia raiar... *balbuciando*.

E se Deus esquecesse de fazer o sol nascer! Esse era um pensamento tão terrível que Jem escondeu o rosto na manta e o expulsou da cabeça, e foi ali que Susan o encontrou dormindo quando voltou para casa, envolta pelo intenso alaranjado de um nascer do sol de inverno.

– Pequeno Jem!

Jem se esticou e sentou, bocejando. Havia sido uma noite de muita geada, e os campos pareciam terra encantada. Uma colina distante era tocada por uma lança carmim. Todos os campos brancos além de Glen tinham uma linda coloração rosada. Era a manhã do aniversário de sua mãe.

– Estava esperando você, Susan... para pedir para me chamar... e você não chegava nunca...

– Fui visitar John Warrens, porque a tia deles morreu, e eles pediram para eu ficar e velar o corpo – explicou Susan,

com alegria. – Não imaginei que, no minuto em que eu virasse as costas, você fosse tentar pegar pneumonia também. Vá para sua cama, eu chamo assim que ouvir sua mãe levantando.
– Susan, como você mata tubarões? – Jem quis saber antes de subir.
– Não mato – respondeu Susan.
A mãe estava em pé quando ele entrou no quarto dela, escovando os longos cabelos brilhantes diante do espelho. Seus olhos... quando viram o colar!
– Jem querido! Para mim?
– Agora não vai ter que esperar até as coisas melhorarem para o pai – anunciou Jem, com simplicidade. O que era aquilo verde brilhando na mão da mãe? Um anel... presente do pai. Muito bom, mas anéis eram coisas comuns... até Sissy Flagg tinha um. Mas um colar de pérolas!
– Um colar é um belo presente de aniversário – disse a mãe.

CAPÍTULO 20

Quando Gilbert e Anne foram jantar com amigos em Charlottetown em uma noite no fim de março, Anne pôs um vestido novo e verde incrustado de prata no pescoço e nos braços; e usava o anel que ganhou de Gilbert e o colar que ganhou de Jem.

– Não tenho uma bela esposa, Jem? – perguntou o pai, orgulhoso.

Jem achava a mãe muito bonita, e o vestido era lindo. Como as pérolas ficavam bonitas em seu pescoço branco! Sempre gostou de ver a mãe toda arrumada, mas gostava ainda mais quando ela escolhia um vestido esplêndido. Era como se a roupa a transformasse em outra criatura. Nesse vestido, ela não era mais a mãe.

Depois do jantar, Jem foi ao vilarejo fazer um favor a Susan, e enquanto esperava na loja do Sr. Flagg... com algum receio de que Sissy pudesse aparecer, como às vezes fazia, e ser simpática demais... o golpe aconteceu... o terrível golpe da desilusão que é tão duro para uma criança por ser inesperado e aparentemente inevitável.

Duas meninas estavam do lado de fora, na frente da vitrine onde o Sr. Carter Flagg mantinha os colares, as pulseiras de corrente e as presilhas de cabelo.

— Aqueles colares de pérolas não são lindos? — comentou Abbie Russell.

— Parecem quase reais — respondeu Leona Reese.

Elas foram embora, sem ter a menor ideia do que haviam feito com o garotinho sentado sobre um barril de pregos. Jem continuou ali sentado por mais algum tempo. Não conseguia se mexer.

— Qual é o problema, filhinho? — perguntou o Sr. Flagg. — Parece desanimado.

Jem olhou para o Sr. Flagg com ar trágico. Sentia a boca estranhamente seca.

— Por favor, Sr. Flagg... aqueles... aqueles colares... são de pérolas de verdade, não são?

O Sr. Flagg riu.

— Não, Jem. Receio que não seja possível encontrar pérolas de verdade por cinquenta centavos. Um colar como aquele, de pérolas verdadeiras, custa centenas de dólares. São só contas que imitam pérolas... muito boas, pelo preço. Comprei em uma liquidação por falência... por isso posso vender os colares por tão pouco. Normalmente, custariam um dólar. Só tem mais um... venderam como pão quente.

Jem desceu do barril e saiu, esquecendo completamente por que Susan o tinha mandado à cidade. Voltou para casa caminhando às cegas pela estrada gelada. O céu de inverno era duro, escuro; havia no ar o que Susan chamava de "sensação" de neve, e uma fina camada de gelo endurecia a superfície das poças. O porto estava escuro e carrancudo entre as margens vazias. Antes de Jem chegar em casa, uma rajada de neve as cobriu de branco. Ele queria que nevasse... e nevasse... e nevasse... até ele e todo mundo ser enterrado bem fundo. Não havia justiça em nenhum lugar do mundo.

Jem estava arrasado. E que ninguém debochasse de seu sofrimento por menosprezar sua causa. A humilhação era total, completa. Tinha dado à mãe o que ele e ela supunham ser um colar de pérolas... e era só uma imitação barata. O que ela diria... como se sentiria... quando soubesse? Porque teria que contar, é claro. Em nenhum momento Jem pensou em esconder a verdade. Sua mãe não devia mais ser "enganada". Precisava saber que as pérolas não eram de verdade. Pobre mãe! Estava tão orgulhosa delas... então não tinha visto o orgulho iluminando seus olhos quando ela o beijou e agradeceu o presente?

Jem entrou pela porta lateral e foi direto para a cama, certo de que Walter já estava dormindo. Mas Jem não conseguia dormir; estava acordado quando a mãe chegou em casa e foi ver se ele e Walter estavam agasalhados.

– Jem, querido, acordado a esta hora? Está doente?

– Não, mas estou muito infeliz *aqui*, mãezinha – respondeu Jem, tocando a barriga, certo de que ali estava seu coração.

– O que aconteceu, querido?

– Eu... eu... tenho algo que preciso lhe contar, mãe. Vai ficar terrivelmente desapontada, mãe... mas não tive a intenção de mentir, mãe... de verdade, não tive.

– Eu sei que não, querido. O que foi? Não tenha medo.

– Ah, mãezinha, aquelas pérolas não são pérolas de verdade... pensei que fossem... pensei que fossem... *pensei*...

Jem estava com os olhos cheios de lágrimas. Não conseguia continuar.

Se Anne queria sorrir, não havia nenhuma indicação disso em seu rosto. Shirley bateu a cabeça naquele dia. Nan torceu o tornozelo, Di perdeu a voz por causa de um resfriado. Anne beijou, cuidou e acalmou; mas isso era diferente... isso precisava de toda sabedoria secreta das mães.

– Jem, nunca imaginei que você pensasse que eram pérolas de verdade. Eu sabia que não eram... pelo menos em um sentido. Em outro, elas são a coisa mais real que alguém já me deu. Porque tem amor, trabalho e sacrifício pessoal nelas... e *isso* as torna mais preciosas para mim do que todas as pérolas que os mergulhadores já tiraram do mar para enfeitar rainhas. Querido, eu não trocaria minhas lindas contas pelo colar sobre o qual li ontem à noite, que um milionário deu à noiva e custou meio milhão de dólares. Acho que isso mostra o quanto seu presente vale para mim, meu mais querido dos queridos filhinhos. Sente-se melhor agora?

Jem estava tão feliz que sentia vergonha por isso. Temia que fosse infantil ficar tão feliz.

– Oh, a vida é *suportável* de novo – respondeu, cauteloso.

As lágrimas tinham desaparecido de seus olhos cintilantes. Tudo estava bem. Os braços da mãe o envolveram... Sua mãe *gostava* do colar... nada mais importava. Um dia daria a ela um colar que custasse não só meio, mas um milhão inteiro. Mas agora estava cansado... sua cama era quente e aconchegante... As mãos de sua mãe tinham cheiro de rosas... e ele não odiava mais Leona Reese.

– Mãezinha, você fica linda nesse vestido – disse ele, sonolento. – Doce e pura... pura como chocolate.

Anne sorriu enquanto o abraçava e pensou em uma coisa ridícula que leu em um jornal de medicina naquele dia, um artigo assinado por Dr. V. Z. Tomachowsky.

"Nunca beije seu filho, ou pode desencadear um complexo de Jocasta."

Ela riu disso na hora em que leu e também sentiu um pouco de raiva. Agora sentia apenas pena do autor. Pobre, pobre homem! Porque, sem dúvida, V. Z. Tomachowsky era um homem.

Nenhuma mulher jamais escreveria uma coisa tão tola e má.

CAPÍTULO 21

Naquele ano, abril chegou na ponta dos pés e lindo, com sol e ventos mansos por alguns dias; depois uma nevasca chegou do nordeste e cobriu o mundo novamente com um manto branco.

– Neve em abril é abominável – disse Anne. – Como um tapa na cara quando se espera um beijo.

Ingleside ganhou uma franja de gelo, e durante duas semanas os dias foram difíceis e as noites, duras. Então, a neve desapareceu relutante, e, quando circulou a notícia de que o primeiro bordo foi visto no vale, Ingleside criou coragem e se atreveu a acreditar que o milagre da primavera realmente aconteceria de novo.

– Oh, mamãe, hoje sinto cheiro de primavera – gritou Nan, farejando com alegria o ar fresco e úmido. – Mamãe, a primavera é um tempo animador!

A primavera tentava uma aproximação naquele dia... como um lindo bebê que acabava de aprender a andar. O padrão invernal de árvores e campos começava a ser transformado por notas de verde, e Jem novamente colheu as primeiras flores. Mas uma senhora muito gorda, que bufava atolada em uma das poltronas de Ingleside, suspirou e disse que as primaveras não eram mais tão agradáveis como em sua juventude.

– Não acha que a mudança pode estar em nós... não na primavera, Sra. Mitchell? – Sorriu Anne.
– É possível. Sei que *eu* mudei, sei bem. Suponho que, olhando para mim agora, não se pode pensar que já fui a mais bela jovem desses lugares.

Anne pensou que ela não pensaria, certamente. O cabelo fino, seco e castanho sob a boina e o longo "véu de viúva" da Sra. Mitchell tinha mechas grisalhas; seus olhos azuis e inexpressivos eram desbotados e vazios; e dizer que aquilo era um queixo duplo chegava a ser caridade. Mas a Sra. Anthony Mitchell sentia-se muito satisfeita, pois ninguém em Four Winds tinha roupas melhores que as dela. O volumoso vestido preto era pregueado até os joelhos. Naqueles tempos, usava-se luto com intensidade.

Anne foi poupada da necessidade de dizer alguma coisa, porque a Sra. Mitchell não deu a ela essa oportunidade.

– Meu sistema de filtragem de água secou esta semana... tem um vazamento nele... então, fui ao vilarejo hoje de manhã para procurar Raymond Russell e pedir que fosse consertá-lo. E pensei: "Já que estou aqui, vou até Ingleside pedir à senhora do Dr. Blythe que escreva um *obixuário* para Anthony."

– Um *obixuário*? – repetiu Anne, confusa.

– Sim... aquelas coisas que publicam nos jornais sobre pessoas mortas, sabe? – explicou a Sra. Anthony. – Quero que Anthony tenha um bom... algo fora do comum. Você escreve coisas, não é?

– De vez em quando escrevo uma historinha – admitiu Anne. – Mas uma mãe ocupada não tem muito tempo para isso. Já tive sonhos maravilhosos no passado, mas hoje receio jamais aparecer na *Who's Who*, Sra. Mitchell. E nunca escrevi um obituário na vida.

— Ah, podem ser difíceis de escrever. O velho tio Charles Bates, em nossa região, escreve a maioria deles para Lower Glen, mas ele não é nada poético, e estou decidida que Anthony deve ter um pouco de poesia. Ele sempre gostou muito de poesia. Ouvi sua palestra sobre curativos no Glen Institute na semana passada e pensei: "Uma pessoa que fala com essa facilidade pode, provavelmente, escrever um *obixuário* verdadeiramente poético". Vai fazer isso por mim, não vai, Sra. Blythe? Anthony teria gostado. Ele sempre a admirou. Uma vez ele disse que, quando você entra em algum lugar, faz todas as outras mulheres parecerem "comuns e indistintas". Às vezes ele falava de um jeito poético, mas não era mal-intencionado. Tenho lido muitos *obixuários*... tenho um álbum de recortes cheio deles... mas não creio que ele teria gostado de algum. Ele costumava rir muito deles. E isso já devia ter sido feito. Ele morreu há dois meses. Morreu lentamente, mas sem dor. A chegada da primavera é um tempo inconveniente para se morrer, Sra. Blythe, mas fiz o melhor que pude. Suponho que tio Charlie vai ficar furioso se eu pedir a outra pessoa para escrever o *obixuário* de Anthony, mas não me importo. Tio Charlie tem um linguajar maravilhoso, mas ele e Anthony nunca se entenderam muito bem, e o resultado disso é que não vou pedir a ele para escrever o *obixuário* de Anthony. Fui esposa de Anthony... sua fiel e amorosa esposa durante trinta e cinco anos... trinta e cinco anos, Sra. Blythe... — como se ela temesse que Anne pudesse pensar que foram só trinta e quatro — e farei um *obixuário* que ele teria gostado, nem que isso me custe uma perna. Foi isso que minha filha Seraphine me disse... ela é casada e mora em Lowbridge... um belo nome, Seraphine, não é? Tirei de uma lápide. Anthony não gostou... queria que ela se chamasse Judith, como a mãe dele, mas eu disse que era um nome muito solene, e ele cedeu sem

causar problemas. Não gostava muito de discutir... mas sempre a chamava de Seraph... O que eu estava dizendo?
— Sua filha disse...
— Ah, sim, Seraphine me disse: "Mãe, não importa o que faça ou deixe de fazer, mas providencie um bom *obixuário* para meu pai". Ela e o pai sempre foram muito próximos, embora ele zombasse dela de vez em quando, como fazia comigo. Vai fazer, Sra. Blythe?
— Não sei muito sobre seu marido, Sra. Mitchell.
— Ah, eu posso contar sobre ele... se não quiser saber a cor de seus olhos. Sabe, Sra. Blythe, quando Seraphine e eu conversamos depois do funeral, não consegui dizer de que cor eram os olhos dele, depois de trinta e cinco anos de convivência. Mas eram olhos suaves e sonhadores. Quando estava me cortejando, ele costumava olhar para mim com ar de súplica. Não foi fácil me conquistar, Sra. Blythe. Ele foi louco por mim por alguns anos. Naquela época, eu era muito vaidosa e queria escolher. Minha história de vida seria muito interessante, se algum dia ficar sem material, Sra. Blythe. Ah, bem, esse tempo passou. Tive mais namorados do que poderia imaginar. Mas eles iam e vinham... e Anthony foi ficando. E ele também era bonito... um homem esguio. Nunca suportei homens roliços... e era bem mais alto que eu... eu nunca diria o contrário. "Se você se casar com um Mitchell, vai ser um progresso para uma Plummer", minha mãe disse... eu era uma Plummer, Sra. Blythe... filha de John A. Plummer. E ele me fazia elogios românticos, Sra. Blythe. Uma vez, ele me disse que eu tinha o encanto etéreo do luar. Eu sabia que significava alguma coisa boa, embora ainda não saiba o que significa "etéreo". Sempre tive a intenção de procurar essa palavra no dicionário, mas nunca procurei. Bem, enfim, acabei dando minha palavra de honra de que seria noiva dele. Isto é... quero dizer... eu o

aceitei. Céus, queria que pudesse ter me visto de vestido de noiva, Sra. Blythe. Todos disseram que eu parecia uma pintura. Magra como uma truta, com cabelos dourados como o sol, e que complexão. Ah, o tempo faz mudanças *hurríveis* em nós. Você ainda não chegou nisso, Sra. Blythe. Ainda é realmente bonita... e é uma mulher muito bem *iducada*, para completar. Ah, bem, nem todas podem ser inteligentes... algumas têm que fazer a comida. Esse seu vestido é muito bonito, Sra. Blythe. Notei que nunca usa preto... e esteja certa... um dia terá que usar. Adie enquanto puder, sugiro. Bem, o que eu estava dizendo?

– Estava... tentando me contar alguma coisa sobre o Sr. Mitchell.

– Ah, sim. Bem, nos casamos. Naquela noite houve um grande cometa... lembro de tê-lo visto quando íamos para casa. É uma pena que não tenha podido ver aquele cometa, Sra. Blythe. Era simplesmente bonito. Acho que não poderia fazer o *obixuário*, poderia?

– Talvez... seja bem difícil...

– Bem – a Sra. Mitchell desistiu do cometa com um suspiro –, vai ter que fazer o melhor que puder. Ele teve uma vida muito animada. Ficou bêbado uma vez... disse que só queria saber como era... sempre teve uma mente curiosa. Mas, é claro, não pode incluir essa informação no *obixuário*. Não aconteceu nada muito mais importante com ele. Não quero reclamar, mas, só para esclarecer os fatos, ele era um pouco acomodado e pacato. Era capaz de passar uma hora sentado olhando para uma malva-rosa. Céus, como ele gostava de flores... odiava cortar os ranúnculos. Não tinha importância se a safra de trigo era ruim, desde que houvesse ásteres e outonos. E árvores... aquele pomar dele... Sempre brinquei, dizia que ele gostava mais das árvores do que de mim. E a fazenda... ah, como ele gostava da terra. Parecia pensar que era um ser humano. Muitas vezes o ouvi dizer: "acho que vou lá fora conversar um pouco com minha fazenda". Quando envelhecemos, quis que ele vendesse a fazenda, já que não tínhamos filhos homens, para irmos morar em Lowbridge, mas ele dizia: "Não posso vender a fazenda... não posso vender meu coração". Os homens não são engraçados? Pouco antes de morrer, ele decidiu que queria uma galinha para o jantar, "preparada daquele jeito como você faz", disse. Ele sempre gostou da minha comida, se quer saber. A única coisa que não suportava era minha salada de alface com castanhas. Dizia que as castanhas eram muito inesperadas. Mas não havia uma galinha disponível... todas punham ovos... e só restava um galo, e é claro que eu não podia matá-lo. Ah, como gosto de ver os galos andando. Não tem nada mais bonito que um bom galo, não acha, Sra. Blythe? Bem, onde eu estava?

– Estava dizendo que seu marido queria que preparasse uma galinha para ele.

– Ah, sim. E me arrependo muito por não ter preparado. Acordo à noite e penso nisso. Mas não sabia que ele ia morrer, Sra. Blythe. Ele nunca reclamou muito e sempre disse que estava bem. E se interessou pelas coisas até o fim. Se soubesse que ele ia morrer, Sra. Blythe, eu teria preparado uma galinha para ele, com ou sem ovos.

A Sra. Mitchell tirou as luvas de renda preta e enxugou os olhos com um lenço que tinha uns cinco centímetros de bainha preta.

– Ele teria gostado – soluçou. – Conservou os dentes até o final, pobre querido. Bem, enfim... – dobrando o lenço e calçando as luvas – ele estava com sessenta e cinco anos, não partiu muito antes da hora. E tenho outra placa de caixão. Mary Martha Plummer e eu começamos a colecionar placas de caixão ao mesmo tempo, mas ela logo me superou... muitos parentes dela morreram, inclusive os três filhos. Ela tem mais placas de caixão que qualquer pessoa por aqui. Não tive muita sorte, mas consegui encher o console da lareira, pelo menos. Meu primo, Thomas Bates, foi enterrado na semana passada, e eu queria que a esposa dele me desse a placa do caixão, mas ela disse que a tinha enterrado com o corpo. Disse que colecionar placas de caixão era uma relíquia dos tempos bárbaros. Ela era uma Hampson, e os Hampson sempre foram estranhos. Bem, onde eu estava?

Dessa vez, Anne não soube dizer onde a Sra. Mitchell estava. As placas de caixão a deixaram atordoada.

– Oh, bem, enfim, o pobre Anthony morreu. "Parto com alegria e tranquilidade", foi tudo que ele disse, mas no último instante sorriu... para o teto, não para mim ou Seraphine. Fico contente por ele ter se sentido tão feliz antes de morrer. Houve épocas em que pensei que ele não fosse feliz, Sra. Blythe... ele era muito temperamental e sensível. Mas parecia nobre e sublime em seu caixão. Fizemos um funeral grandioso. O dia estava lindo. Ele foi enterrado com muitas flores. Tive uma vertigem no final, mas, fora isso, tudo correu bem. Nós o enterramos no cemitério Lower Glen, apesar da família dele estar em Lowbridge. Mas ele escolheu seu cemitério há muito tempo... disse que queria ser enterrado perto da fazenda e onde pudesse ouvir o mar e o vento nas árvores... tem árvores em três lados daquele cemitério, sabe? Também fiquei contente... sempre achei que aquele era um cemitério aconchegante, e podemos manter um canteiro de gerânios no túmulo dele. Ele era um bom homem... deve estar no céu, então, não precisa se preocupar com isso. Sempre acho que deve ser muito difícil escrever um *obixuário* quando não se sabe onde está o falecido. Posso contar com você, Sra. Blythe?

Anne concordou, sentindo que a Sra. Mitchell ficaria ali falando até ela concordar. Com mais um suspiro de alívio, a Sra. Mitchell se levantou da cadeira com esforço.

– Preciso ir. Estou esperando uma ninhada de perus para hoje. Foi muito bom conversar com você, e gostaria de poder ficar por mais tempo. Ser viúva é solitário. Um homem pode não ser grande coisa, mas faz falta, quando parte.

Anne a acompanhou até a saída. As crianças perseguiam passarinhos no gramado, e havia brotos de narcisos no chão por todos os lados.

– Tem uma bela casa aqui... uma bela casa, realmente, Sra. Blythe. Sempre achei que gostaria de ter uma casa grande. Mas éramos só nós e Seraphine... e de onde viria o dinheiro? E, enfim, Anthony nunca quis saber disso. Tinha um terrível afeto por aquela casa velha. Estou pensando em vender, se receber uma oferta justa, e me mudar para Lowbridge ou Mowbray Narrows, onde for melhor para uma viúva. O seguro de Anthony vai ser muito útil. Diga o que quiser, é mais fácil suportar a tristeza com os bolsos cheios. Vai entender o que digo quando for viúva... mas espero que ainda demore alguns anos. Como vai o doutor? Foi um inverno com muitos doentes, ele deve ter ganhado bem. Ora, que bela família você tem! Três meninas! Bom agora, mas espere até elas chegarem à idade da loucura pelos rapazes. Não que eu tenha tido muitos problemas com Seraphine. Ela era quieta... como o pai... e teimosa como ele. Quando se apaixonou por John Whitaker, decidiu que ficaria com ele, independentemente do que eu dissesse. Um pé de romã? Por que não o plantou perto da porta da casa? Manteria os encantados do lado de fora.

– Mas quem quer manter os encantados do lado de fora, Sra. Mitchell?

– Agora está falando como Anthony. Foi só uma brincadeira. É claro que não acredito em encantados... mas, se eles existissem mesmo, ouvi dizer que seriam terríveis. Bem, até logo, Sra. Blythe. Eu venho buscar o *obixuário* na semana que vem.

CAPÍTULO 22

— Você se colocou nessa posição, querida Sra. do doutor – disse Susan, que tinha escutado boa parte da conversa enquanto polia a prataria na cozinha.
— Pois não foi? Mas, Susan, eu realmente quero escrever esse obituário. Gostei de Anthony Mitchell... do pouco que vi dele... e tive certeza de que ele se viraria no túmulo se tivesse um obituário como a maioria dos que vemos no *Daily Enterprise*. Anthony tinha um senso de humor inconveniente.
— Anthony Mitchell era bom homem, quando jovem, querida Sra. do doutor. Embora um pouco sonhador, dizem. Não era esforçado o bastante para satisfazer Bessy Plummer, mas tinha uma vida decente e pagava suas dívidas. É claro que se casou com a última moça que devia ter escolhido. Porém, apesar de parecer uma caricatura agora, Bessy Plummer era realmente bonita naquele tempo. Algumas pessoas, querida Sra. do doutor, não têm nem isso para lembrar – concluiu Susan, com um suspiro.
— Mamãe – disse Walter –, os dentes-de-leão estão brotando aos montes perto da varanda dos fundos. E dois tordos estão começando a fazer um ninho no peitoril da janela da cozinha. Vai deixar, não vai, mamãe? Não vai abrir a janela e afugentá-los?

Anne tinha encontrado Anthony Mitchell uma ou duas vezes, embora a casinha cinza entre o mar e o bosque, embaixo de um grande salgueiro que parecia um imenso guarda-chuva, onde ele morava, ficasse em Lower Glen e o médico de Mowbray Narrows atendesse a maior parte dos moradores por lá. Mas Gilbert comprava palha dele de vez em quando, e uma vez, quando ele veio entregar um fardo, Anne o levou para conhecer seu jardim, e eles descobriram que falavam a mesma língua. Gostava dele... do rosto magro, enrugado e simpático, dos olhos castanho-amarelados cheios de coragem e astúcia que nunca hesitavam ou erravam... exceto uma vez, talvez, quando a beleza superficial e fugaz de Bessy Plummer o induziu a um casamento tolo. Mas ele nunca parecia infeliz ou insatisfeito. Desde que pudesse plantar, cultivar e colher, vivia feliz como um velho pasto ensolarado. Seu cabelo preto tinha alguns poucos fios prateados, e um espírito maduro e sereno se revelava nos sorrisos raros, mas doces. Seus campos deram pão e alegria, alegria da conquista e consolo na tristeza. Anne gostava de saber que ele estava enterrado perto deles. Podia ter "partido feliz", mas também viveu feliz. O médico de Mowbray Narrows disse que, quando revelou a Anthony Mitchell que não podia dar-lhe esperanças de recuperação, ele sorriu e respondeu: "Bem, a vida às vezes é um pouco monótona, agora que estou ficando velho. A morte vai ser uma mudança. Estou curioso sobre ela, doutor". Até a Sra. Anthony, em meio ao discurso repleto de absurdos, havia contado algumas coisas que revelavam o verdadeiro Anthony. Anne escreveu "O túmulo do velho" algumas noites depois, ao lado da janela de seu quarto, e leu o resultado com satisfação.

> "Que seja onde o vento possa varrer
> Suave e profundo entre os galhos do pinheiro correr,
> E onde chegue o murmúrio do mar
> Depois de os prados do oriente atravessar,
> E que as gotas de chuva sejam um canto manso
> Embalando suavemente seu descanso.
> Que seja onde prados largos
> Se estendam verdes por todos os lados,
> Campos férteis que ele plantou e pisou,
> Colinas de trevos que o sol poente beijou,
> Pomares onde tudo floresceu e frutificou
> Árvores que há muito tempo ele plantou.
> Que seja onde estrelas a cintilar
> Perto dele sempre possam estar,
> E a glória do sol nascente
> Por seu leito se derrame generosamente,
> E a grama tocada pelo orvalho terno
> Se espalhe e cubra seu sono eterno.
> Como essas coisas eram para ele queridas
> E ao crescimento de algumas dedicasse um ano inteiro de vida,
> Certamente tê-las como companhia
> Em sua última morada seria motivo de alegria,
> E que o murmúrio do mar
> Para sempre possa seu sono eterno embalar."

– Acho que Anthony Mitchell teria gostado disso – disse Anne, abrindo a janela para deixar entrar a primavera. Já havia fileiras tortas de pequenas alfaces na horta dos filhos; o pôr do sol era manso e rosado atrás do bosque de bordos; o vale cantava com o riso distante e doce das crianças.

– A primavera é tão adorável que odeio ir dormir e perder parte disso – disse Anne.

A Sra. Anthony Mitchell apareceu em uma tarde da semana seguinte para pegar seu "obixuário". Anne leu para ela com uma nota secreta de orgulho; mas o rosto da Sra. Mitchell não expressou satisfação.

– Céus, isso é o que chamo de *espirituado*. Você descreve as coisas muito bem. Mas... mas... não disse nada sobre ele estar no céu. Não tem certeza de que ele está lá?

– Tanta certeza que não foi necessário mencionar, Sra. Mitchell.

– Bem, algumas pessoas podem duvidar. Ele... não ia à igreja tanto quanto deveria... embora fosse membro respeitado. E isso não revela sua idade... nem as flores. Ora, nem se podia contar as coroas em cima do caixão. Acho que flores são muito poéticas!

– Lamento...

– Oh, não a culpo... de jeito nenhum. Fez o melhor que pôde e ficou bonito. Quanto lhe devo?

– Ora... ora... *nada,* Sra. Mitchell. Eu nem pensaria nisso.

– Bem, eu esperava que dissesse isso, por isso trouxe uma garrafa do meu vinho de dente-de-leão. Adoça o estômago, se tiver o incômodo dos gases. Teria trazido uma garrafa do meu chá de ervas também, mas tive medo de que o doutor não aprovasse. Mas, se quiser um pouco e achar que posso trazer sem que ele saiba, é só me avisar.

– Não, não, obrigada – respondeu Anne, meio atordoada. Ainda não havia se recuperado do "espirituado".

– Como quiser. Fique à vontade para pedir. Não vou precisar de nenhum outro remédio para mim nesta primavera. Quando meu primo de segundo grau, Malachi Plummer, morreu no inverno, pedi para a esposa dele me dar os três frascos de remédio que sobraram... eles compraram dezenas. Ela ia jogar fora, mas nunca tolerei nenhum tipo de desperdício. Não consegui tomar mais que um frasco, mas fiz nosso empregado tomar os outros dois. "Se não fizer bem, mal não vai fazer", disse a ele. Não vou dizer que não fiquei aliviada por não aceitar dinheiro pelo *obixuário*, porque não tenho muito neste momento. Um funeral é caro, embora D. B. Martin seja o dono da funerária mais barata da região. Ainda nem paguei as roupas pretas que comprei. Não vou me sentir realmente de luto enquanto não saldar essa dívida. Felizmente, não tive que comprar uma boina nova. Esta foi feita para o funeral de minha mãe, há dez anos. Sorte que o preto me cai bem, não é? Se visse a viúva de Malachi Plummer agora, com aquele rosto fino! Bem, preciso ir andando. E muito obrigada, Sra. Blythe, mesmo que... mas tenho certeza de que fez o melhor que pôde, e é uma linda poesia.

– Não quer ficar e jantar conosco? – Anne convidou. – Susan e eu estamos sozinhas... o doutor saiu, e as crianças foram fazer seu primeiro piquenique no vale.

– Não me incomodo – respondeu a Sra. Anthony, e acomodou-se novamente na cadeira. – Será um prazer ficar um pouco mais. Com a idade, descansar é coisa que demora um pouco. E – acrescentou ela, com um sorriso de bem-aventurança sonhadora no rosto corado – esse cheiro é de nabo frito?

Anne quase se arrependeu pelos nabos fritos quando o *Daily Enterprise* saiu na semana seguinte. Lá, na coluna dos obituários, estava "O túmulo do velho"... com cinco estrofes, em vez das quatro originais! E a quinta estrofe era:

> "Um maravilhoso marido, companheiro e auxiliar,
> Outro melhor o Senhor nunca quis criar,
> Um maravilhoso marido, terno e verdadeiro,
> Um em milhão, querido Anthony, só você no mundo inteiro."

– !!! – disse Ingleside.

– Espero que não tenha se incomodado por eu ter acrescentado outro verso – disse a Sra. Mitchell a Anne na reunião seguinte do Institute. – Só queria elogiar Anthony um pouco mais... e meu sobrinho, Johnny Plummer, escreveu aquilo. Ele apenas sentou e escreveu, rápido como um piscar de olhos. Ele é como você... não parece inteligente, mas sabe rimar poemas. Herdou isso da mãe... ela era uma Wickford. Os Plummer nunca tiveram uma gota de poesia... nem uma gota.

– Que pena que não tenha pensado em pedir a ele para escrever o "obixuário" do Sr. Mitchell desde o início – respondeu Anne, com frieza.

– Não é? Mas eu não sabia que ele era capaz de escrever poesia e estava decidida a fazer essa homenagem a Anthony em sua partida. Então, a mãe dele me mostrou um poema que ele escreveu sobre um esquilo que se afogou em um balde de calda de bordo... uma coisa muito tocante. Mas o seu também é muito bom, Sra. Blythe. Creio que a combinação dos dois criou algo incomum, não acha?

– Acho – respondeu Anne.

CAPÍTULO 23

As crianças de Ingleside estavam sem sorte com os animais de estimação. O cachorrinho de pelo preto e crespo que o pai tinha trazido de Charlottetown simplesmente saiu um dia, na semana seguinte, e desapareceu. Não se teve mais nenhuma notícia dele, e, embora houvesse boatos sobre um marinheiro de Harbour Head ter sido visto levando um cachorrinho preto para dentro de seu navio na noite em que zarpou, o destino do animal ainda era um dos sombrios e insondáveis mistérios sem solução nas crônicas de Ingleside. Walter sentiu mais que Jem, que ainda não havia esquecido completamente a aflição com a morte de Gyp e nunca mais se deixaria amar um cachorro. Depois, Tiger Tom, o gato que vivia no celeiro e nunca tinha autorização para entrar na casa por causa de suas propensões ao roubo, mas recebia muito carinho, apesar de tudo, foi encontrado duro e imóvel no chão do celeiro e teve que ser enterrado com pompa e circunstância no vale. Finalmente o coelho de Jem, Bun, que ele havia comprado de Joe Russell por vinte e cinco centavos, adoeceu e morreu. Talvez a morte tenha sido precipitada por uma dose de remédio que Jem deu a ele, talvez não. Joe tinha receitado o medicamento, e Joe devia saber o que dizia. Mas Jem sentia como se tivesse matado Bun.

– Tem uma maldição sobre Ingleside? – perguntou ele, triste, quando Bun foi enterrado ao lado de Tiger Tom. Walter escreveu um epitáfio para o coelho, e ele, Jem e as gêmeas usaram fitas negras amarradas no braço por uma semana, para horror de Susan, que decidiu que aquilo era sacrilégio. Susan não ficou inconsolável pela perda de Bun, que um dia havia escapado e levado o caos ao seu jardim. E aprovava ainda menos os dois sapos que Walter levou para morarem no porão. Ela expulsou um deles ao cair da noite, mas não conseguiu encontrar o outro, e Walter ficou acordado e preocupado.

"Talvez fossem marido e mulher", ele pensou. "Talvez estejam muito solitários e infelizes, agora que foram separados. Susan expulsou o menor, por isso acho que foi a senhora sapo, e agora ela deve estar morrendo de medo sozinha naquele quintal enorme, sem ninguém para protegê-la... como uma viúva."

Walter não suportou pensar nas desgraças da viúva e foi escondido ao porão tentar caçar o senhor sapo, mas só conseguiu derrubar uma pilha de latas que Susan havia descartado, provocando um barulho que poderia ter acordado os mortos. Só Susan acordou, no entanto, e desceu com uma vela, cuja chama trêmula projetava as mais estranhas sombras em seu rosto magro.

– Walter Blythe, o que está fazendo?

– Susan, preciso encontrar aquele sapo – respondeu Walter, com desespero. – Susan, pense em como se sentiria sem seu marido, se tivesse um.

– Do que está falando? – Quis saber a confusa Susan.

A essa altura, o senhor sapo, que evidentemente se deu por perdido quando Susan entrou em cena, saiu pulando de trás do barril onde ela guardava o picles de pepino e endro. Walter pulou em cima dele e o deixou sair pela janela, torcendo para que ele se reunisse ao seu suposto amor e os dois vivessem felizes para sempre.

– Sabe que não devia ter trazido essas criaturas para o porão. – Susan apontou, severa. – De que eles viveriam?

– Eu pretendia pegar insetos para eles, é claro – respondeu Walter, ofendido. – Queria *estudá-los*.

– É simplesmente impossível conviver com eles – gemeu Susan, enquanto seguia o indignado jovem Blythe escada acima. E não se referia aos sapos.

Eles tiveram mais sorte com o tordo. Encontraram o passarinho, que era pouco mais que um bebê, na soleira depois de uma tempestade de junho em uma noite de vento e chuva. A ave era cinza, com o peito manchado e olhos brilhantes, e desde o início deu sinais de confiar completamente no povo de Ingleside, inclusive no Camarão, que nunca tentou incomodá-lo, nem mesmo quando o Tordo Atrevido foi saltitando até seu prato e se serviu. Eles o alimentavam com minhocas, no início, e a ave tinha um apetite tão grande que Shirley passava a maior parte de seu tempo cavando para encontrá-las. Ele guardava as minhocas em latas e as deixava pela casa, para desgosto de Susan, mas ela teria tolerado mais que isso pelo Tordo Atrevido, que pousava destemido em seu dedo gasto pelo trabalho e cantava bem na frente de seu rosto. Susan se afeiçoou muito ao Tordo Atrevido e achou que valia a pena contar em uma carta para Rebecca Dew que o peito da ave começava a mudar, tingindo-se de um belo vermelho ferrugem.

"Não pense que meu intelecto está enfraquecendo, eu suplico, querida Srta. Dew", ela escreveu. "Suponho que seja bobagem se apegar tanto a uma ave, mas o coração humano tem suas fraquezas. Ele não vive engaiolado como um canário... algo que nunca pude tolerar, querida Srta. Dew... mas anda à vontade pela casa e pelo jardim, e dorme em uma tigela na plataforma de estudos de Walter, que fica em cima da macieira perto da janela do quarto de Rilla. Uma vez, quando as crianças o levaram ao vale, ele voou para longe, mas voltou ao entardecer para grande alegria delas e, devo reconhecer, com toda honestidade, minha também."

O Vale não era mais "o Vale". Walter tinha começado a pensar que um lugar tão delicioso merecia um nome mais apropriado a suas possibilidades românticas. Em uma tarde chuvosa, eles tiveram que brincar no sótão, mas o sol apareceu no fim da tarde e inundou Glen com seu esplendor.

– Ah, olha o aco-ílis! – gritou Rilla, que falava cometendo pequenos erros encantadores.

Era o arco-íris mais magnífico que já tinham visto. Um lado parecia repousar sobre a torre da igreja Presbiteriana, enquanto o outro descia para o canto mais vermelho do lago, na área mais alta do vale.

E ali, naquele momento, Walter deu a ele o nome de Vale do Arco-Íris.

O Vale do Arco-Íris tornou-se um mundo único para as crianças de Ingleside. Havia ali ventos mansos e constantes, e o canto dos pássaros ecoava do amanhecer ao entardecer. Vidoeiros brancos cintilavam sobre o vale, e de um deles... a Dama Branca... Walter fingiu que uma dríade saía todas as noites para falar com eles. Um bordo e um abeto, tão próximos que os galhos se entrelaçavam, foram chamados de "As Árvores Amantes", e uma fileira de sininhos de trenó que ele pendurou neles produzia sons mágicos e aéreos quando o vento os balançava. Um dragão guardava a ponte de pedra que eles construíram sobre o riacho. As árvores que se encontravam sobre o riacho podiam ser pagãos carentes, e o rico musgo verde ao longo das margens eram tapetes, os melhores da Samarcanda. Robin Wood e seus alegres seguidores espreitavam de todos os lados. Três encantados da água moravam na fonte; a velha casa abandonada dos Barclay, na fronteira de Glen, com seu dique cheio de musgo e os jardins tomados pelo cominho, foi facilmente transformada em um castelo sitiado. A espada dos guerreiros das Cruzadas havia muito antes enferrujado, mas a faca de carne de Ingleside era uma lâmina forjada em terra encantada, e, sempre que Susan sentia falta de uma tampa de panela, sabia que ela estava servindo de escudo para um cavaleiro armado e cintilante em uma grande aventura no Vale do Arco-Íris.

Às vezes fingiam que eram piratas para agradar Jem que, aos dez anos, começava a gostar de dar um toque mais violento à diversão, mas Walter sempre reclamava de andar na prancha, o que Jem achava ser a melhor parte da brincadeira. Às vezes ele se perguntava se Walter tinha o que era preciso para ser um bucaneiro, mas afastava o pensamento com a força da lealdade e teve várias brigas bem-sucedidas com os garotos da escola, que chamavam Walter de "Blythe mulherzinha"... ou chamaram, até descobrirem que teriam que acertar essa conta com Jem, que tinha uma força desconcertante nos punhos.

Agora, às vezes Jem tinha permissão para ir a Harbour Mouth à noite, para comprar peixe. Era uma tarefa que ele adorava, porque assim podia sentar-se no chalé do capitão Malachi Russell, aos pés de um campo inclinado perto do porto, e ouvir o capitão Malachi e seus comparsas, que um dia foram jovens e arrojados capitães dos mares, contando suas histórias. Cada um deles tinha alguma coisa a acrescentar a esses contos. O velho Oliver Reese... que suspeitava-se ter sido um pirata na juventude... havia sido capturado por um rei canibal... Sam Elliott esteve no terremoto de San Francisco... "William Atrevido" Macdougall teve uma briga sinistra com um tubarão... Andy Baker foi surpreendido por uma tromba d'água. Além disso, Andy era capaz de cuspir mais reto, como anunciava, que qualquer homem em Four Winds. O capitão

Malachi, que tinha o nariz torto e o queixo fino, além de um bigode grisalho e espetado, era o favorito de Jem. Ele havia sido capitão de um bergantim quando tinha apenas 17 anos e navegou para Buenos Aires levando cargas de madeira. Tinha uma âncora tatuada em cada face e um relógio antigo e maravilhoso ao qual se dava corda com uma chave. Quando estava de bom humor, ele deixava Jem dar corda ao relógio, e, quando estava de muito bom humor, levava Jem para pescar bacalhau ou pegar moluscos na maré baixa, e, quando estava em seu melhor humor, ele mostrava a Jem os diversos modelos de navios que tinha entalhado. Jem achava que eles eram o próprio Romance. Entre eles havia um barco viking com uma vela quadrada e listrada com um assustador dragão na proa... uma caravela de Colombo, o *Mayflower*... uma embarcação dissoluta chamada *O holandês voador*... e uma infinidade de belos bergantins, escunas, barcos, veleiros e jangadas.

– Pode me ensinar a esculpir navios como esses, capitão Malachi? – pediu Jem.

O capitão Malachi balançou a cabeça e cuspiu no golfo com ar pensativo.

– Isso não se ensina, filho. Você tem que navegar pelos mares por trinta ou quarenta anos, e talvez então tenha compreensão suficiente dos navios para fazê-los... compreensão *e* amor. Navios são como espíritos, filho... precisam ser entendidos e amados, ou nunca contarão seus segredos. E, mesmo assim, você pode pensar que conhece um navio da proa à popa, por dentro *e* por fora, e vai descobrir que ele ainda se esconde, que ainda não abriu sua alma para você. Ele foge como um pássaro, se afrouxar o controle sobre ele. Tem um navio em que viajei e nunca consegui reproduzir, por mais que tenha tentado. Que navio azedo e teimoso era aquele! E havia uma mulher... mas é hora de fechar minha boca. Tenho um navio prontinho para entrar na garrafa e vou deixar você conhecer este segredo, filho.

E Jem nunca mais ouviu falar sobre a tal "mulher", nem queria saber, porque não estava interessado nelas, com exceção da mãe e Susan. *Elas* não eram "espíritos". Eram só sua mãe e Susan.

Quando Gyp morreu, Jem pensou que nunca mais desejaria ter outro cachorro; mas o tempo cura de forma espantosa, e Jem começava a pensar em cachorros de novo. O filhotinho não era realmente um cão... era só um incidente. Jem tinha uma procissão de cachorros andando pelas paredes de sua saleta no sótão, onde guardava a coleção de raridades do capitão Jim... cachorros recortados de revistas... um mastiff imponente... um bulldog de bochechas caídas... um dachshund que fazia pensar que alguém tinha segurado um cachorro pela cabeça e pelas patas traseiras e esticado como elástico... um poodle tosado com um pompom na ponta da cauda... um fox terrier... um borzoi... Jem queria saber se os borzois comiam alguma coisa... um espevitado spitz-alemão, um dálmata cheio de manchas... um cocker spaniel com olhos suplicantes. Todos cachorros de raça, mas nenhum era completo aos olhos de Jem... e ele não sabia o que faltava.

Então, o *Daily Enterprise* publicou um anúncio. "Cachorro à venda. Procurar Roddy Crawford, Harbour Head." Mais nada. Jem não sabia dizer por que o anúncio ficou em sua cabeça, ou por que sentia que havia algo triste em sua brevidade. Ele descobriu quem era Roddy Crawford por intermédio de Craig Russell.

– O pai de Roddy morreu há um mês, e ele teve que ir morar com a tia na cidade. A mãe dele morreu há anos. E Jake Millison comprou a fazenda. Mas a casa vai ser demolida. Talvez a tia não permita que ele fique com o cachorro. Não é nenhum espetáculo de cachorro, mas Roddy sempre o achou muito especial.

– Quanto será que ele quer pelo cachorro? Só tenho um dólar – disse Jem.

– Acho que o que ele mais quer é um bom lar para ele – disse Craig.
– Mas seu pai daria o dinheiro para isso, não daria?
– Sim, mas quero comprar o cachorro com meu dinheiro. Assim, ele seria mais *meu*.

Craig deu de ombros. Aqueles garotos de Ingleside eram engraçados. Que importância tinha quem pagava por um cachorro velho?

Naquela noite, o pai de Jem o levou à velha e dilapidada fazenda Crawford, onde eles conheceram Roddy Crawford e seu cachorro. Roddy era um menino da idade de Jem... um garoto pálido, com cabelos castanho-avermelhados lisos e muitas sardas; seu cachorro tinha orelhas marrons e sedosas, focinho e cauda marrons e os mais lindos e suaves olhos castanhos já vistos em um cachorro. No momento em que Jem viu o cão, que tinha uma faixa branca marcando o meio da testa e que se dividia em duas entre os olhos e emoldurava o focinho, soube que precisava tê-lo.

– Quer vender seu cachorro? – perguntou interessado.

– Não *quero* – respondeu Roddy, desanimado. – Mas Jake diz que preciso, ou ele o afogará. Tia Vinnie não quer um cachorro na casa dela.

– Quanto quer por ele? – perguntou Jem, temendo ouvir um preço proibitivo.

Roddy engoliu em seco. E entregou o cachorro.

– Pode ficar com ele – falou, com voz rouca. – Não vou vender... não vou. Nenhum dinheiro seria suficiente por Bruno. Se vai dar a ele um bom lar... e vai ser bom com ele...

– Oh, eu vou ser bom para ele – anunciou Jem, ansioso.
– Mas você precisa aceitar meu dólar. Eu não sentiria que ele é *meu* cachorro, se não aceitasse. Não vou *ficar com ele*, se não aceitar.

Ele pôs o dólar na mão relutante de Roddy... pegou Bruno e o abraçou. O cachorrinho olhou para trás, para o dono. Jem não via seus olhos, mas via os de Roddy.

– Se o quer tanto...

– Quero, mas não posso tê-lo – disse Roddy. – Cinco pessoas já estiveram aqui para vê-lo, e não deixei nenhuma delas levá-lo... Jake ficou muito bravo, mas não me importo. Não eram as pessoas *certas*. Mas você... quero que *você* fique com ele, já que eu não posso... e tire-o de perto de mim depressa!

Jem obedeceu. O cachorrinho tremia em seus braços, mas não protestou. Jem o segurou com amor por todo o caminho até Ingleside.

– Pai, como Adão soube que um cachorro era um *cachorro*?

– Ele soube porque um cachorro não podia ser outra coisa – sorriu o pai dele. – Podia?

Naquela noite, Jem estava animado demais para conseguir dormir. Nunca tinha visto um cachorro do qual gostasse tanto. Entendia por que Roddy havia detestado tanto se separar dele. Mas Bruno logo esqueceria Roddy e o amaria. Seriam amigos. Não podia esquecer de falar com a mãe para ela pedir ao açougueiro para mandar ossos.

– Amo todo mundo e tudo no mundo – disse Jem. – Santo Deus, abençoe todos os gatos e cães no mundo, mas principalmente o Bruno.

Jem finalmente dormiu. Talvez um cachorrinho deitado ao pé da cama com o queixo sobre as patas da frente também dormisse; talvez não.

CAPÍTULO 24

O Tordo Atrevido deixou de comer só minhocas e comia arroz, milho, alface e sementes de agrião. Tinha crescido muito... o "grande tordo" de Ingleside ficara famoso na região... e seu peito tinha se tingido de um belo vermelho. Ele pousava no ombro de Susan e a via tricotar. Voava para ir encontrar Anne quando ela voltava, depois de um tempo fora, e entrava em casa saltitando na frente dela. Todas as manhãs, ia ao parapeito da janela de Walter para pegar migalhas. Tomava o banho diário em uma bacia no quintal, no canto da cerca de rosa mosqueta, e criava muita confusão quando não encontrava água nela. O médico reclamava de canetas e palitos de fósforos espalhados na biblioteca, mas não encontrava ninguém para se solidarizar com ele, e mesmo ele se rendeu quando o Tordo Atrevido pousou sem medo em sua mão um dia para pegar uma semente de flor. Todos estavam encantados com o Tordo Atrevido... exceto Jem, talvez, que se apaixonou por Bruno e, aos poucos, mas com toda certeza, aprendia uma dura lição... a de que se pode comprar o corpo de um cachorro, mas não seu amor.

No começo, Jem nem desconfiava disso. Era claro que Bruno sentiria um pouco de saudade e solidão durante um tempo, mas isso logo ia passar. Jem descobriu que não era assim. Bruno era o cachorrinho mais obediente do mundo; fazia exatamente o que mandavam, e até Susan admitiu que era impossível encontrar animal mais bem-comportado. Mas, não havia vida nele. Quando Jem o levava para fora, os olhos de Bruno brilhavam alertas, a cauda balançava e ele saía animado. Mas depois de um tempo, o brilho se apagava dos olhos e ele trotava obediente ao lado de Jem, mas desanimado. Todos o tratavam com bondade... os ossos mais suculentos e cheios de carne eram oferecidos... ninguém se opunha a ele dormir no pé da cama de Jem todas as noites. Mas Bruno permanecia distante... inacessível... um estranho. Às vezes, Jem acordava à noite e estendia a mão para afagar o corpinho forte; mas nunca houve uma lambida ou um balançar de cauda em resposta. Bruno aceitava carinhos, mas não reagia a eles.

Jem rangeu os dentes. Havia muita determinação em James Matthew Blythe, e ele não seria derrotado por um cachorro... *Seu cachorro*, pelo qual pagou com dinheiro economizado da mesada. Bruno teria que superar a saudade que sentia de Roddy... teria que parar de olhar para as pessoas com os olhos patéticos de uma criatura perdida... teria que aprender a amá-lo.

Jem tinha que defender Bruno, porque os meninos na escola, suspeitando do quanto ele amava o cachorro, estavam sempre tentando "debochar" dele.

– Seu cachorro tem pulgas... pulgas grandes – provocou Perry Reese. Jem teve que dar uma surra nele, e Perry retirou o que disse e declarou que Bruno não tinha pulgas... nenhuma pulga.

– Meu cachorro tem ataques uma vez por semana – anunciou Rob Russell. – Aposto que seu cachorro velho nunca teve ataques de fúria na vida. Se eu tivesse um cachorro como aquele, passaria no moedor de carne.

— Tivemos um cachorro assim uma vez – disse Mike Drew –, mas o afogamos.

— Meu cachorro é horrível – declarou Sam Warren, com orgulho. – Ele mata as galinhas e mastiga todas as roupas no dia de lavá-las. Aposto que seu cachorro velho não é tão levado assim.

Jem admitiu triste para si mesmo, embora não para Sam, que Bruno realmente não era assim. Quase queria que fosse. E doeu quando Watty Flagg gritou:

— Seu cachorro é um *bom* cachorro... ele nunca late aos domingos – porque Bruno não latia em dia nenhum.

Mas, mesmo com tudo isso, ele era um cachorrinho muito querido, adorável.

— Bruno, *por que* você não me ama? – Jem quase soluçou. – Não há nada que eu não faria por você... poderíamos nos divertir muito juntos. – Mas ele não admitia a derrota para ninguém.

Certa noite, Jem voltou para casa correndo de um churrasco de frutos do mar em Harbour Mouth, porque sabia que uma tempestade se aproximava. O mar avisava. As coisas tinham um jeito sinistro, solitário. Quando Jem entrou correndo em Ingleside, um longo raio precedeu um trovão.

— Onde está Bruno? – gritou ele.

Era a primeira vez que tinha ido a algum lugar sem Bruno. Havia pensado que a longa caminhada até Harbour Mouth seria demais para um cachorro tão pequeno. Jem não admitia que uma caminhada tão longa com um cachorro cujo coração não estava ali seria um pouco demais para ele também.

Ninguém sabia onde estava Bruno. Não o viram desde que Jem saiu, depois do jantar. Jem procurou por ele em todos os lugares, sem encontrá-lo. A chuva caía forte, o mundo era cortado por raios. Bruno estava lá fora naquela noite negra...

perdido? Bruno tinha medo de tempestades. As únicas vezes que se aproximava de Jem em espírito eram quando se esgueirava para perto dele enquanto o céu despejava um rio.

Jem ficou tão preocupado, que, quando a tempestade passou, Gilbert disse:

– Preciso ir a Head de qualquer maneira para ver como Roy Wescott está. Pode ir comigo, Jem, e passamos pela antiga casa dos Crawford na volta. Bruno pode ter voltado para lá.

– Dez quilômetros? Nunca! – respondeu Jem.

Mas foi isso. Quando chegaram na antiga, deserta e escura casa dos Crawford, havia uma criaturinha trêmula e desgrenhada encolhida e sozinha na soleira molhada, olhando para eles com uma expressão cansada, insatisfeita. Ele não se opôs quando Jem o pegou nos braços e levou para o veículo, andando pela grama alta e emaranhada.

Jem estava feliz. Como a lua corria pelo céu com as nuvens passando por ela! Que deliciosos eram os aromas dos bosques molhados de chuva por onde passavam! Que mundo era esse.

– Depois disso, acho que Bruno vai ficar contente em Ingleside, papai.

– Talvez. – Foi tudo que o pai disse. Odiava jogar água fria, mas suspeitava de que o coração do cachorrinho que tinha perdido sua última casa estava finalmente partido.

Bruno nunca foi de comer muito, mas, depois daquela noite, comia cada vez menos. Chegou um dia em que ele parou de comer. O veterinário foi chamado, mas não conseguiu encontrar nenhum problema.

– Já vi um cachorro morrer de tristeza e acho que este será outro – disse ele ao médico, em particular.

Ele deixou um "tônico", que Bruno tomava obediente, depois se deitava de novo com a cabeça sobre as patas, olhando para o nada. Jem passou muito tempo olhando para ele, em pé com as mãos nos bolsos; depois foi à biblioteca para falar com o pai.

No dia seguinte, Gilbert foi à cidade, falou com algumas pessoas em busca de informações e voltou a Ingleside com Roddy Crawford. Quando Roddy subiu a escada da varanda, Bruno, que ouviu os passos da sala de estar, levantou a cabeça e ergueu as orelhas. Um momento depois, seu corpo magro se lançou pelo tapete em direção ao menino pálido de olhos castanhos.

– Querida Sra. do doutor – falou Susan, com um tom impressionado naquela noite –, o cachorro estava *chorando*... ele estava. As lágrimas desciam pelo focinho. Não a culpo, se não acreditar nisso. Eu também não acreditaria, se não tivesse visto.

Roddy segurou Bruno contra o coração e olhou para Jem com uma mistura de desafio e súplica.

– Sei que você o comprou... mas ele me pertence. Jake mentiu para mim. Tia Vinnie disse que não se incomodaria se eu levasse o cachorro, mas achei que não devia pedi-lo de volta. Aqui está seu dólar... não gastei um único centavo dele... não consegui.

Jem hesitou por um momento. Depois, viu os olhos de Bruno. "Que belo porco sou eu!", pensou, desgostoso com ele mesmo. E aceitou o dólar.

De repente, Roddy sorriu. O sorriso transformou seu rosto triste completamente, mas tudo que ele conseguiu dizer foi um "obrigado" sufocado.

Naquela noite, Roddy dormiu com Jem, e um Bruno satisfeito dormiu entre eles. Mas, antes de ir para a cama, Roddy ajoelhou-se para fazer suas orações, e Bruno sentou-se ao lado dele, apoiando as patas dianteiras na cama. Se algum cachorro já havia rezado, foi como Bruno naquele dia... uma prece de gratidão e alegria renovada pela vida.

Quando Roddy levou a comida, Bruno comeu com apetite, sempre de olho no menino. Ele andou animado atrás de Jem e Roddy quando os dois foram a Glen.

– Nunca se viu cachorro mais cheio de vigor – disse Susan.

Mas na noite seguinte, depois que Roddy e Bruno foram embora, Jem sentou-se na escada da porta lateral e passou um bom tempo lá. Não quis ir com Walter procurar tesouros enterrados por piratas no Vale do Arco-Íris... não se sentia mais arrojado e tomado pelo espírito bucaneiro. Nem olhava para o Camarão, que estava sentado no meio da hortelã, balançando a cauda como um feroz leão da montanha preparando o bote. Gatos não tinham que ser felizes em Ingleside, quando cachorros partiam o coração dos moradores!

Ele ficou ainda mais mal-humorado com Rilla, quando ela ofereceu seu elefante de veludo azul. Elefantes de veludo... quando Bruno tinha ido embora! Nan recebeu o mesmo tratamento quando se aproximou e sugeriu que deviam cochichar o que pensavam de Deus.

– Não pode achar que culpo Deus por isso! – Jem a repreendeu, sério. – Você não tem a menor noção de proporção, Nan Blythe.

Nan se afastou arrasada, mesmo sem ter a menor ideia do que Jem queria dizer, e Jem olhou carrancudo para as brasas do fumegante sol poente. Cachorros latiam em Glen. Os Jenkins, que moravam rua abaixo, estavam do lado de fora chamando o deles... todos da família se revezavam nessa função. Todos, até os Jenkins, podiam ter um cachorro... todo mundo, menos ele. A vida se estendia à sua frente como um deserto onde não haveria cães.

Anne se aproximou e sentou em um degrau mais baixo, tomando o cuidado de não olhar para ele. Jem *sentiu* sua solidariedade.

— Mãe — chamou ele, com voz chorosa —, por que Bruno não me amou, se eu o amava tanto? Eu sou... acha que sou do tipo de menino que os cachorros não gostam?

— Não, querido. Gyp amava você, lembra? É que o Bruno só tinha uma porção de amor para dar... e tinha dado tudo. Alguns são assim... cachorros de um homem só.

— De qualquer maneira, Bruno e Roddy estão felizes — respondeu Jem, com satisfação triste, inclinando-se para beijar o topo da cabeça da mãe. — Mas nunca mais terei outro cachorro.

Anne pensava que isso ia passar; ele sentiu a mesma coisa quando Gyppy morreu. Mas não passou. O ferro havia penetrado fundo na alma de Jem. Cachorros passariam por Ingleside... cachorros que pertenciam à família toda e eram bons, que Jem afagava e com quem brincava como os outros. Mas não haveria outro "cachorro do Jem", até que um certo "cachorrinho da segunda-feira" se apoderasse de seu coração e o amasse com uma devoção maior que o amor de Bruno... uma devoção que faria história em Glen. Mas isso ainda levaria um ano; e, naquela noite, um menino muito solitário foi para a cama de Jem.

"Queria ser menina" — ele pensou, revoltado — "para poder chorar *muito*".

CAPÍTULO 25

Nan e Di agora frequentavam a escola. Começaram na última semana de agosto.

– Vamos saber *tudo* até a noite, mamãe? – perguntou Di, com ar solene na primeira manhã.

Agora, no começo de setembro, Anne e Susan tinham se acostumado com isso e até sentiam prazer ao ver as duas saindo todas as manhãs, tão pequenas, despreocupadas e arrumadas, pensando que ir à escola era uma grande aventura. Sempre levavam uma maçã no cesto para a professora e usavam vestidos de algodão com babados azuis ou cor-de-rosa. Como não eram nada parecidas, nunca se vestiam com roupas iguais. Diana, que tinha cabelos vermelhos, não podia usar cor-de-rosa, mas o tom combinava com Nan, que era a mais bonita das gêmeas de Ingleside. Tinha olhos castanhos, cabelos castanhos e uma linda cor de pele, da qual se orgulhava já aos sete anos. Havia em seu jeito um certo ar de estrela. Ela mantinha a cabeça erguida com altivez, projetando levemente o queixo, e por isso já era considerada um pouco "arrogante".

– Ela imita todas as poses e manias da mãe – disse a Sra. Alec Davies. – Já tem todos seus ares e graças, se quer saber minha opinião.

As gêmeas não eram diferentes apenas na aparência. Apesar da semelhança física com a mãe, Di era muito mais parecida com o pai, tanto no temperamento quanto nas qualidades. Tinha indícios de seu toque prático, a sensatez simples, o senso de humor brilhante. Nan havia herdado inteiramente da mãe o dom da imaginação e já tornava a própria vida interessante à sua maneira. Por exemplo, tinha se divertido muito no verão fazendo barganhas com Deus, e a essência da conversa era: "se fizer isso e aquilo, eu faço isso e aquilo".

Todas as crianças de Ingleside haviam começado a vida com o velho e clássico "Agora vou me deitar", depois foram promovidas ao "Pai Nosso", e depois incentivadas a fazer os próprios pedidos na linguagem que escolhessem. Era difícil dizer o que dava a Nan a ideia de que Deus poderia ser induzido a atender seus pedidos por meio de promessas, bom comportamento ou exibições de resistência. Talvez uma certa jovem e bela professora da escola dominical fosse indiretamente responsável por isso, graças aos seus frequentes avisos de que, se não fossem boas meninas, Deus não faria isso ou aquilo por elas. Era fácil virar essa ideia do avesso e chegar à conclusão de que se você *fosse* isso ou aquilo, *fizesse* isso ou aquilo, teria o direito de esperar que Deus fizesse as coisas que você queria. A primeira barganha de Nan na primavera foi tão bem-sucedida que superou os fracassos, e ela insistiu nisso durante todo o verão. Ninguém sabia disso, nem mesmo Di. Nan guardava bem seu segredo e passou a orar em horários variados e em lugares diversos, em vez de rezar só à noite. Di não aprovava isso e se manifestou.

– Não misture Deus com *tudo* – disse. – Você O faz muito *comum*.

Ao ouvir isso, Anne a repreendeu, dizendo:

– Deus *está* em todas as coisas, querida. Ele é o Amigo que está sempre perto de nós para dar força e coragem, e Nan está certa em rezar para Ele onde quiser. – Mas, se soubesse a verdade sobre a devoção da filha pequena, Anne teria ficado horrorizada.

Nan disse, em uma noite de maio:

– Se fizer meu dente crescer antes da festa de Amy Taylor na próxima semana, querido Deus, eu tomo sem reclamar todas as doses de óleo de rícino que Susan me der.

No dia seguinte, o dente cuja ausência havia deixado uma lacuna prolongada e feia na bela boca de Nan apareceu, e no dia da festa tinha crescido completamente. Que sinal mais certo se poderia querer, depois deste? Nan cumpriu sua parte do acordo fielmente, e Susan ficava espantada e encantada sempre que dava a ela o óleo de rícino depois disso. Nan o aceitava sem fazer careta ou protestar, embora às vezes quisesse ter estabelecido um prazo... por três meses, talvez.

Deus nem sempre respondia. Mas quando ela pediu um botão especial para a sua coleção de botões... colecionar botões era algo que havia se espalhado entre as meninas de Glen como sarampo... e prometeu a Ele que, se fosse atendida, nunca mais reclamaria quando Susan pusesse o prato lascado para ela... o botão apareceu no dia seguinte, quando Susan encontrou um em um velho vestido no sótão. Um bonito botão vermelho incrustado com pequenos diamantes, ou o que Nan acreditava serem diamantes. Ela foi invejada por todos por causa daquele elegante botão, e, quando Di recusou o prato lascado naquela noite, Nan disse virtuosa:

– Pode me dar, Susan. Eu sempre vou ficar com ele, a partir de agora.

Susan pensou que ela era angelicalmente altruísta e disse isso em voz alta. Desde então, Nan parecia e se sentia convencida. Conseguiu um belo dia para o piquenique da escola dominical, quando todos previam chuva na noite anterior, prometendo escovar os dentes todas as manhãs sem que alguém tivesse que mandar. O anel que tinha perdido foi recuperado com a condição de que mantivesse as unhas impecavelmente limpas; e, quando Walter deu a ela o retrato de um anjo voador que Nan havia muito tempo cobiçava, ela passou a comer a carne com a gordura no jantar sem reclamar.

Quando, porém, ela pediu a Deus para rejuvenescer o velho e remendado ursinho de pelúcia, prometendo manter a gaveta da cômoda arrumada, alguma coisa deu errado. O urso não ficou mais novo, embora ela procurasse o milagre ansiosamente todas as manhãs e pedisse para Deus se apressar. Finalmente, Nan se conformou com a idade de Ted. Afinal, ele era um bom urso velho, e seria terrivelmente difícil manter aquela gaveta sempre arrumada. Quando seu pai trouxe um urso de pelúcia novo, ela não gostou muito e, apesar de se sentir incomodada pela própria consciência de vez em quando, decidiu que não precisava se preocupar com a gaveta da cômoda. Sua fé voltou quando, depois de rezar para o olho que faltava no gato de porcelana reaparecer, o olho surgiu em seu lugar na manhã seguinte, embora um pouco torto, dando ao gato uma aparência meio vesga. Susan o encontrou ao varrer o chão e o prendeu com cola, mas Nan não sabia disso e cumpriu com alegria a promessa de dar quatorze voltas no celeiro engatinhando. Que bem poderia fazer a Deus ou a qualquer outra pessoa engatinhar quatorze vezes em volta do celeiro foi algo em que Nan não parou para pensar. Mas odiou aquilo... os meninos estavam sempre esperando que ela e Di fingissem ser algum bicho no Vale do Arco-Íris... e talvez houvesse algum vago pensamento em sua mente em formação sobre a penitência ser agradável para o misterioso Ser que dava ou tirava quando bem entendia. De qualquer maneira, ela pensou em várias façanhas estranhas naquele verão, o que fez Susan se perguntar muitas vezes de onde as crianças tiravam as ideias que tinham.

– Por que acha, querida Sra. do doutor, que Nan precisa dar duas voltas na sala de estar todos os dias sem pisar no chão?

– Sem pisar no chão! Como ela consegue isso, Susan?

– Pulando de um móvel para o outro, inclusive sobre a grade da lareira. Ontem ela escorregou na grade e caiu de cabeça no balde de carvão. Querida Sra. do doutor, acha que ela precisa de uma dose do remédio para vermes?

Aquele ano sempre seria mencionado nas crônicas de Ingleside como o ano em que o pai *quase* teve pneumonia e a mãe *teve*. Certa noite, Anne, que já estava muito resfriada, saiu com Gilbert para ir a uma festa em Charlottetown... usando um vestido novo e muito atraente e o colar de pérolas que ganhou de Jem. Estava tão linda, que todas as crianças, que foram vê-la antes de ela sair, acharam maravilhoso ter uma mãe da qual pudessem se orgulhar tanto.

– Que linda saia – suspirou Nan. – Quando eu crescer, vou ter saias de tafetá como essa, mamãe?

– Até lá, duvido que as moças ainda usem saias – disse o pai. – Vou me redimir, Anne, admito que o vestido é lindo, embora não tenha aprovado as lantejoulas. Mas não tente me seduzir, mulher. Já fiz todos os elogios desta noite. Lembre-se do que lemos hoje no *Medical Journal*... "A vida nada mais é que química orgânica delicadamente equilibrada", e deixe que isso a faça humilde e modesta. Lantejoulas, francamente! Saia de tafetá, pelos céus. Não somos mais que uma fortuita combinação de átomos. É o que diz o grande Dr. Von Bemburg.

– Não cite aquele horrível Von Bemburg perto de mim. Ele deve ter um caso grave de indigestão crônica. *Ele* pode ser uma combinação de átomos, mas *eu* não sou.

Poucos dias depois disso, Anne era uma "combinação de átomos" muito doente, e Gilbert, outra muito nervosa. Susan parecia cansada e aflita, a enfermeira entrava e saía com uma expressão tensa, e uma sombra sem nome de repente invadiu e se espalhou por Ingleside. As crianças não foram informadas sobre a gravidade da doença da mãe; nem Jem percebeu completamente o que acontecia. Mas todos sentiram o frio e o medo e ficaram silenciosos, infelizes. Pela primeira vez, não havia risadas no bosque de bordos, nem brincadeiras no Vale do Arco-Íris. Mas o pior de tudo era que não tinham permissão para ver a mãe. Não havia mãe para recebê-los com um sorriso quando voltavam para casa, nem para entrar no quarto e dar um beijo de boa-noite, nem para acalmar, apoiar e entender, não havia mãe com quem rir das piadas... ninguém ria como a mãe deles. Era muito pior do que quando ela estava fora, porque então sabiam que ela voltaria... e agora sabiam... *nada*. Ninguém falava nada... só os excluíam.

Nan chegou da escola muito abatida por algo que Amy Taylor disse a ela.

– Susan, minha mãe está... não está... ela vai *morrer*, Susan?

– É claro que não – respondeu Susan, depressa e incisiva demais. Suas mãos tremiam ao servir o copo de leite para Nan. – Quem disse isso?

– Amy. Ela disse... Oh, Susan, ela disse que achava que mamãe seria uma defunta linda!

– Não se importe com o que ela disse, meu bem. Todos os Taylor têm a língua comprida. Sua mãe abençoada está doente, mas vai ficar bem, pode acreditar nisso. Não sabe que seu pai está no comando?

— Deus não a deixará morrer, não é, Susan? — perguntou Walter, com os lábios pálidos, olhando para ela com aquela intensidade grave que tornava muito difícil, para Susan, recitar suas mentiras reconfortantes. Tinha muito medo de que *fossem* mentiras. Susan era uma mulher muito amedrontada. Naquela tarde, a enfermeira balançou a cabeça. O doutor se recusou a descer para o jantar.

— Acho que o Todo-Poderoso sabe o que faz — murmurou Susan enquanto lavava os pratos do jantar... e quebrou três deles... mas, pela primeira vez em sua vida simples e honesta, duvidava disso.

Nan andava pela casa infeliz. O pai estava sentado à mesa da biblioteca com a cabeça entre as mãos. A enfermeira chegou, e Nan a ouviu dizer que achava que a crise aconteceria naquela noite.

— O que é uma crise? — perguntou ela a Di.

— Acho que é aquilo de onde sai a borboleta — respondeu Di, cautelosa. — Vamos perguntar ao Jem.

Jem sabia e explicou a elas antes de subir para se trancar no quarto. Walter havia desaparecido... estava deitado de bruços embaixo da Dama Branca no Vale do Arco-Íris... e Susan tinha levado Shirley e Rilla para a cama. Nan saiu sozinha e sentou-se na escada. Atrás dela, dentro da casa, havia um terrível silêncio incomum. Diante dela, Glen brilhava ao sol do entardecer, mas a longa estrada vermelha estava coberta de poeira, e a grama nos campos do porto era branca e queimada por causa da seca. Não chovia havia semanas, e as flores caíam no jardim... as flores que sua mãe amava.

Nan estava pensativa. Agora era hora de barganhar com Deus. O que prometeria, se Ele fizesse sua mãe ficar boa?

Tinha que ser algo tremendo... algo que valeria a pena para Ele. Nan lembrou o que Dicky Drew havia dito um dia na escola para Stanley Reese. "Desafio você a andar pelo cemitério depois que escurecer." Nan havia sentido um arrepio. Como *alguém* podia andar no cemitério à noite... como alguém podia *pensar* nisso? Ninguém em Ingleside sabia que Nan tinha horror ao cemitério. Uma vez, Amy Taylor disse a ela que o lugar era cheio de gente morta... "e eles nem sempre *ficam* mortos", Amy contou com tom sombrio e misterioso. Nan mal se sentia capaz de passar por lá sozinha à luz do dia.

Longe, as árvores de uma colina dourada e nebulosa tocavam o céu. Nan sempre pensou que, se pudesse chegar naquela colina, também poderia tocar o céu. Deus morava do outro lado dela... talvez a ouvisse melhor, lá. Mas não podia chegar naquela colina... teria que fazer o melhor possível ali mesmo, em Ingleside.

Ela uniu as mãozinhas bronzeadas e ergueu o rosto molhado de lágrimas para o céu.

– Querido Deus – sussurrou –, se fizer minha mãe ficar boa, eu *vou andar pelo cemitério à noite*. Oh, querido Deus, *por favor, por favor*. E, se atender este pedido, nunca mais O aborreço de novo.

CAPÍTULO 26

Foi a vida, não a morte, que chegou em Ingleside na hora mais fantasmagórica da noite. As crianças, que finalmente dormiam, devem ter sentido que a sombra se retirava tão silenciosamente e rápida quanto havia chegado. Porque, quando acordaram para um dia escuro de chuva bem-vinda, havia sol em seus olhos. Quase nem precisavam ouvir a boa notícia dada por Susan, que havia rejuvenescido dez anos. A crise havia passado, e a mãe deles viveria.

Era sábado, e eles não tinham aula. Não podiam sair... embora adorassem brincar na chuva. O temporal era forte demais para eles... e tinham que ficar muito quietos dentro de casa. Mas nunca se sentiram mais felizes. O pai, que praticamente não dormia havia uma semana, se atirou na cama do quarto de hóspedes para um longo cochilo... mas não antes de fazer uma ligação de longa distância para uma casa de telhado verde em Avonlea, onde duas senhoras tremiam a cada vez que o telefone tocava.

Susan, que ultimamente não conseguia se dedicar de corpo e alma às suas sobremesas, preparou um glorioso suflê de laranja para o almoço, prometeu um rocambole de geleia para o jantar e assou duas fornadas de biscoitos. O Tordo Atrevido cantava pela casa toda. Até as cadeiras pareciam querer dançar. As flores no jardim se erguiam corajosas outra vez, enquanto a terra seca dava as boas-vindas à chuva. E Nan, no meio de toda essa felicidade, tentava encarar as consequências de sua barganha com Deus.

Nem pensava em tentar escapar dela, mas ia adiando, esperando ter mais coragem para cumprir a promessa. Pensar nisso era o bastante para "fazer o sangue talhar", como Amy Taylor gostava tanto de dizer. Susan sabia que havia alguma coisa errada com a criança e deu óleo de rícino a ela, sem nenhuma melhora. Nan aceitou a dose em silêncio, apesar de notar que Susan insistia no óleo de rícino com muito mais frequência desde aquela promessa no início. Mas o que era óleo de rícino em comparação a uma visita noturna ao cemitério? Nan não sabia como seria capaz disso. Mas precisava cumprir a promessa.

A mãe ainda estava tão fraca que ninguém tinha permissão para vê-la, exceto rapidamente. E ela estava muito branca e magra. Por que ela, Nan, não tinha cumprido sua parte no acordo?

– Temos que dar tempo a ela – disse Susan.

"Como se podia dar tempo a alguém?", Nan pensou. Mas *ela* sabia por que a mãe não estava melhorando mais depressa. Nan tomou a decisão. Amanhã seria sábado de novo, e à noite ela faria o que tinha prometido fazer.

Choveu novamente durante a manhã inteira, e Nan não pôde deixar de sentir um certo alívio. Se fosse uma noite chuvosa, ninguém, nem mesmo Deus, poderia esperar que ela andasse pelo cemitério. Ao meio-dia a chuva havia parado, mas a neblina cobriu o porto e Glen, envolvendo Ingleside com sua magia misteriosa. Portanto, Nan continuou esperando. Se tivesse neblina, ela também não poderia ir. Mas, na hora do jantar, o vento soprou e a paisagem de sonho criada pela neblina desapareceu.

– Hoje não vai ter lua – disse Susan.

– Oh, Susan, não pode *fazer* uma lua? – gritou Nan, aflita. Se tinha que andar pelo cemitério, *precisava* da lua.

– Criança abençoada, ninguém pode fazer luas – disse Susan. – Só quis dizer que o céu vai ficar nublado e ninguém vai ver a lua. E que diferença faz para você, se tem lua ou não?

Isso era justamente o que Nan não podia explicar, e Susan ficou mais preocupada que nunca. *Alguma coisa* incomodava a criança... ela passou a semana inteira agindo de um jeito estranho. Não comeu nem a metade do habitual e estava deprimida. Era preocupação com a mãe? Não precisava... a querida Sra. do doutor se recuperava bem.

Sim, mas Nan sabia que logo a mãe deixaria de se recuperar bem se ela não cumprisse sua parte no trato. Enquanto o sol se punha, as nuvens foram embora e a lua apareceu. Mas era uma lua estranha... uma lua grande e vermelha como sangue. Nan nunca tinha visto outra lua como aquela. E ficou apavorada. Quase preferia a escuridão.

As gêmeas foram para a cama às oito, e Nan teve que esperar Di pegar no sono. Di não tinha pressa. Sentia-se triste e desiludida demais para dormir prontamente. Seu amigo, Elsie Palmer, tinha saído da escola e ido para casa com outra menina, e Di acreditava que a vida havia praticamente acabado para ela. Eram nove horas quando Nan sentiu que era seguro sair da cama e vestir-se, com dedos que tremiam tanto que ela mal conseguia manusear os botões. Em seguida, ela desceu e saiu silenciosa pela porta lateral, enquanto Susan fazia pão na cozinha e pensava satisfeita que todos sob sua responsabilidade estavam seguros na cama, exceto o pobre doutor, que foi chamado às pressas a uma casa em Harbour Mouth, onde um bebê tinha engolido uma tachinha.

Nan saiu e foi em direção ao Vale do Arco-Íris. Pegaria o atalho através dele e pelo pasto na colina. Sabia que uma gêmea de Ingleside andando sozinha pela estrada e no vilarejo causaria espanto, e alguém provavelmente insistiria em levá-la para casa. A noite de fim de setembro era fria! Não havia pensado nisso e não estava agasalhada. O Vale do Arco-Íris à noite não era o campo agradável que se via à luz do dia. A lua tinha encolhido para um tamanho razoável e não era mais vermelha, mas projetava sombras negras e sinistras. Nan sempre teve medo de sombras. Estava ouvindo passos pesados na escuridão entre samambaias murchas perto do riacho?

Nan levantou a cabeça e projetou o queixo.

– Não estou com medo – disse em voz alta, com coragem.
– Só meu estômago está um pouco estranho. Estou me comportando como uma *heroína*.

A agradável ideia de ser uma heroína a levou até a metade da colina. Então, uma sombra estranha caiu sobre o mundo... uma nuvem passava na frente da lua... e Nan pensou no pássaro. Uma vez, Amy Taylor contou uma história pavorosa sobre um grande pássaro preto que atacava as pessoas à noite e as levava embora. Foi a sombra do pássaro que passou sobre ela? Mas sua mãe disse que não existia nenhum grande pássaro preto.

– Não acredito que minha mãe mentiria para mim... não minha *mãe* – disse Nan... e continuou andando até alcançar a cerca. Além dela havia a estrada... e, do outro lado, o cemitério. Nan parou para pegar fôlego.

Mais uma nuvem encobriu a lua. Em torno dela havia uma terra estranha, escura, desconhecida.

— Oh, o mundo é muito grande! — falou Nan, com um arrepio, encolhendo-se junto à cerca. Se ao menos estivesse em Ingleside! Mas... — Deus olha por mim — disse a pequena de sete anos. E subiu na cerca.

Ela caiu do outro lado, esfolou o joelho e rasgou o vestido. Quando levantou, um toco afiado no mato furou seu sapato e cortou seu pé. Mas ela seguiu mancando pela estrada em direção ao portão do cemitério.

O velho cemitério estava à sombra dos abetos do lado leste. De um lado ficava a igreja Metodista, do outro, a Presbiteriana, agora escura e silenciosa, durante a ausência do ministro. A lua surgiu de repente de trás de uma nuvem e encheu o cemitério de sombras... sombras que se moviam e dançavam... sombras que podiam agarrar quem se aventurasse entre elas. Um jornal que alguém descartou voou pela estrada como uma velha bruxa dançando, e, embora Nan soubesse que era um jornal, tudo colaborava para o caráter sobrenatural da noite. O vento fazia barulho nas árvores. Uma longa folha do salgueiro ao lado do portão tocou seu rosto de repente como a mão de um encantado. Por um momento, o coração dela parou... e, mesmo assim, ela tocou o portão.

E se um braço comprido sair de uma sepultura e puxar você para baixo?!

Nan virou. Agora sabia que, com ou sem acordo, nunca poderia andar pelo cemitério à noite. O gemido sinistro parecia muito próximo dela. Era só a vaca da Sra. Ben Baker, que pastava na estrada e saía de trás de uma fileira de árvores. Mas Nan não esperou para ver o que era. Em um espasmo de pânico incontrolável, desceu a colina correndo, atravessou o vilarejo e seguiu pela estrada para Ingleside. Quando chegou no portão, ela correu diretamente para o que Rilla chamava de "poça de lama". Mas lá estava sua casa com as luzes

suaves brilhando nas janelas, e um momento depois ela entrou cambaleando na cozinha de Susan, suja de lama, com os pés molhados e sangrando.
– Pelos céus! – exclamou Susan, aturdida.
– Não consegui andar pelo cemitério, Susan... não consegui! – Nan arfou.
De início, Susan não fez perguntas. Pegou a criança gelada e nervosa e tirou dela as roupas e as meias encharcadas. Depois a vestiu com uma camisola e a levou para a cama. Em seguida, desceu para pegar um "lanchinho" para ela. Não sabia o que a menina tinha feito, mas não a deixaria ir dormir de estômago vazio.
Nan comeu o lanche e bebeu o leite quente. Como era bom estar de volta ao quarto quente e iluminado, segura em sua cama confortável! Mas não contaria nada a Susan.
– É um segredo que tenho com Deus, Susan.
Susan foi para a cama jurando que seria uma mulher feliz quando a querida Sra. do doutor estivesse novamente em pé e andando por ali.
– Eles são mais do que consigo controlar – suspirou Susan, impotente.
Agora sua mãe certamente morreria. Nan acordou com essa terrível certeza. Não cumpriu sua parte da barganha e não podia esperar que Deus cumprisse a dele. A vida foi terrível para Nan durante a semana seguinte. Não encontrava alegria em nada, nem mesmo em ver Susan fiar na roca... coisa que sempre achou fascinante. Nunca mais seria capaz de rir, fizesse o que fizesse. Deu o cachorro estofado com serragem, cujas orelhas Ken Ford havia puxado e que ela amava mais que o ursinho de pelúcia... Nan sempre gostou mais das coisas velhas... para Shirley, porque Shirley sempre o quis, e deu sua preciosa casa feita de conchas, que o capitão Malachi

trouxe para ela das Índias Ocidentais, para Rilla, esperando que isso satisfizesse Deus: mas temia que não fosse suficiente, e, quando sua nova gatinha, que ela deu a Amy Taylor porque Amy a queria, insistiu em voltar para sua casa, Nan soube que Deus não estava satisfeito. Nada O deixaria satisfeito, exceto se ela andasse pelo cemitério; e a pobre e aterrorizada Nan sabia que *isso* ela nunca conseguiria fazer. Era covarde e desprezível. Jem tinha dito uma vez que só criaturas desprezíveis tentavam fugir de acordos.

Anne podia sentar na cama. Estava quase bem outra vez, depois da doença. Logo seria capaz de cuidar de sua casa de novo... ler seus livros... se recostar com conforto nas almofadas... comer tudo que quisesse... sentar-se ao lado da lareira... cuidar do jardim... ver os amigos... ouvir fofocas interessantes... dar as boas-vindas aos dias que brilhavam como joias no colar do ano... participar novamente do colorido desfile da vida.

O almoço estava excelente... Susan preparou à perfeição um pernil de carneiro recheado. Era delicioso sentir fome de novo. Ela olhou para o quarto e para as coisas que amava. Precisava fazer cortinas novas para ele... alguma coisa entre verde-primavera e dourado-claro; e armários novos para as toalhas tinham que ser colocados no banheiro. Ela então olhou para a janela. Havia magia no ar. Conseguia ver um lampejo azul do porto entre as árvores... o salgueiro chorão no gramado era uma chuva mansa de ouro. Vastos jardins celestiais cobriam uma terra exuberante tocada pelo outono... uma terra de cores incríveis, luz branda e sombras cada vez mais longas. O Tordo Atrevido trinava loucamente sobre uma árvore; as crianças riam no pomar e colhiam maçãs. O riso havia voltado a Ingleside. "A vida é mais que 'química orgânica delicadamente equilibrada'", ela pensou, feliz.

Nan entrou no quarto se arrastando, com os olhos e o nariz vermelhos de chorar.

– Mamãe, preciso contar... não posso mais esperar. Mamãe, eu *enganei* Deus.

Anne se alegrou ao sentir de novo o toque suave da mão persistente de um filho... um filho que pedia ajuda e conforto para seu doloroso problema. Ela ouviu enquanto Nan soluçava toda a história e conseguiu permanecer séria. Anne sempre era capaz de exibir uma expressão contida quando uma expressão contida era a indicada, por mais que risse loucamente com Gilbert mais tarde. Sabia que a preocupação de Nan era real e terrível para ela; e também percebia que a teologia dessa filhinha precisava de atenção.

– Querida, está terrivelmente enganada em relação a tudo isso. Deus não faz acordos. Ele *dá*... dá sem pedir nada de nós, exceto amor. Quando você pede a mim ou a seu pai algo que quer, *nós* não negociamos com você... e Deus é muito, muito mais bondoso que nós. E Ele sabe muito melhor que nós o que é bom para ser dado.

– E Ele não vai... não vai fazer você morrer, mamãe, porque não cumpri a promessa?

– Certamente não, querida.

– Mamãe, mesmo que eu tenha me enganado sobre Deus... não deveria cumprir as promessas que faço? Eu disse que iria, sabe? Papai diz que devemos sempre cumprir o que prometemos. Não serei *desgraçada para sempre*, se não cumprir minha promessa?

– Quando eu estiver bem, querida, irei com você uma noite qualquer... e ficarei do lado de fora do portão... e creio que não terá medo algum de entrar no cemitério, então. Isso vai aliviar sua consciência... e não vai mais fazer acordos tolos com Deus, certo?

– Não vou – prometeu Nan, triste por estar desistindo de uma coisa que, apesar de todos os empecilhos, havia sido agradável e animadora. Mas o brilho voltou aos seus olhos, e uma nota de alegria vibrava em sua voz.

– Vou lavar o rosto, então, depois volto para beijá-la, mamãe. E vou colher para você todos os dentes-de-leão que encontrar. Tem sido *horrível* sem você, mamãe.

– Oh, Susan – falou Anne quando ela chegou com a refeição –, que mundo é este! Que mundo bonito, interessante, maravilhoso! Não é, Susan?

– Atrevo-me a dizer – admitiu Susan, lembrando a bela fileira de tortas que tinha acabado de deixar na cozinha – que ele é muito tolerável.

CAPÍTULO 27

Outubro foi um mês muito feliz em Ingleside naquele ano, cheio de dias em que você *tinha* que correr, dançar e assobiar. A mãe estava bem de novo, negava-se a continuar sendo tratada como uma convalescente, fazia planos para o jardim, ria outra vez... Jem sempre achou que a mãe tinha uma risada bonita, alegre... ela respondia a inúmeras perguntas.

– Mamãe, qual é a distância daqui até o pôr do sol?

– Mamãe, por que não conseguimos recolher o luar que se derrama?

– Mamãe, as almas das pessoas mortas voltam *de verdade* no Halloween?

– Mamãe, o que causa a causa?

– Mamãe, você não ia preferir ser morta por uma cobra, em vez de um tigre, porque o tigre a estraçalharia e comeria?

– Mamãe, o que é uma prole?

– Mamãe, é verdade que uma viúva é uma mulher cujos sonhos se realizaram? Wally Taylor disse que sim...

– Mamãe, o que os passarinhos fazem quando chove *forte*?

– Mamãe, é verdade que somos uma família *realmente* muito romântica?

A última pergunta foi de Jem, que tinha ouvido isso na escola, dito pela Sra. Alec Davis. Jem não gostava da Sra. Alec Davis porque, sempre que o encontrava com a mãe ou o pai, ela o cutucava com o dedo comprido e perguntava:

– Jemmy é um bom aluno?

Jemmy! Talvez fossem *um pouco* românticos. Susan deve ter pensado que sim quando encontrou o caminho de tábuas para o celeiro decorado com manchas de tinta vermelha.

– Tivemos que pintar para a nossa encenação de batalha, Susan – explicou Jem. – Elas representam pedaços de carne.

Ao anoitecer, às vezes uma fileira de gansos passava voando diante de uma lua escarlate e baixa, e, quando os via, Jem sentia um impulso misterioso de voar para longe com eles também... para costas desconhecidas e voltar trazendo macacos... leopardos... papagaios... coisas assim... explorar a América espanhola.

Algumas expressões como "a América espanhola" sempre o atraíam de maneira irresistível... "segredos do mar" era outra. Ser pego pelos anéis mortais de uma píton e lutar com um rinoceronte ferido era tudo que Jem queria viver em um dia de trabalho. E a palavra "dragão" causava nele uma tremenda euforia. Sua imagem favorita, presa à parede ao pé de sua cama, era a de um cavaleiro de armadura sobre um belo cavalo branco que empinava sobre as patas traseiras enquanto o cavaleiro cravava a lança em um dragão com uma linda cauda que fazia voltas e curvas e terminava em um tridente. Uma mulher de vestido cor-de-rosa aparecia ao fundo, ajoelhada em paz e contida com as mãos unidas. Não havia dúvida de que a mulher era muito parecida com Maybelle Reese, que aos nove anos já provocava disputas na escola de Glen. Até Susan notou a semelhança e debochou de Jem, que ficou muito vermelho por isso. Mas o dragão era um pouco decepcionante...

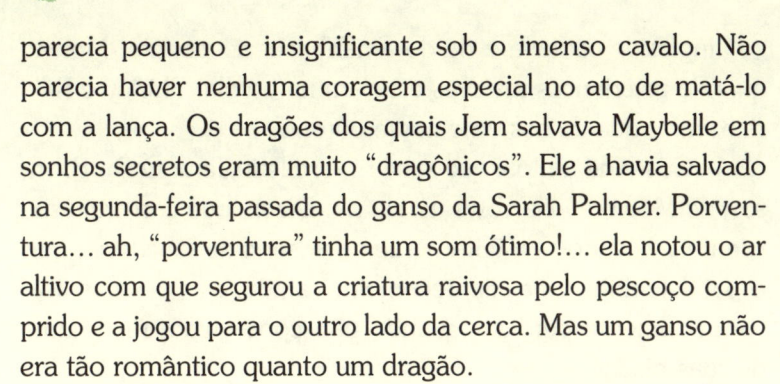

parecia pequeno e insignificante sob o imenso cavalo. Não parecia haver nenhuma coragem especial no ato de matá-lo com a lança. Os dragões dos quais Jem salvava Maybelle em sonhos secretos eram muito "dragônicos". Ele a havia salvado na segunda-feira passada do ganso da Sarah Palmer. Porventura... ah, "porventura" tinha um som ótimo!... ela notou o ar altivo com que segurou a criatura raivosa pelo pescoço comprido e a jogou para o outro lado da cerca. Mas um ganso não era tão romântico quanto um dragão.

Foi um outubro de muito vento... ventos fracos que ronronavam no vale e ventos fortes que chicoteavam os bordos... ventos que uivavam pela praia, mas se encolhiam quando chegavam às rochas... se encolhiam e davam o bote. As noites, cada qual com sua lua avermelhada e sonolenta de caçador, eram frias o bastante para fazer pensar em uma cama quente e agradável, os arbustos de mirtilo se tingiam de vermelho, as samambaias mortas tinham um rico tom acastanhado, sumagres pareciam queimar atrás do celeiro, pastos verdejantes surgiam aqui e ali como remendos nos campos cultivados de Upper Glen, e havia crisântemos dourados e rubros no canto do jardim onde ficavam os abetos. Esquilos corriam felizes por todas as partes e grilos embalavam as danças dos encantados em mil colinas. Havia maçãs para serem colhidas, cenouras para serem tiradas da terra. Às vezes, os meninos iam pegar mariscos com o capitão Malachi, quando as misteriosas "marés" permitiam... marés que vinham acariciar a terra, mas se retiravam novamente para o fundo do mar. Havia um cheiro de fogueiras de folhas mortas em Glen, uma pilha de grandes abóboras amarelas no celeiro, e Susan fez a primeira torta de cranberry.

Ingleside cantava e ria do amanhecer ao poente. Mesmo quando as crianças maiores estavam na escola, Shirley e Rilla riam mais que de costume nesse outono.

– Gosto de um pai que sabe rir – refletiu Jem. O Dr. Bronson de Mowbray Narrows nunca ria. Dizem que construiu sua clientela valendo-se inteiramente do ar sério de sabedoria; mas o pai dele tinha uma clientela melhor ainda, e as pessoas ficavam realmente perdidas quando não conseguiam rir de uma de suas piadas.

Anne passava todos os dias quentes trabalhando no jardim, bebendo as cores como vinho, onde os últimos raios de sol poente se derramavam sobre os bordos vermelhos, revelando a delicada e triste beleza fugaz. Em uma tarde que mesclava dourado e cinza, ela e Jem plantaram bulbos de tulipa, que teriam uma ressurreição em rosa, escarlate, púrpura e dourado no próximo mês de junho.

– Não é bom se preparar para a primavera quando você sabe que tem que enfrentar o inverno, Jem?

– E é bom deixar o jardim bonito – disse Jem. – Susan diz que é Deus quem faz tudo bonito, mas podemos ajudar um pouco, não podemos, mãe?

– Sempre... sempre, Jem. Ele divide esse privilégio conosco.

Mas nada é perfeito. As pessoas de Ingleside estavam preocupadas com o Tordo Atrevido. Tinham sido informadas de que, quando os tordos fossem embora, ele também desejaria ir.

– Mantenham o pássaro preso até todos os outros terem ido embora e a neve chegar – sugeriu o capitão Malachi. – Assim ele vai esquecer tudo isso e ficará bem até a primavera.

E o Tordo Atrevido virou prisioneiro. E ficou muito agitado. Voava sem rumo pela casa, pousava no parapeito das janelas e olhava melancólico para os companheiros, que se preparavam para seguir sabe-se lá que chamado misterioso. Perdeu o apetite, e nem minhocas nem as castanhas mais crocantes de Susan o tentavam. As crianças relacionaram para ele todos os perigos que poderia encontrar... frio, fome, falta de amigos, tempestades, noites escuras, gatos. Mas o Tordo Atrevido sentia ou ouvia o chamado, e todo seu ser ansiava por responder.

Susan foi a última a ceder. Ficou muito triste por vários dias. Mas, finalmente, disse:

– Soltem o pássaro. Prendê-lo é contrariar a natureza.

Eles o libertaram no último dia de outubro, depois de um mês de pios de lamento. As crianças se despediram dele com beijos e lágrimas. Ele partiu alegre e na manhã seguinte voltou ao parapeito de Susan para pegar migalhas. Depois, abriu as asas para o longo voo.

– Talvez ele volte para nós na primavera, querida – disse Anne para Rilla, que soluçava. Mas Rilla estava inconsolável.

– Demola muito – choramingou.

Anne sorriu e suspirou. As estações que pareciam muito longas para a pequena Rilla começavam a passar depressa demais para ela. Mais um verão chegava ao fim, como anunciava o dourado atemporal dos álamos. Logo... muito em breve... as crianças de Ingleside não seriam mais crianças. Mas ainda eram dela... e as recebia quando voltavam para casa à noite... enchendo a vida de admiração e alegria... e ela as amava, acalentava e repreendia... um pouco. Porque às vezes eram muito levadas, embora não merecessem ter sido chamadas pela Sra. Alec Davis de "aquele bando de demônios de Ingleside", como aconteceu quando ela soube que Bertie Shakespeare Drew tinha sofrido queimaduras leves ao fazer o papel de um pele-vermelha queimado no espeto no Vale do Arco-Íris. Jem e Walter demoraram um pouco mais que o planejado para soltá-lo. Eles também se queimaram, mas ninguém teve pena *deles*.

Naquele ano, novembro foi um mês desanimador... um mês de vento leste e neblina. Alguns dias se resumiam à névoa fria pairando no ar ou sobre o mar cinzento além da barra. As árvores trêmulas derrubavam as últimas folhas. O jardim estava morto, destituído de toda cor e personalidade... exceto o canteiro de aspargos, que ainda exibia seu dourado fascinante. Walter teve que desistir da plataforma de estudos em cima da árvore e fazer suas lições em casa. Chovia... chovia... e chovia.

– O mundo *nunca* mais vai secar? – gemeu Di, aflita. Então, houve uma semana de sol de veranico, e à noite, quando fazia frio, a mãe acendia a lareira, e Susan fazia batatas assadas para o jantar.

A grande lareira era o centro da casa nessas noites. O ponto alto do dia era a hora em que se reuniam em torno dela depois do jantar. Anne costurava e planejava os modelitos de inverno...

– Nan precisa de um vestido vermelho, já que gosta tanto dessa cor...

E às vezes ela pensava em Hannah, tecendo seu casaquinho para o pequeno Samuel todos os anos. As mães eram sempre iguais ao longo dos séculos... uma grande irmandade de amor e serviço... as lembradas e as desconhecidas, igualmente.

Susan acompanhava os estudos das crianças, e depois elas iam se divertir como quisessem. Walter, que vivia em seu mundo de imaginação e lindos sonhos, dedicava-se a escrever uma série de cartas do esquilo que morava no Vale do Arco--Íris para o esquilo que vivia depois do celeiro. Susan fingia rir delas quando ele as lia, mas, em segredo, as copiava e enviava para Rebecca Dew.

"Achei que são dignas de serem lidas, querida Srta. Dew, embora possa considerá-las muito comuns para merecerem atenção. Neste caso, sei que perdoará uma *velha devotada* por incomodá-la com elas. Ele é considerado muito inteligente na escola, e essas composições não são poesia, pelo menos. Devo acrescentar também que o pequeno Jem teve nota noventa e nove em seu exame de aritmética na semana passada, e ninguém conseguiu entender por que um décimo foi descontado. Talvez eu não devesse dizer isso, querida Srta. Dew, mas estou convicta de que essa criança *nasceu para a grandiosidade*. Podemos não viver para ver, mas ele ainda será o primeiro-ministro do Canadá."

Camarão se deliciava com o calor, e a gatinha de Nan, Salgueiro, que sempre parecia uma delicada e exótica daminha de preto e prata, subia no colo de todos sem distinção.

– Dois gatos, e pegadas de ratos por todos os lados na despensa – comentou Susan, desaprovadora.

As crianças falavam de suas aventuras, e o uivo do oceano distante viajava na noite fria de outono.

Às vezes, a Srta. Cornelia aparecia para uma visita rápida enquanto o marido conversava na loja de Carter Flagg. Pequenos curiosos aguçavam os ouvidos nessas ocasiões, porque a Srta. Cornelia sempre trazia as últimas fofocas e eles sempre ouviam coisas muito interessantes sobre as pessoas. Seria muito divertido sentar na igreja no próximo domingo e olhar para essas pessoas, saboreando o que sabiam delas, por mais que parecessem recatadas e corretas.

– Tudo aqui é muito aconchegante, Anne querida. A noite está realmente gelada, e vai começar a nevar. O doutor saiu?

– Sim. Odiei vê-lo sair... mas telefonaram de Harbour Head para avisar que a Sra. Brooker Shaw insistia em vê-lo – disse Anne, enquanto Susan, rápida e discreta, removia uma enorme espinha de peixe que o Camarão tinha trazido e deixado no tapete da lareira, torcendo para que a Srta. Cornelia não a tivesse visto.

– Ela não está mais doente do que eu – comentou Susan, ferina. – Mas ouvi dizer que ela tem uma *camisola nova de renda*, e sem dúvida quer que o doutor a veja com ela. Camisolas de renda!

– Leona, a filha dela, trouxe a camisola de Boston. Ela chegou sexta-feira à noite com quatro *baús* – contou a Srta. Cornelia. – Lembro quando ela foi para os Estados Unidos, há nove anos, arrastando uma velha mala de couro com coisas caindo dela. Nessa época, ela se sentia muito deprimida depois de ter sido abandonada por Phil Turner. Tentava esconder, mas todo mundo *sabia*. Agora ela voltou "para cuidar da mãe", como diz. E vai tentar flertar com o doutor, Anne querida, esteja prevenida. Mas não creio que isso seja importante para ele, se for um homem de verdade. E você não é como a Sra. do doutor Bronson em Mowbray Narrows. Fiquei sabendo que ela tem muito ciúme das pacientes do marido.

– *E* das enfermeiras – acrescentou Susan.

– Bem, algumas dessas enfermeiras são realmente bonitas demais para o emprego que têm – argumentou a Srta. Cornelia. – Janie Arthur, por exemplo, está descansando entre dois casos e tentando impedir que seus dois homens saibam um sobre o outro.

– Por mais bonita que seja, não é mais uma menina. – Susan opinou com firmeza. – E seria melhor ela escolher um deles e se aquietar. Veja a tia dela, Eudora... Dizia que não pretendia se casar até que se fartasse de flertar, e olhe só o resultado. Ela ainda tenta flertar com todos os homens que vê, embora tenha quarenta e cinco anos. Isso é resultado do hábito. Por acaso sabe, querida Sra. do doutor, o que ela disse a Fanny, prima dela, no dia em que *ela* se casou? "Vai ficar com minhas sobras." Fiquei sabendo que houve uma chuva de faíscas, e elas nunca mais se falaram depois disso.

– Vida e morte dependem da força da língua – murmurou Anne, distraída.

– É verdade, querida. Falando nisso, queria que o Sr. Stanley fosse um pouco mais sensato em seus sermões. Ele ofendeu Wallace Young, e Wallace vai deixar a igreja. Todos dizem que o sermão no domingo passado foi dirigido a ele.

– Se um ministro faz um sermão que atinge algum indivíduo em particular, as pessoas sempre imaginam que a pregação foi dirigida àquela pessoa – disse Anne. – Um chapéu dado sempre vai caber na cabeça de alguém, mas não significa que foi feito para aquela pessoa.

– Faz sentido – concordou Susan. – E não gosto muito de Wallace Young. Ele deixou pintarem anúncios em suas vacas há três anos. Isso é avarento *demais*, em minha opinião.

– O irmão dele, David, finalmente vai se casar – contou a Srta. Cornelia. – Faz tempo que ele tenta decidir o que é mais econômico: casar ou contratar uma criada. "É possível manter uma casa sem uma mulher, mas não é fácil, Cornelia", ele me disse depois que a mãe morreu. Percebi que ele estava dando indiretas, mas não foi incentivado por mim. E finalmente ele vai se casar com Jessie King.

– Jessie King! Pensei que ele cortejasse Mary North.

– Ele diz que não vai se casar com uma mulher que come repolho. Mas tem uma história circulando por aí, parece que ele fez o pedido e levou um tapa na orelha. E dizem que Jessie King comentou que gostaria de ter encontrado um homem de

melhor aparência, mas ele serve. Bem, é claro, para algumas pessoas, qualquer porto serve no meio de uma tempestade.
– Não creio, Sra. Marshall Elliot, que as pessoas por aqui digam metade das coisas que dizem que elas disseram – retrucou Susan. – Na minha opinião, Jessie King será uma esposa muito melhor do que David Young merece... e reconheço que, em relação à aparência, ele parece ser uma coisa qualquer que a maré trouxe.
– Sabe que Alden e Stella tiveram uma filhinha? – perguntou Anne.
– Eu fiquei sabendo. Espero que Stella seja um pouco mais sensível do que Lisette foi com ela. Acredita, Anne querida, que Lisette chorou porque o bebê de sua prima Dora andou antes de Stella?
– As mães são bobas. – Anne sorriu. – Lembro que fiquei furiosa quando o pequeno Bob Taylor, que tem a idade do Jem, teve três dentes antes de Jem ter o primeiro.
– Bob Taylor vai ter que operar as amígdalas – contou a Srta. Cornelia.
– Por que nunca operamos nada, mãe? – Walter e Di perguntaram juntos com tom ofendido. Era comum eles falarem juntos. Depois cruzavam os dedos e faziam um pedido.
– Pensamos e sentimos a mesma coisa a respeito de *tudo*. – Di costumava explicar com sinceridade.
– Algum dia esquecerei o casamento de Elsie Taylor? – perguntou a Srta. Cornelia, pensativa. – A melhor amiga dela, Maisie Millison, tocaria a Marcha Nupcial. Ela tocou a Marcha Fúnebre de *Saul*, em vez disso. É claro que sempre disse que se enganou porque estava muito nervosa, mas as pessoas tinham a própria opinião. Ela queria Mac Moorside. Um patife de boa aparência e língua de prata... sempre dizendo às mulheres o que achava que elas queriam ouvir. Ele tornou a

vida de Elsie miserável. Ah, bem, Anne querida, os dois foram para a Terra do Silêncio há muito tempo, e Maisie é casada com Harley Russell há anos, e todo mundo esqueceu que ele a pediu em casamento esperando ouvir um "não", mas ela disse "sim". O próprio Harley esqueceu... como é típico de um homem. Ele acredita ter a melhor esposa do mundo e se parabeniza por ter sido esperto o bastante para conquistá-la.

– Por que ele a pediu em casamento, se queria ouvir um não? Acho que isso é bem estranho – disse Susan... e acrescentou com humildade devastadora: – Mas, é claro, não sei nada sobre *isso*.

– O pai dele mandou. Ele não queria, mas achou que seria seguro... Aí está o doutor.

Quando Gilbert entrou, uma rajada de neve o seguiu. Ele tirou o casaco e sentou-se satisfeito perto da lareira.

– Demorei mais do que esperava...

– Sem dúvida, a camisola nova de renda era muito atraente – comentou Anne, sorrindo diabólica para a Srta. Cornelia.

– O que é isso? Alguma piada feminina que minha grosseira percepção masculina não consegue entender? Fui a Upper Glen para ver Walter Cooper.

– É um mistério como esse homem ainda sobrevive – disse a Srta. Cornelia.

– Não tenho paciência para ele. – Gilbert sorriu. – Devia ter morrido há muito tempo. Há um ano, dei a ele dois meses de vida, e agora ele arruína minha reputação insistindo em se manter vivo.

– Se conhecesse os Cooper tão bem quanto eu, não arriscaria fazer previsões sobre eles. Não sabe que o avô deles voltou à vida depois de cavarem a sepultura e comprarem o caixão? A funerária não aceitou a devolução. Enfim, soube que Walter Cooper tem se divertido muito ensaiando o próprio funeral... típico de um homem. Ah, a buzina de Marshall... e este pote de picles é para você, Anne querida.

Todos acompanharam a Srta. Cornelia até a porta. Os olhos escuros de Walter espiaram a noite de tempestade lá fora.

– Queria saber onde está o Tordo Atrevido esta noite e se ele sente saudade de nós – disse ele, melancólico. Talvez o Tordo Atrevido tenha ido para aquele lugar misterioso que a Sra. Elliott sempre chama de Terra do Silêncio.

– O Tordo Atrevido está em uma terra ensolarada ao sul – disse Anne. – Ele vai voltar na primavera, tenho certeza, e faltam só cinco meses. Crianças, vocês deviam ter ido para a cama há muito tempo.

– Susan – falou Di, na cozinha –, você gostaria de ter um bebê? Sei onde pode arrumar um... novinho.

– É mesmo, onde?

– Tem um na casa da Amy. Amy falou que os anjos trouxeram, e ela acha que eles poderiam ter tido mais juízo. Já são oito filhos. Ouvi você dizer ontem que se sente sozinha quando vê Rilla crescendo tão depressa... você não tem nenhum bebê. Tenho certeza de que a Sra. Taylor daria o dela.

– As coisas que as crianças pensam! Os Taylor sempre tiveram famílias grandes. O pai de Andrew Taylor nunca conseguiu responder de imediato quantos filhos teve... sempre precisou parar e contá-los. Mas não estou pensando em pegar bebês que não sejam meus, ainda não.

– Susan, Amy Taylor diz que você é uma velha solteirona. Você é, Susan?

– Esta é a vida que a sábia Providência me deu – respondeu Susan, sem se alterar.

– Você *gosta* de ser uma velha solteirona, Susan?

– Não posso dizer honestamente que gosto, minha pequena. Mas – Susan acrescentou, lembrando como era a vida de algumas mulheres casadas que conhecia – aprendi que há várias compensações. Agora leve a torta de maçã do seu pai, e eu vou levar o chá. O pobre homem deve estar desmaiando de fome.

– Mãe, temos a casa mais linda do mundo, não temos? – perguntou Walter, sonolento, enquanto subia a escada. – Mas... não acha que ela ficaria melhor se tivéssemos alguns fantasmas?

– Fantasmas?

– Sim. A casa de Jerry Palmer é cheia de fantasmas. Ele viu um... uma mulher alta de roupa branca com mão de esqueleto. Contei isso a Susan, e ela disse que ele mentiu, ou estava com algum problema no estômago.

– Susan estava certa. Quanto a Ingleside, nunca morou aqui ninguém que não fosse uma pessoa feliz... então, é claro que os fantasmas não vão escolher nossa casa. Agora, faça suas orações e vá dormir.

– Mãe, acho que fui malvado ontem à noite. Eu disse "O pão nosso de cada dia nos dai *amanhã*", em vez de *hoje*. Achei que era mais *lógico*. Será que Deus se incomodou, mãe?

CAPÍTULO 28

O Tordo Atrevido voltou, quando Ingleside e o Vale do Arco-Íris se iluminaram outra vez com as chamas verdes e evasivas da primavera, e trouxe uma noiva com ele. Os dois construíram um ninho na macieira de Walter, e o Tordo Atrevido retomou todos os antigos hábitos, mas a noiva era mais tímida e menos aventureira, nunca deixava ninguém se aproximar dela. Susan considerou o retorno do Tordo Atrevido um milagre e naquela noite escreveu para Rebecca Dew sobre isso.

O foco do drama da vida em Ingleside mudava de vez em quando, agora isso, depois aquilo. Tinham passado o inverno sem que nada de muito importante acontecesse com nenhum deles, e em junho foi a vez de Di viver uma aventura.

Havia uma aluna nova na escola... uma menina que, quando a professora perguntou seu nome, disse: "Sou Jenny Penny", como se dissesse: "Sou a Rainha Elizabeth" ou "Sou Helena de Troia". No minuto em que ela se apresentou, deu para sentir que não conhecer Jenny Penny fazia de você um desconhecido, e não ter a aprovação de Jenny Penny significava que você nem existia. Pelo menos, era assim que Diana Blythe se sentia, mesmo que não conseguisse explicar com essas palavras.

Jenny Penny tinha nove anos, só um a mais que Di, mas desde o início se aproximou das "meninas grandes" de onze e doze anos. Elas não conseguiam ignorá-la ou esnobá-la. Não era bonita, mas sua aparência era impressionante... todo mundo olhava para ela duas vezes. Seu rosto redondo e pálido era emoldurado por uma nuvem macia de cabelos muito negros, e os olhos azuis e enormes eram cercados por cílios longos e escuros. Quando ela abaixava os cílios lentamente e olhava para você daquele jeito desdenhoso, você se sentia um verme honrado por não ter sido pisado. Era melhor ser esnobada por ela que aclamada por qualquer outra: e ser escolhida como confidente temporária de Jenny Penny era uma honra quase grande demais. Porque as confidências de Jenny Penny eram excitantes. Evidentemente, os Penny não eram pessoas comuns. A tia de Jenny, Lina, tinha um maravilhoso colar de ouro e granada que ganhou de um tio milionário. Uma das primas tinha um anel de diamante que custava mil dólares, e um primo havia vencido um concurso de oratória disputado por mais de mil e setecentos concorrentes. Ela tinha uma tia que era missionária e trabalhava entre os leopardos na Índia. Resumindo, as alunas de Glen aceitaram Jenny Penny de acordo com a avaliação feita por ela mesma, ao menos por um tempo, e a tratavam com admiração e inveja, e falavam tanto sobre ela à mesa do jantar que os pais finalmente foram forçados a prestar atenção.

– Quem é essa menina com quem Di parece tão impressionada, Susan? – perguntou Anne, certa noite, depois que Di falou sobre "a mansão" onde Jenny morava, que tinha um telhado de madeira branca trabalhada, cinco janelas panorâmicas, um maravilhoso bosque de pássaros nos fundos e um console de mármore vermelho na lareira do salão. – Penny é um nome que nunca ouvi em Four Winds. Sabe alguma coisa sobre eles?

– É uma família que se mudou para a velha fazenda Conway, querida Sra. do doutor. Dizem que o Sr. Penny é carpinteiro e não conseguia ganhar a vida com carpintaria... porque estava muito ocupado, se bem entendi, tentando provar que Deus não existe... e decidiu tentar a vida na fazenda. Pelo que soube, é uma gente esquisita. Os mais novos fazem o que querem. Ele diz que sempre recebeu ordens quando criança e que não quer isso para os filhos. Por isso essa Jenny está frequentando a escola em Glen. Eles moram mais perto da escola de Mowbray Narrows e os outros filhos estudam lá, mas Jenny decidiu estudar em Glen. Metade da fazenda Conway fica neste distrito, e o Sr. Penny paga impostos para as duas escolas e, é claro, pode mandar os filhos às duas, se quiser. Mas parece que essa Jenny é sobrinha dele, não filha. Os pais dela morreram. Dizem que foi George Andrew Penny quem pôs o carneiro no porão da igreja Batista em Mowbray Narrows. Não sei se não são respeitáveis, mas são muito *desleixados*, querida Sra. do doutor... e a casa é uma balbúrdia... e, se me permite aconselhar, não vai querer Diana metida com um bando como o deles.

– Não posso impedir que ela se relacione com Jenny na escola, Susan. Na verdade, não sei nada que desfavoreça a menina, embora tenha certeza de que ela exagera muito ao contar suas aventuras e falar da família. No entanto, é provável que Di logo supere esse "encantamento", e não ouviremos mais nada sobre Jenny Penny.

Mas continuaram ouvindo. Jenny disse a Di que gostava mais dela que de todas as outras meninas da escola em Glen, e Di, sentindo-se a preferida de uma rainha, respondia com adoração. Elas se tornaram inseparáveis no recreio; escreviam bilhetes uma para a outra nos fins de semana; davam e recebiam goma de mascar; trocavam botões e se ajudavam muito;

e finalmente, um dia Jenny convidou Di para ir à casa dela depois da escola e dormir lá.

A mãe disse "não" de um jeito muito decidido, e Di chorou copiosamente.

– Você me deixou dormir na casa de Persis Ford. – Ela soluçou.

– Foi... diferente – respondeu Anne, de um jeito vago. Não queria transformar Di em uma esnobe, mas tudo que ouvia sobre a família Penny a fez perceber que a amizade entre eles e as crianças de Ingleside estava fora de questão, e ultimamente estava bem preocupada com o evidente fascínio que Jenny exercia sobre Diana.

– Não vejo diferença nenhuma – choramingou Di. – Jenny é tão educada quanto Persis, pronto! Ela nunca mastiga goma de mascar. Tem uma prima que sabe todas as regras de etiqueta, e Jenny as aprendeu com ela. Jenny diz que *nós* não sabemos o que é etiqueta. E ela tem as aventuras mais incríveis.

– Quem disse? – perguntou Susan.

– Ela me contou. Os pais dela não são ricos, mas têm parentes muito ricos e respeitáveis. Jenny tem um tio que é juiz, e um primo da mãe dela é capitão da maior embarcação do mundo. Jenny batizou o navio quando ele foi inaugurado. Nós não temos um tio juiz, nem uma tia que é missionária entre os leopardos.

– Leprosos, querida, não leopardos.

– Jenny *disse* leopardos. Acho que ela sabe o que diz, já que a tia é dela. E tem muitas coisas na casa dela que quero ver... seu quarto tem papel de parede de *papagaios*... e o salão é cheio de corujas empalhadas... e eles têm uma tapeçaria de uma casa no hall... e persianas cobertas de rosas... e uma *casa de verdade* onde brincar... o tio construiu para eles... e a avó mora com eles e é a pessoa mais velha do mundo. Jenny diz que ela nasceu antes do dilúvio. Talvez eu nunca tenha outra chance de conhecer uma pessoa que existe desde antes do dilúvio.

– Fiquei sabendo que a avó tem quase cem anos – disse Susan –, mas, se sua Jenny disse que ela vive desde antes do dilúvio, ela mentiu. Se for a um lugar como aquele, sabe-se lá que coisas pode pegar.

– Eles tiveram tudo que podiam ter há muito tempo – argumentou Di. – Jenny diz que eles tiveram caxumba, sarampo, tosse comprida e escarlatina no mesmo ano.

– Não me surpreenderia se tivessem varíola – resmungou Susan. – Essa gente é enfeitiçada!

– Jenny tem que tirar as amígdalas – soluçou Di. – Mas isso não é contagioso, é? Jenny tinha uma prima que morreu quando tirou as amígdalas... sangrou até a morte sem recuperar a consciência. É provável que aconteça a mesma coisa com Jenny, se for alguma coisa de família. Ela é delicada... desmaiou três vezes na semana passada. Mas está *bem preparada*. E esse é um dos motivos para ela querer tanto que eu durma na casa dela... para eu ter essa lembrança quando ela morrer. Por favor, mãe. Eu desisto do chapéu novo com as fitas que você me prometeu, se me deixar ir.

Mas a mãe estava decidida, e Di foi chorar no travesseiro. Nan não gostava dela... Nan "não simpatizava nada" com Jenny Penny.

– Não sei o que deu nessa menina – comentou Anne, preocupada. – Ela nunca se comportou assim antes. É como você diz, a menina Penny parece tê-la enfeitiçado.

– Está muito certa por não permitir que ela vá a um lugar tão inferior, querida Sra. do doutor.

– Oh, Susan, não quero que ela sinta que alguém é "inferior". Mas precisamos colocar limites. Não é tanto por Jenny...

creio que ela é inofensiva, apesar do hábito de exagerar tudo... mas soube que os meninos são terríveis. A professora de Mowbray Narrows está no limite da paciência com eles.

– Eles são tiranos assim com você? – perguntou Jenny, altiva, quando Di avisou que a mãe não tinha permitido a visita. – *Eu* não deixaria ninguém me usar desse jeito. Tenho muita personalidade. Ora, durmo ao relento a noite toda sempre que tenho vontade. Suponho que nunca tenha pensado nisso?

Di olhava com ar melancólico para essa menina misteriosa que frequentemente "dormia a noite toda fora". Que maravilha!

– Não me culpa por não ir, não é? Você sabe que eu quero ir!

– É claro que não a culpo. Algumas meninas não tolerariam isso, é claro, mas imagino que você não possa fazer nada. Seria divertido. Eu tinha planejado uma pescaria ao luar no riacho atrás da nossa casa. Sempre pescamos lá. Já peguei trutas *deste* tamanho. E temos porquinhos lindos, um potro que é uma graça e uma ninhada de cachorrinhos. Bem, acho que vou ter que convidar Sadie Taylor. O pai e a mãe *dela* a deixam fazer o que quiser.

– Meu pai e minha mãe são muito bons para mim – protestou Di, com lealdade. – E meu pai é o melhor médico na ilha de P. E. Todo mundo diz isso.

– Está se gabando porque tem pai e mãe, e eu não tenho. – Jenny reagiu com desdém. – Pois o *meu* pai tem asas e sempre usa uma coroa de ouro. Mas eu não saio por aí me exibindo por causa disso, saio? Olha, Di, não quero brigar com você, mas odeio ouvir qualquer pessoa se gabando dos pais. Não tem etiqueta. E eu decidi que vou ser uma dama. Quando aquela Persis Ford de quem você está sempre falando vier para Four Winds no verão, *eu* não vou me relacionar com

ela. Tia Lina diz que a mãe dela tem algo de estranho. Ela era casada com um homem morto, e ele voltou à vida.
– Ah, não foi nada disso, Jenny. Eu sei... minha mãe me contou... tia Leslie...
– Não quero ouvir falar dela. Seja o que for, é um assunto sobre o qual é melhor não falarmos, Di. Pronto, tocou o sinal.
– Vai mesmo convidar Sadie? – perguntou Di, com a voz embargada e os olhos cheios de dor.
– Bem, agora não. Vou esperar para ver. Talvez lhe dê mais uma chance. Mas, se der, será a última.

Alguns dias depois, Jenny Penny se aproximou de Di no recreio.
– Ouvi Jem contar que seu pai e sua mãe saíram ontem e só voltam amanhã à noite.
– Sim, eles foram a Avonlea ver tia Marilla.
– Então, essa é sua chance.
– Minha chance?
– De ir dormir na minha casa.
– Oh, Jenny... mas eu não posso.
– É claro que pode. Não seja medrosa. Eles nunca vão saber.
– Susan não deixaria...
– Não precisa pedir a ela. É só ir para casa comigo depois da escola. Nan pode dizer a ela para onde você foi, para não se preocupar. E ela não vai contar nada para seus pais quando eles voltarem. Vai ter muito medo de que eles a culpem.

Di viveu a agonia da indecisão. Sabia muito bem que não devia ir com Jenny, mas a tentação era irresistível. Jenny cravou toda a potência daquele olhar extraordinário em Di.
– É sua *última* chance – disse ela, de um jeito dramático.
– Não posso continuar andando com alguém que acha que é

boa demais para ir me visitar. Se não for, vamos nos *afastar para sempre*.

Isso decidiu a questão. Di, ainda fascinada por Jenny Penny, não conseguiu enfrentar o risco de uma separação definitiva. Nan foi para casa sozinha naquela tarde e contou a Susan que Di tinha ido dormir na casa daquela Jenny Penny.

Se estivesse ativa como sempre, Susan teria ido imediatamente à casa dos Penny e trazido Di para casa. Mas Susan havia torcido o tornozelo naquela manhã e, embora conseguisse mancar pela casa e preparar as refeições das crianças, sabia que nunca poderia andar um quilômetro e meio até a estrada de Base Line. Os Penny não tinham telefone, e Jem e Walter se recusaram a ir. Tinham sido convidados para um churrasco de mexilhões no farol, e ninguém ia devorar Di na casa dos Penny. Susan teve que aceitar o inevitável.

Di e Jenny foram para casa atravessando os campos, o que resumiu a distância a pouco mais de meio quilômetro. Apesar da consciência pesada, Di estava feliz. Passavam por coisas muito bonitas... como pequenas áreas de samambaias assombradas por encantados no fundo de bosques muito verdes, um vale onde ventava muito e por onde se caminhava entre ranúnculos que tocavam os joelhos, uma estrada sinuosa sob bordos jovens, um riacho que era uma echarpe colorida, um pasto ensolarado cheio de morangos. Di, que começava a despertar para a beleza do mundo, estava fascinada e quase desejou que Jenny não falasse tanto. Na escola isso não a incomodava, mas ali Di não sabia ao certo se queria ouvir sobre a ocasião em que Jenny se envenenou... acidentalmente, é claro... tomando o remédio errado. Jenny descreveu bem sua agonia de morte, mas foi vaga sobre a razão para não ter morrido, afinal. Tinha "perdido a consciência", mas o médico conseguiu trazê-la de volta da beirada do túmulo.

– Mas nunca mais fui a mesma. Di Blythe, o que está olhando? Não acredito que não estava prestando atenção.

– Oh, sim, estava – respondeu Di, culpada. – Acho que sua vida é maravilhosa, Jenny. Mas olhe para essa vista.

– A vista? O que é uma vista?

– Bem... é... alguma coisa para a qual você olha. *Isso*... – Ela moveu a mão para a paisagem de prados, bosques e colinas nebulosas diante delas, com aquele toque de safira do mar entre as colinas.

Jenny bufou.

– Só um monte de árvores velhas e vacas. Já vi tudo isso uma centena de vezes. Às vezes você é muito engraçada, Di Blythe. Não quero ferir seus sentimentos, mas em alguns momentos parece que nem está totalmente aí. De verdade. Mas imagino que não possa evitar. Dizem que sua mãe está sempre divagando desse jeito. Bem, essa é nossa casa.

Di olhou para a casa dos Penny e teve seu primeiro choque de decepção. *Essa* era a "mansão" de que Jenny falava? Era grande, certamente, e tinha as cinco janelas panorâmicas; mas precisava muito de uma pintura, e boa parte da "madeira trabalhada" tinha caído do telhado. A varanda havia afundado, e o antigo e adorável vitrô basculante sobre a porta de entrada estava quebrado. As persianas eram tortas, havia vários painéis de papel pardo, e o lindo "bosque de bétulas" atrás da casa era um punhado de árvores velhas e irregulares. Os celeiros estavam em péssimas condições, o quintal era cheio de maquinário velho e enferrujado, e o jardim era uma verdadeira selva de mato. Di nunca tinha visto um lugar parecido em toda sua vida e pela primeira vez se perguntou se *todas* as histórias de Jenny eram verdadeiras. Alguém podia ter escapado por pouco de tantas situações críticas na vida, mesmo que fosse em nove anos, como ela contava?

O interior não era muito melhor. O salão para onde Jenny a levou era úmido e empoeirado. O teto era manchado e repleto de rachaduras. O famoso console de mármore era só pintado... até Di podia ver... e coberto por um horrendo lenço japonês, mantido no lugar por uma fileira de xícaras "bigodeiras". As cortinas de renda eram de uma cor feia e cheias de buracos. As persianas eram de papel azul, muito rachado e rasgado, com uma imensa cesta de rosas desenhada nelas. Quanto ao salão cheio de corujas empalhadas, havia em um canto uma pequena estante com porta de vidro que continha três aves bem desgrenhadas, uma delas sem os olhos. Para Di, acostumada à beleza e à dignidade de Ingleside, o aposento parecia um cenário de pesadelo. O mais estranho, porém, era que Jenny parecia não ter consciência de nenhuma discrepância entre as descrições que fazia e a realidade. Di se perguntava se tinha apenas sonhado que Jenny falara isso e aquilo.

Do lado de fora não era tão ruim. A casa de bonecas que o Sr. Penny tinha construído em um canto arborizado, e que parecia uma casa de verdade em miniatura, *era* um lugar muito interessante, e os porquinhos e o potro eram mesmo uma graça. Quanto à ninhada de vira-latas, os cachorrinhos eram realmente lindos. Um era especialmente adorável, com longas orelhas marrons e uma mancha branca na testa, língua rosada e patas brancas. Di ficou muito desapontada ao saber que todos já estavam prometidos.

– Mas não sei se poderíamos lhe dar um, mesmo que não estivessem – disse Jenny. – Meu tio é muito cuidadoso com o lugar onde deixa seus cachorros. Ouvimos dizer que vocês não conseguem manter um cachorro em Ingleside. Devem ter alguma coisa esquisita. Meu tio diz que os cachorros sabem coisas que as pessoas não sabem.

— Tenho certeza de que não sabem nada de ruim sobre nós!

— Bem, espero que não. Seu pai é cruel com sua mãe?

— É claro que não!

— Ouvi dizer que ele bate nela... bate até ela gritar. Mas não acreditei nisso, é evidente. Não é horrível como as pessoas mentem? Mas eu sempre gostei de você, Di, e sempre a defenderei.

Di sentia que devia ser grata por isso, mas não era. Começava a se sentir muito deslocada, e o glamour de que Jenny se revestia a seus olhos tinha desaparecido de repente e irrevogavelmente. Não sentiu o encantamento de antes quando Jenny contou que quase morreu ao cair em um lago. *Não acreditava nisso...* Jenny só imaginava essas coisas. E o tio milionário, o anel de diamante de mil dólares e a missionária no meio dos leopardos também deviam ter sido imaginados. Di sentia-se murcha como um balão furado.

Mas ainda tinha a avó. A avó tinha que ser de verdade. Quando Di e Jenny voltaram para casa, tia Lina, uma mulher de seios fartos e rosto vermelho com um vestido de algodão não muito limpo, disse que a avó queria conhecer a visitante.

— Minha avó está acamada — explicou Jenny. — Sempre levamos todo mundo que vem aqui para vê-la. Ela fica muito brava se não levamos.

— Por favor, não esqueça de perguntar a ela como estão as costas — tia Lina avisou. — Ela não gosta de quem não lembra de suas costas.

— E tio John — acrescentou Jenny. — Não esqueça de perguntar como vai o tio John.

— Quem é tio John? — Di quis saber.

— Um filho dela que morreu há cinquenta anos — explicou tia Lina. — Passou anos doente antes de morrer, e vovó se acostumou a ouvir as pessoas perguntando como ele estava. Ela sente falta disso.

Na porta do quarto da avó, Di hesitou. De repente, tinha muito medo dessa mulher incrivelmente velha.

— Qual é o problema? — perguntou Jenny. — Ninguém vai morder você!

— Ela... ela realmente nasceu antes do dilúvio, Jenny?

— É claro que não. Quem disse isso? Mas vai fazer cem anos, se sobreviver até o próximo aniversário. Vamos!

Di entrou cautelosa. A avó estava deitada em uma cama enorme no quarto pequeno e muito bagunçado. Seu rosto, incrivelmente enrugado e murcho, lembrava o de um macaco velho. Ela olhou para Di com olhos fundos, vermelhos, e disse mal-humorada:

— Pare de me encarar. Quem é você?

— Esta é Diana Blythe, vovó — disse Jenny... repentinamente moderada.

— Hum! Um belo nome altivo. Ouvi dizer que tem uma irmã muito orgulhosa.

— Nan não é orgulhosa — gritou Di, com um lampejo de personalidade. Jenny tinha falado mal de Nan?

— Um pouco atrevida, não é? Não fui educada falando assim com os mais velhos. Ela é orgulhosa. Qualquer pessoa que ande de nariz empinado, como a jovem Jenny me contou que ela anda, é orgulhosa. Pretensiosa como todos vocês. Não me desminta!

A avó parecia tão zangada que Di tratou de perguntar rapidamente como estavam suas costas.

— Quem disse que tenho alguma coisa nas costas? Que presunção! Minhas costas são problema meu. Venha aqui... perto da cama!

Di atendeu ao chamado, mas queria estar a mil quilômetros dali. O que essa velha pavorosa ia fazer com ela?

A avó se arrastou para a beirada da cama e tocou o cabelo de Di com a mão que parecia uma garra.

– Parece cenoura, mas é muito liso. E o vestido é bonito. Vire-se e mostre a saia.

Di obedeceu, aliviada por vestir uma saia branca com acabamento em crochê feito por Susan. Mas que tipo de família era essa, que pedia para ver sua saia?

– Sempre julgo uma menina pela saia – disse a avó. – A sua é aceitável. Agora o calção.

Di não ousou protestar. Levantou a saia.

– Hum! Renda nele também! Isso é extravagância. E você não perguntou sobre John!

– Como está ele? – Di arfou.

– Como está ele, ela pergunta, atrevida como ninguém. Pode estar morto, pelo que vocês sabem. Agora me diga. É verdade que sua mãe tem um dedal de ouro... um dedal de ouro maciço?

– Sim. Meu pai deu a ela no último aniversário.

– Bem, eu jamais teria acreditado. A jovem Jenny me contou, mas nunca se pode acreditar em uma palavra do que a jovem Jenny diz. Um dedal de ouro maciço! Nunca tinha ouvido falar nisso. Bem, é melhor irem jantar. Comer nunca sai de moda. Jenny, levante o calção, uma perna está aparecendo embaixo do vestido. Vamos ter decência pelo menos.

– Meu cal... minha calcinha não está aparecendo – disse Jenny, indignada.

– Calções para os Penny, calcinhas para os Blythe. Essa é a diferença entre vocês e sempre será. Não me desminta!

Toda a família Penny estava reunida em torno da mesa de jantar na grande cozinha. Di não tinha visto nenhum deles antes, exceto tia Lina, mas, quando olhou em volta, entendeu por que sua mãe e Susan não queriam que ela viesse. A toalha estava rasgada e coberta de velhas manchas de molho. Os pratos eram descoordenados. Quanto aos Penny... Di nunca havia se sentado à mesa com companhia parecida antes e queria estar segura em Ingleside. Mas agora teria que ir até o fim.

Tio Ben, como Jenny o chamava, estava sentado na ponta da mesa. Ele tinha a barba muito vermelha e era careca, exceto por um topete grisalho. Seu irmão solteiro, Parker, desleixado e com a barba por fazer, tinha se acomodado de um jeito conveniente para cuspir na caixa de madeira, o que fazia em intervalos frequentes. Os meninos, Curt, de 12 anos, e George Andrew, de 13, tinham olhos azuis, olhar atrevido e pele à mostra pelos buracos das camisas rasgadas. Curt havia cortado a mão em uma garrafa quebrada e agora a mantinha enrolada em um trapo sujo de sangue. Annabel Penny, de 11 anos, e "Gert" Penny, de 10, eram duas meninas muito bonitas de olhos castanhos e redondos. "Tuppy", de 2 anos, tinha cachinhos lindos e faces rosadas, e o bebê de olhos negros e marotos, sentado no colo de tia Lina, seria adorável se estivesse *limpo*.

– Curt, por que não limpou as unhas se sabia que teríamos visita? – perguntou Jenny. – Annabel, não fale com a boca cheia. Sou a única que tenta ensinar boas maneiras a essa família – explicou ela a Di.

– Cale a boca – gritou tio Ben, com voz retumbante.

– Não vou calar... não pode me fazer calar! – berrou Jenny.

– Não desafie seu tio. – Tia Lina interferiu, tranquila. – Meninas, comportem-se como damas. Curt, passe as batatas para a Srta. Blythe.

– Oh, oh, *Srta.* Blythe. – Curt debochou.

Mas Diana teve uma alegria, pelo menos. Pela primeira vez na vida, foi chamada de Srta. Blythe.

A comida era boa e abundante, espantosamente. Di, que estava com fome, teria apreciado a refeição... apesar de odiar beber em um copo lascado... se tivesse certeza de que era limpa... e se todo mundo não discutisse tanto. Brigas particulares aconteciam o tempo todo... entre George Andrew e Curt... entre Curt e Annabel... entre Gert e Jen... até entre tio Ben e tia Lina. Eles tiveram uma briga horrível e trocaram acusações muito amargas. Tia Lina recitou para tio Ben uma lista de todos os homens com quem poderia ter se casado, e tio Ben disse que só queria que ela tivesse casado com qualquer um, menos ele.

"Não seria horrível se meu pai e minha mãe brigassem desse jeito?", pensou Di. "Ah, queria estar em casa!"

– Tire o dedo da boca, Tuppy. – Ela falou sem pensar. Foi *muito* difícil fazer Rilla parar de chupar o dedo.

Imediatamente, Curt ficou vermelho de raiva.

– Deixe-o em paz! – berrou. – Ele pode chupar o dedo, se quiser! Não passamos o tempo todo ouvindo ordens, como vocês em Ingleside. Quem pensa que é?

– Curt, Curt! A Srta. Blythe vai pensar que você não tem educação – disse tia Lina. Ela estava calma e sorria de novo, pôs duas colheres de açúcar no chá de tio Ben. – Não se incomode com ele, querida. Coma mais um pedaço de torta.

Di não queria outro pedaço de torta. Só queria ir para casa... e não sabia como isso seria possível.

– Bem – tio Ben falou alto, depois de beber ruidosamente o chá que havia caído no pires –, isso é demais. Acordo cedo... trabalho o dia todo... como três refeições por dia e vou para a cama. Que vida!

– O pai adora essa piadinha – sorriu tia Lina.

– Falando em piada... hoje vi o ministro da Metodista na loja de Flagg. Ele tentou me desmentir quando eu disse que Deus não existe. "Você fala no domingo", avisei. "Agora é minha vez. Prove para mim que Deus existe", disse a ele. "É você quem está falando", ele respondeu. Todos riram como bobos. Acharam que ele era esperto.

Deus não existe! Foi como se o chão do mundo de Di se abrisse. Ela queria chorar.

CAPÍTULO 29

Ficou pior depois do jantar. Antes ela e Jenny estavam sozinhas, pelo menos. Agora havia uma multidão. George Andrew agarrou sua mão e a puxou para uma poça de lama antes que ela conseguisse fugir. Di nunca havia sido tratada dessa maneira em toda sua vida. Jem e Walter a provocavam, como Ken Ford, mas ela não sabia nada sobre meninos como esses.

Curt ofereceu uma goma de mascar que tirou da boca, e ficou furioso quando ela recusou.

– Vou pôr um rato vivo em você! – berrou ele. – Antipática! Metida! Seu irmão é um mariquinha!

– Walter não é mariquinha! – disse Di. Estava meio apavorada, mas não toleraria que xingassem Walter.

– É sim, ele escreve poesia. Sabe o que eu faria, se tivesse um irmão que escreve poesia? Afogaria… como fazem com gatinhos.

– Falando em gatinhos, tem vários no celeiro – disse Jenny. – Vamos expulsá-los de lá.

Di não queria caçar gatinhos com esses meninos e recusou o convite.

– Temos muitos gatinhos em casa. Temos onze – contou ela, orgulhosa.

– Não acredito! – gritou Jenny. – Não tem! Ninguém tem onze gatinhos. Não seria *certo* ter onze gatinhos.

– Uma gata teve cinco e a outra, seis. E não vou ao celeiro, de qualquer maneira. No inverno passado, caí do palheiro no celeiro de Amy Taylor. Teria morrido se não tivesse aterrissado em uma pilha de feno.

– Pois eu tinha caído do nosso palheiro uma vez, se Curt não tivesse me segurado – contou Jen, mal-humorada. Ninguém além dela tinha o direito de cair de palheiros. Di Blythe vivendo aventuras! Que descarada!

– Devia dizer "eu teria caído". – Di a corrigiu; e, desse momento em diante, foi o fim de tudo entre ela e Jenny.

Mas a noite tinha que seguir, de algum jeito. Foram dormir tarde, porque nenhum Penny dormia cedo. O grande dormitório para onde Jenny a levou depois das dez e meia da noite tinha duas camas. Annabel e Gert se preparavam para deitar na delas. Di olhou para a outra. Os travesseiros eram muito velhos. A colcha precisava ser lavada com urgência. O papel... o famoso papel de parede de "papagaio"... tinha sofrido com um vazamento, e os papagaios nem pareciam muito com papagaios. Sobre a mesinha ao lado da cama havia um jarro de granito e uma bacia de lata cheia de água suja. Ela jamais lavaria o rosto com *aquilo*. Bem, pela primeira vez, teria que ir dormir sem lavar o rosto. Pelo menos a camisola que tia Lina deixou para ela estava limpa.

Quando Di se levantou depois de rezar, Jenny deu risada.

– Ai, como você é antiquada. Toda engraçada e santa fazendo suas orações. Não sabia que alguém ainda rezava. Preces não servem para nada. Para que você reza?

– Tenho que salvar minha alma – respondeu Di, repetindo o que Susan dizia.

– Eu não tenho alma – debochou Jenny.

– Talvez não, mas eu tenho – anunciou Di, e ergueu os ombros.

Jenny olhou para ela. Mas o encanto de seu olhar tinha se quebrado. Nunca mais Di sucumbiria à sua magia.

– Você não é a menina que pensei que fosse, Di Blythe – falou Jenny, infeliz, como se estivesse muito decepcionada.

Antes que Di pudesse responder, George Andrew e Curt entraram no quarto correndo. George Andrew usava uma máscara... uma coisa horrível com um nariz enorme. Di gritou.

– Pare de gritar como um porco preso – ordenou George Andrew. – Tem que dar um beijo de boa-noite em cada um de nós.

– Se não beijar, vamos trancar você naquele armário... e ele está cheio de ratos – disse Curt.

George Andrews começou a se aproximar de Di, que gritou de novo e recuou. A máscara a paralisava de pavor. Sabia muito bem que era só George Andrew atrás dela e não tinha medo *dele*; mas morreria se aquela máscara horrorosa chegasse perto dela... sabia que morreria. Quando parecia que o nariz medonho tocaria seu rosto, ela tropeçou em uma banqueta e caiu para trás, bateu a cabeça na beirada da cama de Annabel e caiu deitada no chão. Por um momento, ficou atordoada e fechou os olhos.

– Ela morreu... ela morreu! – gemeu Curt, e começou a chorar.

– Ah, se ela morreu, você vai levar uma bela surra, George Andrew! – disse Annabel.

– Talvez ela esteja só fingindo. – Curt opinou. – Põe uma minhoca nela. Tenho algumas nessa lata. Se for fingimento, ela vai parar.

Di ouviu, mas estava apavorada demais para abrir os olhos. (*Talvez eles fossem embora e a deixassem em paz,* se pensassem que estava morta. Mas se pusessem uma minhoca nela...)

— Espete-a com uma agulha. Se ela sangrar, não está morta — disse Curt.

(Podia suportar uma agulha, mas não uma minhoca.)

— Ela não está morta... não pode estar morta — sussurrou Jenny. — Vocês a assustaram, e ela teve um ataque, só isso. Mas, se acordar, ela vai começar a gritar, e Tio Ben vai dar uma surra em todos nós. Queria não ter convidado essa medrosa para vir aqui!

— Acha que conseguimos carregá-la para casa antes que ela acorde? — sugeriu George Andrew.

(Ah, se isso fosse possível!)

— Não... é muito longe — respondeu Jenny.

— São só uns quinhentos metros atravessando alguns terrenos. Cada um segura um braço e uma perna... você, Curt, eu e Annabel.

Ninguém além dos Penny poderia ter tido essa ideia ou a colocado em prática. Mas estavam acostumados a fazer tudo que imaginavam, e levar uma surra do dono da casa era algo bom de evitar, se possível. O pai não se incomodava com eles até certo ponto, mas depois disso... boa noite!

— Se ela acordar enquanto a estivermos carregando, nós a largamos e corremos — disse George Andrew.

Não havia o menor perigo de Di acordar. Ela tremeu de gratidão ao sentir que era carregada pelos quatro. Eles desceram a escada e saíram da casa, atravessaram o quintal e foram andando pelo longo campo de trevos... passaram pelo bosque... desceram a colina. Duas vezes, tiveram que colocá-la no chão enquanto descansavam. Agora tinham certeza de que estava morta, e tudo que queriam era deixá-la em casa sem que ninguém os visse. Se Jenny Penny nunca tinha rezado na vida, agora estava rezando... para ninguém no vilarejo estar acordado. Se conseguissem levar Di Blythe para casa, diriam que ela havia ficado com saudade na hora de dormir e insistido em ir embora. O que acontecesse depois não seria da conta deles.

Di se atreveu a abrir os olhos uma vez enquanto eles discutiam esse plano. O mundo adormecido à sua volta era estranho para ela. As árvores eram escuras, desconhecidas. As estrelas riam dela. *("Não gosto de um céu tão grande. Mas, se eu conseguir me segurar só mais um pouco, estarei em casa. Se descobrirem que não estou morta, eles vão me deixar aqui, e nunca conseguirei chegar em casa no escuro e sozinha.")*

Os Penny deixaram Di na varanda de Ingleside e correram como loucos. Di não ousou voltar à vida tão depressa, mas finalmente abriu os olhos. Sim, estava em casa. Parecia quase bom demais para ser verdade. Havia sido uma menina muito desobediente, mas tinha certeza de que nunca mais faria nada errado. Ela se sentou, e o Camarão subiu a escada e foi roçar nela, ronronando. Di o abraçou. Como ele era bom, quentinho e amigo! Não sabia se conseguiria entrar... Susan trancava todas as portas quando o pai estava fora, e não teria coragem de acordá-la a essa hora. Não tinha importância. A noite de junho era fria, mas deitaria na rede e ficaria abraçada a Camarão, sabendo que perto dela, atrás daquelas portas fechadas, estavam Susan, os meninos e Nan... e sua casa.

Como o mundo era estranho depois que escurecia! Todos dormiam, menos ela? As grandes rosas brancas na roseira ao lado da escada pareciam pequenos rostos humanos, à noite. O cheiro da hortelã era como um amigo. Havia brilhos de vaga-lumes no pomar. Finalmente poderia se gabar de ter "dormido fora a noite toda".

Mas não era para acontecer. Duas silhuetas escuras passaram pelo portão e caminharam em direção à casa. Gilbert deu a volta para tentar forçar uma janela da cozinha, mas Anne subiu a escada e parou, olhando surpresa para aquela coisinha ali sentada, abraçada ao gato.

– Mamãe... oh, mamãe! – Estava segura nos braços da mãe.

– Di, querida! O que significa isso?

– Oh, mamãe, eu fui má... mas me arrependo... e você estava certa... e a avó foi horrível. Mas pensei que vocês só voltariam amanhã.

– Seu pai recebeu um telefonema de Lowbridge... a Sra. Parker vai ter que passar por uma cirurgia amanhã, e o Dr. Parker o quer lá. Pegamos o trem noturno e viemos a pé da estação. Agora explique...

Toda a história havia sido contada entre soluços enquanto Gilbert conseguia entrar e abrir a porta da frente. Ele acreditava ter entrado em silêncio, mas Susan tinha ouvidos capazes de detectar o farfalhar de um morcego, quando a segurança de Ingleside estava em jogo, e desceu a escada mancando com um xale sobre a camisola.

Houve exclamações e explicações, mas Anne as interrompeu.

– Ninguém a está culpando de nada, Susan querida. Di foi muito desobediente, mas ela sabe disso, e acho que já teve castigo suficiente. Lamento se a incomodamos... volte imediatamente para a cama, e o doutor vai examinar seu tornozelo.

– Eu não estava dormindo, querida Sra. do doutor. Acha que conseguiria dormir, sabendo onde estava essa bendita criança? E, com ou sem tornozelo, vou fazer um chá para vocês dois.

– Mamãe – perguntou Di com a cabeça sobre o travesseiro branco –, papai alguma vez foi cruel com você?

– Cruel! Comigo? Ora, Di...

– Os Penny disseram que sim... disseram que ele bateu em você...

– Querida, você agora sabe como são os Penny, então não deve preocupar sua cabecinha com nada que eles disseram. Sempre tem alguma fofoca maldosa circulando em algum lugar... pessoas assim *inventam* coisas. Você não deve se incomodar com isso, nunca.

– Vai brigar comigo amanhã, mamãe?

– Não. Acho que já aprendeu sua lição. Agora vá dormir, preciosa.

"Mamãe é tão *sensata*", foi o último pensamento consciente de Di. Mas Susan, que estava deitada tranquilamente na cama com o tornozelo enfaixado, dizia para si mesma:

– Preciso achar o pente fino amanhã cedo... e, quando encontrar a Srta. Jenny Penny, ela vai levar uma surra que nunca mais vai esquecer.

Jenny Penny nunca levou a surra prometida, porque não foi mais à escola em Glen. Em vez disso, passou a ir com os outros Penny à escola em Mowbray Narrows, onde começaram a circular histórias que ela inventava; entre elas, uma sobre como Di Blythe, que morava em um "casarão" em Glen St. Mary, mas que sempre ia dormir na casa dela, certa noite havia desmaiado e sido carregada nas costas para casa à meia-noite por ela, Jenny Penny, sozinha e sem nenhuma ajuda.

O povo de Ingleside tinha se ajoelhado e beijado as mãos dela em sinal de gratidão, e o médico a havia levado para casa em seu famoso cabriolé com teto de franjas puxado por um magnífico cavalo cinzento. "E se algum dia houver alguma coisa que eu possa fazer por você, Srta. Penny, por sua bondade com minha amada filha, é só pedir. O sangue do meu coração não seria suficiente para recompensá-la. Eu iria à África Equatorial para compensar o que você fez", o médico havia jurado.

CAPÍTULO 30

— Sei algo que você não sabe... algo que *você* não sabe... algo que *você* não sabe – cantava Dovie Johnson, equilibrando-se bem na beirada do píer.

Era a vez de Nan ser o centro das atenções... sua vez de acrescentar uma história às lembranças que Ingleside acumularia ao longo dos anos. Mas Nan se envergonharia disso até o dia de sua morte. Havia sido muito *tola*.

Nan sentiu um arrepio ao ver Dovie ali balançando... mas também ficou fascinada. Tinha certeza de que Dovie cairia em algum momento, e então o quê? Mas Dovie não caía. A sorte não a abandonava nunca.

Tudo que Dovie fazia, ou dizia ter feito... e que eram, talvez, duas coisas muito distintas... embora Nan, criada em Ingleside, onde ninguém contava nada além da verdade, nem mesmo de brincadeira, fosse inocente e crédula demais para saber disso... era fascinante para Nan. Dovie, que tinha onze anos e sempre morou em Charlottetown, sabia muito mais que Nan, que tinha só oito. Charlottetown, Dovie dizia, era o único lugar onde as pessoas sabiam tudo. O que se podia saber, morando em um lugar tão pequeno quanto Glen St. Mary?

Dovie estava passando parte das férias com sua tia Ella, em Glen, e ela e Nan forjaram uma amizade muito próxima, apesar da diferença de idade. Talvez porque Nan se espelhava em Dovie que, para ela, parecia quase uma adulta, olhando-a com a adoração que dedicamos a alguém que é superior... ou que pensamos ser. Dovie gostava de ter seu humilde e encantado satélite.

– Nan Blythe não é má... só é um pouco mole – disse Dovie à tia Ella.

As pessoas atentas de Ingleside não viram nada de errado em Dovie... mesmo que, como Anne sabia, a mãe dela fosse prima dos Pye de Avonlea... e não se opuseram à amizade de Nan com a menina, apesar de Susan ter desconfiado desde o início daqueles olhos verdes contornados por cílios dourados. Mas o que se podia fazer? Dovie era bem-educada, bem-vestida, tinha modos de uma dama e não falava muito. Susan não encontrava nenhuma justificativa para a desconfiança e ficou tranquila. Dovie voltaria para casa no fim das férias, e até lá certamente não precisava se preocupar com pentes finos, nesse caso.

Nan passava a maior parte do tempo no porto com Dovie, onde geralmente havia uma ou duas embarcações com as velas recolhidas, e o Vale do Arco-Íris praticamente não a viu naquele mês de agosto. As outras crianças de Ingleside não gostavam muito de Dovie, e a antipatia era recíproca. Ela fez uma brincadeira com Walter, Di ficou furiosa e "disse umas coisas". Dovie gostava de pregar peças, pelo jeito. Talvez por isso, nenhuma menina de Glen tentasse afastá-la de Nan.

– Oh, por favor, me conte – suplicou Nan.

Mas Dovie só piscava maliciosa e dizia que Nan era muito nova para saber dessas coisas. Isso era de enlouquecer.

– *Por favor*, me conte, Dovie.

– Não posso. Tia Kate me contou em segredo, e ela morreu. Agora sou a única pessoa no mundo que sabe disso. Prometi a ela que nunca contaria a ninguém. Você contaria a alguém... não conseguiria evitar.

– Não contaria... conseguiria, sim! – gritou Nan.

– As pessoas dizem que vocês em Ingleside contam tudo uns aos outros. Susan não ia demorar para arrancar isso de você.

– Não. Sei muitas coisas que nunca contei para Susan. Segredos. Conto os meus para você, se me contar os seus.

– Oh, não estou interessada nos segredos de uma menina pequena – disse Dovie.

Que belo insulto! Nan achava que seus segredos eram adoráveis... as cerejeiras que havia encontrado em flor no bosque de abetos atrás do palheiro do Sr. Taylor... o sonho que teve com uma fadinha branca deitada sobre uma vitória-régia no pântano... a fantasia que tinha sobre um barco chegando ao porto puxado por cisnes presos a correntes de prata... o romance que começava a criar sobre a bela dama na velha casa dos MacAllister. Todos eram maravilhosos e mágicos para Nan e, pensando bem, sentia-se contente por não precisar dividi-los com Dovie, afinal.

Mas o que Dovie sabia sobre *ela*, que *ela* não sabia? A dúvida atormentava Nan como um mosquito.

No dia seguinte, Nan voltou a falar sobre o segredo.

– Estive pensando nisso, Nan... talvez você *deva* saber, já que é sobre você. Certamente, tia Kate quis dizer que eu não devia contar a ninguém, exceto à pessoa interessada. Olhe aqui... se me der aquela sua estatueta de porcelana, eu conto o que sei sobre você.

– Ah, não posso dar aquela estatueta, Dovie. Ganhei de Susan no meu último aniversário. Ela ficaria muito magoada.

– Pois bem, então. Se prefere ficar com a estatueta a saber algo importante sobre você, fique com ela. Não me importo. Melhor assim. Gosto de saber coisas que outras meninas não sabem. Isso faz você ser importante. No próximo domingo, vou olhar para você na igreja e pensar: "Se soubesse o que sei a seu respeito, Nan Blythe". Vai ser divertido.

– O que sabe sobre mim é *bom*?

– Oh, é muito romântico... como alguma coisa que se lê em um livro de histórias. Mas você não está interessada, e eu sei o que sei.

A essa altura, Nan estava louca de curiosidade. A vida não valeria a pena se não conseguisse descobrir qual era essa misteriosa informação que Dovie escondia. Ela teve uma inspiração repentina.

– Dovie, não posso dar minha estatueta, mas, se me contar o que sabe sobre mim, eu lhe dou minha sombrinha vermelha.

Os olhos verdes de Dovie brilharam. Morria de inveja daquela sombrinha.

– A sombrinha nova que sua mãe comprou na cidade na semana passada? – perguntou.

Nan assentiu. Estava ofegante. Seria... oh, seria possível que Dovie realmente fosse contar?

– Sua mãe vai deixar? – Dovie insistiu.

Nan repetiu o movimento com a cabeça, mas com alguma insegurança. Não estava certa disso. Dovie percebeu sua hesitação.

– Vai ter que trazer a sombrinha antes – disse. – Sem sombrinha, sem segredo.

– Eu trago amanhã – prometeu Nan, apressada. Tinha que saber o que Dovie sabia sobre ela; só isso importava.

– Vou pensar – avisou Dovie, hesitante. – Não conte muito com isso. Não sei se vou contar. Você é muito nova... já disse isso várias vezes.

– Sou mais velha do que era ontem. Por favor, Dovie, não seja má.

– Acho que tenho o direito de proteger o que sei – argumentou Dovie. – Você contaria a Anne... ela é sua mãe...

– Eu sei que ela é minha mãe – respondeu Nan, indignada. Com ou sem segredo, para tudo há um limite. – Já falei que não vou contar a ninguém em Ingleside.

– Jura?

– Jurar?

– Você parece um papagaio. Quero saber se promete solenemente.

– Prometo solenemente.

– Tem que ser mais solene que isso.

Nan não sabia como poderia ser mais solene. O rosto endureceria, se tentasse.

– *Junte as mãos, olhe para o firmamento, feche os olhos e faça o juramento* – pronunciou Dovie.

Nan cumpriu o ritual.

– Traga a sombrinha amanhã, e vamos ver – disse Dovie. – O que sua mãe fazia antes de casar, Nan?

– Era professora. E uma boa professora.

– Ah, eu só queria saber. Minha mãe acha que seu pai cometeu um erro ao se casar com ela. Ninguém sabia nada sobre a *família* dela. E as moças que ele poderia ter tido, minha mãe sempre fala. Agora tenho que ir. "O revoar."

Nan sabia que isso significava "até amanhã". Orgulhava-se de ter uma amiga que sabia falar francês. Ela continuou sentada no porto por muito tempo, depois que Dovie foi embora. Gostava de ficar ali vendo os barcos indo e vindo, e às vezes um navio passava por lá a caminho de terras distantes. Como Jem, ela desejava frequentemente poder viajar em um navio... deixar o porto azul, ultrapassar a barreira de dunas sombrias, ir além do farol onde, à noite, a luz giratória de Four Winds tornava-se uma sentinela misteriosa, seguir rumo à névoa azul que era o golfo no verão, seguir para as ilhas encantadas em oceanos de manhãs douradas. Nan voava nas asas da imaginação pelo mundo todo, enquanto permanecia sentada no velho porto.

Mas, naquela tarde, estava preocupada com o segredo de Dovie. Ela realmente contaria? E o que seria... o que *poderia* ser? E quanto às moças com quem seu pai poderia ter casado? Nan gostava de especular sobre elas. Uma delas poderia ter sido sua mãe. Mas isso era horrível. Ninguém poderia ser sua mãe, exceto sua mãe. Isso era absolutamente impensável.

– Acho que Dovie Johnson vai me contar um segredo – disse ela à mãe naquela noite, quando recebia o beijo antes de dormir. – É claro que não vou poder contar nem para você, mamãe, porque prometi que não contaria. Não vai se importar, vai, mamãe?

– Nem um pouco – respondeu Anne, achando tudo muito divertido.

No dia seguinte, quando foi ao porto, Nan levou a sombrinha. Era "sua sombrinha", dizia a si mesma. Podia fazer com ela o que quisesse. Depois de acalmar a consciência com esse argumento, ela saiu sem ser vista por ninguém. Ficava triste com a ideia de dar sua querida e alegre sombrinha, mas a loucura de descobrir o que Dovie sabia era irresistível.

– Aqui está a sombrinha, Dovie – falou ela, ofegante. – Agora, me conte o segredo.

Dovie se surpreendeu. Não esperava que as coisas chegassem tão longe... nunca acreditou que a mãe de Nan Blythe permitiria que ela lhe desse a sombrinha vermelha. Dovie comprimiu os lábios.

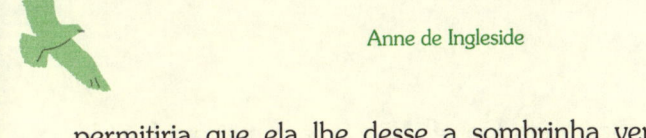

– Não sei se esse tom de vermelho vai combinar com minha coloração. É muito *espalhafatoso*. Acho que não vou contar. – Nan tinha personalidade forte, e Dovie ainda não a havia dominado completamente. Nada a enfurecia mais depressa que injustiça.

– Um acordo é um acordo, Dovie Johnson! Você *disse* que trocaria o segredo pela sombrinha. Aqui está a sombrinha, agora cumpra o que prometeu.

– Ah, muito bem – respondeu Dovie, com tom entediado. Tudo ficou muito silencioso. Os ventos perderam a força. A água parou de fazer barulho em torno dos pilares do porto. Nan se arrepiou em delicioso êxtase. Finalmente descobriria o que Dovie sabia.

– Sabe quem são os Thomas de Harbour Mouth? – Dovie começou. – Jimmy Thomas, o que tem seis dedos no pé?

Nan assentiu. Claro que conhecia os Thomas... sabia quem eram, pelo menos. Jimmy Seis-Dedos aparecia em Ingleside de vez em quando para vender peixe. Susan dizia que nunca sabia ao certo se os dele eram bons. Nan não gostava do jeito dele. Era meio careca, com tufos de cabelos brancos encaracolados dos dois lados da cabeça, e tinha um nariz vermelho e torto. Mas o que os Thomas tinham a ver com isso?

– E conhece Cassie Thomas? – continuou Dovie.

Nan tinha visto Cassie uma vez quando Jimmy Seis-Dedos a levou com ele na carroça de peixe. Cassie tinha mais ou menos sua idade, cabelos vermelhos e encaracolados e olhos verde-acinzentados. Ela havia mostrado a língua para Nan.

– Bem... – Dovie respirou fundo. – Essa é a verdade sobre você. Você é Cassie Thomas, e ela é Nan Blythe.

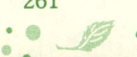

Nan ficou encarando Dovie. Não fazia a menor ideia do que isso queria dizer. Não fazia sentido.

– Eu... eu... como assim?

– É bem simples, acho – respondeu Dovie, com um sorriso de pena. Já que havia sido *forçada* a contar, faria o esforço valer a pena. – Você e ela nasceram na mesma noite. Os Thomas moravam em Glen, nessa época. A enfermeira levou a gêmea de Di para a casa dos Thomas e a pôs no berço, e levou você para a mãe de Di. Ela não teve coragem de levar Di também, ou teria levado. Odiava sua mãe e aproveitou essa oportunidade para se vingar. E é por isso que você é Cassie Thomas, na verdade, e devia estar morando em Harbour Mouth, e a pobre Cass devia estar em Ingleside, em vez de viver apanhando daquela madrasta velha. Sinto muita pena dela.

Nan acreditou em cada palavra dessa história absurda. Nunca tinha sido enganada em toda sua vida e não duvidou nem por um momento do relato de Dovie. Jamais havia pensado que alguém, muito menos sua amada Dovie, pudesse ou quisesse inventar uma história assim. Ela encarou Dovie com uma expressão de angústia e desilusão.

– Como... como sua tia Kate descobriu isso? – murmurou, com a boca seca.

– A enfermeira contou para ela antes de morrer – explicou Dovie, com ar solene. – Acho que a consciência a incomodava. Tia Kate nunca contou a mais ninguém, só para mim. Quando cheguei em Glen e vi Cassie Thomas... quero dizer, Nan Blythe... olhei bem para ela. A menina tem cabelos vermelhos e olhos da cor dos de sua mãe. Você tem cabelos e olhos castanhos. Por isso não é parecida com Di... gêmeos *sempre* são parecidos. E Cassie tem as orelhas parecidas com as de seu pai... bem coladas à cabeça. Acho que agora nada pode ser feito sobre isso. Mas sempre pensei que não era justo você viver bem e ser tratada como uma boneca, enquanto a pobre Cass... Nan... veste trapos e não tem nem comida suficiente, na maior parte do tempo. E o velho Seis-Dedos bate nela quando chega em casa bêbado... Ei, por que está olhando para mim desse jeito?

A dor de Nan era maior do que ela podia aguentar. E tudo ficava terrivelmente claro, agora. As pessoas sempre achavam estranho ela e Di não terem nenhuma semelhança. Era por isso.

– Odeio você por ter me contado isso, Dovie Johnson!

Dovie sacudiu os ombros gordos.

– Não disse que você ia gostar, disse? Você me obrigou a contar. Aonde vai?

Pálida e meio tonta, Nan tinha se levantado.

– Vou para casa... contar para minha mãe – respondeu ela, infeliz.

– Não faça isso... não pode! Você prometeu que não contaria! – gritou Dovie.

Nan a encarou. Era verdade, havia prometido não contar. E sua mãe sempre disse que não se deve quebrar uma promessa.

– Acho que vou para casa. – Dovie decidiu. Não gostava nada do olhar de Nan.

Ela pegou a sombrinha e correu, suas pernas roliças e desnudas brilhavam no velho porto. Para trás, deixava uma criança de coração partido em meio às ruínas de seu pequeno universo. Dovie não se importava. Mole era pouco para Nan. Na verdade, nem foi tão divertido enganá-la. Era claro, assim que chegasse em casa, ela contaria à mãe e descobriria que havia sido enganada.

"Não faz mal, vou embora no domingo", pensou Dovie.

Nan ficou sentada no porto por horas... arrasada, aflita. Não era filha de sua mãe! Era filha de Jimmy Seis-Dedos...

Jimmy Seis-Dedos, de quem sempre teve um medo secreto, só por causa dos seis dedos. Não tinha o direito de morar em Ingleside, de ser amada pela mãe e pelo pai.

– Oh! – gemeu Nan, baixinho. Sua mãe e seu pai deixariam de amá-la, se soubessem. Todo o amor deles iria para Cassie Thomas.

Nan pôs a mão na cabeça.

– Isso me deixa tonta – disse.

CAPÍTULO 31

– Por que não está comendo nada, meu benzinho? – perguntou Susan, à mesa do jantar.

– Passou muito tempo no sol, querida? – indagou a mãe, preocupada. – Sua cabeça dói?

– S... sim – respondeu Nan. Mas não era a cabeça que doía. Estava mentindo para a mãe? Se sim, quantas mentiras mais teria que dizer? Porque Nan sabia que nunca mais conseguiria comer... nunca, enquanto guardasse essa horrível informação. E sabia que jamais poderia contar à mãe. Nem tanto pela promessa... Susan uma vez não disse que uma promessa ruim devia ser quebrada, em vez de cumprida?... mas sim porque isso magoaria a mãe. De algum jeito, Nan sabia sem a menor dúvida que isso machucaria sua mãe profundamente. E ela não devia... não devia ser machucada. Nem seu pai.

Mas... havia Cassie Thomas. Recusava-se a chamá-la de Nan Blythe. Sentia-se péssima quando pensava em Cassie Thomas como Nan Blythe. Era como se isso a apagasse completamente. Se não fosse Nan Blythe, não seria ninguém! Não seria Cassie Thomas.

Mas Cassie Thomas a assombrava. Durante uma semana, Nan ficou obcecada por ela... uma semana terrível em que Anne e Susan se preocuparam de verdade com a criança que não comia, não brincava e, como Susan dizia, "só se arrastava pelos cantos". Era porque Dovie Johnson tinha voltado para casa? Nan disse que não. Nan disse que não era *nada*. Estava cansada, só isso. O pai a examinou e receitou um remédio que ela tomou obediente. Não era tão ruim quanto óleo de rícino, mas nem óleo de rícino era importante agora. Nada tinha importância, exceto Cassie Thomas... e a horrível questão que surgiu em sua mente confusa e se apoderou dela.

Cassie Thomas não devia ter seus direitos?

Era justo que ela, Nan Blythe... Nan se agarrava à identidade com desespero... tivesse todas as coisas que eram negadas a Cassie Thomas e que eram dela por direito? Nan tinha certeza de que isso não era justo. Dentro dela havia uma forte noção de justiça e correção. E foi ficando cada vez mais claro dentro dela que era justo que Cassie Thomas soubesse a verdade.

Afinal, talvez ninguém se importasse muito. O pai e a mãe ficariam um pouco abalados, no início, é claro, mas, assim que soubessem que Cassie Thomas era filha deles, todo seu amor iria para Cassie, e ela, Nan, não teria mais nenhuma importância para eles. Sua mãe beijaria Cassie Thomas e cantaria para ela nos crepúsculos de verão... cantaria a canção de que Nan mais gostava... *"Eu vi um navio navegando, navegando no mar sem fim, e, oh, estava cheio de coisas bonitas para mim."*

Nan e Di conversavam com frequência sobre o dia em que veriam o navio delas. Mas agora as coisas bonitas... sua parte nelas, pelo menos... seriam de Cassie Thomas. Cassie Thomas pegaria sua parte como a rainha das fadas no concerto da escola dominical e usaria *sua* ofuscante tiara brilhante. Como Nan havia esperado por isso! Susan faria tortinhas de frutas para Cassie Thomas e Salgueiro ronronaria para ela.

Ela brincaria com as bonecas de Nan na casinha de tapete de musgo no bosque de bordos e dormiria em sua cama. Di gostaria disso? Di gostaria de ser irmã de Cassie Thomas?

Chegou o dia em que Nan soube que não poderia mais suportar tudo isso. Tinha que fazer o que era justo. Iria a Harbour Mouth e contaria a verdade aos Thomas. *Eles* poderiam contar a seus pais. Nan sentia-se simplesmente incapaz disso.

Nan se sentiu um pouco melhor quando tomou essa decisão, mas muito, muito triste. Tentou comer um pouco no jantar, porque seria a última refeição que faria em Ingleside.

"Sempre vou chamar minha mãe de 'mãe'", pensou aflita. "E não vou chamar Jimmy Seis-Dedos de 'pai'. Vou dizer apenas 'Sr. Thomas' com muito respeito. Ele não vai se incomodar, certamente."

Mas algo a sufocava. Ao levantar a cabeça, ela leu a promessa de óleo de rícino nos olhos de Susan. Mas Susan não sabia que ela não estaria ali na hora de dormir para tomar o remédio. Cassie Thomas teria que engolir a dose. Essa era a única coisa que Nan não invejava em Cassie Thomas.

Nan saiu imediatamente depois da refeição. Tinha que ir antes que escurecesse, ou antes de sua coragem desaparecer. Usava o vestido de algodão xadrez que vestia para brincar, temendo que Susan e a mãe ficassem curiosas, se fosse trocar de roupa. Além do mais, todos os vestidos bons pertenciam a Cassie Thomas, na verdade. Mas colocou o avental novo que Susan tinha feito para ela... um lindo aventalzinho de estampa de escamas vermelhas. Nan adorava aquele avental. Cassie Thomas não se ressentiria por isso, certamente.

Ela andou até o vilarejo, atravessou, passou pela estrada do porto e seguiu em frente; uma figura galante e indomável. Nan nem imaginava que era uma heroína. Pelo contrário, sentia muita vergonha de si mesma, porque era muito difícil fazer o que era certo e justo, muito difícil não odiar Cassie Thomas, muito difícil não ter medo de Jimmy Seis-Dedos, muito difícil não virar e voltar correndo para Ingleside.

Era um anoitecer deprimente. Uma nuvem negra e pesada pairava sobre o mar aberto como um grande morcego. Raios riscavam o céu sobre o porto e as colinas arborizadas além dele. A vila de casas de pescadores em Harbour Mouth era inundada por uma luz vermelha que escapava por baixo da nuvem. Poças de água aqui e ali brilhavam como enormes rubis. Um navio silencioso de velas brancas passava além do banco de areia a caminho do misterioso oceano; as gaivotas grasnavam de um jeito estranho.

Nan não gostava do cheiro das peixarias nem dos grupos de crianças sujas que brincavam, brigavam e gritavam na areia. Elas olharam curiosas para Nan quando ela parou para perguntar qual daquelas casas era a de Jimmy Seis-Dedos.

– Aquela ali – apontou um menino. – O que você quer com ele?

– Obrigada – respondeu Nan, e se afastou.

– Não tem educação? – gritou uma menina. – É convencida demais para responder a uma simples pergunta?

O menino parou na frente dela.

– Está vendo a casa atrás da dos Thomas? – disse ele. – Lá tem uma serpente marinha, e vou trancar você lá dentro se não me disser o que quer com Jimmy Seis-Dedos.

– Isso mesmo, Srta. Orgulhosa – provocou uma menina grande. – Você é de Glen, e todo mundo lá acha que é a nata. Responda à pergunta do Billy!

– Se não tomar cuidado – avisou outro menino – vou afogar uns gatinhos, e é bem provável que afogue você com eles.

– Se tiver dez centavos, tenho um dente para vender – anunciou sorrindo uma menina carrancuda. – Arranquei um ontem.

– Não tenho dez centavos, e seu dente não teria nenhuma utilidade para mim – respondeu Nan, recuperando parte da coragem. – Deixem-me em paz.

– Não fale assim comigo! – disse a carrancuda.

Nan começou a correr. O menino da serpente marinha esticou a perna, e ela tropeçou. Caiu deitada na areia ondulada pela maré. Os outros gritavam de rir.

– Agora não vai mais empinar o nariz – disse a menina brava. – Você e suas escamas vermelhas!

Então, alguém exclamou:

– Lá vem o barco do Blue Jack!

E todos saíram correndo. A nuvem negra estava mais baixa que antes, e todas as poças na areia eram cinzentas.

Nan se levantou. O vestido estava sujo de areia e as meias ficaram ensopadas. Mas estava livre do grupo que a ameaçava. Esses seriam seus companheiros de brincadeira no futuro?

Não devia chorar... não devia! Ela subiu a escada instável que levava à porta da casa de Jimmy Seis-Dedos. Como todas em Harbour Mouth, a casa era sustentada por palafitas de madeira que a mantinham acima de qualquer maré mais alta que de costume, e o espaço embaixo dela era ocupado por uma mistura de pratos quebrados, latas vazias, velhas armadilhas para lagostas e todo tipo de lixo. A porta estava aberta, e Nan olhou para o interior de uma cozinha diferente de tudo que tinha visto antes. O chão era sujo, o teto era manchado e sujo de fumaça, a pia estava cheia de louça suja. Os restos de uma refeição ainda estavam sobre uma mesa bamba de madeira, e moscas pretas enormes e horríveis voavam sobre eles. Uma mulher de cabelos prateados e desgrenhados alimentava um bebê gordo sentada em uma cadeira de balanço... um bebê cinza de tanta sujeira.

"Minha irmã", pensou Nan.

Não havia nem sinal de Cassie ou Jimmy Seis-Dedos, e Nan se sentiu grata pela ausência de Jimmy.

– Quem é você e o que quer? – perguntou a mulher, rudemente.

Ela não tinha convidado, mas Nan entrou. Estava começando a chover, e um trovão fez a casa tremer. Nan sabia que devia falar logo o que tinha a dizer, antes que perdesse a coragem, ou sairia correndo daquele lugar horrível, para longe daquele bebê horrível e daquelas moscas horríveis.

– Quero falar com Cassie, por favor – pediu. – Tenho uma *coisa importante* para dizer a ela.

– É mesmo! – disse a mulher. – Deve ser importante, considerando seu tamanho. Mas Cassie não está em casa. O pai a levou a Upper Glenn, e, com essa tempestade se aproximando, é impossível prever quando vão voltar. Sente-se.

Nan sentou em uma cadeira quebrada. Sabia que as pessoas de Harbour Mouth eram pobres, mas não sabia que algumas eram *tão* pobres. A Sra. Tom Fitch em Glen era pobre, mas a casa dela era limpa e arrumada como Ingleside. É claro, todo mundo sabia que Jimmy Seis-Dedos bebia tudo que ganhava. E por isso a casa dele era assim!

"Vou tentar limpar tudo", pensou Nan, desolada. Mas seu coração pesava. A chama do sacrifício pessoal que a induzia a seguir em frente tinha apagado.

– Por que quer falar com Cass? – A Sra. Seis-Dedos perguntou, curiosa, limpando o rosto sujo do bebê com um avental ainda mais sujo. – Se é sobre aquele concerto da escola dominical, ela não pode ir e está decidido. Ela não tem um trapo decente para vestir. Como vou poder comprar algum? É o que pergunto.

– Não, não é sobre o concerto – respondeu Nan, triste. Podia contar toda a história à Sra. Thomas de uma vez. Ela teria que saber, de qualquer maneira. – Vim contar a ela... contar que... que ela sou eu e eu sou ela!

Talvez a Sra. Seis-Dedos merecesse perdão por pensar que isso não era muito lúcido.

– Você deve ser maluca – disse ela. – O que significa isso?

Nan levantou a cabeça. O pior já tinha passado.

– Significa que Cassie e eu nascemos na mesma noite e... e... a enfermeira nos trocou, porque odiava minha mãe e... e... Cassie devia estar morando em Ingleside... e tendo privilégios.

A última frase era algo que ela escutou a professora da escola dominical dizer, mas achou que poderia ser um fim digno para um discurso muito ruim.

A Sra. Seis-Dedos a encarava.

– Eu estou louca, ou é você que está? O que diz não faz nenhum sentido. Quem falou esse absurdo?

– Dovie Johnson.

A Sra. Seis-Dedos jogou a cabeça para trás e gargalhou. Podia ser suja e maltrapilha, mas sua risada era bonita.

– Eu devia saber. Passei o verão inteiro lavando roupas para a tia dela, e aquela criança é um terror! Ora, ela acha que é esperteza enganar as pessoas! Pois bem, Srta. Não-sei--quem, é bom não acreditar nas bobagens de Dovie, ou vai ter problemas.

– Quer dizer que não é verdade? – perguntou Nan, chocada.

– Não. Misericórdia, você deve ser bem ingênua para acreditar nisso. Cass deve ser quase um ano mais velha que você. Quem é você, aliás?
– Sou Nan Blythe. – Ah, que maravilha. Ela *era* Nan Blythe!
– Nan Blythe! Uma das gêmeas de Ingleside! Ah, eu me lembro da noite em que você nasceu. Por acaso, estava em Ingleside trabalhando. Ainda não era casada com Seis-Dedos... pena que um dia me casei... e a mãe de Cass era viva e saudável. Cass estava começando a andar. Você é parecida com a mãe de seu pai... ela também estava lá naquela noite, toda orgulhosa das netas gêmeas. E você tem muito pouco juízo para acreditar numa história maluca como essa.
– Tenho o hábito de acreditar nas pessoas – disse Nan, levantando-se com elegância, mas feliz demais para querer esnobar a Sra. Seis-Dedos.
– Bem, é um hábito que seria bom superar, nesse tipo de mundo – retrucou a Sra. Seis-Dedos, de um jeito cínico. – E pare de andar por aí com quem gosta de enganar as pessoas. Sente-se, criança. Não pode ir para casa até esse temporal passar. Está chovendo e escuro. Ora, ela foi embora... a criança foi embora!

Nan já havia saído e corria no temporal. Somente a euforia provocada pelas garantias da Sra. Seis-Dedos poderia levá-la até sua casa naquela tempestade. O vento a esbofeteava, a chuva caía pesada sobre ela, os trovões estalavam e a faziam pensar que o mundo se partiria ao meio. Só o olhar azul, frio e incessante dos relâmpagos mostrava o caminho. Muitas vezes ela escorregou e caiu. Mas finalmente entrou, pingando, no hall de Ingleside.

A mãe correu e a pegou nos braços.
– Querida, que susto você nos deu! Onde esteve?

– Espero que Jem e Walter não morram lá fora nessa chuva procurando por você – disse Susan com tom duro, resultado da tensão.

Nan estava quase sem ar. Mal podia respirar nos braços da mãe.

– Oh, mãe, eu sou eu... realmente eu. Não sou Cassie Thomas e nunca serei ninguém além de mim.

– A pobrezinha está delirando. – Susan concluiu. – Deve ter comido alguma coisa que fez mal.

Anne deu banho em Nan e a pôs na cama antes de deixá-la falar. Só então ouviu sua história.

– Mamãe, sou sua filha de verdade?

– É claro que sim, querida. Como pode pensar que não?

– Nunca pensei que Dovie inventaria uma história... não *Dovie*. Mamãe, você consegue acreditar em alguém? Jenny Penny contou histórias horríveis para Di...

– Elas são só duas meninas entre todas que você conhece, minha querida. Nenhuma de suas amiguinhas jamais mentiu para você. Existem pessoas assim no mundo, adultos e crianças. Quando for um pouco mais velha, vai saber distinguir o ouro do metal sem valor.

– Mamãe, queria que Walter, Jem e Di não soubessem como fui boba.

– Eles não precisam saber. Di foi a Lowbridge com seu pai, e os meninos só precisam saber que você foi a Harbour Head e foi surpreendida pela chuva. Você foi ingênua ao acreditar em Dovie, mas foi uma menininha muito boa e corajosa por oferecer à pobrezinha da Cassie Thomas o lugar que acreditava ser dela por direito. Mamãe está orgulhosa de você.

A tempestade havia passado. A lua espiava um mundo feliz.

– Oh, estou tão feliz por ser *eu*! – Esse foi o último pensamento de Nan antes de adormecer.

Gilbert e Anne foram ao quarto mais tarde ver os rostinhos adormecidos tão próximos um do outro. Diana dormia com os cantos da boca bem recolhidos, mas Nan sorria. Gilbert ficou tão bravo depois de ouvir a história, que Dovie Johnson tinha sorte por estar a quase cinquenta quilômetros dele. Mas Anne sentia-se culpada.

– Eu devia ter descoberto o que a estava incomodando. Mas passei a semana ocupada com outras coisas... coisas que nem são importantes, comparadas à infelicidade das crianças. Imagine só o que essa queridinha sofreu.

Ela se aproximou arrependida e se inclinou sobre elas. Eram suas... inteiramente suas, para cuidar, amar e proteger. Ainda a procuravam para levar todo amor e toda tristeza de seus coraçõezinhos. Por mais alguns anos, seriam dela... e depois? Anne sentiu um arrepio. A maternidade era muito doce... mas terrível.

– O que será que a vida reserva para elas? – cochichou.

– Vamos torcer e acreditar que cada uma delas terá um marido como o que a mãe conquistou, pelo menos – brincou Gilbert.

CAPÍTULO 32

Então a Associação Assistencial Feminina vai trazer seus acolchoados para Ingleside – disse o doutor. – Faça seus pratos maravilhosos, Susan, e deixe as vassouras prontas para depois varrer os cacos de reputações.

Susan sorriu, compreensiva, como uma mulher que tolera a falta de entendimento de um homem sobre todas as coisas importantes, mas não estava com vontade de sorrir... não enquanto não resolvesse tudo para o jantar da Associação.

– Torta de galinha – resmungava ela –, purê de batatas e creme de ervilhas para o prato principal. E vai ser uma boa oportunidade para usar sua toalha nova de renda, querida Sra. do doutor. Uma toalha de mesa como aquela jamais foi vista em Glen, e tenho certeza de que será uma sensação. Estou ansiosa para ver a cara de Annabel Clow quando a vir. E vai usar sua cesta azul e prateada para as flores?

– Sim, vou encher de margaridas e samambaias do bosque de bordos. E quero que coloque aqueles seus três gerânios magníficos em algum lugar... na sala, se formos fazer os acolchoados lá, ou na balaustrada da varanda, se estiver quente o bastante para trabalhar ao ar livre. Que bom que ainda sobraram muitas flores. O jardim nunca esteve tão bonito quanto neste verão, Susan. Mas eu sempre falo isso no outono, não é?

Havia muitas coisas para resolver. Quem sentaria perto de quem... seria absurdo, por exemplo, acomodar a Sra. Simon Millison ao lado da Sra. William McCreery, porque elas nunca se falavam graças a uma briga antiga dos tempos de escola. E havia a questão sobre quem convidar... porque era privilégio da anfitriã convidar algumas pessoas, além das afiliadas da Associação.

– Vou chamar a Sra. Best e a Sra. Campbell – disse Anne.

Susan ficou em dúvida.

– São recém-chegadas, querida Sra. do doutor. – O que queria dizer era que eram crocodilos.

– O doutor e eu já fomos recém-chegados um dia, Susan.

– Mas o tio do doutor esteve aqui durante anos, antes disso. Ninguém sabe nada sobre esses Best e esses Campbell. Mas é sua casa, querida Sra. do doutor, e quem sou eu para fazer objeções a quem quer que deseje receber? Lembro de uma reunião de acolchoados na casa da Sra. Carter Flagg, muitos anos atrás, para a qual a Sra. Flagg convidou uma desconhecida. Ela apareceu de *flanela*, querida Sra. do doutor... disse que não pensou que valesse a pena se arrumar para um evento da Associação Assistencial Feminina! Com a Sra. Campbell, esse risco não existe, pelo menos. Ela é muito bem-arrumada... embora eu jamais me imagine usando azul--hortênsia para ir à igreja.

Anne concordava, mas não se atreveu a sorrir.

– Achei que aquele vestido ficou lindo com os cabelos prateados da Sra. Campbell, Susan. Aliás, ela quer sua receita da compota picante de groselha. Disse que comeu no jantar na casa dos Harvest e estava uma delícia.

– Bem, querida Sra. do doutor, não é todo mundo que consegue fazer a compota de groselha... – E não houve mais nenhum comentário desaprovador sobre o vestido azul. Desse dia em diante, a Sra. Campbell poderia aparecer fantasiada de moradora das ilhas Fiji, se quisesse, e Susan encontraria uma justificativa para isso.

Os meses foram passando, mas o outono ainda lembrava o verão, e o dia da reunião dos acolchoados parecia mais em junho do que em outubro. Todas as mulheres da Associação Assistencial que poderiam comparecer estavam presentes, esperando com prazer e alegria uma boa porção de fofoca e uma refeição em Ingleside, além, é claro, de alguma novidade da moda, já que a esposa do médico tinha estado na cidade recentemente.

Susan, sem se assustar com as tarefas culinárias que esperavam por ela, andava pela casa, levava as senhoras ao quarto de hóspedes, tranquila na certeza de que nenhuma delas tinha um avental com doze centímetros de bainha de renda de crochê feita de fio número cem. Susan ganhou o primeiro prêmio da exposição de Charlottetown, uma semana antes, com aquela renda. Ela e Rebecca Dew se encontraram lá e aproveitaram o dia, e Susan voltou para casa naquela noite como a mulher mais orgulhosa da ilha do Príncipe Edward.

A expressão de Susan era perfeitamente controlada, mas os pensamentos, às vezes, eram temperados por um leve toque de malícia.

"Celia Reese está aqui procurando algo de que caçoar, como sempre. Mas não o encontrará em nossa mesa de jantar, e isso é algo com que você pode contar. Myra Murray de veludo vermelho... um pouco exagerado para um evento de acolchoados, mas não vou negar que fica bem nela. Pelo menos não é flanela. Agatha Drew... e os óculos amarrados com barbante, como sempre. Sarah Taylor... essa pode ser sua última reunião... o coração está péssimo, o doutor comentou, mas que espírito ela tem! A Sra. Donald Reese... graças ao bom Deus ela não trouxe Mary Anna, mas é certo que vamos ouvir falar dela. Jane Burr de Upper Glen. Ela não pertence à Associação. Vou ter que contar as colheres depois do jantar. A família toda tem mãos leves. Candace Crawford... ela não costuma comparecer às reuniões da Associação, mas a de acolchoados é um bom lugar para exibir as mãos bonitas e o anel de diamante. Emma Pollock com o saiote aparecendo embaixo do vestido, é claro... uma mulher bonita, mas de cabeça fraca, como toda aquela gente. Tillie MacAllister, não derrube geleia na toalha como fez na reunião na casa da Sra. Palmer. Martha Crothers, pela primeira vez, vai comer uma refeição decente. Pena que seu marido não tenha podido vir também... ouvi dizer que ele tem que viver de castanhas, ou alguma coisa assim. A esposa do ancião Baxter... ouvi dizer que o velho afastou Harold Reese de Mina, finalmente. Harold sempre teve um osso de frango no lugar da espinha, e fraqueza nunca conquistou uma boa mulher, como diz o Bom Livro. Bem, vamos ter muita gente para fazer os dois acolchoados e mais algumas para ajudar."

Os acolchoados foram levados para a varanda ampla, e todas ocuparam língua e agulha. Anne e Susan estavam na cozinha, preparando o jantar, e Walter, que não foi à escola naquele dia por causa de uma dor de garganta, estava sentado na escada da varanda, atrás de uma cortina de trepadeiras que o escondia das mulheres. Ele sempre gostou de ouvir as pessoas mais velhas conversando. Elas diziam coisas surpreendentes, misteriosas... coisas em que se podia pensar mais tarde e usar como material para histórias, coisas que refletiam as cores e sombras, comédias e tragédias, alegrias e tristezas de todos os clãs de Four Winds.

De todas as mulheres presentes, a preferida de Walter era a Sra. Myra Murray, que tinha um riso fácil e contagiante e ruguinhas de alegria em torno dos olhos. Ela conseguia contar a história mais simples como se fosse dramática e vital; alegrava a vida por onde passasse; e estava muito bonita com o vestido de veludo vermelho-cereja, os cabelos pretos levemente ondulados e os brincos de gotas vermelhas. A Sra. Tom Chubb, que era magra como uma agulha, era a que ele menos apreciava... talvez porque uma vez a ouviu dizer que ele era uma "criança doente". Achava que a Sra. Allan Milgrave parecia uma galinha cinza lustrosa e que a Sra. Grant Clow era só um barril sobre pernas. A jovem Sra. David Ransome tinha cabelos cor de caramelo e era muito bonita, "bonita demais para viver em uma fazenda", Susan falou quando Dave se casou com ela. A jovem noiva, Sra. Morton MacDougall, parecia uma sonolenta papoula branca. Edith Bailey, a costureira de Glen, que tinha cachos prateados e olhos negros bem-humorados, não dava a impressão de que seria uma "velha solteirona". Ele gostava da Sra. Meade, a mulher mais velha ali, que tinha olhos bondosos e tolerantes e ouvia mais do que falava, e não gostava de Celia Reese e seu ar astuto e debochado, como se estivesse rindo de todo mundo.

As mulheres ainda não haviam começado a trabalhar no acolchoado... falavam sobre o tempo e decidiam se costuravam a colcha em padrões de leque ou diamante, e Walter pensava na beleza do dia, no grande gramado com suas árvores magníficas, no mundo que parecia ter sido envolvido pelos braços dourados de um Ser generoso. As folhas coloridas caíam devagar, mas as nobres malvas ainda estavam alegres contra a parede de tijolos, e os álamos faziam sua magia ao longo do caminho para o celeiro. Walter estava tão distraído com a beleza que o cercava que a conversa das mulheres estava ainda mais animada quando a Sra. Simon Millison o fez voltar a prestar atenção nela.

– Aquela família é famosa pelos funerais sensacionais. Alguém aqui que esteve lá esqueceu o que aconteceu no funeral de Peter Kirk?

Walter aguçou os ouvidos. Isso parecia interessante. Mas, para sua decepção, a Sra. Simon não contou o que havia acontecido. Todas deviam ter estado no funeral ou escutado a história.

(Mas por que todas pareciam tão incomodadas com isso?)

– Não há dúvida de que tudo que Clara Wilson disse sobre Peter era verdade, mas ele está em sua sepultura, pobre homem, então, vamos deixá-lo lá – falou a Sra. Tom Chubb indignada... como se alguém tivesse sugerido exumá-lo.

– Mary Anna sempre diz coisas inteligentes – contou a Sra. Donald Reese. – Sabem o que ela disse outro dia, quando estávamos saindo para ir ao funeral de Margaret Hollister? "Mãe, vai ter sorvete no funeral?", ela disse.

Algumas mulheres trocaram discretos sorrisos debochados. A maioria ignorou a Sra. Donald. Na verdade, era a única coisa a fazer quando ela começava a enfiar Mary Anna na conversa, como sempre fazia, estação após estação. Se alguém desse a ela o menor incentivo, a situação se tornava desesperadora. "Sabe o que Mary Anna disse?" era uma frase feita popular em Glen.

– Falando em funeral – disse Celia Reese –, houve um muito estranho em Mowbray Narrows quando eu era criança. Stanton Lane tinha ido para o Oeste, e chegou a notícia de que ele havia morrido. Os pais enviaram um telegrama para pedir que o corpo fosse mandado para casa, e ele foi, mas Wallace MacAllister, o dono da funerária, aconselhou que eles não abrissem o caixão. O funeral tinha começado havia algum

tempo, quando o próprio Stanton Lane chegou, inteiro e saudável. Ninguém nunca soube de quem era o cadáver.
– O que fizeram com ele? – perguntou Agatha Drew.
– Enterraram. Wallace disse que era inevitável. Mas aquilo não podia ser chamado de funeral, com todos tão felizes pelo retorno de Stanton. O Sr. Dawson mudou o último cântico de "Confortem-se, cristãos" para "Às vezes uma luz surpreende", mas muita gente achou que teria sido melhor deixar tudo como estava.
– Sabem o que Mary Anna me disse outro dia? Ela disse: "Mãe, os ministros sabem tudo?".
– O Sr. Dawson sempre perdeu a cabeça em momentos de crise – contou Jane Burr. – Naquela época, Upper Glen fazia parte de sua igreja, e lembro de um domingo em que ele dispensou a congregação, depois lembrou que não tinha feito a coleta. O que foi que ele fez? Pegou uma bandeja de coleta e andou pela cidade com ela. Certamente, naquele dia, houve doações de pessoas que nunca tinham doado e nunca mais voltariam a doar. Mas não foi digno da parte dele.
– O que eu tinha contra o Sr. Dawson – a Srta. Cornelia manifestou-se – era o tamanho cruel das preces que ele fazia em um funeral. Eram tão longas que as pessoas diziam que ele tinha inveja do cadáver. Ele se superou no funeral de Letty Grant. Vi que a mãe dela estava a ponto de desmaiar, cutuquei as costas dele com meu guarda-chuva e avisei que já tinha rezado o bastante.
– Ele enterrou meu pobre Jarvis – contou a Sra. George Carr, derramando algumas lágrimas. Ela sempre chorava quando falava do marido, embora ele tivesse morrido vinte anos atrás.
– O irmão dele também era ministro – disse Christine Marsh. – Estava em Glen quando eu era menina. Uma noite,

houve um concerto na prefeitura, e ele era um dos oradores sobre o palco. Estava tão nervoso quanto o irmão e ficava se mexendo na cadeira sem parar, até que, de repente, ele caiu com cadeira e tudo sobre a fileira de flores e plantas que tínhamos arrumado em torno da base do palco. Só dava para ver os pés dele para cima. Depois disso, nunca mais consegui prestar atenção aos seus sermões. Os pés dele eram muito grandes.

– O funeral de Lane pode ter sido uma decepção – falou Emma Pollock –, mas foi melhor que não ter um funeral. Lembram da confusão com Cromwell?

Todas riram.

– Contem a história – pediu a Sra. Campbell. – Lembre, Sra. Pollock, sou uma estranha por aqui, todas as sagas das famílias são desconhecidas para mim.

Emma não sabia o que eram "sagas", mas adorava contar uma história.

– Abner Cromwell morava perto de Lowbridge, em uma das maiores fazendas da região, e fazia parte do parlamento da província. Era uma das figuras mais relevantes do partido conservador e conhecia todo mundo que era importante na ilha. Ele era casado com Julie Flagg, cuja mãe era uma Reese e a avó era uma Clow, o que significava que eles eram ligados a quase todas as famílias de Four Winds. Um dia, o *Daily Enterprise* publicou a notícia... o Sr. Abner Cromwell tinha morrido repentinamente em Lowbridge, e o funeral seria realizado no dia seguinte, às duas da tarde. De algum jeito, Abner Cromwell não viu a notícia... e, é claro, não havia telefone na área rural naquele tempo. Na manhã seguinte, Abner partiu para Halifax para uma convenção dos Liberais. Às duas da tarde, as pessoas começaram a chegar para o funeral, chegavam cedo para conseguir um bom lugar, certas de que haveria uma multidão por Abner ser um homem tão proeminente. E havia uma multidão, podem acreditar. Em um raio de seis quilômetros, as estradas foram tomadas por carroças e pessoas que continuaram chegando até quase três horas. A Sra. Abner estava quase maluca tentando convencer todo mundo de que o marido não tinha morrido. Alguns não acreditaram, de início. Ela me contou chorando que eles pareciam pensar que ela havia sumido com o corpo. E, quando se convenceram, passaram a agir como se acreditassem que Abner tinha que estar morto. E pisotearam todos os canteiros de flores no gramado de que ela se orgulhava tanto. Vários parentes distantes chegaram, contando com refeições e camas para passar a noite, e ela não havia preparado nada. Julie nunca foi muito prevenida, é preciso admitir. Quando chegou em casa dois dias depois, Abner a encontrou na cama com prostração nervosa, e ela levou meses para se recuperar. Não comeu nada por seis semanas... ou quase nada. Ouvi dizer que ela falou que, se realmente houvesse um funeral, não teria ficado mais abalada. Mas nunca acreditei que ela tenha dito isso.

– Não pode ter certeza – argumentou a Sra. William Mac-Creery. – As pessoas dizem coisas horríveis. Quando ficam nervosas, deixam escapar a verdade. A irmã de Julie, Clarice, foi cantar no coral, como de costume, no primeiro domingo depois que o marido dela foi enterrado.

– Nem o funeral do marido conseguiu segurar Clarice por muito tempo – apontou Agatha Drew. – Ela não tem nada de *sério*. Sempre cantando e dançando.

– Eu costumava dançar e cantar... na praia, onde ninguém me ouvia – disse Myra Murray.

– Ah, mas criou juízo depois – respondeu Agatha.

– Nããããooo, fiquei mais tola. – Myra Murray a corrigiu sem pressa. – Agora sou tola demais para dançar na praia.

– No começo – disse Emma, que não deixaria ninguém impedir que contasse uma história completa –, eles pensaram que a notícia havia sido uma brincadeira... porque Abner tinha perdido a eleição dias antes... mas descobriram que o funeral era de um Amasa Cromwell, que vivia nos bosques do outro lado de Lowbridge... e não tinha nenhuma relação com ele. Esse homem havia morrido de verdade. Mas levou muito tempo para as pessoas perdoarem Abner pela decepção, se é que o perdoaram.

– Bem, foi um pouco inconveniente morrer tão longe, e bem na época do planejamento, e as pessoas fizeram a viagem por nada – justificou a Sra. Tom Chubb.

– E normalmente as pessoas gostam de um funeral – disse a Sra. Donald Reese. – Acho que somos todos como crianças. Levei Mary Anna ao funeral de Gordon, tio dela, e ela gostou muito. "Mãe, não podemos desenterrá-lo para ter a diversão de enterrá-lo de novo?", ela perguntou.

Todas riram disso... todas, menos a esposa do ancião Baxter, que ergueu o rosto longo e fino e espetou o acolchoado sem piedade. Nada era sagrado nos dias de hoje. Todos riam de tudo. Mas ela, esposa de um religioso, não riria de nada que tivesse a ver com um funeral.

– Falando em Abner, lembram-se do obituário que o irmão dele, John, escreveu para *sua* esposa? – perguntou a Sra. Allan Milgrave. – Começava com: "Deus, por razões que Ele conhece melhor, decidiu levar minha bela esposa e deixar viva a esposa feia do meu primo William". Nunca vou esquecer a confusão que isso causou.

– Como uma coisa assim é publicada? – perguntou a Sra. Best.

– Ele era editor do *Enterprise*, na época. Adorava a esposa... Bertha Morris, era o nome dela... e detestava a Sra.

William Cromwell, porque ela não queria que ele se casasse com Bertha. Achava que Bertha era muito volúvel.

– Mas era bonita – reconheceu Elizabeth Kirk.

– A coisa mais bonita que já vi em minha vida – concordou a Sra. Milgrave. – A beleza é herança entre os Morris. Mas volúvel... volúvel como a brisa. Ninguém jamais soube como ela sustentou uma decisão por tempo suficiente para se casar com John. Dizem que a mãe a mantinha na rédea curta. Bertha era apaixonada por Fred Reese, mas ele era um conquistador renomado. "Um pássaro na mão vale mais que dois voando", a Sra. Morris disse a ela.

– Ouvi esse provérbio durante toda minha vida – contou Myra Murray – e fico pensando se é verdade. Talvez os pássaros que voam possam *cantar*, e o da mão não cante.

Ninguém sabia o que dizer, mas a Sra. Tom Chubb falou, mesmo assim.

– Você é sempre muito excêntrica, Myra.

– Sabem o que Mary Anna disse outro dia? – indagou a Sra. Donald. – Ela disse: "Mãe, o que vou fazer se ninguém nunca me pedir em casamento?".

– Nós, as velhas solteironas, poderíamos responder, não é? – perguntou Celia Reese, dando uma cotovelada de leve em Edith Bailey. Celia não gostava de Edith, porque Edith ainda era bonita e não tinha desistido completamente do casamento.

– Gertrude Cromwell era feia – disse a Sra. Grant Clow. – Tinha a silhueta de uma ripa. Mas era uma ótima dona de casa. Lavava todas as cortinas todos os meses, e se Bertha lavava as dela uma vez por ano era muito. E os toldos estavam sempre abaixados. Gertrude dizia que tinha arrepios quando passava pela casa de John Cromwell. Mas John adorava Bertha, e William apenas tolerava Gertrude. Os homens são estranhos. Dizem que William dormiu demais na manhã de seu casamento e se vestiu com pressa, tanto que chegou na igreja com sapatos velhos e meias diferentes.

– Bem, foi pior com Oliver Random – riu a Sra. George Carr. – Ele esqueceu de mandar fazer um terno para o casamento, e o terno velho que usava aos domingos era simplesmente impossível. Estava *remendado*. Então, ele pegou emprestado o melhor terno do irmão. Que não cabia muito bem nele.

– Ao menos William e Gertrude se casaram – disse a Sra. Simon. – A irmã dela, Caroline, *não casou*. Ela e Ronny Drew discutiram sobre qual ministro faria o casamento e não chegaram a se casar. Ronny ficou tão bravo que casou com Edna Stone antes de ter tempo para se acalmar. Caroline foi ao casamento. Manteve a cabeça erguida, mas sua expressão era de morte.

– Mas segurou a língua, pelo menos – disse Sarah Taylor.

– Coisa que Philippa Abbey não fez. Quando Kim Mowbray a abandonou, ela foi ao casamento e disse as coisas mais horríveis em voz alta durante toda a cerimônia. Eram todos anglicanos, é claro – concluiu, como se isso fosse motivo para caprichos.

– É verdade que ela foi à recepção usando todas as joias que ganhou de Jim quando eles eram noivos? – perguntou Celia Reese.

– Não, não foi! Não sei como essas histórias se espalham. As pessoas deviam fazer qualquer coisa, menos repetir fofocas. Eu me atrevo a dizer que Jim Mowbray se arrependeu de não ter ficado com Philippa. A esposa o mantinha sempre na linha... embora ele se divertisse muito na ausência dela.

– A única vez que vi Jim Mowbray foi na noite em que os escaravelhos quase espantaram a congregação na cerimônia de aniversário em Lowbridge – contou Christine Crawford. – E o que os escaravelhos não fizeram, Jim Mowbray ajudou a fazer. Era uma noite quente, e todas as janelas estavam abertas. Os escaravelhos entraram e se espalharam às centenas. Na manhã seguinte, encontraram oitenta e sete insetos mortos na plataforma do coral. Algumas mulheres ficaram histéricas quando os insetos voaram muito perto de seu rosto. A esposa do novo ministro estava sentada perto de mim, do outro lado do corredor... a Sra. Peter Loring. Ela usava um grande chapéu com um laço e plumas de salgueiro...

– Ela sempre foi considerada exagerada e extravagante demais para esposa de ministro – interferiu a Sra. Baxter.

– "Fica olhando, vou espantar aquele inseto do chapéu da esposa do pregador" – ouvi Jim Mowbray cochichar... ele estava sentado bem atrás dela. Jim se inclinou para a frente e tentou dar um tapa no inseto... errou, mas bateu no chapéu, que saiu voando pelo corredor até a barra de comunhão. Jim quase teve um ataque. Quando o ministro viu o chapéu da esposa voando, perdeu-se no sermão, não conseguiu mais achar o que estava falando e desistiu aflito. O coral cantou o último hino, enquanto batia nos besouros sem parar. Jim foi buscar o chapéu da Sra. Loring. Esperava ser advertido, porque diziam que ela era muito brava. Mas ela só colocou o chapéu sobre os belos cabelos amarelos e riu para ele. "Se não tivesse feito isso, Peter teria falado por mais vinte minutos, e estaríamos suportando os olhares furiosos." É claro, que bom que não ficou brava, mas as pessoas acharam que isso não era coisa para ela falar sobre o marido.

– Mas é preciso lembrar como ela nasceu – falou Martha Crothers.

– Como?

– Ela era Bessy Talbot, do Oeste. A casa do pai dela pegou fogo uma noite, e foi no meio dessa confusão que Bessy nasceu... *no jardim*... sob as estrelas.
– Que romântico! – exclamou Myra Murray.
– Romântico! Eu diria que não foi nem *respeitável*.
– Pense bem, nascer sob as estrelas. – Myra insistiu, sonhadora. – Ela deve ter sido uma criança filha das estrelas... cintilante... linda... corajosa... verdadeira... com uma luz nos olhos.

– Ela foi tudo isso – confirmou Martha –, mesmo que as estrelas talvez não tenham sido responsáveis. E enfrentou tempos difíceis em Lowbridge, onde achavam que a esposa de um ministro devia ser recatada e séria. Ora, um dos anciãos da igreja a viu dançando em torno do berço do bebê, um dia, e disse que ela não deveria se alegrar com o filho antes de saber se ele era *eleito* ou não.

– Falando em bebês, sabem o que Mary Anna disse outro dia? "Mãe", ela disse, "*rainhas* têm bebês?".
– Deve ter sido Alexander Wilson – sugeriu a Sra. Allan.
– Homem rigoroso demais. Não deixava a família pronunciar uma palavra sequer durante as refeições, me contaram. E risadas... elas nunca existiram na casa *dele*.
– Imaginem uma casa sem risadas! – disse Myra.
– Ora, é um... *sacrilégio*.
– Às vezes, Alexander passava três dias seguidos sem falar com a esposa – continuou a Sra. Allan. – Era um alívio para ela – acrescentou.

– Alexander Wilson era um homem honesto nos negócios, pelo menos – falou a Sra. Grant Clow. Alexander era seu primo de quarto grau, e os Wilson defendiam a família. – Quando morreu, ele deixou quarenta mil dólares.

– Pena que teve que *deixá-los* – comentou Celia Reese.

— O irmão dele, Jeffry, não deixou um centavo — contou a Sra. Clow. — Era o fracassado da família. Mas *ele* riu muito. Gastava tudo que ganhava... era amigo de todos... e morreu falido. O que *ele* levou da vida, com toda essa simpatia e tantas risadas?

— Não muito, talvez — disse Myra —, mas pense em tudo que ele deu a ela. Estava sempre *dando*... alegria, simpatia, amizade, até dinheiro. Era rico em amigos, pelo menos, e Alexander nunca teve um amigo na vida.

— Os amigos de Jeff não o enterraram — retrucou a Sra. Allan. — Alexander teve que se encarregar disso... e mandou fazer uma bela lápide para ele. Custou cem dólares.

— Mas, quando Jeff pediu cem dólares emprestados para pagar uma cirurgia que poderia ter salvado sua vida, Alexander concedeu? — indagou Celia Drew.

— Ei, ei, estamos ficando muito inclementes — protestou a Sra. Carr. — Afinal, o mundo não é um mar de rosas, e todo mundo tem seus defeitos.

— Lem Anderson casa hoje com Dorothy Clark — disse a Sra. Millison, pensando que era hora de dar um tom mais alegre à conversa. — E não faz nem um ano que ele jurou se matar, caso Jane Elliott não aceitasse seu pedido de casamento.

— Os jovens dizem coisas estranhas — opinou a Sra. Chubb. — Eles mantiveram tudo em sigilo... só há três semanas a notícia do noivado se espalhou. Eu estava conversando com a mãe dele na semana passada, e ela nem insinuou que em breve haveria um casamento. Não sei se admiro muito uma mulher que é capaz de ser tão enigmática.

— Estou surpresa por Dorothy Clark o aceitar — confessou Agatha Drew. — Na última primavera, pensei que ela e Frank Clow finalmente se entenderiam.

— Ouvi dizer que Dorothy disse que Frank era melhor partido, mas ela não suportava pensar em ver aquele nariz para fora do lençol todas as manhãs, quando acordasse.

A Sra. Baxter foi sacudida por um arrepio típico de solteirona e se recusou a rir com as outras.

— Não deviam dizer essas coisas diante de uma jovem como Edith. — Celia piscou para as outras em torno do acolchoado.

— Ada Clark já ficou noiva? — perguntou Emma Pollock.

— Não, não exatamente — respondeu a Sra. Millison. — Está apenas esperançosa. Mas ela vai conseguir. Aquelas meninas têm um jeito especial para escolher maridos. A irmã dela, Pauline, casou com o melhor fazendeiro do porto.

— Pauline é bonita, mas tem umas ideias muito ingênuas — comentou a Sra. Milgrave. — Às vezes, acho que ela nunca vai ter juízo.

— Ah, vai sim — discordou Myra Murray. — Um dia ela vai ter filhos e vai aprender com eles a ser sábia... como você e eu aprendemos.

— Onde Lem e Dorothy vão morar? — perguntou a Sra. Meade.

— Lem comprou uma fazenda em Upper Glenn. A antiga casa dos Carey, sabe, onde a pobre Sra. Roger Carey matou o marido.

— Matou o marido!

— Oh, não estou dizendo que ele não mereceu, mas todo mundo achou que ela foi longe demais. Sim, herbicida no chá... ou foi na sopa? Todo mundo sabia disso, mas nada jamais foi feito a respeito. O carretel, Celia, por favor.

— Mas está dizendo, Sra. Millison, que ela nunca foi julgada... ou punida? — A Sra. Campbell espantou-se.

— Bem, ninguém queria ver uma vizinha em uma situação como essa. Os Carey eram bem relacionados em Upper Glen.

Além do mais, ela foi induzida pelo desespero. É claro que ninguém aprova assassinato como resposta habitual, mas, se existiu um homem que merecia ser assassinado, esse homem foi Roger Carey. Ela foi para os Estados Unidos e casou de novo. Morreu há anos. O segundo marido a enterrou. Isso tudo aconteceu quando eu era menina. As pessoas diziam que o fantasma de Roger Carey *vagava*.

– Ninguém acredita em fantasmas nesses tempos esclarecidos – opinou a Sra. Baxter.

– Por que não devemos acreditar em fantasmas? – Quis saber Tillie MacAllister. – Fantasmas são interessantes. Conheço um homem que era assombrado por um fantasma que sempre ria dele... como se debochasse. Isso o deixava furioso. A tesoura, por favor, Sra. MacDougall.

O pedido teve que ser feito duas vezes, antes de a jovem esposa entregar a tesoura com o rosto muito vermelho. Ainda não estava acostumada a ser chamada de Sra. MacDougall.

– A antiga casa dos Truax no porto foi assombrada durante anos... batidas e ruídos por todos os lados... uma coisa muito misteriosa – contou Christine Crawford.

– Todos os Truax têm problemas de estômago – revelou a Sra. Baxter.

– É claro que, se você não acredita em fantasmas, eles não podem existir – a Sra. MacAllister lembrou, emburrada. – Mas minha irmã trabalhou em uma casa, na Nova Escócia, que era assombrada por gargalhadas.

– Um fantasma alegre! – exclamou Myra. – Eu não me incomodaria.

– Deviam ser corujas – disse a cética Sra. Baxter.

– Minha mãe viu anjos em torno de seu leito de morte. – Agatha Drew garantiu, com um ar de triunfo triste.

– Anjos não são fantasmas – lembrou a Sra. Baxter.

– Falando em mães, como vai seu tio Parker, Tillie? – perguntou a Sra. Chubb.

– Ele tem períodos muito ruins. Não sabemos como vai terminar. Isso está nos impedindo de decidir... com relação às roupas de inverno, quero dizer. Mas outro dia, quando estava conversando com minha irmã sobre isso, disse a ela: "É melhor comprarmos vestidos pretos, e assim não importa o que vai acontecer".

– Sabem o que Mary Anna disse outro dia? Ela disse: "Mãe, vou parar de pedir para Deus cachear meu cabelo. Passei uma semana pedindo todas as noites, e Ele não fez nada".

– Tem uma coisa que peço a Ele há vinte anos – respondeu amarga a Sra. Duncan, que não tinha falado nem erguido os olhos do acolchoado até então. Ela era conhecida pela beleza de seu trabalho... talvez porque nunca se distraía com fofoca e colocava cada ponto exatamente onde devia estar.

Um silêncio breve caiu sobre o grupo. Todas podiam imaginar o que ela pedia... mas não era algo que se devesse discutir enquanto faziam um acolchoado. A Sra. Duncan não falou mais nada.

– É verdade que May Flagg e Billy Carter terminaram, e ele está namorando uma das MacDougall do porto? – perguntou Martha Crothers depois de um intervalo considerável.

– Sim. Mas ninguém sabe o que aconteceu.

– Que pena... às vezes, coisas sem importância acabam com relacionamentos – comentou Candace Crawford. – Dick Pratt e Lilliam MacAllister, por exemplo... Ele ia fazer o pedido de casamento em um piquenique, quando seu nariz começou a sangrar. Ele teve que ir ao riacho... e lá encontrou uma moça estranha que emprestou seu lenço. Ele se apaixonou, e os dois se casaram duas semanas depois.

– Souberam o que aconteceu com Big Jim MacAllister na noite do último sábado, na loja de Milt Cooper em Harbour Head? – perguntou a Sra. Simon, pensando que era hora de alguém abordar um assunto mais animado que fantasmas e fins de relacionamento. – Ele passou o verão todo criando o hábito de sentar em cima do fogão. Mas sábado à noite estava frio, e Milt tinha acendido o fogão. Quando o pobre Big Jim sentou... bem, ele queimou seu...

A Sra. Simon não diria o que ele queimou, mas bateu silenciosamente em uma parte do próprio corpo.

– O traseiro – falou Walter, sério, espiando de trás da cortina de trepadeiras. Achava que a Sra. Simon não conseguia lembrar a palavra certa.

Um silêncio perplexo envolveu as costureiras. Walter Blythe havia estado ali o tempo todo? Todo mundo tentava lembrar as histórias contadas para avaliar se alguma era terrivelmente imprópria para os ouvidos de uma criança. A Sra. do Dr. Blythe era conhecida por se preocupar muito com o que os filhos ouviam. Antes que elas recuperassem a fala, Anne apareceu e as convidou a entrar para jantar.

– Só mais dez minutos, Sra. Blythe. Só precisamos desse tempo para terminar os dois acolchoados – falou Elizabeth Kirk.

Os acolchoados ficaram prontos, foram sacudidos, estendidos e apreciados.

– Queria saber quem vai dormir com eles – disse Myra Murray.

– Talvez uma nova mãe segure seu primeiro bebê embaixo de um deles – disse Anne.

– Ou crianças pequenas se encolham debaixo deles em uma noite fria – sugeriu a Srta. Cornelia, inesperadamente.

– Ou algum pobre e velho corpo reumático sinta-se mais aconchegado com eles – disse a Sra. Meade.

– Espero que ninguém *morra* embaixo deles – falou a Sra. Baxter, com tristeza.

– Sabem o que Mary Anne falou antes de eu vir? – perguntou a Sra. Donald quando elas encheram a sala de jantar.

– Ela disse: "Mãe, não esqueça que você deve comer *tudo* que tiver no seu prato".

As mulheres sentaram, comeram e beberam felizes, porque tinham feito um bom trabalho durante aquela tarde e havia pouca maldade na maioria delas, afinal.

Depois do jantar, elas foram para casa. Jane Burr andou até o vilarejo na companhia da Sra. Simon Millison.

– Vou ter que me lembrar de tudo que vi para poder contar à mamãe – comentou Jane, melancólica, sem saber que Susan estava contando as colheres. – Ela nunca sai de casa, porque está presa à cama, mas adora ouvir as notícias. Aquela mesa vai ser um encanto para ela.

– Parecia coisa de revista – concordou a Sra. Simon, com um suspiro. – Sei preparar um bom jantar, se eu quiser, mas não sou capaz de arrumar a mesa com um mínimo de estilo. Quanto ao jovem Walter, eu poderia espancar seu *traseiro* com alegria. Que susto ele me deu!

– E suponho que Ingleside tenha sido palco de um desfile de personagens mortos? – perguntava o médico.

– Não participei da confecção do acolchoado – respondeu Anne –, por isso não sei o que foi dito.

– Você nunca saberá, querida – apontou a Srta. Cornelia, que tinha ficado para ajudar Susan a dobrar os acolchoados. – Quando participa da costura, elas nunca falam tanto. Acham que você não aprova a fofoca.

– Depende do tipo – explicou Susan.

– Bem, ninguém disse nada realmente horrível hoje. A maioria das pessoas das quais falaram está morta... ou deveria estar – opinou a Srta. Cornelia, lembrando com um sorriso da história sobre o funeral frustrado de Abner Cromwell. – Só a Sra. Millison, que teve que trazer de volta aquela velha história macabra de assassinato envolvendo Madge Carey e o marido. Lembro de tudo. Não havia nenhuma evidência de que foi Madge... exceto o gato, que morreu ao tomar um pouco da sopa. O animal estava doente havia uma semana. Se quer saber minha opinião, Roger Carey morreu de apendicite... apesar de ninguém saber que apêndices existiam, naquele tempo.

– E acho, na verdade, que é uma pena que tenham descoberto – respondeu Susan. – Todas as colheres estão aqui, querida Sra. do doutor, e não aconteceu nada com a toalha de mesa.

– Bem, preciso ir para casa – anunciou a Srta. Cornelia. – Eu mando algumas costelas para vocês na semana que vem, quando Marshall matar o porco.

Walter estava novamente sentado na escada com os olhos cheios de sonhos. A noite caía.

"De onde ela caía?", ele pensava. Algum espírito gigantesco com grandes asas de morcego a derramava de uma jarra roxa sobre o mundo? A lua se erguia e três velhos abetos inclinados pelo vento lembravam três bruxas magras e corcundas subindo a encosta. Aquilo era um fauno de orelhas peludas encolhido nas sombras?

E se abrisse a porta no muro de tijolos agora, atravessaria não para o conhecido jardim, mas para uma terra estranha de encantados, onde princesas despertavam do sono encantado, onde ele poderia procurar e achar o Eco, como sempre quis? Era melhor não falar. Alguma coisa poderia desaparecer.

– Querido – disse a mãe ao sair –, não fique aí por muito tempo. Está começando a esfriar. Não esqueça sua garganta.

A palavra falada quebrou o encanto. A luz da magia se apagou. O gramado era outra vez um lugar bonito, mas não era mais uma terra de fadas. Walter levantou-se.

– Mãe, pode me contar o que aconteceu no funeral de Peter Kirk?

Anne pensou um pouco... depois se arrepiou.

– Agora não, querido. Talvez... outra hora...

CAPÍTULO 33

Sozinha no quarto, porque Gilbert havia sido chamado, Anne sentou-se ao lado da janela por alguns minutos, em comunhão com a ternura da noite e apreciando o charme sobrenatural do quarto iluminado pelo luar. Havia sempre algo um pouco estranho em um quarto iluminado pelo luar. Toda sua personalidade mudava. Não era muito amigável... muito humano. Era remoto e distante, envolto em si mesmo. Quase como se a considerasse uma intrusa.

Estava um pouco cansada, depois do dia agitado, e tudo agora estava tranquilo... as crianças dormiam, a ordem havia sido restaurada em Ingleside. Não havia nenhum ruído na casa, exceto um som abafado e cadenciado na cozinha, onde Susan sovava o pão.

Mas os sons da noite entravam pela janela aberta, e Anne conhecia e amava cada um deles. Risadas baixas trazidas do porto pelo ar parado. Alguém cantava em Glen, e a melodia era como as notas aflitas de alguma canção ouvida há muito tempo. Havia caminhos prateados pela lua sobre a água, mas Ingleside se cobria de sombras. As árvores cochichavam "coisas sombrias de outrora", e uma coruja piava no Vale do Arco-Íris.

"Que verão feliz foi este", pensou Anne... e lembrou com tristeza algo que ouviu tia Highland Kitty de Upper Glen falar uma vez... "O mesmo verão nunca virá duas vezes".

Nunca será igual. Outro verão viria... mas as crianças seriam um pouco maiores, e Rilla iria para a escola... "e eu não terei mais nenhum bebê", Anne pensou com tristeza. Jem tinha doze anos agora, e já se falava sobre "a Mudança"... Jem, que ontem mesmo era um bebê na velha Casa dos Sonhos. Walter crescia depressa, e naquela manhã mesmo ela tinha escutado Nan provocando Di sobre um "menino" da escola; e Di havia corado e jogado os cabelos vermelhos. Bem, era a vida. Alegria e sofrimento... esperança e medo... e mudança. Sempre mudança! Era inevitável. Era preciso deixar o velho ir embora e receber o novo em seu coração... aprender a amá-lo e depois também se despedir dele. A primavera, por mais linda que fosse, tinha que dar lugar ao verão, e o verão se perdia no outono. Nascimento... casamento... e morte.

De repente, Anne lembrou da pergunta de Walter sobre o funeral de Peter Kirk. Não pensava nisso havia anos, mas não havia esquecido. Tinha certeza de que ninguém que esteve lá esqueceu, ou esqueceria. Sentada ali à luz da lua, ela recordou.

Era novembro... o primeiro novembro que passavam em Ingleside. Depois de uma semana de veranico. Os Kirk moravam em Mowbray Narrows, mas frequentavam a igreja em Glen, e Gilbert era médico da família; por isso, ele e Anne foram ao funeral.

Era um dia ameno, calmo, cinza-perolado. Por todos os lados via-se a solitária paisagem marrom e púrpura de novembro, com trechos ensolarados aqui e ali sobre as colinas e as áreas mais altas, onde o sol brilhava entre nuvens. "Kirkwynd" ficava tão perto da praia que um sopro de ar salgado atravessava as árvores atrás dela. Era uma casa grande, de aparência próspera, mas Anne sempre achou que a empena do canto parecia um rosto comprido, estreito e ressentido.

Anne parou para conversar com um grupo de mulheres no gramado austero, sem flores. Eram criaturas boas e trabalhadoras, para quem um funeral não era um acontecimento desagradável.

– Esqueci de trazer um lenço – a Sra. Bryan Blake se queixava. – O que vou fazer quando chorar?

– Você vai ter que chorar? – perguntou grosseiramente sua cunhada, Camilla Blake. Camilla não gostava de mulheres choronas. – Peter Kirk não é seu parente e você nunca simpatizou com ele.

– Acho que é *adequado* chorar em um funeral – respondeu a Sra. Blake, de um jeito rígido. – Demonstra *sentimento* quando um vizinho foi chamado para sua última morada.

– Se as pessoas que não gostavam de Peter não chorarem no funeral, não vai haver muitas lágrimas – opinou a Sra. Curtis Rodd. – Essa é a verdade, por que mentir? Eu sei que ele era um belo embuste, mesmo que ninguém saiba. Quem é aquela passando pelo portão? Não... não me digam que é Clara Wilson.

– É – sussurrou incrédula a Sra. Bryan.

– Bem, vocês sabem que, depois que a primeira esposa de Peter morreu, ela disse que só voltaria à casa dele para seu funeral, e não mentiu – disse Camilla Blake. – Ela é irmã da primeira esposa de Peter... – explicou a Anne, que olhou curiosa para Clara Wilson quando ela passou pelo grupo sem desviar os olhos cor de topázio do caminho. Era uma mulher magra, de rosto sombrio e trágico e cabelos negros sob uma daquelas boinas absurdas que as mulheres mais velhas ainda usavam... uma coisa com penas e um véu fino que cobria o nariz. Ela não olhava nem falava com ninguém enquanto ia arrastando a saia de tafetá preto pelo gramado a caminho da escada da varanda.

– Aquele na porta com cara de enterro é Jed Clinton – comentou Camilla, sarcástica. – Ele deve estar pensando que é hora de entrarmos. Clinton sempre diz que, em *seus* funerais, tudo acontece na hora certa. Ele nunca perdoou Winnie Clow por desmaiar *antes* do sermão. Não teria sido tão ruim, afinal. Bem, provavelmente, ninguém vai desmaiar *neste* funeral. Olivia não é do tipo que desmaia.

– Jed Clinton... o dono da funerária de Lowbridge – disse a Sra. Reese. – Por que não chamaram o de Glen?

– Quem? Carter Flagg? Minha querida, ele e Peter passaram a vida brigando. Carter queria Amy Wilson, sabe?

– Muitos a queriam – lembrou Camilla. – Ela foi uma moça muito bonita, com aquele cabelo cor de cobre e os olhos negros como tinta. Mas as pessoas achavam que Clara era a mais bonita das irmãs. É estranho que ela nunca tenha se casado. Ah, lá está o ministro, enfim... e trouxe o Reverendo Sr. Owen, de Lowbridge. Ele é primo de Olivia. É bom, embora use muitos "Ohs" em suas orações. É melhor irmos, ou Jed vai ter uma síncope.

Anne parou para olhar Peter Kirk a caminho de uma cadeira. Nunca gostou dele. "Seu rosto é cruel", havia pensado na primeira vez que o viu. "Bonito, sim... mas os olhos são frios como aço, apesar das bolsas que começam a se formar, e ele tem a boca fina e contraída de um avarento. Sabe-se que é egoísta e arrogante em seus negócios, apesar das preces untuosas e da profissão de fé." "Sempre se sente muito importante", ela havia ouvido alguém dizer uma vez. Mas, de maneira geral, ele era respeitado e admirado.

Peter era tão arrogante na morte quanto tinha sido em vida, e havia algo nos dedos longos demais cruzados sobre o peito imóvel, algo que causou em Anne um arrepio. Ela pensou em um coração de mulher entre eles e olhou para Olivia Kirk, sentada do outro lado em seu luto. Olivia era uma mulher alta e bonita, de pele clara e grandes olhos azuis... "não quero mulher feia", Peter Kirk disse uma vez... e seu rosto era contido e inexpressivo. Não havia sinais aparentes de lágrimas... mas Olivia era uma Random, e os Random não eram emotivos. Pelo menos mantinha o decoro, e a viúva mais arrasada do mundo não poderia ter usado luto mais fechado.

O ar era dominado pelo perfume pesado das flores que enfeitavam o caixão de Peter Kirk... que nunca soube que flores existiam. Sua loja mandou uma coroa, a igreja mandou outra, a Associação Conservadora, outra, os curadores da escola mandaram outra, o Conselho de Xadrez, outra. Seu único filho, afastado havia muito tempo, não mandou nada, mas a família Kirk enviou uma grande âncora de rosas brancas com a inscrição "Finalmente o Porto" em rosas vermelhas no centro, e havia uma coroa mandada pela própria Olivia... uma almofada de lírios. O rosto de Camilla Blake se contorceu ao olhar para as flores, e Anne lembrou que uma vez Camilla contou que havia estado em Kirkwynd pouco depois do segundo casamento de Peter, e ele jogou pela janela um vaso de lírios que a esposa tinha levado. Disse que não queria que a casa fosse invadida por mato.

Aparentemente, Olivia reagiu com muita tranquilidade, e não houve mais lírios em Kirkwynd. Seria possível que Olivia... mas Anne olhou para o rosto sereno da Sra. Kirk e desconsiderou a suspeita. Afinal, geralmente era a floricultura que sugeria as flores.

O coral cantou "A morte como um mar estreito nos separa da terra do paraíso", e Anne olhou para Camilla e soube que ambas pensavam em como Peter Kirk poderia entrar nessa terra do paraíso. Anne quase podia ouvir Camilla dizendo: "Imagine Peter Kirk com uma harpa e um halo".

O Reverendo Sr. Owen leu um capítulo e rezou com muitos "ohs" e muitas súplicas para que os corações enlutados fossem confortados. O ministro de Glen fez um discurso que muitos consideraram exagerado, mesmo que fosse indispensável dizer algo de bom sobre o morto. Dizer que Peter Kirk era pai afetuoso e marido terno, vizinho gentil e cristão dedicado era, as pessoas ali sentiam, um uso indevido da língua. Camilla se escondeu atrás do lenço, não para chorar, e Stephen Macdonald pigarreou uma ou duas vezes. A Sra. Bryan pediu um lenço emprestado a alguém e chorava nele, mas os olhos azuis de Olivia permaneciam secos.

Jed Clinton suspirou aliviado. Tudo havia corrido lindamente. Outro hino... o habitual desfile para olhar pela última vez "os restos"... e outro funeral bem-sucedido seria acrescentado à sua longa lista.

Houve uma ligeira comoção em um canto da sala, e Clara Wilson atravessou o labirinto de cadeiras em direção à mesa ao lado do caixão. Lá, ela virou de frente para as pessoas ali reunidas. A boina absurda havia escorregado um pouco para um lado, e uma ponta de cabelo negro escapava do coque e caía sobre um ombro. Mas ninguém achava absurda a aparência de Clara Wilson. O rosto comprido e pálido estava corado, os olhos trágicos e atormentados ardiam. Ela era uma mulher possuída. A amargura, como uma doença degenerativa incurável, parecia dominar seu ser.

– Vocês ouviram uma coleção de mentiras... vocês, que vieram aqui para "prestar uma homenagem"... ou saciar a curiosidade, tanto faz. Agora vou dizer a verdade sobre Peter Kirk. Não sou hipócrita... nunca tive medo dele vivo e não o temo agora que está morto. Ninguém jamais ousou dizer a verdade na cara dele, mas ela será dita agora... aqui em seu funeral, onde ele foi chamado de bom marido e vizinho gentil. Bom marido! Ele se casou com minha irmã Amy... minha linda irmã Amy. Todos vocês sabem como ela era doce e adorável. E ele a fez infeliz. Ele a torturou e humilhou... e *gostava* de fazer isso. Oh, ele ia à igreja regularmente... e fazia longas orações... e pagava suas contas. Mas era um tirano e um agressor... até o cachorro fugia, quando ouvia seus passos. Eu disse a Amy que ela se arrependeria do casamento. Eu a ajudei a fazer o vestido de noiva... teria preferido costurar sua mortalha. Na época, ela era louca por ele, pobrezinha, mas, menos de uma semana depois do casamento, já sabia quem ele era. A mãe havia sido uma escrava, e ele esperava o mesmo da esposa. "Não admito discussão em minha casa", ele dizia. E ela não tinha força para discutir... seu coração estava partido. Oh, eu sei o que ela suportou, minha pobre querida. Ele a contrariava de todas as maneiras. Ela nunca pôde ter um jardim com flores... não pôde ter nem um gato... dei um a ela, e ele o afogou. Minha irmã tinha que prestar contas de cada centavo que gastava. Algum de vocês a viu com uma roupa decente, alguma vez? Ele a criticava por usar seu melhor chapéu, se parecia que ia chover. A chuva não teria estragado nenhum chapéu que ela teve, pobre criatura. Ela, que adorava roupas bonitas! E ele vivia fazendo cara feia para a família dela. Nunca riu em toda sua vida... alguém aqui o viu rir de verdade? Ele sorria... ah, sim, ele sempre sorria calmo e doce enquanto fazia as coisas mais enlouquecedoras. Sorriu quando disse a ela, depois que seu bebê nasceu morto, que ela deveria ter morrido também se não era capaz de produzir mais que crianças mortas. Ela morreu depois de dez anos dessa vida... e eu fiquei feliz por ela ter escapado dele. Naquele dia, disse a ele que só voltaria a entrar aqui para seu funeral. Alguns aqui me ouviram. Cumpri a promessa e agora vim para dizer a verdade sobre ele. Esta é a verdade... você sabe – e apontou firme para Stephen Macdonald... – você sabe... – apontando para Camilla Blake... – você sabe... – Olivia Kirk não moveu um músculo... – você sabe... – o pobre ministro sentia que o dedo o atravessava completamente. – Chorei no casamento de Peter Kirk, mas avisei que iria rir em seu funeral. E é o que vou fazer.

Ela se virou furiosa e debruçou sobre o caixão. Malfeitos que haviam machucado durante anos tinham sido vingados. Finalmente, ela havia extravasado o ódio. Todo seu corpo vibrou com um misto de triunfo e satisfação quando ela fitou o rosto frio e imóvel de um homem morto. Todos esperaram a gargalhada vingativa. Ela não aconteceu. O rosto furioso de Clara Wilson se transformou de repente... se contorceu... se contraiu como o de uma criança. Clara estava... chorando.

Com o rosto molhado de lágrimas, ela virou e saiu da sala. Mas Olivia Kirk se levantou diante dela e tocou seu braço. Por um momento, as duas se olharam. A sala foi invadida por um silêncio que era como uma presença física.

– Obrigada, Clara Wilson – disse Olivia Kirk. Seu rosto era inexpressivo como sempre, mas havia na voz calma uma nota que fez Anne se arrepiar. Era como se um poço se abrisse de repente diante de seus olhos. Clara Wilson podia odiar Peter Kirk, vivo ou morto, mas Anne sentiu que seu ódio empalidecia, comparado ao de Olivia Kirk.

Clara saiu chorando e passou pelo furioso Jed, agora com um funeral arruinado em sua lista. O ministro, que pretendia anunciar um último hino, "Adormecido em Jesus", pensou melhor e só pronunciou uma bênção trêmula. Jed não fez o anúncio habitual convidando amigos e familiares a olharem "os restos" pela última vez em despedida. A única coisa decente a fazer era fechar o caixão de uma vez e enterrar Peter Kirk o mais depressa possível.

Anne respirou fundo quando desceu a escada da varanda. Como era bom sentir o ar frio e puro depois de respirar naquela sala abafada e perfumada onde a amargura de duas mulheres havia sido um tormento, para elas.

A tarde ficava mais fria e cinzenta. Pequenos grupos espalhados pelo gramado discutiam o ocorrido em voz baixa. Clara Wilson se afastava atravessando um pasto seco a caminho de casa.

– Isso foi insuperável – comentou Nelson, atordoado.
– Chocante... chocante! – respondeu o velho Baxter.
– Por que não impedimos? – perguntou Henry Reese.
– Porque todos vocês queriam ouvir o que ela ia dizer – disse Camilla.
– Não foi... decoroso – opinou Sandy MacDougall. Satisfeito com a escolha da palavra, ele a repetia caprichoso. – Não foi decoroso. Um funeral deve ser decoroso, acima de tudo... decoroso.
– A vida é engraçada, não é? – refletiu Augustus Palmer.
– Lembro quando Peter e Amy se aproximaram – contou o velho James Porter. – Eu cortejava minha mulher naquele mesmo inverno. Clara era muito bonita. E fazia uma torta de cereja maravilhosa!
– Ela sempre teve a língua afiada – apontou Boyce Warren. – Desconfiei de que alguma coisa aconteceria quando a vi chegar, mas nunca imaginei que poderia ser algo como aquilo. E Olivia! Quem poderia imaginar? As mulheres são estranhas.
– Vamos lembrar dessa história pelo resto da vida – afirmou Camilla. – Afinal, se coisas assim nunca acontecessem, a história seria uma coisa tediosa.

Desmoralizado, Jed reuniu os carregadores e providenciou a remoção do caixão. Quando o carro fúnebre seguiu pela estrada, acompanhado pela lenta procissão de carroças, ouviu-se um cachorro uivando aflito no celeiro. Talvez uma criatura viva chorasse a morte de Peter Kirk, afinal.

Stephen Macdonald aproximou-se de Anne, que esperava Gilbert. Ele era de Upper Glenn, um homem alto com a cabeça de um imperador romano. Anne sempre simpatizou com ele.

– Sinto cheiro de neve – disse ele. – Sempre achei que novembro é um tempo de nostalgia. Também tem essa sensação, Sra. Blythe?

– Sim. O ano lembra com saudade de sua primavera perdida.

– Primavera... primavera! Sra. Blythe, estou ficando velho. E me pego imaginando que as estações estão mudando. O inverno não é mais o que era... não reconheço o verão... e a primavera... agora não há primavera. Pelo menos é o que sentimos quando as pessoas que conhecemos não voltam mais para viver tudo isso conosco. Pobre Clara Wilson... o que achou de tudo aquilo?

– Foi desolador. Tanto ódio...

– Siiim. Ela foi apaixonada por Peter no passado... terrivelmente apaixonada. Clara era a moça mais bonita de Mowbray Narrows... tinha cachos negros emoldurando o rosto pálido... mas Amy era uma criatura risonha, saltitante. Peter abandonou Clara para ficar com Amy. É estranho como as coisas acontecem, não é, Sra. Blythe?

Os abetos atrás de Kirkwynd foram sacudidos por um vento lúgubre; ao longe, a neve caía sobre uma colina onde uma fileira de pinheiros parecia perfurar o céu cinzento. Todos correram para se abrigar antes que a nevasca alcançasse Mowbray Narrows.

"Tenho o direito de ser tão feliz, enquanto outras mulheres são miseráveis?", Anne refletiu a caminho de casa, lembrando do olhar de Olivia Kirk quando ela agradeceu a Clara Wilson.

Anne se afastou da janela. Era quase meia-noite. Clara Wilson estava morta e Olivia Kirk havia se mudado para a costa, onde se casou de novo. Ela era muito mais nova que Peter.

"O tempo é mais generoso do que pensamos", Anne refletiu. "É um terrível erro alimentar a amargura por anos... guardá-la no coração como um tesouro. Mas acho que Walter nunca deve saber o que aconteceu no funeral de Peter Kirk. Certamente, não é uma história para crianças."

CAPÍTULO 34

Rilla sentou-se na escada da varanda de Ingleside e cruzou um joelho sobre o outro... lindos joelhinhos marrons e gorduchos... e se ocupou de ser infeliz. E se alguém se pergunta por que uma criança bem tratada fica infeliz, essa pessoa deve ter esquecido a própria infância, quando coisas que eram simples bobagens para os adultos se tornavam tragédias terríveis e sombrias para ela. Rilla se perdia em profundo desespero porque Susan tinha dito que faria um de seus bolos dourados e prateados para o evento do orfanato naquela manhã e ela, Rilla, deveria levá-lo à igreja à tarde.

Não me pergunte por que Rilla sentia que seria melhor morrer a carregar um bolo pelo vilarejo até a igreja Presbiteriana Glen St. Mary. As crianças pequenas têm ideias estranhas, às vezes, e Rilla tinha decidido que era vergonhoso e humilhante ser vista carregando um bolo *para qualquer lugar*. Talvez fosse porque, um dia, quando tinha apenas cinco anos, ela viu Tillie Pake carregando um bolo pela rua, e todos os meninos do vilarejo a seguiam e debochavam dela. A velha Tillie morava em Harbour Mouth e era uma mulher muito suja e maltrapilha.

"Velha Tillie Pake, cara de formiga, foi roubar um bolo e teve dor de barriga", os meninos cantavam.

Ser perseguida como Tillie Pake era algo que Rilla não suportaria. E formou-se em sua cabeça a ideia de que "era impossível ser uma dama" e carregar bolos por aí. Por isso ela estava ali, inconsolável sentada na escada da varanda, sem o habitual sorriso na boca onde faltava um dente da frente. Em vez de parecer entender o que os narcisos pensavam, e dividir segredo com a rosa amarela, ela parecia arrasada para sempre. Até os grandes olhos cor de avelã, que quase fechavam quando ela ria, estavam tristes e atormentados, não eram mais os costumeiros poços de encanto. "As fadas tocaram seus olhos", tia Kitty MacAllister disse a ela uma vez. O pai jurava que ela havia nascido capaz de enfeitiçar e tinha sorrido para o Dr. Parker meia hora depois de nascer. Rilla falava melhor com os olhos do que com a língua, porque tinha algumas dificuldades de pronúncia. Mas seriam superadas quando ela crescesse... e ela crescia depressa. No ano passado, seu pai a havia medido com uma roseira; neste ano foi com um ramo de flox; logo seria com a malva-rosa, e ela iria para a escola. Rilla vivia muito feliz e satisfeita com ela mesma, até ouvir o terrível anúncio de Susan. "Francamente", Rilla disse indignada para o céu, Susan não sabia o que era vergonha. É claro que pronunciou "o que ela fergonha", mas o céu azul-claro parecia ter entendido.

Mamãe e papai tinham ido a Charlottetown naquela manhã, e todas as outras crianças estavam na escola. Rilla e Susan estavam sozinhas em Ingleside. Normalmente, Rilla estaria muito feliz com as circunstâncias. Nunca se sentia solitária; teria ficado satisfeita sentada ali na escada, ou em sua pedra coberta de musgo no Vale do Arco-Íris, com a companhia de um ou dois gatinhos e a imaginação criando histórias a respeito de tudo que via... o pedaço do gramado que parecia uma terra encantada de borboletas... as papoulas flutuando sobre o jardim...

a grande nuvem fofa sozinha no céu... as abelhas voando em torno do agrião... a madressilva que se pendurava para tocar seus cachos castanho-avermelhados com um dedo amarelo... o vento que soprava... para onde ele ia? O Tordo Atrevido, que tinha voltado mais uma vez e saltitava todo importante ao longo da balaustrada da varanda, perguntando-se por que Rilla não brincava com ele... Rilla, que não conseguia pensar em nada que não fosse a notícia terrível de que teria que carregar um bolo... um *bolo*... pelo vilarejo até a igreja para o evento que estavam organizando para os órfãos. Rilla sabia que o orfanato ficava em Lowbridge e que as pobres crianças que moravam lá não tinham pai nem mãe. Sentia muita pena delas. Mas a pequena Rilla Blythe não queria ser vista *carregando um bolo* em público, nem pelo mais órfão dos órfãos.

Se chovesse, talvez não tivesse que ir. Não *parecia* que ia chover, e Rilla uniu as mãos... tinha uma covinha na base de cada dedo... e pediu com fervor:

– Por fafor, querido Deus, faz chofer forte. Faz chofer muito. Ou... – Rilla pensou em outra possibilidade de salvação. – Faz o bolo da Susan queimar...

Mas, quando chegou a hora do almoço, o bolo recheado e coberto esperava seu destino sobre a mesa da cozinha. Era um dos favoritos de Rilla... "Bolo dourado e prateado", parecia muito *luxuoso*... mas ela sentia que nunca mais conseguiria comer uma fatia dele.

Mas... isso não era um trovão sobre as colinas baixas do outro lado do porto? Talvez Deus tivesse ouvido sua prece... talvez houvesse um terremoto antes da hora de sair. Não poderia ter uma dor de estômago, se o pior acontecesse? Não. Rilla estremeceu. Isso a obrigaria a tomar óleo de rícino. O terremoto era melhor!

As outras crianças não perceberam que Rilla, sentada tranquilamente em sua cadeira preferida, que tinha um patinho branco bordado em tapeçaria atrás do encosto, estava muito quieta. Egoístas! Se mamãe estivesse em casa, ela teria notado. Mamãe percebeu imediatamente como ela ficou abalada naquele dia em que a foto do papai saiu no *Enterprise*. Rilla chorava na cama quando mamãe entrou e descobriu que ela pensava que só assassinos tinham seus retratos publicados em jornais. Mamãe resolveu tudo depressa. Mamãe gostaria de ver a filha dela carregando um bolo por Glen como a velha Tillie Pake?

Rilla não conseguiu comer muito, embora Susan a tivesse servido no lindo prato azul com a guirlanda de rosas que tia Rachel Lynde havia mandado para ela no último aniversário, e que só podia usar aos domingos. Prato azul de rosinhas! Quando tinha que fazer uma coisa tão vergonhosa. Mas as tortinhas de frutas que Susan tinha feito para a sobremesa eram boas.

– Susan, Nan e Di não podem lefar o bolo depois da escola? – Ela pediu.

– Di vai para a casa da Jessie Reese depois da escola, e Nan está com a perna machucada – respondeu Susan, pensando que ela brincava. – E seria tarde demais. O comitê quer todos os bolos lá até as três horas, para poderem cortar e distribuir as fatias em pratos antes de irem para casa jantar. Por que não quer ir, rechonchuda? Você sempre gostou de levar encomendas.

Rilla *era* um pouco rechonchuda, mas odiava esse apelido.

– Não quero ferir meus sentimentos – explicou ela, séria.

Susan riu. Rilla começava a dizer coisas que faziam a família dar risada. Ela nunca entendia por que riam, pois sempre falava sério. Só a mamãe nunca dava risada; não riu nem quando descobriu que Rilla pensava que o papai era um assassino.

– O evento é para angariar dinheiro para os menininhos e as menininhas pobres que não têm pai nem mãe – explicou Susan... como se ela fosse um bebê que não entendia nada!

– Eu sou quase uma órfã! – disse Rilla. – Só tenho um pai e uma mãe.

Susan riu de novo. Ninguém entendia.

– Você sabe que sua mãe prometeu o bolo ao comitê, benzinho. Não tenho tempo para ir levar pessoalmente, e ele *precisa* ir. Vá pôr o vestido azul e leve o bolo.

– Minha boneca está doente! – Rilla reagiu desesperada. – Preciso pôr ela na cama e ficar com ela. Pode ser pelomia.

– Sua boneca vai ficar bem até você voltar. Dá para ir e voltar em meia hora – respondeu Susan sem amolecer.

Não havia esperança. Até Deus tinha falhado com ela... não havia nem sinal de chuva. Rilla, perto demais das lágrimas para continuar argumentando, subiu e pôs o vestido novo de organdi fosco e o chapéu de domingo, com acabamento de margaridas. Se parecesse *respeitável*, talvez as pessoas não pensassem que era como a velha Tillie Pake.

– Acho que estou pronta, só precisa olhar atrás das minhas orelhas, pois fafor.

Temia que Susan brigasse com ela por ter posto o melhor vestido e o chapéu. Mas Susan só examinou suas orelhas, entregou a cesta com o bolo, disse para se comportar bem e que, por favor, não parasse no caminho para falar com todo gato que encontrasse.

Rilla fez uma "cara" rebelde para Gog e Magog e saiu. Susan a observava com ternura.

"Imagine só, nosso bebê cresceu o bastante para ir sozinha levar um bolo à igreja", pensou, meio orgulhosa, meio melancólica quando voltou à rotina, sem ter a menor ideia da tortura que impunha à pequenina por quem daria a própria vida.

Rilla não sentia tanta vergonha desde o dia em que pegou no sono na igreja e caiu do banco. Normalmente, adorava ir ao vilarejo, havia muitas coisas interessantes para ver; mas hoje o varal fascinante da Sra. Carter Flagg, com todos aqueles lindos acolchoados pendurados, não mereceu nem um olhar de Rilla, e o novo veado de ferro forjado que o Sr. Augustus Palmer tinha posto no quintal não a impressionou. Antes, nunca passava por ele sem desejar que tivessem um igual no gramado em Ingleside. Mas o que era um cervo de ferro forjado agora? O sol quente se derramava sobre a rua como um rio e *todo mundo* estava fora de casa. Duas meninas passaram cochichando uma com a outra. Sobre *ela*? Imaginava o que poderiam estar falando. Um homem passou de carroça pela estrada e olhou para ela. Na verdade, ele pensava se aquela podia ser realmente a caçula dos Blythe, e que belezinha ela era! Mas Rilla sentia seus olhos penetrando no cesto e vendo o bolo. E, quando Annie Drew passou com o pai, Rilla teve certeza de que a menina ria dela. Annie Drew tinha dez anos e era uma menina muito grande, aos olhos de Rilla.

Havia um grupo grande de meninos e meninas na esquina da Russell. *Teria que passar por eles.* Era horrível sentir que todos olhavam para ela, depois uns para os outros. Ela seguiu em frente, tão altiva em seu desespero que todos acharam que era metida demais e precisava de uma lição de humildade. Iam ensinar alguma coisa àquela coisa com cara de gatinho! Uma antipática como todas as meninas de Ingleside! Só porque moravam naquela casa enorme!

Millie Flagg começou a andar ao lado dela, imitando seus passos e levantando nuvens de poeira.

– Onde a cesta está levando a criança? – gritou Drew "Grudento".

– Tem sujeira no seu nariz, cara de geleia – provocou Bill Palmer.

– O gato comeu sua língua? – perguntou Sarah Warren.

– Fiapo! – riu Beenie Bentley.

– Fica do seu lado da rua, ou vou fazer você comer um besouro – ameaçou Sam Flagg, enquanto comia uma cenoura crua.

– Olha, ela ficou vermelha! – Mamie Taylor apontou, rindo.

– Aposto que está levando um bolo para a igreja Presbiteriana – falou Charlie Warren. – Pura massa, como todos os bolos da Susan Baker.

O orgulho não deixava Rilla chorar, mas havia um limite para o que uma pessoa era capaz de ouvir. Afinal, um bolo de Ingleside...

– Na próxima fez que um de focês ficar doente, fou falar para o meu pai não dar remédio nenhum – avisou ela, desafiante.

Depois olhou para a frente mais desanimada. Aquele não podia ser Kenneth Ford, virando a esquina da rua Harbour. Não podia ser! Era!

Não conseguiria suportar. Ken e Walter eram amigos, e Rilla achava que Ken era o menino mais bonito e mais gentil do mundo todo. Ele raramente a notava... mas uma vez deu a ela um pato de chocolate. E, em um dia inesquecível, ele sentou a seu lado sobre a pedra coberta de musgo e contou a história dos Três Ursos e a Casinha na Floresta. Mas ela se contentava em admirá-lo de longe. E agora esse ser maravilhoso a veria *carregando um bolo!*

– Oi, rechonchuda! O calor está demais, não é? Espero comer um pedaço desse bolo hoje à noite.

Ele sabia que era um bolo. Todo mundo sabia!

Rilla tinha atravessado o vilarejo e acreditava que a parte ruim já havia passado, quando o pior aconteceu. Ela olhou para uma rua transversal e viu a professora da escola dominical, Srta. Emmy Parker, vindo em sua direção. A Srta. Emmy Parker ainda estava bem longe, mas Rilla a reconheceu pelo vestido... aquele vestido de organdi verde-claro com babados e estampas de buquês de flores brancas... o "vestido de flor de cerejeira", como Rilla o chamava em segredo. A Srta. Emmy estava com ele no último domingo, e Rilla havia decidido que aquele era o vestido mais lindo que já tinha visto. Mas a Srta. Emmy sempre usava vestidos bonitos... às vezes com renda, outras vezes com babados, às vezes com o sussurro da seda.

Rilla adorava a Srta. Emmy. Ela era muito bonita e delicada, com aquela pele branca, os olhos castanhos e o sorriso triste, muito triste... uma menina tinha contado para Rilla, um dia, que era porque o homem com quem ela ia se casar havia morrido. Ela ficou muito feliz quando caiu na turma da Srta. Emmy. Teria odiado ser aluna da Srta. Florrie Flagg... Florrie Flagg era *feia*, e Rilla não suportaria uma professora feia.

Quando Rilla encontrou a Srta. Emmy fora da escola dominical e a Srta. Emmy sorriu e falou com ela, esse foi um dos pontos altos da vida. Só um aceno de cabeça da Srta. Emmy na rua dava um estranho e repentino ânimo, e, quando a Srta. Emmy convidou toda a turma para uma festa de bolhas de sabão, quando fizeram as bolhas vermelhas com suco de morango, Rilla quase morreu de pura alegria.

Mas encontrar a Srta. Emmy carregando um bolo era algo insuportável, e Rilla não aguentaria isso. Além do mais, a Srta. Emmy estava organizando uma apresentação para o próximo concerto da escola dominical, e Rilla tinha a esperança secreta de ser convidada para o papel da fada... uma fada de vermelho com um chapeuzinho verde. Mas seria inútil esperar por isso se a Srta. Emmy a visse *carregando um bolo*.

A Srta. Emmy não veria! Rilla estava em cima da ponte sobre o riacho, que naquele trecho era bem fundo e parecia um ribeirão. Ela tirou o bolo da cesta e o jogou no rio, onde a vegetação se encontrava sobre uma poça escura. O bolo rolou por entre os galhos e afundou com um *plop* e um barulho de água borbulhando. Rilla sentiu um pequeno espasmo de alívio, liberdade e *fuga* quando virou para encontrar a Srta. Emmy que, ela agora via, carregava um grande pacote embrulhado com papel marrom.

A Srta. Emmy sorriu para ela com seu chapéu verde de pena cor de laranja.

– Oh, como está bonita, professora... bonita. – Rilla arfou com tom de adoração.

A Srta. Emmy sorriu novamente. Mesmo com o coração partido... e a Srta. Emmy acreditava que o dela estava de verdade... não era desagradável receber um elogio tão sincero.

– Deve ser o chapéu novo, querida. Penas finas, sabe? Suponho... – ela olhou para a cesta vazia – que foi levar o bolo para o evento. Pena que já está voltando, e não indo. Vou levar o meu... um grande bolo de chocolate com muita cobertura.

Rilla a encarou sem conseguir dizer nada. A Srta. Emmy *carregava um bolo*, portanto, não podia ser vergonhoso carregar um bolo. E ela... oh, o que foi que fez? Jogou o lindo bolo dourado e prateado de Susan no riacho... e perdeu a chance de caminhar até a igreja com a Srta. Emmy, *as duas carregando bolos*!

Depois que a Srta. Emmy se afastou, Rilla foi para casa levando seu terrível segredo. Escondeu-se no Vale do Arco-Íris até a hora do jantar, quando, novamente, ninguém percebeu que ela estava muito quieta.

Tinha muito medo de que Susan perguntasse a quem tinha dado o bolo, mas não houve nenhuma pergunta constrangedora. Depois do jantar, os outros foram brincar no Vale do Arco-Íris, mas ela ficou sentada na escada sozinha até o sol se pôr, e o céu se tingir de dourado atrás de Ingleside, e as luzes se acenderem no vilarejo lá embaixo. Rilla sempre gostou de ver as luzes se acenderem aqui e ali, por toda Glen, mas esta noite não se interessava por nada. Nunca havia estado tão infeliz em sua vida.

Simplesmente não sabia como poderia viver. A noite se tingiu de púrpura, e ela ficou ainda mais infeliz. Um cheiro delicioso de pão doce de bordo flutuou até ela... Susan havia esperado o frescor da noite para assar os pães para a família... mas pães doces de bordo, como todo o resto, eram só futilidade.

Infeliz, ela subiu a escada e foi se deitar sob a colcha nova de flores cor-de-rosa de que tanto se orgulhou um dia. Mas não conseguia dormir. Ainda era assombrada pelo fantasma do bolo que afogou.

Sua mãe prometeu aquele bolo ao comitê... o que pensariam dela por não ter enviado? E teria sido o mais lindo bolo do evento! Esta noite o vento tinha um som solitário. Ele a censurava. Dizia: "Boba... boba... boba...", sem parar.

– Por que ainda está acordada, benzinho? – perguntou Susan, que entrava com um pão doce de bordo.

– Ah, Susan, estou... só cansada de ser eu.

Susan parecia preocupada. Pensando bem, a menina estava cansada na hora do jantar.

"E é claro que o médico não está. Famílias de médicos morrem e esposas de sapateiros andam descalças", ela pensou. E disse:
— Vou ver se está com febre, benzinho.
— Não, não! Susan, é só que... fiz uma coisa horrível, Susan... O diabo me fez fazer isso... não, não, não foi ele, Susan... fui eu... joguei o bolo no riacho.
— Misericórdia! — exclamou Susan. — Por que fez isso?
— Fez o quê? — Era a mãe, que tinha voltado da cidade. Susan se retirou satisfeita, grata por saber que a Sra. do doutor cuidaria da situação. Rilla contou a história toda soluçando.
— Querida, não entendo. Por que pensou que levar um bolo à igreja fosse algo tão vergonhoso?
— Achei que seria como foi com a felha Tillie Pake, mamãe. E envergonhei focê! Oh, mamãe, desculpe, nunca mais serei má... e fou falar pala o comitê que focê mandou o bolo...
— Não se preocupe com o comitê, querida. Eles têm mais bolos do que precisam... sempre têm. Ninguém vai perceber que não mandamos um. Só não vamos contar para ninguém. Mas, depois disso, Bertha Marilla Blythe, lembre-se de que Susan e sua mãe nunca vão pedir para você fazer alguma coisa vergonhosa.

A vida voltou a ser boa. Papai apareceu na porta para dizer:
— Boa noite, gatinha.
E Susan entrou para avisar que teriam torta de galinha no almoço do dia seguinte.
— Com muito molho, Susan?
— Muito.
— E posso comer *ofo fermelho* no café da manhã, Susan? Não mereço...

– Pode comer dois ovos vermelhos, se quiser. E agora, coma seu pão e vá dormir, benzinho.

Rilla comeu o pão, mas, antes de dormir, escorregou para fora da cama e se ajoelhou. Com toda sinceridade, disse:

– Querido Deus, por favor, me faça ser sempre uma criança boa e obediente. E abençoe a querida Srta. Emmy e todos os pobres órfãos.

CAPÍTULO 35

As crianças de Ingleside brincavam juntas, andavam juntas e tinham todo tipo de aventuras juntas; e cada uma delas tinha seus próprios sonhos e suas preferências. Especialmente Nan, que sempre imaginou histórias secretas para si mesma a partir de tudo que ouvia, via ou lia, e viajava para reinos de beleza e romance sem que as pessoas da casa soubessem. No começo, ela criava cenas de danças encantadas, duendes em vales assombrados e dríades em bétulas. Ela e o grande salgueiro no portão sussurravam segredos, e a velha casa vazia dos Bailey, no fim do Vale do Arco-Íris, era a ruína de uma torre assombrada. Durante semanas, ela podia ser a filha de um rei aprisionada em um castelo solitário à beira-mar... por meses, era uma enfermeira em uma colônia de leprosos na Índia ou em alguma terra "muito, muito distante". "Muito, muito distante" sempre foram palavras mágicas para Nan... como música suave além de uma colina varrida pelo vento.

À medida que crescia, ela criava histórias sobre pessoas reais que via em sua vida. Em especial, as pessoas da igreja. Nan gostava de olhar para as pessoas na igreja, porque elas pareciam diferentes de como eram nos dias de trabalho.

Os silenciosos e respeitáveis ocupantes dos vários bancos familiares ficariam surpresos, e talvez um pouco horrorizados, se conhecessem os romances que a contida jovem de olhos castanhos no banco de Ingleside criava sobre eles. A séria e bondosa Annetta Millison ficaria chocada se soubesse que Nan Blythe a imaginava como uma sequestradora de crianças que as fervia vivas para fazer poções que a manteriam eternamente jovem. Nan imaginava tudo isso tão claramente que chegou a ter medo de morrer quando encontrou Annetta Millison certa vez ao anoitecer, em uma trilha dominada pelo sussurro dourado dos ranúnculos. Não conseguiu responder ao cumprimento amistoso de Annetta, e Annetta decidiu que Nan Blythe estava se tornando uma mocinha orgulhosa e insolente que precisava de um pouco mais de educação. A pálida Sra. Rod Palmer nem sonhava que havia envenenado alguém e estava morrendo de remorso. O velho Gordon MacAllister do rosto solene não fazia a menor ideia de que uma bruxa o havia amaldiçoado quando nasceu, e por isso ele nunca sorria. Fraser Palmer do bigode escuro e da vida impecável mal sabia que, quando olhava para ele, Nan Blythe pensava: "Tenho certeza de que esse homem cometeu um feito sombrio e desesperado. Ele parece ter um segredo horrendo pesando na consciência". E Archibald Fyfe nem desconfiava de que, ao vê-lo, Nan Blythe se ocupava de criar uma rima em resposta a qualquer comentário que ele pudesse fazer, porque ele só falava rimando. Nunca falava com ela, porque tinha muito medo de crianças, mas Nan se divertia inventando uma rima rápida.

"*Estou muito bem, Sr. Fyfe, obrigada,*
Como vão você e sua esposa adorada?"
ou:
"*Sim, é um lindo dia,*
Do tipo que provoca alegria."

Não dá para imaginar o que a Sra. Morton Kirk teria dito se alguém contasse a ela que Nan Blythe nunca iria a sua casa... se por acaso fosse convidada... porque havia uma *pegada vermelha* na soleira; e sua cunhada, a tranquila, bondosa e esquecida Elizabeth Kirk, nem sonhava que era uma velha solteirona porque seu amante havia caído morto no altar antes da cerimônia de casamento.

Tudo era muito divertido e interessante, e Nan nunca se perdeu entre fato e ficção, até ser possuída pela Dama dos Olhos Misteriosos.

É inútil perguntar como os sonhos crescem. Nan jamais teria conseguido explicar como isso aconteceu. Tudo começou com a CASA TENEBROSA... Nan só a via assim, escrita com letras maiúsculas. Gostava de criar romances também sobre lugares, além de pessoas, e a CASA TENEBROSA era o único lugar por ali, com exceção da velha casa dos Bailey, que se prestava ao romance. Nan nunca tinha visto a CASA... só sabia que ela estava lá, atrás de uma árvore grossa e escura na estrada secundária de Lowbridge, e estava vazia desde tempos imemoriais, como Susan disse. Nan não sabia o que era um tempo imemorial, mas achava a expressão fascinante, boa para casas assustadoras.

Nan sempre passava correndo como louca pela trilha que levava à CASA TENEBROSA quando atravessava a estrada secundária para ir visitar sua amiga Dora Clow. Era uma trilha comprida de árvores arqueadas, com grama crescendo entre as marcas de rodas de carroças e samambaias que chegavam à altura da cintura embaixo dos abetos. Havia um galho comprido de bordo meio caído perto do portão, e ele parecia um braço torto se estendendo para tentar agarrá-la. Nan nunca sabia quando ele se esticaria um pouco mais e a alcançaria. Escapar era sempre motivo de euforia.

Um dia Nan se surpreendeu ao ouvir Susan dizer que Thomasine Fair tinha ido morar na CASA TENEBROSA... ou, como Susan a chamava de um jeito nada romântico, a velha casa dos MacAllister.

– Imagino que ela vai achar o lugar muito solitário – disse a mãe dela. – É muito fora de mão.

– Ela não vai se incomodar – respondeu Susan. – Nunca vai a lugar nenhum, nem à igreja. Não sai há anos... mas dizem que anda pelo jardim à noite. Ora, ora, em que se transformou... ela, que era tão bonita e gostava tanto de flertar. Os corações que partiu em seu tempo! E olhe para ela agora! É um alerta a se considerar.

Susan não explicou para quem seria o alerta, e nada mais foi dito, porque ninguém em Ingleside estava muito interessado em Thomasine Fair. Mas Nan, que tinha se cansado um pouco de seus antigos sonhos e procurava alguma coisa nova, agarrou-se a Thomasine Fair na CASA TENEBROSA. Pouco a pouco, dia após dia, noite após noite... era possível acreditar em *qualquer coisa* à noite... Nan construiu uma lenda sobre ela até a coisa toda desabrochar e se tornar um sonho mais querido que qualquer outro antes dele. Nada jamais pareceu tão envolvente, tão real quanto a visão da Dama dos Olhos Misteriosos. Grandes olhos negros e aveludados... *olhos vazios... olhos assombrados...* cheios de remorso pelos corações que ela havia partido. Olhos *maus...* qualquer pessoa que partia corações e nunca ia à igreja devia ser má. Pessoas más eram muito interessantes. A Dama se escondia do mundo como uma penitência por seus crimes.

Poderia ser uma princesa? Não, princesas eram escassas na ilha de P. E. Mas ela era alta, magra, distante, dona de uma beleza fria como a de uma princesa, com longos cabelos negros divididos em duas tranças grossas, que caíam sobre os ombros e desciam até os pés. O rosto era de marfim, o nariz era grego, como o daquela Artêmis do Arco Prateado, a estatueta de sua mãe, e as mãos eram lindas e brancas, e ela as retorcia enquanto caminhava pelo jardim à noite, esperando o amante que havia desprezado e, tarde demais, aprendeu a amar... percebe como a lenda crescia?... arrastando a longa saia de veludo sobre a grama. Ela usava um cinto dourado e, grandes brincos de pérolas nas orelhas, e precisava viver uma vida de sombra e mistério até o amante chegar para libertá-la. Então, ela se arrependeria da antiga maldade e da falta de coração e estenderia as belas mãos para ele, baixando a cabeça em submissão, por fim. Eles sentariam ao lado da fonte... a essa altura havia uma fonte... e renovariam seus votos, e ela o seguiria "pelas colinas e para longe, além da mais distante linha púrpura", como a Bela Adormecida fez no poema que sua mãe leu para ela, uma noite, do livro de Tennyson que seu pai tinha dado a ela muito, muito tempo atrás. Mas o amante da Dama dos Olhos Misteriosos dava a ela joias incomparáveis.

A CASA TENEBROSA seria lindamente mobiliada, é claro, e haveria cômodos secretos e escadas, e a Dama dos Olhos Misteriosos dormiria em uma cama feita de madrepérola sob um dossel de veludo púrpura. Seria seguida por um cachorro... vários... uma matilha inteira... e estaria sempre ouvindo... ouvindo... ouvindo... atenta à música de uma harpa muito distante. Mas ela não a ouviria enquanto fosse má, até que seu amante chegasse e a perdoasse... e era isso.

É claro que parece bobo. Sonhos parecem bobos quando são contados com palavras brutais e frias. Nan, então com dez anos, nunca os relatava com palavras... só os vivia. Esse sonho da malvada Dama dos Olhos Misteriosos tornou-se tão real para ela quanto a vida que a cercava. Apoderou-se dela. Havia dois anos fazia parte dela... e de um jeito estranho, de alguma maneira, ela passou a acreditar nele. Não o contaria a ninguém por nada, nem à sua mãe. Ele era seu tesouro peculiar, seu segredo inalienável, sem o qual não podia mais imaginar a vida.

Preferia ficar sozinha e sonhar com a Dama dos Olhos Misteriosos a brincar no Vale do Arco-Íris.

Anne percebeu essa tendência e ficou um pouco preocupada. Nan estava muito retraída. Gilbert quis mandá-la a Avonlea para uma visita, mas pela primeira vez Nan pediu para não ir. Não queria sair de casa, disse. Para si mesma, explicou que morreria se tivesse que se afastar tanto da estranha e triste Dama dos Olhos Misteriosos. Era verdade, a Dama dos Olhos Misteriosos nunca ia a lugar nenhum. Mas *poderia* sair um dia e, se ela, Nan, estivesse longe, perderia a oportunidade de vê-la. Que maravilhoso seria poder vê-la ao menos de relance! A própria trilha por onde ela passasse seria para sempre romântica. O dia em que isso acontecesse seria diferente de todos os outros dias. Ela o marcaria com um círculo no calendário. Nan havia chegado ao ponto em que desejava muito vê-la, só uma vez. Sabia bem que tudo aquilo que imaginava sobre ela não passava de imaginação. Mas não tinha a menor dúvida de que Thomasine Fair era jovem, linda, malvada e envolvente... a essa altura, Nan tinha certeza absoluta de ter ouvido Susan falar tudo isso... e, enquanto fosse assim, Nan poderia continuar imaginando coisas sobre ela para sempre.

Nan mal pôde acreditar no que ouvia quando, certa manhã, Susan disse a ela:

– Preciso mandar uma encomenda para Thomasine Fair na velha casa dos MacAllister. Seu pai a trouxe da cidade ontem à noite. Pode ir até lá hoje à tarde, benzinho?

Simples assim! Nan prendeu a respiração. Era isso mesmo? Os sonhos se realizavam dessa maneira? Veria a CASA

TENEBROSA... veria sua bela e malvada Dama dos Olhos Misteriosos. E a veria de verdade... talvez a ouvisse falar... talvez... oh, glória!... tocaria sua mão magra e branca. Quanto aos cachorros, à fonte e todo o resto, Nan sabia que só os havia imaginado, mas a realidade seria igualmente maravilhosa, com certeza.

Nan passou a manhã toda olhando para o relógio, observando o tempo passar lentamente... muito lentamente... cada vez mais perto, mais perto. Quando um trovão estalou e a chuva começou a cair, ela mal conseguiu conter as lágrimas.

– Não sei como Deus deixou chover hoje – murmurou, revoltada.

Mas a chuva passou logo e o sol voltou a brilhar. Nan estava tão agitada que mal conseguiu almoçar.

– Mamãe, posso usar o vestido amarelo?

– Por que quer se arrumar toda para ir à casa de uma vizinha, criança?

Uma vizinha! Mas é claro que sua mãe não entendia... não podia entender.

– *Por favor*, mamãe.

– Muito bem – disse Anne. O vestido amarelo logo ficaria pequeno. Melhor deixar Nan usá-lo.

As pernas de Nan tremiam quando ela saiu, levando o precioso pacotinho. Seguiu por um atalho que cortava o Vale do Arco-Íris e subiu a colina para a estrada secundária. Gotas de chuva ainda pendiam das folhas de agrião como grandes pérolas; havia um delicioso frescor no ar; as abelhas zuniam no trevo branco que acompanhava a margem do riacho; libélulas azuis e finas cintilavam sobre a água... Susan as chamava de agulhas do diabo; na colina, margaridas acenavam para ela... dançavam para ela... riam para ela aquela risada dourada e prateada. Tudo era lindo, e ela veria a Dama Malvada dos Olhos Misteriosos. O que a Dama diria? E era seguro ir vê-la? E se ficasse alguns minutos com ela e descobrisse que cem anos tinham passado, como na história que ela e Walter leram na semana anterior?

CAPÍTULO 36

Nan sentiu um arrepio nas costas quando entrou na trilha. O galho do bordo morto se mexeu? Não, tinha escapado dele... conseguiu passar. Arrá, velha bruxa, não me pegou! Ela andava pela trilha sem que o lodo e os sulcos das rodas de carroça diminuíssem sua euforia. Só mais alguns passos... a CASA TENEBROSA estava diante dela. Atrás e no meio daquelas árvores escuras e inclinadas. Finalmente a veria! Ela sentiu mais um arrepio... e não sabia se era provocado pelo medo secreto de perder seu sonho. O que é sempre, para jovens, adultos ou velhos, uma catástrofe.

Ela passou por uma brecha entre um aglomerado de jovens abetos que cresciam afunilando o fim da trilha. Estava de olhos fechados; podia se atrever a abri-los? Por um momento, o terror a dominou, e ela quase virou e saiu correndo. Afinal... a Dama era malvada. Como saber o que ela poderia fazer? Podia até ser uma bruxa. Como havia deixado de pensar que a Dama Má podia ser uma bruxa?

Então, ela abriu os olhos decidida e olhou para a frente.

Isso era a CASA TENEBROSA?... a sombria e imponente mansão cheia de torres de seus sonhos? Isso?

Era uma casa que um dia foi branca, e agora era cinza-sujo. Aqui e ali, venezianas quebradas, que um dia foram verdes, pendiam soltas. Os degraus da escada da frente estavam quebrados. Uma varanda abandonada era fechada por painéis de vidro, a maioria deles quebrada. O acabamento em torno da varanda estava quebrado. Ora, era só uma casa velha e gasta pelo tempo!

Nan olhou em volta com desespero. Não tinha fonte... nem jardim... bem, nada que se pudesse chamar de jardim. O espaço na frente da casa, cercado por uma paliçada destruída, era cheio de mato e grama alta. Um porco magro cavava além da paliçada. Bardanas brotavam ao longo da trilha no meio do terreno. Flores amarelas cresciam irregulares pelos cantos, mas havia *um* esplêndido e resistente lírio-tigre e, bem ao lado dos degraus arruinados, um alegre canteiro de malmequer.

Nan se aproximou lentamente do canteiro de malmequer. A CASA TENEBROSA tinha sumido para sempre. Mas a Dama dos Olhos Misteriosos ainda existia. Certamente ela era real... tinha que ser! O que Susan falou realmente sobre ela tanto tempo atrás?

– Misericórdia, você quase me mata de susto! – disse uma voz fraca, mas amistosa.

Nan olhou para a silhueta que se levantava de repente do canteiro de malmequer. *Quem era?* Não podia ser... Nan se recusava a acreditar que essa era Thomasine Fair. Seria terrível demais!

"Mas", Nan pensou desapontada, "ela... ela é *velha*!".

Thomasine Fair, se fosse realmente ela... e agora sabia que era Thomasine Fair... era velha. E gorda! Parecia um colchão de penas amarrado ao meio por um barbante, uma comparação que Susan fazia ao falar de mulheres gordas. Estava descalça, usava um vestido verde e desbotado e um chapéu masculino de feltro sobre os poucos cabelos loiros e grisalhos. O rosto era redondo como um O, vermelho e enrugado, e o nariz lembrava um bulbo. Os olhos eram azuis e desbotados, cercados por grandes pés de galinha.

Ai, nossa Senhora... minha encantadora Dama Malvada dos Olhos Misteriosos, onde está você? Em que se transformou? Você existia!

– E então, quem é você, linda menininha? – perguntou Thomasine Fair.

Nan lembrou das boas maneiras.

– Eu sou... Nan Blythe. Vim trazer isto aqui.

Thomasine Fair agarrou o pacote com entusiasmo.

– Ah, que alegria ter meus óculos de volta! – disse. – Senti muita falta deles para ler o almanaque aos domingos. E você é uma das crianças Blythe? Que belo cabelo você tem! Sempre quis ver alguns de vocês. Ouvi dizer que sua mãe os educa para se interessarem pelas ciências. Você gosta?

– Gosto... do quê? – Oh, malvada e encantadora Dama, você não lia o almanaque aos domingos. Nem falava da minha mãe.

– De ser educada para gostar de ciências.

– Gosto de como sou educada – disse Nan, tentando sorrir sem muito sucesso.

– Sua mãe é uma ótima mulher. Ela se mantém bonita. Quando a vi pela primeira vez no funeral de Libby Taylor, pensei que fosse recém-casada, porque parecia muito feliz. Sempre que sua mãe entra em algum lugar, tenho a impressão de que todos se empertigam, como se esperassem alguma coisa acontecer. A nova moda combina com ela. A maioria das mulheres não foi feita para ela. Mas venha, sente-se um pouco... é bom ver alguém... às vezes aqui é bem solitário. Não posso pagar por um telefone. As flores servem de companhia... já viu malmequer mais bonito? E eu tenho um gato.

Nan queria fugir para as partes mais distantes da Terra, mas não podia magoar a mulher se recusando a entrar. Thomasine, cujo saiote aparecia por baixo da saia, subiu a escada instável e entrou na sala que era, evidentemente, uma combinação de cozinha e sala de estar. O lugar era limpo e alegre, cheio de plantas. O ar tinha o aroma de pão fresco.

– Sente-se aqui. – Thomasine convidou, gentil, empurrando para a frente uma cadeira de balanço com uma almofada remendada. – Vou tirar o gato do caminho. Espere, vou pôr a dentadura de baixo. Fico engraçada sem ela, não é? Mas machuca um pouco. Pronto, agora posso falar melhor.

Um gato malhado se aproximou miando. Ah, os cachorros de um sonho desfeito!

– Esse gato é um ótimo caçador – disse Thomasine. – Este lugar é cheio de ratos. Mas me protege da chuva e me livra de morar com parentes. Eu não tinha liberdade. Eles me davam ordens o tempo todo. A esposa de Jim era a pior. Uma noite, reclamou porque eu fazia caretas olhando para a lua. Ora, e daí? Fiz algum mal à lua? Disse a mim mesma: "não vou mais ser uma almofada de alfinetes". Então, vim morar aqui sozinha, e aqui vou ficar enquanto puder me aguentar sobre as pernas. O que vai querer? Aceita um sanduíche de cebola?

– Não... não, obrigada.

– Fica ótimo quando se come frio. Eu estava comendo um. Percebe como estou rouca? Mas é só amarrar um pedaço de flanela vermelha com terebintina e gordura de ganso em volta do pescoço quando vou dormir. Não tem nada melhor.

Flanela vermelha e gordura de ganso! E ainda tem a terebintina!

– Se não quer o sanduíche... tem certeza de que não quer?... vou ver o que tem na cozinha.

Os biscoitos em formato de galos e patos eram surpreendentemente bons e derretiam na boca. A Sra. Fair estava radiante olhando para Nan com seus olhos redondos e apagados.

– Agora gosta de mim, não é? Gosto quando menininhas gostam de mim.

– Vou tentar – murmurou Nan, que no momento odiava a pobre Thomasine Fair como só se pode odiar alguém que destrói suas ilusões.

– Tenho netos pequenos no Oeste, sabe?

Netos!

– Vou mostrar os retratos deles. Bonitos, não são? Este é do pobre e querido Poppa. Faz vinte anos que ele morreu.

O retrato do pobre e querido Poppa era um desenho em crayon de um homem barbudo com cabelos brancos e enrolados emoldurando uma área careca no centro da cabeça.

Oh, o amante desprezado!

– Ele era um bom marido, apesar de ter ficado careca aos trinta anos – falou a Sra. Fair, com carinho. – Eu podia escolher meus namorados quando era menina. Agora sou velha, mas já fui jovem. Os namorados das noites de domingo! Um tentando superar o outro! E eu de cabeça erguida, altiva como uma rainha! Poppa esteve entre eles desde o início, mas no começo não me interessei. Gostava dos mais ousados. Andrew Metcalf, por exemplo... quase fugi com ele. Mas sabia que isso não traria sorte. Nunca fuja. Dá azar, e não deixe ninguém a convencer do contrário.

– Eu... não vou... não vou mesmo.

– No fim, eu me casei com Poppa. A paciência dele acabou, e ele me deu vinte e quatro horas para decidir se ficava com ele ou não. Meu pai queria que eu casasse. Ficou nervoso quando Jim Hewitt se afogou porque não o aceitei. Poppa e eu fomos muito felizes, depois que nos habituamos um com o outro. Ele disse que gostava de mim porque eu não pensava muito. Poppa dizia que as mulheres não foram feitas para pensar. Dizia que isso as tornava secas e era antinatural. Feijão assado fazia muito mal para ele, e Poppa tinha crises de lumbago, mas meu bálsamo de ervas sempre o curava. Havia um especialista na cidade que dizia que podia curá-lo permanentemente, mas Poppa sempre disse que quem cai na mão deles, os especialistas, nunca mais consegue escapar. Sinto falta dele para alimentar o porco. Ele gostava muito de porco. Nunca como bacon, mas penso nele. O retrato ao lado do de Poppa é da Rainha Victoria. Às vezes digo a ela: "Se tirassem toda sua renda e todas as suas joias, minha querida, duvido que ficasse mais bonita que eu".

Antes de deixar Nan ir embora, ela insistiu para que levasse uma sacola de hortelã-pimenta, um vasinho de vidro cor-de-rosa e um pote de geleia de groselha.

– É para sua mãe. Sempre tive boa sorte com minha geleia de groselha. Um dia irei a Ingleside. Quero ver aqueles cachorros de porcelana. Diga a Susan Baker que agradeço muito pelos nabos verdes que ela mandou na primavera.

Nabos verdes!

– Pretendia agradecer no funeral de Jacob Warren, mas ela saiu muito depressa. Gosto de demorar mais nos funerais. Não tem nenhum há um mês. Sempre acho que os períodos sem funeral são tediosos. Em Lowbridge eles sempre acontecem. Não parece justo. Venha me visitar de novo, está bem? Tem alguma coisa em você... "a presença amorosa é melhor que prata e ouro", diz o Bom Livro, e acho que é verdade.

Ela sorriu para Nan com simpatia... tinha um sorriso doce. Nele era possível ver a bela Thomasine do passado. Nan conseguiu sorrir também. Seus olhos ardiam. Precisava sair dali antes que começasse a chorar.

— Criaturinha agradável e bem-comportada — murmurou a velha Thomasine Fair, olhando pela janela enquanto Nan se afastava. — Não herdou da mãe o dom para a conversa, mas talvez isso não seja tão importante. A maioria das crianças hoje em dia acha que é esperta, quando é só insolente. A visita dessa coisinha me fez sentir jovem outra vez.

Thomasine suspirou e foi terminar de podar o malmequer e arrancar um pouco da bardana.

"Felizmente não perdi a agilidade", ela pensou.

Nan voltou a Ingleside mais pobre, por causa de um sonho perdido. Um vale repleto de margaridas não a encantou... a água corrente cantou para ela em vão. Queria ir para casa e se fechar longe dos olhos humanos. Duas meninas que conhecia riram, depois de passarem por ela. Estavam rindo dela? Como todo mundo riria, se soubesse! A boba da Nan Blythe tinha criado um romance de ideias de teias de aranha sobre uma rainha misteriosa e, em vez disso, encontrou a viúva do pobre Poppa e hortelãs-pimenta.

Hortelãs-pimenta!

Nan não ia chorar. Meninas de dez anos não devem chorar. Mas estava muito triste. Alguma coisa linda e preciosa desapareceu... se perdeu... um depósito secreto de alegria que, ela acreditava, nunca mais poderia ser dela. Quando chegou em casa, Ingleside cheirava a biscoitos, mas ela nem foi à cozinha tentar convencer Susan a lhe dar alguns. No jantar, estava sem apetite, embora lesse óleo de rícino nos olhos de Susan. Anne notou que Nan estava muito quieta desde que voltou da casa velha dos MacAllister... Nan, que cantava literalmente do raiar do dia ao anoitecer e depois. A longa caminhada em um dia quente havia sido demais para a criança?

— Por que essa expressão aflita, filha? — perguntou ela com tom casual quando foi ao quarto das gêmeas ao anoitecer, para levar toalhas limpas, e encontrou Nan sentada ao lado da janela, em vez de estar lá embaixo perseguindo tigres em selvas equatoriais com os outros no Vale do Arco-Íris.

Nan não pretendia contar a ninguém que havia sido tão tola. Mas, de algum jeito, as coisas se contavam à sua mãe.

– Oh, mãe, *tudo* na vida é uma decepção?

– Nem tudo, querida. Não quer me contar o que a desapontou hoje?

– Ah, mãe, Thomasine Fair é... *boa*! E tem o nariz virado para cima!

– E por que se importa com o nariz dela virado para cima ou para baixo?

Então, tudo saiu de uma vez. Anne ouviu com a habitual seriedade, torcendo para não ser traída por um ataque de riso. Lembrou-se da criança que tinha sido na velha Green Gables. Lembrou-se do Bosque Assombrado onde duas meninas pequenas tinham muito medo das próprias fantasias. E soube da triste amargura de perder um sonho.

– Não deve levar o fim de suas fantasias tão a sério, querida.

– Não consigo me controlar – falou Nan, aflita. – Se pudesse viver minha vida de novo, nunca imaginaria *nada*. E nunca mais vou imaginar.

– Minha querida... minha querida ingênua, não diga isso. A imaginação é algo maravilhoso... mas, como todo dom, nós devemos possuí-la, não o contrário. Você leva sua imaginação muito a sério. Sim, é delicioso... conheço a euforia. Mas precisa aprender a permanecer do lado de cá da fronteira entre o real e o irreal. Assim, a capacidade de escapar para um mundo lindo e só seu a ajudará tremendamente nos momentos difíceis da vida. Só consigo resolver um problema com mais facilidade depois de fazer uma ou duas viagens para as Ilhas do Encantamento.

Nan sentiu que recuperava o autorrespeito depois de ouvir essas palavras de conforto e sabedoria. Sua mãe não pensava que isso era tolice. E sem dúvida, em algum lugar do mundo, existia uma Bela Dama Malvada dos Olhos Misteriosos, mesmo que não fosse na CASA TENEBROSA... que, agora que Nan pensava melhor, não era um lugar ruim, afinal, com o canteiro de malmequer cor de laranja e o simpático gato malhado, com os gerânios e o retrato do pobre e querido Poppa. Era um lugar alegre, e talvez um dia ela fosse visitar Thomasine Fair outra vez e comer mais daqueles biscoitos gostosos. Não odiava mais Thomasine Fair.

– Que boa mãe você é – suspirou ela, abrigada no santuário daqueles braços amados.

Um anoitecer violeta descia sobre a colina. A noite de verão escurecia... uma noite de veludo e sussurros. Uma estrela surgiu sobre a grande macieira. Quando a Sra. Marshall Elliot chegou e a mãe teve que descer, Nan estava feliz novamente. Sua mãe tinha dito que ia trocar o papel de parede por outro, amarelo e lindo, e que compraria um novo baú de cedro para ela e Di guardarem as coisas. Mas não seria um simples baú de cedro. Seria uma arca de tesouro encantada que só abriria quando certas palavras mágicas fossem ditas. Uma palavra que a Bruxa da Neve poderia sussurrar, a fria, linda e branca Bruxa da Neve. Um vento poderia lhe dizer outra palavra ao passar por você... um vento triste que chorava. Mais cedo ou mais tarde, você descobriria todas as palavras e abriria o baú, que estaria cheio de pérolas, rubis e diamantes em abundância. Abundância não era uma bela palavra?

Oh, a velha magia não desapareceu. O mundo ainda estava cheio dela.

CAPÍTULO 37

– Posso ser sua melhor amiga este ano? – perguntou Delilah Green no recreio da tarde.

Delilah tinha olhos azuis e muito redondos, cabelos castanhos e brilhantes, boca pequena e rosada e voz aguda, meio trêmula. Diana Blythe reagiu imediatamente ao charme daquela voz.

Na escola em Glen, sabia-se que Diana Blythe estava sem uma melhor amiga. Ela e Pauline Reese foram muito próximas durante dois anos, mas a família de Pauline se mudou, e Diana sentia-se muito sozinha. Pauline era ótima. Não tinha o charme místico da agora quase esquecida Jenny Penny, mas era prática, muito divertida, *sensata*. O último adjetivo foi atribuído por Susan e era o mais alto elogio que ela fazia a alguém. Ela gostava muito da amizade entre Pauline e Diana.

Diana olhou insegura para Delilah, depois olhou para Laura Carr, que também era uma aluna nova, do outro lado do pátio. Tinha passado o recreio da manhã com ela e achado a menina muito simpática. Mas Laura era comum, com sardas e cabelos claros e rebeldes. Não tinha a beleza de Delilah Green, nem uma pequena porção de seu encanto.

Delilah entendeu o olhar de Diana e reagiu com uma expressão magoada; os olhos azuis pareciam prestes a se encher de lágrimas.

– Se você a ama, não pode me amar. Tem que escolher entre nós duas – disse, estendendo as mãos de um jeito dramático. Sua voz era mais aguda que nunca... e Diana sentiu um arrepio. Ela segurou as mãos de Delilah, e as duas trocaram um olhar solene, sentindo que selavam a amizade. Diana sentia assim, pelo menos.

– Vai me amar para sempre, não vai? – perguntou Delilah, com tom passional.

– Para sempre – respondeu Diana, com a mesma paixão.

Delilah enlaçou a cintura de Diana, e elas foram juntas ao riacho. O restante da turma do quarto ano entendeu que uma aliança havia se formado. Laura Carr suspirou baixinho. Gostava muito de Diana Blythe. Mas sabia que não podia competir com Delilah.

– Estou muito feliz por aceitar meu amor. – Delilah dizia. – Sou muito afetuosa... não consigo deixar de amar as pessoas. Por favor, seja boa comigo, Diana. Sou uma criança sofrida. Fui amaldiçoada quando nasci. Ninguém... *ninguém* me ama.

Delilah conseguiu transmitir eras de solidão e sentimento nesse "ninguém". Diana apertou a mão dela.

– Nunca mais terá que dizer isso, Delilah. Sempre a amarei.

– Até o fim do mundo?

– Até o fim do mundo. – Elas se beijaram como se cumprissem um ritual.

Dois meninos na cerca vaiaram desdenhosos, mas quem se importava?

– Vai ver que sou muito melhor que Laura Carr – disse Delilah. – Agora que somos melhores amigas, posso contar uma coisa que jamais contaria, se a tivesse escolhido. *Ela é mentirosa*. Terrivelmente mentirosa. Finge ser sua amiga, mas debocha de você e fala coisas horríveis pelas suas costas. Conheço uma menina que estudou com ela em Mowbray Narrows, ela me contou. Você escapou por pouco. Eu sou muito diferente. Sou verdadeira como ouro, Diana.

– Eu sei que é. Mas por que disse que é uma criança sofrida, Delilah?

Os olhos de Delilah se abriram ainda mais.

– Tenho uma *madrasta* – sussurrou ela.

– Uma madrasta?

– Quando sua mãe morre e seu pai se casa de novo, *ela é a madrasta* – Delilah explicou com a voz ainda mais aguda. – Agora sabe, Diana. Se soubesse como sou tratada! Mas nunca reclamo. Sofro em silêncio.

Se Delilah realmente sofria em silêncio, alguém precisava explicar de onde Diana tirava todas as informações que despejou sobre as pessoas de Ingleside nas semanas seguintes. Ela estava tomada por intensa paixão, adoração e piedade, sofrendo pela perseguida Delilah, e falava sobre ela com quem quisesse ouvir.

– Suponho que esse novo encantamento vai se esgotar com o tempo – disse Anne. – Quem é essa Delilah, Susan? Não quero que as crianças se tornem esnobes, mas depois da experiência com Jenny Penny...

– Os Green são muito respeitáveis, querida Sra. do doutor. A família é conhecida em Lowbridge. Eles se mudaram para a antiga casa dos Hunter no verão. A Sra. Green é a segunda esposa e tem dois filhos do casamento anterior. Não sei muito sobre ela, mas parece ser uma pessoa boa e tranquila. Não consigo acreditar que ela trata Delilah como Di conta.

— Não acredite muito em tudo que Delilah diz. — Anne preveniu Diana. — Ela pode ser um pouco exagerada. Lembre-se de Jenny Penny...

— Mãe, não tem nada parecido com Jenny Penny. — Di reagiu indignada. — Nada mesmo. Ela é *escrupulosamente* verdadeira. Se você a visse, mãe, saberia que ela não mente. Todos a atormentam em casa, porque ela é diferente. E tem muito afeto pela natureza. Ela é perseguida desde que nasceu. A madrasta a odeia. Fico de coração partido quando ela conta tudo que sofre. Ela não tem nem o suficiente para comer, mãe, não tem mesmo. Nunca soube o que é não sentir fome. Mãe, eles a mandam para a cama sem jantar com frequência, e ela chora até dormir. Você alguma vez chorou de fome, mãe?

— Muitas vezes.

Diana encarou a mãe, surpresa com a resposta para sua pergunta retórica.

— Passei muita fome antes de ir para Green Gables, no orfanato... e antes. Não gosto muito de falar sobre esse tempo.

— Bem, então devia entender Delilah. Quando está com fome, ela imagina coisas para comer. Pense nisso, imaginar coisas para comer!

— Você e Nan fazem isso com frequência — disse Anne. Mas Di não a ouvia.

— O sofrimento dela não é só físico, mas espiritual. Ela quer ser missionária, mãe... consagrar a vida... e eles *riem* dela.

— Muito cruel — concordou Anne. Mas algo em sua voz despertou a desconfiança de Di.

— Mãe, por que está sendo tão cética? — perguntou ela, com tom de reprovação.

— Pela segunda vez — a mãe sorriu —, vou ter que lembrar de Jenny Penny. Você também acreditava nela.

— Eu era só uma criança, era fácil me enganar — explicou Diana, altiva. Sentia que a mãe não era empática e compreensiva com Delilah Green. Depois disso, Diana passou a falar sobre ela apenas com Susan, já que Nan se limitava a acenar com a cabeça quando o nome de Delilah era mencionado. "É ciúme", Diana pensava com tristeza.

Não que Susan fosse muito solidária. Mas Diana precisava falar com alguém sobre Delilah, e o desinteresse de Susan não magoava como o da mãe. Não podia esperar que Susan entendesse completamente. Mas sua mãe havia sido uma menina... amava tia Diana... sua mãe tinha um coração terno. Como podia reagir com tanta frieza ao relato dos maus-tratos sofridos por Delilah?

"Talvez ela também tenha um pouco de ciúme, porque meu amor por Delilah é muito grande", Diana refletiu com sabedoria. "Dizem que as mães são assim. Meio possessivas."

— Meu sangue ferve quando ouço como Delilah é tratada pela madrasta — contou Di a Susan. — Ela é uma mártir, Susan. Nunca tem mais que mingau no café da manhã e no jantar... e pouco mingau. E não pode pôr açúcar no mingau. Susan, desisti de pôr açúcar no meu mingau, porque me sinto culpada.

— Ah, é por isso. Bom, o preço do açúcar subiu um centavo, então, talvez seja melhor assim.

Diana jurou que não falaria mais com Susan sobre Delilah, mas, na noite seguinte, estava tão indignada que não conseguiu se conter.

— Susan, ontem à noite a mãe de Delilah correu atrás dela com uma chaleira quente. Pense nisso, Susan. É claro que Delilah disse que ela não faz isso com muita frequência... só quando fica muito *exasperada*. Normalmente, ela só tranca Delilah no porão escuro... um porão *assombrado*. Os fantasmas que aquela pobre criança já viu, Susan! Não pode fazer bem à saúde. Na última vez que a trancaram no porão, ela viu uma criatura preta e muito estranha sentada na roca, *cantando*.

– Que tipo de criatura? – perguntou Susan, séria. Estava começando a gostar das aflições de Delilah e da ênfase que Di colocava em algumas palavras do relato, e ela e a Sra. do doutor riam disso em segredo.

– Não sei... era só uma *criatura*. Ela quase se matou. Tenho medo de que ela ainda cometa suicídio. Sabe, Susan, ela teve um tio que se suicidou *duas vezes*.

– Uma não foi suficiente? – perguntou Susan, com crueldade.

Di saiu bufando, mas no dia seguinte teve que contar outra história.

– Delilah nunca teve uma boneca, Susan. Ela tinha esperança de encontrar uma na meia no último Natal. Mas sabe o que ela encontrou, Susan? Uma *surra*. Eles batem nela quase todos os dias. Pense naquela pobre criança sendo surrada, Susan.

– Levei várias surras quando era nova e não morri – disse Susan, que nem sabia o que faria se alguém levantasse um dedo para as crianças de Ingleside.

– Quando contei a Delilah sobre nossa árvore de Natal, ela chorou, Susan. Ela nunca teve uma árvore de Natal. Mas este ano terá. Ela encontrou um guarda-chuva velho, que só tem as varetas, e vai colocá-lo em um balde e enfeitar para servir de árvore. Não é *patético*, Susan?

– Não tem muitos pinheirinhos por lá? A parte de trás da antiga casa dos Hunter foi praticamente tomada pelos abetos nos últimos anos. Queria que essa menina tivesse outro nome, qualquer um, menos Delilah. Que nome para uma criança cristã!

– Ora, está na Bíblia, Susan. Delilah tem muito orgulho de seu nome bíblico. Hoje na escola, contei para Delilah que teríamos frango no almoço amanhã, e ela disse... o que acha que ela disse, Susan?

– Nem imagino. E não deviam ficar conversando na escola.

– Ah, não ficamos. Delilah diz que devemos respeitar todas as regras. Ela tem padrões muito elevados. Escrevemos bilhetes uma para a outra. Então, Delilah disse: "Pode trazer um osso para mim, Diana?". Meus olhos encheram de lágrimas. Vou levar um osso para ela... com muita carne. Delilah *precisa* comer. Ela tem que trabalhar como uma escrava... uma *escrava*, Susan. Tem que fazer todo o trabalho da casa... bem, quase todo. E, se comete algum erro, é *selvagemente surrada*... ou obrigada a comer na cozinha *com os empregados*.

– Os Green só têm um criado, um rapazinho francês.

– Bem, ela tem que comer com ele. E ele se senta à mesa de meias e mangas de camisa. Delilah diz que agora não se incomoda com essas coisas, porque tem o meu amor. Ela não tem o amor de mais ninguém, Susan, só o meu.

– Horrível! – comentou Susan, séria.

– Delilah diz que, se tivesse um milhão de dólares, daria tudo para mim, Susan. É claro que eu não aceitaria, mas isso mostra que ela tem um grande coração.

– É igualmente fácil dar um ou cem milhões se você não tem nem um, nem outro. – E isso foi tudo que Susan disse.

CAPÍTULO 38

Diana estava eufórica. Sua mãe não estava com ciúme, afinal... não era possessiva... sua mãe entendia.

Seus pais iriam passar o fim de semana em Avonlea, e a mãe havia permitido que Delilah Green passasse o dia e a noite de sábado em Ingleside.

– Vi Delilah no piquenique da escola dominical – contou Anne a Susan. – Ela é bonita e educada... apesar de exagerar nas histórias. Talvez a madrasta seja um pouco dura com ela... e ouvi dizer que o pai é bem carrancudo e severo. Ela deve ter alguns dissabores e gosta de exagerar para causar piedade.

Susan ainda estava em dúvida.

"Mas qualquer pessoa que more na casa de Laura Green é limpa, pelo menos", ela pensou. Não teria que usar o pente fino.

Diana fazia muitos planos para receber Delilah.

– Podemos ter frango assado, Susan... com muito recheio? E *torta*. Não sabe como aquela pobre criança sonha com uma torta. Eles nunca comem tortas... a madrasta dela é muito má.

Susan foi muito generosa. Jem e Nan tinham ido a Avonlea, e Walter estava na Casa dos Sonhos com Kenneth Ford. Nada poderia atrapalhar a visita de Delilah, que começou muito bem. Delilah chegou na manhã de sábado muito bem-vestida de musselina cor-de-rosa... o que sugeria que, pelo menos em relação às roupas, a madrasta a tratava bem. E Susan notou à primeira vista que orelhas e unhas eram impecáveis.

– Este é o melhor dia da minha vida – falou ela para Diana. – Que casa enorme! E lá estão os cachorros de porcelana! São maravilhosos!

Tudo era maravilhoso. Delilah repetia a palavra sem parar. Ela ajudou Diana a arrumar a mesa para o almoço e escolheu a cestinha de vidro cheia de ervilhas-de-cheiro cor-de-rosa para enfeitá-la.

– Não sabe como amo fazer alguma coisa só porque *quero* fazer – disse ela a Diana. – Não tem mais nada que eu possa fazer, *por favor*?

– Pode quebrar as nozes para o bolo que vou fazer hoje à tarde – sugeriu Susan, que também começava a se encantar com a voz e a beleza de Delilah. Afinal, talvez Laura Green fosse uma selvagem. Não se pode julgar as pessoas por como elas se mostram em público. O prato de Delilah estava cheio de frango, recheio e molho, e ela pegou um segundo pedaço de torta.

– Sempre quis saber como é ter tudo que se pode comer de uma vez. É uma sensação maravilhosa – disse ela a Diana quando saíram da mesa.

A tarde foi alegre. Susan tinha dado uma caixa de doces a Diana, e ela os dividiu com Delilah. Delilah elogiou uma boneca de Di, e Di deu a boneca para ela. Elas limparam o canteiro da cozinha e arrancaram alguns dentes-de-leão que tinham invadido o jardim. Ajudaram Susan a polir a prataria e preparar o jantar. Delilah era tão eficiente e organizada que Susan se rendeu completamente. Só duas coisas prejudicaram aquela tarde... Delilah manchou o vestido com tinta e perdeu o colar de contas de pérolas. Mas Susan limpou a mancha do vestido... embora parte da cor tenha desbotado... com sal e limão, e Delilah disse que não se incomodava com o colar. *Nada* importava, exceto estar em Ingleside com sua querida Diana.

– Não vamos dormir na cama do quarto de hóspedes? – perguntou Diana quando chegou a hora de ir deitar. – Sempre acomodamos as visitas no quarto de hóspedes, Susan.

– Sua tia Diana vem com seus pais amanhã à noite. O quarto de hóspedes está arrumado para ela. Pode levar o Camarão para sua cama, e ele não poderia entrar no quarto de hóspedes.

– Seus lençóis são perfumados! – comentou Delilah enquanto se acomodava.

– Susan sempre os ferve com raiz de lírio – explicou Diana. Delilah suspirou.

– Às vezes me pergunto se você sabe que é uma menina de muita sorte, Diana. Se eu tivesse uma casa como a sua... mas é meu legado na vida. Tenho que suportar.

Quando fez a ronda pela casa antes de ir dormir, Susan entrou e disse a elas para pararem de falar e dormirem. E deu um pedaço de pão doce de bordo para cada uma.

– Nunca esquecerei sua bondade, Srta. Baker – declarou Delilah com a voz embargada de emoção.

Susan foi para a cama pensando que nunca tinha visto menina mais bem-educada e agradável. Certamente havia julgado mal Delilah Green. Mas, nesse momento, ela se deu conta de que, para uma menina que dizia não ter muito o que comer, Delilah tinha ossos bem cobertos de carne!

Delilah foi para casa na tarde seguinte, e a mãe, o pai e tia Diana chegaram naquela noite. Na segunda-feira, aconteceu o inesperado. Quando entrava na escola na hora do almoço,

Diana ouviu seu nome ao passar no corredor. Dentro da sala de aula, Delilah Green era cercada por um grupo de meninas curiosas.

– Fiquei muito desapontada com Ingleside. Depois de como Di se gabou de sua casa, esperava uma *mansão*. É grande, sem dúvida, mas parte da mobília é velha. As cadeiras estão acabadas.

– Viu os cachorros de porcelana? – perguntou Bessy Palmer.

– Não têm nada de maravilhoso. Não têm nem pelo. Falei para Diana que fiquei desapontada.

Diana estava "paralisada"... colada ao chão do corredor. Não tinha intenção de ouvir atrás da porta... só estava chocada demais para conseguir reagir.

– Lamento por Diana – continuou Delilah. – O jeito como os pais dela negligenciam a família chega a ser escandaloso. A mãe dela é uma errante. O jeito como sai e deixa os pequenos em casa só com aquela velha Susan para cuidar deles... e ela é meio maluca. Ainda vai acabar mandando todos para o abrigo de pobres. O desperdício que se vê naquela cozinha é inacreditável. A esposa do médico é muito festiva ou preguiçosa para cozinhar, mesmo quando está em casa, e Susan faz tudo do jeito dela. Ela ia servir nossa refeição *na cozinha*, mas protestei e perguntei: "Sou visita, ou não sou?". Susan disse que, se eu a desafiasse, ela me trancaria no armário dos fundos. Eu reagi: "Você não se atreveria", e ela não se atreveu. "Você pode assustar as crianças de Ingleside, mas não pode me assustar", disse a ela. Ah, sim, eu enfrentei Susan. Não deixei que desse calmante para Rilla. "Não sabe que isso é um veneno para crianças?", falei.

– Mas ela me castigou na hora das refeições – continuou. – As porções minúsculas e mesquinhas que serviu! Tinha frango, mas só ganhei o rabinho, e ninguém perguntou se eu queria um segundo pedaço de torta. Susan queria que eu dormisse no quarto de hóspedes, e Diana se opôs... por pura crueldade. Ela é muito invejosa. Mesmo assim, lamento por ela. Ela me contou que Susan a belisca com força. Seus braços são cheios de manchas roxas. Dormimos no quarto dela, e um gato velho passou a noite toda ao pé da cama. Falei para Di que aquilo não era higiênico. E meu colar de pérolas *desapareceu*. Não estou dizendo que Susan o pegou, é claro. Acredito que ela é *honesta*... mas é estranho. E Shirley derrubou um frasco de tinta em mim. Estragou meu vestido, mas não faz mal. Minha mãe vai comprar outro. Bem, arranquei os dentes-de-leão do jardim e poli a prata para eles. Deviam ter visto. Não sei quando foi feita a última limpeza. Susan relaxa quando a esposa do médico sai. Mostrei para ela que estava vendo tudo. "Por que nunca lava a panela de batatas, Susan?", perguntei. Deviam ter visto a cara dela. Vejam meu anel novo, meninas. Ganhei de um menino que conheço em Lowbridge.

– Ora, já vi Diana Blythe usando esse anel muitas vezes. – Peggy MacAllister apontou com desdém.

– E não acredito em nada do que disse sobre Ingleside, Delilah Green – protestou Laura Carr. Antes que Delilah pudesse responder, Diana, que havia recuperado a capacidade de falar e se mover, entrou na sala.

– Judas! – disse ela. Depois se arrependeu, porque uma dama não devia falar dessa maneira. Mas estava magoada, e, quando seus sentimentos são desrespeitados, é impossível escolher as palavras.

– Não sou Judas! – resmungou Delilah, e ficou vermelha pela primeira vez na vida, provavelmente.

– É, sim! Não tem uma gota de sinceridade em você! Nunca mais fale comigo enquanto viver!

Diana saiu da escola e correu para casa. Não suportaria as aulas naquela tarde... simplesmente não suportaria. A porta da frente de Ingleside foi batida como nunca havia sido antes.

– Querida, o que aconteceu? – perguntou Anne, cuja conversa com Susan na cozinha foi interrompida pela chegada da filha que, aos prantos, se jogou nos braços da mãe.

Di contou toda a história soluçando, às vezes embaralhando os fatos.

– Fui magoada, mãe, ferida em meus *sentimentos mais nobres*. E nunca mais vou acreditar em ninguém!

– Querida, nem todas as amigas são assim. Pauline não era.

– É a *segunda* vez – apontou Diana, amargurada, abalada com o sentimento de traição e perda. – Não vai haver a terceira.

– Lamento que Di tenha perdido a fé na humanidade – comentou Anne tristemente quando Diana subiu. – É uma tragédia para ela. Não teve sorte com algumas amizades. Jenny Penny... e agora Delilah Green. O problema é que Di sempre se encanta com meninas que sabem contar histórias interessantes. E a pose de mártir de Delilah é muito envolvente.

– Se quer saber minha opinião, querida Sra. do doutor, a filha dos Green é muito atrevida – comentou Susan ainda mais implacável, porque havia sido enganada pelos olhos e pelas maneiras de Delilah. – Desdenhou do nosso gato! Não estou dizendo que não existem gatos desprezíveis, querida Sra. do doutor, mas meninas não devem falar deles. Não sou amante dos gatos, mas o Camarão tem sete anos, merece respeito, pelo menos. E quanto à minha panela de batatas...

Susan não conseguiu expressar seus sentimentos em relação à panela de batatas.

No quarto, Di refletia que talvez não fosse tarde demais para ser "melhor amiga" de Laura Carr. Laura era sincera, mesmo que não fosse muito interessante. Di suspirou. Parte da cor da vida ia embora com sua crença em meninas como Delilah.

CAPÍTULO 39

Um vento leste cortante uivava por Ingleside como uma velha rabugenta. Era um daqueles dias gelados e úmidos de fim de agosto, um daqueles dias em que tudo dá errado... e que, na velha Avonlea, era chamado de "um dia Jonah". O cachorrinho que Gilbert tinha trazido para os meninos roeu a tinta do pé da mesa de jantar... Susan descobriu que as traças se banqueteavam no armário dos cobertores... o gatinho novo de Nan arruinou a samambaia mais linda... Jem e Bertie Shakespeare fizeram um barulho horrível no porão a tarde toda usando baldes de lata como tambores... Anne quebrou um abajur pintado. Mas, por algum motivo, o barulho de algo quebrando fez bem a ela! Rilla estava com dor de ouvido e Shirley tinha uma urticária misteriosa no pescoço que preocupava Anne, mas que Gilbert examinou de relance e disse com voz distraída que não devia ser nada. É claro que não devia ser nada para *ele*! Shirley era só seu filho! E ele também não se importou quando, na semana passada, convidou os Trent para jantar e só lembrou de avisar Anne quando eles chegaram. Ela e Susan haviam tido um dia muito agitado e planejavam uma refeição simples. E a Sra. Trent tinha fama de ser a mais elegante anfitriã de Charlottetown! *Onde* estavam as meias de Walter, as que tinham cano preto e ponta azul?

– Walter, será que você pode, *só uma vez*, guardar as coisas no lugar certo? Nan, não sei onde ficam os Sete Mares. Por misericórdia, pare de fazer perguntas! Nem imagino quem envenenou Sócrates!

Walter e Nan olhavam para ela atônitos. Nunca tinham ouvido a mãe falar nesse tom. O olhar de Walter deixou Anne ainda mais irritada.

– Diana, é necessário lembrar sempre que você não deve enroscar as pernas na banqueta do piano? Shirley, você deixou a revista nova toda suja de geleia! E, por favor, alguém pode me dizer onde foram parar os pingentes do lustre?

Ninguém podia... porque Susan tinha tirado os pingentes para lavar... e Anne subiu para escapar dos olhares incomodados das crianças. No quarto, ela andava agitada de um lado para o outro. O que estava acontecendo com ela? Estava se tornando uma dessas criaturas rabugentas que não têm paciência com ninguém? Ultimamente, tudo a aborrecia. Uma gracinha de Gilbert, que nunca antes havia incomodado, agora a tirava do sério. Estava cansada de tarefas monótonas e intermináveis... cansada de atender aos caprichos da família. Antes, tudo que fazia pela casa e pelas pessoas que moravam nela era motivo de alegria. Agora, era como se nem gostasse do que fazia. Sentia-se o tempo todo como uma criatura em um pesadelo, tentando fugir com alguém, mas com os pés acorrentados.

O pior de tudo isso era que Gilbert nem percebeu a mudança nela. Estava ocupado noite e dia e não se importava com nada além do trabalho. A única coisa que ele disse durante o jantar naquela noite foi:

– Passe a mostarda, por favor.

"Posso conversar com as cadeiras e a mesa, é claro", Anne pensou com amargura. "Estamos nos tornando só um hábito um do outro... mais nada. Ele nem percebeu que esta noite usei um vestido novo. E faz tanto tempo que não me chama de 'menina Anne', que nem lembro quando foi a última vez. Bem, suponho que todos os casamentos cheguem nesse ponto. Provavelmente, a maioria das mulheres passa por isso. Ele me considera uma presença certa. O trabalho é a única coisa importante para ele agora. Onde está meu lenço?"

Anne achou o lenço e sentou-se em sua poltrona para torturar-se com conforto. Gilbert não a amava mais. Quando a beijava, era de um jeito distraído... só "hábito". Todo o glamour desapareceu. Velhas piadas de que riam juntos agora pareciam tragédias. Como pôde ver graça nisso um dia? Monty Turner beijava a esposa sistematicamente uma vez por semana... fez um memorando para não esquecer. (*"Alguma coisa queria esses beijos?"*) Curtis Ames, que encontrou a esposa usando uma boina nova e não a reconheceu. A Sra. Clancy Dare, que disse: "Não gosto muito de meu marido, mas sentiria falta, se ele não estivesse por perto". (*"Acho que Gilbert sentiria minha falta, se eu não estivesse por perto! Chegamos a esse ponto?"*) Nat Elliot, que depois de dez anos de casamento disse à esposa: "Se quer saber, só estou cansado de ser casado". (*"E nós estamos casados há quinze anos!"*) Bem, talvez todos os homens sejam assim. Provavelmente, a Srta. Cornelia diria que sim. Depois de um tempo, era difícil segurá-los. (*"Se meu marido precisasse ser segurado, eu não iria querer segurá-lo."*) Mas havia a Sra. Theodore Clow, que disse orgulhosa na Associação Feminina: "Somos casados há vinte anos, e meu marido me ama tanto quanto me amava no dia do nosso casamento". Mas ela podia estar se enganando, ou só "preservando as aparências". E ela aparentava a idade que tinha e mais. (*"Será que estou começando a parecer velha?"*)

Pela primeira vez, a idade pesava. Ela foi ao espelho e se examinou com olhar crítico. Havia alguns pés de galinha em torno dos olhos, mas eram visíveis apenas sob luz intensa. As linhas do queixo ainda não eram definidas. Sempre foi pálida. O cabelo era grosso e ondulado, sem nenhum fio branco. Mas alguém gostava *mesmo* de cabelo vermelho? O nariz ainda era bom, definitivamente. Anne o tocou como se fosse um amigo, lembrando certos momentos da vida em que o nariz havia sido a única coisa a levá-la em frente. Mas Gilbert agora nem olhava para seu nariz. Podia ser torto ou de porco, não fazia diferença para ele. Provavelmente nem lembrava que ela tinha um nariz. Como a Sra. Dare, poderia sentir falta, se ele desaparecesse.

"Bem, preciso ir cuidar de Rilla e Shirley", Anne pensou abalada. "Eles precisam de mim, pelo menos, pobrezinhos. O que me fez ficar tão impaciente com eles? Ah, agora devem estar falando: Como a mamãe está ficando rabugenta!"

Continuou chovendo, e o vento ainda uivava. O barulho dos baldes de lata no porão tinha parado, mas o ruído incessante de um grilo solitário na sala de estar quase a enlouquecia. A correspondência foi entregue na hora do almoço, e havia duas cartas para ela. Uma era de Marilla... mas Anne suspirou ao dobrá-la. A caligrafia de Marilla se tornava incerta e trêmula. A outra carta era da Sra. Barrett Fowler de Charlottetown, alguém que Anne conhecia apenas superficialmente. E a Sra. Barrett Fowler queria que o Dr. e a Sra. Blythe fossem jantar com ela na próxima terça-feira, às sete da noite, para encontrar sua velha amiga, a Sra. Andrew Dawson de Winnipeg, cujo nome de solteira era Christine Stuart.

Anne soltou a carta. Uma enxurrada de lembranças a invadiu... algumas decididamente desagradáveis. Christine Stuart Redmond... a jovem da qual as pessoas diziam que Gilbert um dia foi noivo... de quem ela um dia sentiu muito ciúme... sim, agora admitia, vinte anos depois... sentia ciúme... odiava Christine Stuart. Não pensava em Christine havia anos, mas lembrava-se nitidamente dela. Uma jovem alta, de pele branca como o mármore, com grandes olhos azuis e cabelos pretos. E um certo ar de distinção. Mas com um nariz comprido... sim, definitivamente, um nariz longo. Bonita... ah, não se podia negar que Christine era bonita. Lembrava-se de ter ouvido havia muitos anos que Christine tinha "feito um bom casamento" e ido para o Oeste.

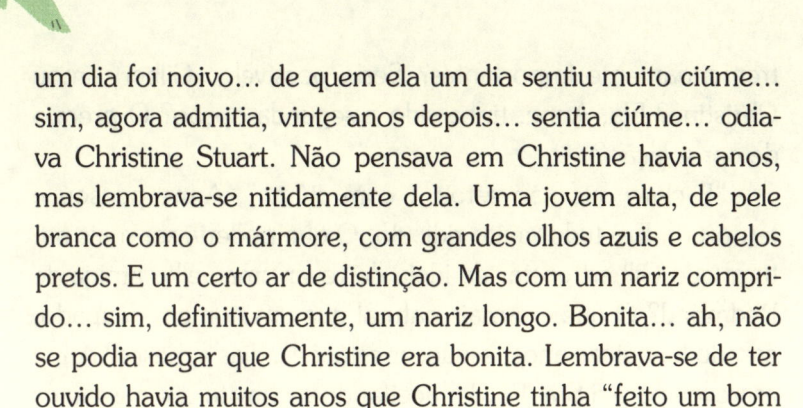

Gilbert chegou para jantar apressado... havia uma epidemia de sarampo em Upper Glen... e Anne entregou a ele a carta da Sra. Fowler.

– Christine Stuart! É claro que iremos. Quero vê-la e lembrar dos velhos tempos – disse ele, demonstrando admiração pela primeira vez em semanas. – Pobre menina, ela teve problemas. Perdeu o marido há quatro anos, sabe?

Anne não sabia. E como Gilbert sabia? Por que nunca contou para ela? E tinha esquecido que terça-feira seria o aniversário de casamento deles? Um dia em que nunca aceitavam nenhum convite, porque comemoravam sozinhos. Bem, *ela* não o lembraria disso. Ele podia ir ver Christine, se quisesse. Uma vez, uma moça de Redmond tinha dito a ela com ar sombrio: "Existiu muito mais entre Gilbert e Christine do que você jamais soube, Anne". Na época, ela se limitou a dar risada... Claire Hallett era uma criatura ressentida. Mas talvez houvesse alguma verdade nisso. Anne lembrou de repente com um sentimento ruim que, pouco tempo depois de se casar, encontrou uma fotografia de Christine no bolso de uma roupa velha de Gilbert. Ele reagiu indiferente e disse que estava mesmo se perguntando onde tinha ido parar o retrato. Mas... teria sido uma dessas coisas sem importância que são sinais de coisas tremendamente importantes? Seria possível... Gilbert amou Christine? Ela, Anne, tinha sido a segunda opção? O prêmio de consolação?

"É claro que não estou... com ciúme", Anne pensou e tentou rir. Era tudo muito ridículo. O que poderia ser mais natural que Gilbert gostar da ideia de rever uma velha amiga de Redmond? O que era mais natural que um homem ocupado, casado há quinze anos, esquecer estações, dias e meses? Anne escreveu para a Sra. Fowler aceitando o convite... e passou os três dias anteriores à terça-feira torcendo desesperadamente para alguém entrar em trabalho de parto em Upper Glen às cinco e meia da tarde de terça-feira.

CAPÍTULO 40

O bebê pelo qual ela torcia chegou cedo demais. Gilbert foi chamado às nove da noite de segunda-feira. Anne chorou até dormir e acordou às três. Antes era delicioso acordar à noite... ficar deitada e olhar pela janela para a beleza da noite... ouvir a respiração regular de Gilbert a seu lado... pensar nas crianças do outro lado do corredor e no lindo e novo dia que se aproximava. Mas agora! Anne ainda estava acordada quando o amanhecer chegou claro e verde no céu do leste, e Gilbert finalmente voltou para casa.

– Gêmeos – disse sem emoção, antes de se atirar na cama e dormir em um minuto.

Gêmeos, francamente! Raiava o dia em que completavam quinze anos de casados, e tudo que seu marido dizia era: "Gêmeos". Nem lembrava que era seu aniversário de casamento.

Gilbert continuou não lembrando quando desceu às onze da manhã. Pela primeira vez, não mencionou a data; pela primeira vez, não tinha um presente para ela. Pois bem, também não ganharia seu presente. Ela o tinha pronto havia semanas... um canivete de cabo de prata com a data de um lado e as iniciais dele no outro. Ele teria que comprar o canivete por um centavo, é claro, ou o gesto cortaria o amor deles. Mas, como ele havia esquecido, ela também esqueceria.

Gilbert passou o dia todo meio quieto. Quase não falou com ninguém e ficou trancado na biblioteca. Perdido na ansiedade de rever Christine? Provavelmente passou todos esses anos sonhando com isso. Anne bem sabia que essa ideia era absurda, mas quando o ciúme já foi razoável? Era inútil tentar ser filosófica. Filosofia não tinha efeito nenhum sobre sua disposição.

Iriam para a cidade no trem das cinco horas.

– Podemos fer focê se arrumar, mamãe? – Rilla pediu.

– Se quiserem... – disse Anne, e se controlou em seguida. A voz estava ficando trêmula. – Venha, querida – acrescentou com mais firmeza.

Não havia nada que Rilla gostasse mais do que ver a mãe se arrumar. Mas até ela percebia que, esta noite, a mãe não estava se divertindo muito.

Anne pensou um pouco na escolha do vestido. Não que importasse, disse a si mesma com amargura. Gilbert agora nem notava o que ela vestia. O espelho não era mais seu amigo... estava pálida e cansada... e sentia-se *indesejada*. Mas não se apresentaria muito simples e *passé* diante de Christine. *("Não vou permitir que sinta pena de mim.")* Usaria o novo vestido verde com estampas de rosas? Ou o de seda bege com o casaquinho de renda? Ela experimentou os dois e escolheu o verde. Tentou vários penteados e concluiu que o novo pompadour caído era muito atraente.

– Mamãe, focê está linda! – exclamou Rilla, admirada.

Bem, crianças e tolos sempre diziam a verdade. Rebecca Dew uma vez não disse que ela era "relativamente bonita"? Quanto a Gilbert, ele fazia elogios no passado, mas quando foi que fez um nos últimos meses? Anne não conseguia lembrar.

Gilbert passou por ela a caminho do closet e não disse uma palavra sobre seu vestido novo. Por um momento, Anne foi tomada pelo ressentimento. Depois, petulante, tirou o vestido e o jogou sobre a cama. Usaria o preto... um vestido fino considerado muito "elegante" nos círculos de Four Winds, mas do qual Gilbert nunca gostou. O que usaria no pescoço? O colar de pérolas que ganhou de Jem, embora muito querido, tinha arrebentado havia anos. Não tinha um colar decente. Bem... ela pegou a caixa com o coração esmaltado de rosa que Gilbert havia dado a ela em Redmond. Agora raramente o usava... afinal, cor-de-rosa não combinava com seu cabelo vermelho... mas o usaria esta noite. Gilbert notaria? Pronto, estava pronta. Por que Gilbert ainda não estava? O que o estava atrasando? Sem dúvida, fazia a barba com muito capricho! Ela bateu de leve à porta.

– Gilbert, vamos perder o trem se não se apressar.

– Está falando como uma professora – falou Gilbert ao sair. – Algum problema com seus metatarsos?

Ah, ele sabia fazer piadas, então? Não perderia tempo pensando em quanto ele estava atraente de fraque. Afinal, a moda moderna das roupas masculinas era realmente ridícula. Sem nenhum glamour. Como devia ser lindo nos "dias da Grande Elizabeth", quando os homens podiam usar casacas de cetim, mantos de veludo vermelho e punhos de renda! Mas eles não eram efeminados. Eram os homens mais maravilhosos e aventureiros que o mundo já viu.

– Bem, vamos logo, se está com tanta pressa – falou Gilbert, distraído. Agora estava sendo distraído, quando falava com ela. Era só uma parte da mobília... sim, uma parte da mobília!

Jem os levou até a estação. Susan e a Srta. Cornelia... que tinha aparecido para perguntar se poderiam contar com ela, como sempre, para levar as batidas laminadas no jantar da igreja... olharam para eles com admiração.

– Anne está conservada – disse a Srta. Cornelia.

– Sim – concordou Susan –, embora nas últimas semanas eu tenha tido a impressão de que seu fígado precisa de um tônico. Mas ela cuida da aparência. E o doutor continua com a mesma barriga plana que sempre teve.

– O casal ideal – decidiu a Srta. Cornelia.

O casal ideal não disse nada em particular a caminho da cidade. É claro que Gilbert estava agitado demais com a perspectiva de encontrar seu antigo amor para conversar com a esposa! Anne espirrou. Começou a ficar com medo de estar se resfriando. Que horrível seria fungar durante todo o jantar sob o olhar da Sra. Christine Stuart, ou melhor, Sra. Andrew Dawson! Uma área do lábio ardia... provavelmente, um terrível resfriado se aproximando. Julieta espirrava? Pórcia com frieiras! Ou Helena com soluço! Cleópatra com calos!

Quando entrou na casa de Barrett Fowler, Anne tropeçou na cabeça do tapete de urso no hall, cambaleou pela porta da sala de estar e pela loucura de móveis estofados com exagero e coisas douradas, que a Sra. Barrett Fowler chamava de sala de estar, e caiu sobre o sofá, felizmente na posição certa. Desanimada, olhou em volta procurando Christine e percebeu com gratidão que ela ainda não havia chegado. Que horrível teria sido se ela estivesse ali sentada, divertindo-se com a entrada de bêbada da esposa de Gilbert! Gilbert nem perguntou se ela havia se machucado. Já conversava animado com o Dr. Fowler e um desconhecido Dr. Murray, que chegou de New Brunswick e era autor de uma importante monografia sobre doenças tropicais que causava furor nos círculos médicos. Mas Anne notou que, quando Christine desceu, anunciada por uma nuvem de heliotropo, a monografia foi prontamente esquecida. Gilbert tinha nos olhos uma evidente luz de interesse.

Christine parou na porta por um momento. Não era do tipo que tropeçava em cabeças de urso. Christine, Anne lembrou, sempre teve aquele hábito de parar na soleira para se exibir. E, sem dúvida, aproveitava essa excelente oportunidade para mostrar a Gilbert o que ele tinha perdido.

Ela usava um vestido de veludo roxo com longas mangas bufantes, acabamento dourado e uma cauda de peixe forrada de renda dourada. Uma faixa dourada enfeitava os cabelos ainda negros. Uma corrente dourada longa e fina, cravejada de diamantes, pendia de seu pescoço. Anne sentiu-se imediatamente antiquada, provinciana, mal-acabada, deselegante e seis meses atrás da moda. Não devia ter colocado aquele coração esmaltado.

Sem dúvida, Christine continuava linda como sempre. Um pouco brilhante demais e bem-conservada, talvez... sim, mais encorpada, com certeza. O nariz não havia aumentado e o queixo era de meia-idade, definitivamente. Enquanto ela estava parada ali na porta, dava para ver que seus pés eram... substanciais. E o ar distinto não estava ficando um pouco desbotado? Mas as faces ainda eram como mármore liso, e os grandes olhos azuis ainda brilhavam sob os intrigantes vincos nas pálpebras, considerados fascinantes em Redmond. Sim, a Sra. Andrew Dawson era uma mulher muito bonita... e não dava a menor impressão de ter enterrado seu coração na sepultura de Andrew Dawson.

Christine dominou a sala no momento em que entrou. Anne sentia como se nem estivesse ali. Mas mantinha-se ereta. Christine não veria nela nenhuma flacidez da meia-idade. Entraria na batalha com todas as bandeiras tremulando. Seus olhos cinzentos ganharam uma luminosidade verde, e um leve rubor coloriu o rosto oval. *("Lembre-se, você tem um nariz!")*

O Dr. Murray, que não a havia notado antes, pensou com

alguma surpresa que Blythe tinha uma esposa de aparência muito incomum. A atitude da Sra. Dawson parecia comum, comparada à dela.

– Ora, Gilbert Blythe, você continua bonito, como sempre – disse Christine, provocante... Christine, *provocando*! – É muito bom ver que você não mudou nada.

(Ela fala com o mesmo sotaque. Sempre odiei essa voz aveludada dela!")

– Quando olho para você – disse Gilbert –, o tempo perde todo o significado. Onde descobriu o segredo da juventude imortal?

Christine riu.

(A risada dela não é um pouco estridente?")

– Você sempre soube fazer um elogio, Gilbert. Sabem... – e olhou em volta de um jeito malicioso – o Dr. Blythe foi uma antiga chama em minha vida naqueles dias que está fingindo que foram ontem. E Anne Shirley! Você não mudou nada, como me disseram... mas duvido de que a reconheceria, se a encontrasse na rua. Seu cabelo está um *pouco* mais escuro do que era, não? Não é *divino* encontrar vocês novamente? Tive receio de que seu lumbago não a deixasse vir.

– *Meu* lumbago?!

– Ora, sim, não tem esse problema? Pensei que...

– Devo ter confundido as informações. – A Sra. Fowler se explicou. – Alguém me disse que você tinha sofrido uma crise séria de lumbago...

– Esta é a esposa do Dr. Parker, de Lowbridge. Eu nunca tive lumbago – respondeu Anne, com tom neutro.

– Que bom que não teve – disse Christine, cuja voz tinha uma nota insolente. – É horrível. Tenho uma tia que é quase uma mártir desse mal.

Sua atitude parecia relegar Anne à geração das tias. Anne conseguiu sorrir com os lábios, não com os olhos. Se pudesse pensar em alguma coisa inteligente para dizer! Sabia que às três da manhã ela pensaria em uma resposta brilhante, mas agora não conseguia pensar em nada.

– Soube que você teve sete filhos – disse Christine, falando com Anne, mas olhando para Gilbert.

– Apenas seis vivos – explicou Anne, triste. Ainda não conseguia pensar na pequena Joyce sem sentir dor.

– *Que* família! – exclamou Christine.

Imediatamente, ter uma família grande pareceu uma coisa vergonhosa e absurda.

– E você não teve filhos, imagino – respondeu Anne.

– Nunca os quis. – Christine sacudiu os ombros bonitos, mas a voz se tornou um pouco dura. – Receio não ser o tipo maternal. Nunca pensei que a única missão de uma mulher fosse trazer crianças a um mundo que já é tão cheio.

Eles passaram para a sala de jantar. Gilbert acompanhou Christine, o Dr. Murray acompanhou a Sra. Fowler, e o Dr. Fowler, um homenzinho roliço que não conseguia conversar com ninguém, a menos que fosse outro médico, acompanhou Anne.

Anne achou a sala abafada. Havia nela um perfume misterioso e enjoativo. Provavelmente, a Sra. Fowler havia queimado incenso. O cardápio era bom, e Anne comeu mesmo sem apetite e sorriu até ter a impressão de que estava ficando parecida com o gato da história de Alice. Não conseguia desviar os olhos de Christine, que sorria para Gilbert o tempo todo. Seus dentes eram bonitos... quase bonitos demais. Pareciam um anúncio de creme dental. Christine movia as mãos com muita eficiência enquanto falava. Mãos lindas... mas grandes.

Ela conversava com Gilbert sobre velocidades rítmicas da vida. O que isso queria dizer? Ela sabia? Depois falaram sobre a encenação da Paixão de Cristo.

– Você já foi a Oberammergau? – perguntou Christine a Anne.

Sabendo perfeitamente que a resposta era não! Por que a pergunta mais simples parecia insolente, feita por Christine?

– É claro que uma família a limita muito – disse Christine.
– Oh, quem acham que vi no mês passado, quando estive em Halifax? Aquela sua amiguinha... a que se casou com o ministro feio... como é o nome dele?

– Jonas Blake – disse Anne. – Philippa Gordon se casou com ele. E nunca achei que fosse feio.

– Não? Bem, gosto é algo pessoal. Enfim, eu os encontrei. Pobre Philippa!

Christine usava a palavra "pobre" de um jeito muito eficiente.

– Por que pobre? – Anne quis saber. – Acho que ela e Jonas são muito felizes.

– Felizes?! Minha querida, se você visse a casa onde eles moram! Uma horrenda vila de pescadores onde uma invasão de porcos a um jardim vira entretenimento! Soube que o tal Jonas tinha uma boa igreja em Kingsport e desistiu dela, porque achava que era seu dever ir para a vila dos pescadores, que precisavam dele. Não gosto desses fanáticos. "Como consegue viver em um lugar assim, isolado e distante?", perguntei a Philippa. Sabem o que ela disse?

Christine movia as mãos cheias de anéis de maneira expressiva.

– O que eu diria de Glen St. Mary, talvez – respondeu Anne. – Que era o único lugar do mundo para viver.

– Engraçado você se sentir satisfeita lá – sorriu Christine. *("Aquela terrível boca cheia de dentes!")* – Nunca quis uma vida maior? Você era ambiciosa, se me lembro bem. Não escrevia umas coisas inteligentes quando estavam em Redmond? Um pouco fantásticas e extravagantes, é claro, mesmo assim...

– Eu escrevia para pessoas que ainda acreditam no mundo das fadas. Há um número surpreendentemente alto dessas pessoas, e elas gostam de ter notícias desse mundo.

– E desistiu disso?

– Não completamente... mas agora escrevo cartas vivas – disse Anne, pensando em Jem e companhia.

Christine a encarou sem entender a expressão. A que Anne Shirley se referia? Bem, ela sempre foi conhecida em Redmond por suas falas misteriosas. Havia conservado a aparência de maneira impressionante, mas devia ser uma dessas mulheres que paravam de pensar, depois do casamento. Pobre Gilbert! Ela o fisgou antes de ele ir para Redmond. Ele nunca teve a menor chance de escapar.

– Alguém ainda faz aquela brincadeira das sementes duplas? – perguntou o Dr. Murray, que tinha acabado de abrir uma amêndoa dupla. Christine olhou para Gilbert.

– Você se lembra daquela semente dupla que encontramos uma vez? – perguntou.

("Eles trocaram um olhar cúmplice?")

– Acha que eu poderia esquecer? – perguntou Gilbert.

E eles começaram uma sequência de "você lembra", enquanto Anne olhava para a pintura de um peixe com laranjas pendurada sobre o móvel da sala. Nunca imaginou que Gilbert e Christine tivessem tantas lembranças em comum. "Lembra do nosso piquenique em Arm? Lembra da noite em que fomos àquela igreja que não conhecíamos? Lembra quando fomos ao baile de máscaras? Você era uma dama espanhola de vestido de veludo preto, com mantilha de renda e leque."

Gilbert parecia lembrar de todos os detalhes. Mas havia esquecido seu aniversário de casamento!

Quando voltaram à sala de estar, Christine olhou pela janela para o céu do oriente, onde havia uma pálida luz prateada atrás dos pinheiros escuros.

– Gilbert, vamos dar uma volta no jardim. Quero reaprender o significado do luar em setembro.

(*"O luar tem algum significado em setembro que não exista nos outros meses? E por que 'reaprender'? Ela aprendeu antes... com ele?"*)

Eles saíram. Anne sentia-se excluída. Ela sentou em uma cadeira de onde podia ver o jardim... mas não admitia nem para si mesma que a tinha escolhido por isso. Via Christine e Gilbert andando pela alameda. O que diziam um ao outro? Christine parecia dominar a conversa. Talvez Gilbert estivesse atordoado demais pela emoção para falar. Ele sorria com as lembranças que ela compartilhava? Anne se lembrava das noites em que ela e Gilbert tinham caminhado por jardins enluarados em Avonlea. Ele havia esquecido?

Christine olhava para o céu. É claro que sabia que mostrava aquele pescoço branco e belo quando erguia o rosto daquele jeito. A lua algum dia havia demorado tanto para subir no céu?

Outros convidados chegavam quando eles finalmente voltaram. Havia conversas, risadas, música. Christine cantou... muito bem. Ela sempre foi "musical". Cantava *para* Gilbert... "caros dias perdidos que não se pode recuperar". Gilbert estava reclinado em uma poltrona, inusitadamente quieto. Lembrava com nostalgia daqueles caros dias perdidos? Imaginava como teria sido sua vida, se houvesse casado com Christine?

("Antes eu sempre soube em que Gilbert estava pensando. Minha cabeça está começando a doer. Se não formos embora logo, vou jogar a cabeça para trás e uivar. Graças aos céus nosso trem parte cedo.")

Quando Anne desceu, Christine estava na varanda com Gilbert. Ela estendeu a mão e tirou uma folha de seu ombro; o gesto era como uma carícia.

– Tem certeza de que está bem, Gilbert? Parece muito cansado. Sei que está trabalhando demais.

Uma onda de horror inundou Annie. Gilbert parecia mesmo cansado... terrivelmente cansado... e não tinha visto, até Christine comentar! Nunca esqueceria a humilhação daquele momento. ("Não tenho me importado com Gilbert, e o acuso de fazer a mesma coisa comigo.")

Christine olhou para ela.

– É muito bom revê-la, Anne. Como nos velhos tempos.

– Sim – disse Anne.

– Mas acabei de dizer a Gilbert que ele parece cansado. Devia cuidar mais dele, Anne. Houve um tempo em que gostei de verdade desse seu marido. Creio que foi o namorado mais bonito que tive. Mas não deve se incomodar com isso, já que não o tirei de você.

Anne se sentiu gelada de novo.

– Talvez ele esteja com pena de si mesmo por isso – disse com certa altivez que Christine desconhecia dos dias de Redmond. Depois entrou na carruagem do Dr. Fowler que os levaria à estação.

– Ah, que engraçada e querida! – respondeu Christine, com um movimento dos belos ombros. Ela olhava para os dois como se alguma coisa a divertisse imensamente.

CAPÍTULO 41

— Gostou da noite? – perguntou Gilbert, mais distraído que nunca quando a ajudou a entrar no trem.

— Ah, foi adorável – respondeu Anne, que sentia como se tivesse passado a noite embaixo de um ancinho, como dizia Jane Welsh Carlyle.

— Por que penteou o cabelo desse jeito? – indagou Gilbert, ainda distraído.

— É a nova moda.

— Mas não combina com você. Pode servir para alguns tipos de cabelo, mas não para outros.

— Oh, que pena, meu cabelo é vermelho – respondeu Anne, com frieza.

Gilbert decidiu que era melhor não insistir no assunto perigoso. Anne sempre havia sido um pouco sensível com relação ao cabelo. Além do mais, estava cansado demais para conversar. Ele apoiou a cabeça no encosto do assento e fechou os olhos. Pela primeira vez, Anne notou fios brancos no cabelo sobre as orelhas dele. Mas endureceu o coração.

Eles caminharam em silêncio pelo atalho da estação em Glen até Ingleside. O ar tinha cheiro de abeto e samambaias. A lua brilhava sobre os campos molhados de orvalho. Eles passaram por uma casa velha e deserta com janelas quebradas, tristes, onde um dia a luz dançou. "Exatamente como minha vida", pensou Anne. Agora, tudo para ela parecia ter algum significado sombrio. A mariposa branca que passou por eles no gramado era "o fantasma de um amor perdido", ela pensou, com tristeza. Depois tropeçou em um anel de críquete e quase caiu de cabeça em um arbusto de flox. Por que as crianças tinham deixado aquilo ali? Amanhã eles ouviriam sua opinião sobre isso!

Gilbert disse apenas:

– Opaaa – e a segurou com uma das mãos. Teria sido tão casual, se Christine tivesse tropeçado enquanto eles conversavam sobre o significado da lua nascendo?

Gilbert correu para o escritório assim que entraram em casa, e Anne subiu em silêncio e foi para o quarto, onde a lua pintava o assoalho imóvel, prateada e fria. Ela se aproximou da janela aberta e olhou para fora. Evidentemente, era a noite em que o cachorro de Carter Flagg uivava, e ele estava caprichando. As folhas do pinheiro brilhavam como prata ao luar. A casa em volta dela parecia sussurrar esta noite... sussurros sinistros, como se não fosse mais sua amiga.

Anne sentia-se doente, com frio e vazia. O ouro da vida se transformava em folhas murchas. Nada mais tinha significado. Tudo parecia remoto e irreal.

Longe, a maré repetia seu eterno encontro com a praia. Agora que Norman Douglas havia podado o bosque de abetos, ela conseguia ver a pequena Casa dos Sonhos. Como foram felizes lá... quando bastava estarem juntos em casa, com seus sonhos, seus carinhos, seus silêncios! Toda a cor da manhã em suas vidas... Gilbert olhando para ela com aquele sorriso nos olhos que guardava só para ela... descobrindo todo dia um jeito novo de dizer "amo você"... dividindo o riso como dividiam a tristeza.

E agora... Gilbert havia se cansado dela. Os homens sempre foram assim... sempre seriam. Acreditava que Gilbert era uma exceção, mas agora descobria a verdade. E como adaptaria sua vida a isso?

"Tem as crianças, é claro", pensou entorpecida. "Preciso continuar vivendo por elas. E ninguém deve saber... *ninguém*. Não quero piedade."

O que era isso? Alguém estava subindo a escada, pulando os degraus como Gilbert costumava fazer na Casa dos Sonhos... como ele não fazia havia muito tempo. Não podia ser Gilbert... era!

Ele invadiu o quarto... jogou um pequeno pacote sobre a mesa... pegou Anne pela cintura e dançou com ela como um colegial enlouquecido, parando finalmente para respirar em uma poça prateada de luar.

– Eu estava certo, Anne... graças a Deus, eu estava certo! A Sra. Garrow vai ficar bem... os especialistas confirmaram.

– Sra. Garrow? Você ficou maluco?

– Eu não contei? Devo ter contado... bem, acho que era um assunto tão delicado, que não consegui falar sobre ele. Passei as últimas duas semanas muito preocupado com isso... não conseguia pensar em outra coisa, acordado ou dormindo. A Sra. Garrow mora em Lowbridge e era paciente do Parker. Ele me pediu para examiná-la... dei um diagnóstico diferente do dele... quase brigamos... eu tinha certeza de que estava certo... havia uma chance, eu sabia... nós a mandamos para Montreal... Parker dizia que ela não voltaria viva... o marido estava pronto para me dar um tiro à queima-roupa. Quando ela partiu, eu me senti despedaçado... talvez estivesse errado... talvez a tivesse torturado desnecessariamente. Encontrei a carta em meu escritório quando entrei... eu estava *certo*... eles a operaram... ela tem ótimas chances de sobreviver.

Menina Anne, eu seria capaz de pular e alcançar a lua! Rejuvenesci vinte anos!

Anne tinha que rir ou chorar... e começou a rir. Era muito bom poder rir de novo... muito bom sentir vontade de rir. De repente, tudo estava certo.

– Suponho que por isso esqueceu que hoje é nosso aniversário? – Ela o provocou.

Gilbert a soltou só para pegar o pacotinho que tinha deixado sobre a mesa.

– Não esqueci. Há duas semanas, fui a Toronto por isso. E a encomenda só chegou hoje à noite. Eu me senti muito mal hoje de manhã, quando não tinha um presente e você não mencionou a data... pensei que tivesse esquecido... torci para que tivesse esquecido. Quando entrei no escritório, lá estava meu presente junto com a carta de Parker. Veja se gosta.

Era um pingente de diamante. Brilhava como uma coisa viva, mesmo ao luar.

– Gilbert... e eu...

– Experimente. Queria ter dado hoje de manhã... assim teria outra coisa para usar no jantar, além daquele velho coração esmaltado. Mas ele ficou lindo aninhado bem no meio do seu pescoço, querida. Por que não foi com o vestido verde, Anne? Gostei dele... é parecido com aquele vestido com botões de rosa que você costumava usar em Redmond.

("Então ele havia notado o vestido! E ainda se lembrava do outro, que tanto admirava em Redmond!")

Anne sentia-se como um pássaro libertado... voava de novo. Os braços de Gilbert a enlaçavam... seus olhos mergulhavam nos dela ao luar.

– Você me ama, Gilbert? Não sou só um hábito para você? Faz muito tempo que não diz que me ama.

– Meu amor! Não pensei que precisasse de palavras para saber disso. Eu não poderia viver sem você. Sempre foi você quem me deu força. Há um verso em algum lugar da Bíblia que é perfeito para você... "Ela só lhe faz bem, e não mal, todos os dias de sua vida".

A vida, que alguns momentos atrás parecia tão cinzenta e vazia, voltava a ser dourada, cor-de-rosa, um esplêndido arco-íris. O pingente de diamante caiu no chão, esquecido por um momento. Era bonito... mas havia muitas coisas mais lindas... confiança, paz e trabalho com alegria... riso e bondade... aquele sentimento de *segurança* de um amor sólido.

– Ah, se eu pudesse guardar este momento para sempre, Gilbert!

– Teremos muitos momentos. Está na hora de termos uma segunda lua de mel. Anne, vai haver um grande congresso de medicina em Londres, em fevereiro. Vamos participar... e depois, veremos um pouco do Velho Mundo. Vamos tirar férias. Seremos amantes outra vez... vai ser como casar novamente. Você tem estado diferente faz tempo. (*"Ele notou."*) Está cansada e sobrecarregada... precisa de uma mudança. (*"Você também, querido. Tenho sido terrivelmente cega."*) Não vou permitir que me digam que a mulher de um médico nunca toma um comprimido. Voltaremos descansados e renovados, com nosso senso de humor restaurado. Agora experimente seu pingente e vamos para a cama. Estou morto de sono... não durmo bem há semanas, com os gêmeos e a preocupação com a Sra. Garrow.

– Sobre o que você e Christine falaram tanto no jardim esta noite? – perguntou Anne, exibindo-se para o espelho com seu diamante.

Gilbert bocejou.

— Ah, não sei. Christine só falava sem parar. Mas ela me contou uma coisa. Uma pulga é capaz de pular uma distância cem vezes maior que seu comprimento. Sabia disso, Anne? *("Eles falavam sobre pulgas, enquanto eu me contorcia de ciúme. Como fui idiota!")*
— Como foi que começaram a falar sobre pulgas?
— Não lembro... talvez os pinschers Dobermann tenham sugerido.
— Pinschers Dobermann! O que são pinschers Dobermann?
— Um novo tipo de cachorro. Christine parece saber muito sobre o assunto. Estava tão obcecado com o caso da Sra. Garrow que não prestei muita atenção ao que ela dizia. De vez em quando pegava uma palavra sobre complexos e repressão... a nova psicologia que está surgindo... e arte... e gota e política... e sapos.
— Sapos!
— Experimentos que um pesquisador de Winnipeg está fazendo. Christine nunca foi muito interessante, mas está pior que nunca. E maldosa! Ela não era maldosa.
— O que ela disse de tão maldoso? – perguntou Anne, com tom inocente.
— Não notou? Ah, imagino que não tenha percebido... você é muito livre desse tipo de coisa. Bem, não importa. Aquela risada dela me irritou um pouco. E ela engordou. Que bom que você não engordou, menina Anne.
— Ah, ela não está tão gorda. – Anne protestou, caridosa.
— E é uma mulher muito bonita.
— Mais ou menos. O rosto endureceu... ela tem a mesma idade que você, mas parece dez anos mais velha.
— E você falou sobre juventude imortal!
Gilbert exibiu um sorriso culpado.

– É preciso dizer coisas gentis. A civilização não existe sem um pouco de hipocrisia. Mas Christine não é de todo má, embora não esteja entre as melhores. Ela não tem culpa, se faltou uma pitada de sal. O que é isso?

– Meu presente para você. E quero um centavo por ele... não vou correr nenhum risco. As torturas que suportei esta noite! O ciúme de Christine me corroeu.

O espanto de Gilbert parecia genuíno. Nunca pensou que Anne pudesse ter ciúme de alguém.

– Menina Anne, nunca pensei que tivesse esse tipo de sentimento.

– Ah, mas tenho. Há anos, quase morri de ciúme da sua correspondência com Ruby Gillis.

– Eu me correspondia com Ruby Gillis? Tinha esquecido. Pobre Ruby! Mas e Roy Gardner? O roto não pode falar do rasgado.

– Roy Gardner? Philippa escreveu para mim há pouco tempo, contou que o viu e que ele agora é corpulento. Gilbert, o Dr. Murray pode ser um homem muito respeitado em sua profissão, mas parece um sarrafo, e o Dr. Fowler parece uma rosquinha. Você estava lindo... e muito elegante... ao lado deles.

– Obrigado, obrigado. Isso é coisa que uma esposa deve dizer. E, para retribuir o elogio, você estava ainda mais linda esta noite, Anne, apesar do vestido. Estava corada, e seus olhos estavam lindos. Aaahhh, isso é bom! Não tem lugar melhor que a cama para quem está exausto. Esse é outro verso da Bíblia... estranho como essas coisas que aprendemos na escola dominical voltam durante toda a vida! "Vou me deitar e dormir em paz." Em paz... e dormir... boa noite.

Gilbert quase dormiu antes de terminar a frase. Querido e cansado Gilbert! Bebês podiam ir e bebês podiam vir, mas ninguém perturbaria seu sono esta noite. E o telefone podia tocar até explodir.

Anne não estava com sono. Estava feliz demais para conseguir dormir. Ela se movia silenciosa pelo quarto guardando coisas, trançando o cabelo, parecendo uma mulher bem-amada. Finalmente, vestiu um robe e foi ao quarto dos meninos, do outro lado do corredor. Walter e Jem na cama deles e Shirley no berço, todos dormindo. O Camarão, que tinha sobrevivido a gerações de gatinhos e se tornado um hábito da família, dormia encolhido aos pés de Shirley. Jem havia adormecido enquanto lia *O Livro da Vida do capitão Jim...* que estava aberto e caído. Ora, como Jem parecia comprido embaixo das cobertas! Logo seria um adulto. Que rapazinho forte e confiável ele era! Walter sorria dormindo como alguém que sabia um segredo encantador. A lua iluminava seu travesseiro passando pela grade da janela... projetando a sombra de uma cruz na parede sobre sua cabeça. Durante muitos anos, Anne lembraria disso e se perguntaria se não teria sido um presságio de Courcelette... de um túmulo marcado com uma cruz "em algum lugar na França". Mas esta noite ela era só uma sombra... mais nada. A erupção tinha praticamente sumido do pescoço de Shirley. Gilbert estava certo. Ele sempre estava certo.

Nan, Diana e Rilla estavam no quarto ao lado... Diana com seus cachinhos vermelhos e uma mãozinha bronzeada embaixo do rosto, e Nan com os cílios longos tocando as faces. Os olhos por trás daquelas veias azuis eram cor de avelã, como os do pai. E Rilla dormia de bruços. Anne a virou de lado, mas ela nem abriu os olhos.

Todos cresciam depressa. Em alguns anos, todos seriam homens e mulheres... no auge da juventude... cheios de expectativas... de doces e loucos sonhos... como navios deixando o porto seguro e partindo para destinos desconhecidos. Os meninos iriam embora para viver sua vida de trabalho, e as meninas... lindas noivas cobertas por véus poderiam ser vistas descendo a escada de Ingleside. Mas eles ainda seriam dela por mais alguns anos... e os amaria e orientaria... cantaria canções que tantas mães haviam cantado. Eram dela... e de Gilbert.

Anne desceu e foi ao hall, perto da janela. Todas as suspeitas, todos os ciúmes e ressentimentos tinham ido para onde vão as velhas luas. Sentia-se confiante, alegre e jovial.

– Jovem! Eu me sinto jovem! – disse, rindo da própria tolice. – Estou me sentindo exatamente como naquela manhã em que Pacifique me disse que Gilbert ficaria bem e se curaria.

Diante dela havia o mistério e a beleza de um jardim à noite. As colinas distantes, tocadas pelo luar, eram um poema. Em poucos meses estaria vendo o luar sobre as colinas distantes da Escócia... sobre Melrose... Kenilworth... sobre a igreja perto de Avon onde Shakespeare dormiu... talvez até sobre o Coliseu... sobre a Acrópole... sobre rios pesarosos correndo por impérios mortos.

A noite era fria; logo chegariam as noites mais frias de outono; depois a neve... a neve profunda e branca... a neve do inverno... noites de vento e tempestade. Mas quem se importa? Haveria a magia da lareira em salas elegantes... Gilbert não havia falado pouco tempo atrás sobre lenha de macieira para acender a lareira? Honrariam os dias cinzentos que estavam por vir. Que importância teria a neve e o vento cortante, quando o amor ardia claro e radiante, com a primavera logo ali? E com toda a doçura da vida salpicando o caminho.

Ela se afastou da janela. De camisola, com o cabelo preso em duas tranças, parecia a Anne dos tempos de Green Gables... dos tempos de Redmond... dos tempos da Casa dos Sonhos.

Aquela luz interior ainda brilhava dentro dela. Ouvia o som da respiração das crianças através das portas abertas. Gilbert, que raramente roncava, agora estava roncando. Anne sorriu. Pensou em algo que Christine disse. Pobre Christine sem filhos, disparando seus dardos de deboche.

– Que família! – Anne repetiu, exultante.

grupo novo século

Compartilhando propósitos e conectando pessoas
Visite nosso site e fique por dentro dos nossos lançamentos:
www.novoseculo.com.br

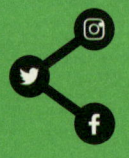

ns

facebook/novoseculoeditora
@novoseculoeditora
@NovoSeculo
novo século editora

gruponovoseculo.com.br

Edição: 1
Fonte: Southern e Base 900